图书在版编目（CIP）数据

夏天无从抵赖 / 关抒耳著 . -- 南京 : 江苏凤凰文
艺出版社 , 2024.6
ISBN 978-7-5594-8359-1

Ⅰ.①夏… Ⅱ.①关… Ⅲ.①长篇小说 – 中国 – 当代
Ⅳ.① I247.5

中国国家版本馆 CIP 数据核字 (2024) 第 008340 号

夏天无从抵赖

关抒耳 著

责任编辑	周颖若	
特约编辑	苏智芯	
封面设计	普遍善良	
出版发行	江苏凤凰文艺出版社	
	南京市中央路 165 号，邮编：210009	
网　　址	http://www.jswenyi.com	
印　　刷	河北鹏润印刷有限公司	
开　　本	880mm×1230mm　1/32	
印　　张	11.5	
字　　数	366 千字	
版　　次	2024 年 6 月第 1 版	
印　　次	2024 年 6 月第 1 次印刷	
书　　号	ISBN 978-7-5594-8359-1	
定　　价	49.80 元	

江苏凤凰文艺版图书凡印刷、装订错误，可向出版社调换，联系电话 025-83280257

三月末尾

夜晚的风嚣张得很

灌满了他的黑色短袖

衣摆扬起

吹过他衣摆的风

也拂过于真意的眼

因为太久没闭眼

视野有些模糊

正在
播放

. . .

⏮

⏸

⏭

嗨，我的小狗
THE SUMMER

夏天无从抵赖

陈觉非

你的小青梅于真意同志

祝你十七岁生日快乐

天天开心

夏天作证，无从抵赖。

THE
SUMMER

• REC

01 | 小青梅

于真意 × 陈觉非

第1章

"妈！这西瓜一股蒜味！"于真意盘腿坐在地上，仰头看着电视，边用牙签插了块西瓜往嘴里塞，边探头冲着厨房大吼。

正是盛夏时节，阳光透过落地窗，落在绛红色的烤漆地板上，映出点点斑驳。空气中都透着炙热烫意，即使蝉鸣不止，午后还是带着引人困顿的魔力。

一旁电风扇呼啦呼啦的声音响个不停，于真意整张脸都贴在风扇前，额前的刘海像裂开的西瓜，自然地向两旁撇开。

妈妈钱敏的声音从厨房里传来："爱吃吃，不爱吃滚。"

于真意语塞。

今天家里阿姨没来上班，钱敏十指不沾阳春水，怕是根本不知道自家的水果刀在哪儿就随意拿了把切菜的刀来切西瓜。

"那我滚了。"于真意下午约了邻居妹妹小喇叭花去玩滑板，她又往嘴里塞了一块西瓜，正走到门口又被钱敏叫住。

"这半个，给陈陈送去。"钱敏站在厨房门口，一身黑色收腰连衣裙外套了件挂脖围裙，卷曲长发盘起。一身下一秒就要去音乐会的穿搭，此刻她却拿着大半块西瓜又腰倚在门口。

于真意打趣："妈，你晚上跟我爸去听音乐会？"

钱敏点点头。要说会过日子，那是没有人可以比得上钱敏。

于真意叹了口气，又看向自己手里的西瓜。凭什么有些人能吃到完整的半个，自己却只能吃被切过蒜的刀切出来的西瓜？她有些不耐烦："他是腿断了还是怎么——"

话到一半，突然噎住。哦，也对，腿是真断了。

于真意捧着半块西瓜，推开外面的大门。炎热潮湿一齐扑来，空气中带着将要下暴雨的黏腻感，道路旁的绿植垂头零落。于真意正巧和散步回来拿着相机的爷爷撞个正着。前年奶奶去世了，爸爸于岳民就把爷爷接过来一起住。

"爷爷。"于真意乖巧叫了声，"我去给陈觉非送西瓜。"

爷爷笑着点点头。

于真意家住的这条巷子叫鸳鸯巷，新式石库门风格厚重浓烈，一条长而宽阔的巷子盘踞在这座城市的一角，石砖砌成的墙面上布满了层层叠叠的树叶和青灰色的苔痕。

自行车的铃声、树上的蝉鸣，一起回荡在石子路上。有孩子骑着自行车经过，惊得一旁狗吠。

于真意加快步伐走出大门往左拐，走了几步到陈觉非家门口，她刚要走个过场敲敲门，又想起现在里面这位可没法给她开门。她娴熟地按下密码，"咔嗒"一声，门开了。

于真意轻车熟路地走上二楼，敲了敲陈觉非的房门。敲了两声之后，没人应，连开门的动静都没有——不可能没在里面啊。

"陈觉非？"于真意又敲了敲。还是没人应。

奇怪，瘸子还能跑出去？她发现门没锁，索性直接推门而入。

陈觉非的房间很大，大到于真意小时候常常抗议，为什么陈觉非的房间都可以植树造林，而自己的却像蜗居。年初的时候他家重新装修了一下，浅蓝色的墙，上面挂满了各种画框，油画、水墨画等，十幅有九幅出自于真意之手。

北方山水画派风格鲜明，画技从生涩到成熟。那时于真意自己东西太多太杂，懒得收拾，却又不舍得丢掉，毕竟这可是于真意画技成长史的记录。她索性一股脑丢给陈觉非，美其名曰"收藏名家名画"，她倒是没想到陈觉非还真会裱起来。对此陈觉非的回答是，他家也没这么多地方收藏垃圾。

哼，可以。不收藏垃圾，但是特地把它们裱起来。

于真意环顾了一周之后，视线落在正前方。

陈觉非整个人倚靠在沙发椅上，椅背边缘露出他那半截圆溜溜的脑袋，头发杂乱，立着几根呆毛，头戴式耳机又很快把那几根呆毛压下去。他一条腿跷在桌上，一晃一晃，另一条无法动弹的腿被裹在厚厚的石膏鞋里，虚虚支着地。两手环抱，不知道在看些什么。房间里没有拉窗帘，阳光从阳台溜进，越过他高挺的鼻梁，在地上投落下一个影子。

鼻间是香甜的橙子味。再熟悉不过的味道。

陈觉非对气息很敏感，尤其是于真意的。他微微偏过头，看到地上多了一道影子，条件反射地关上电脑，阖上的声音太大。

来不及了。他抬眼的下一秒里，于真意的头就凑近了他，带着那半块西瓜。她扎了个低低的马尾，随着弯身的动作，墨黑色的发梢扫过他的眼睑和鼻尖，眼里带着笑意，梨涡显现："陈觉非，你在看什么啊？"

共同生活十六年了，于真意几乎没怎么见过陈觉非有大表情的时候。

陈觉非的眼窝不深，眼皮也薄薄的，眼尾略微上翘，睫毛很密。他眼睛很有神，黑瞳澄澈，看人的时候似勾不勾。薄唇挺鼻，帅哥标配。同时，带着一点点面瘫潜质。可惜了，面无表情的时候，那点勾人味道瞬间烟消云散。

不过此刻却不同。陈觉非无声地咒骂了一句，紧皱着眉："你进门之前能不能——"

"我敲门了，你没动静，我怕你死里面。"于真意看着他做口型，"我是来给你送西瓜的。"

她把西瓜放到桌前，顺势背靠着桌沿，眼睛弯弯："陈觉非，你都这样了还看呢。"

陈觉非摘下耳机，挂在脖子上："哪样？"

大概是青梅竹马朝夕相处的缘故，于真意一直没挖掘出陈觉非身上一星半点的优点，除了这声音。经历过变声期之后，他声音低沉又清冽，还带着磁性，像夏日里的浪拍打礁石震起的涟漪。

真要问起来，于真意又一噎。

"我只是骨折了。"陈觉非甚至都懒得解释这恐怖电影是薛理科大浪淘沙般淘过来特地分享给他的。

陈觉非说着拿过那西瓜，用铁勺挖了中间的一大块，然后推到于真意旁边。于真意也自然地拿着勺子把中间的那块塞进嘴里。

"对了，陈叔和林姨什么时候回来呀？"这么点事儿立马被于真意抛到脑后，她好奇地问。

今年过完年后，陈觉非父母就被公派到海外工作，一去就是大半年，其间只回来过一次。于家和陈家做了快半辈子邻居，搬了三次家之后两家人还是雷打不动地成了邻居。

陈觉非来于真意家蹭饭本就属于家常便饭，随着父母长时间出差，陈觉非已经光荣地成了于家饭桌上的一员了。直到一个月前，七月中旬的某一天，陈觉非意外被摩托车撞了之后，他的一日三餐变成了专人专送的。

专人就是于真意，专送就是经历"长"达五分钟的漫长路途。

"不知道，我爸说得冬天了。"陈觉非自然地接过真意手里的西瓜，挖了最边缘的部分。

闷热夏风吹过，却带来一股酸涩又清爽的味道，像冷调的香水，很是好闻。于真意很喜欢这种薄荷柑橘调的气味，尤其在这闷热的夏日午后，她更喜欢了。

她鼻尖耸动："你换沐浴露了？"

暑假的日子总是过得日夜颠倒，陈觉非日夜颠倒的程度更甚，加上骨折的缘故，有时候要叫于叔帮忙拆固定器，晚上麻烦人家不好，所以白天洗澡是常事。

于真意时常觉得陈觉非这人的洁癖重到可怕。医生千叮咛，万嘱咐，这期间少洗澡，少拆固定器，他偏偏不听，这腿能好才怪。

陈觉非重新把电脑打开："没。"

于真意疑惑："那是什么味？"

陈觉非没回答，懒散地靠着椅背，头往一侧随意歪了歪。

于真意俯下身，鼻尖贴近他。

"就是你身上的味道！好好闻啊！"于真意笃定地说。

她太喜欢这种味道了。

于真意皱着眉，又贴近了点："你昨天还不是这个味道呢。"

"你昨天见过我？"

"我每天都来给你送饭，当然见过你。"

"提醒一下，你昨天去打羽毛球了。"陈觉非平静陈述，"下午还吃了冰淇淋。"

于真意眨了眨眼，慢吞吞地"哦"了声。

好像是这么回事儿，她昨天跟小喇叭花去打羽毛球了，然后下午去了安沥路买冰淇淋，甚至还忘了给陈觉非也带一个。

毕竟大夏天的，带冰淇淋也不现实啊！不过他怎么知道的？

于真意疑惑，也问出了口。陈觉非没回答。当时的他，是看着于真意拿着冰淇淋从新弄路北侧一路走过来的。

昨天下午吹的是北风，白色的百叶窗被拉到了最高，他两手撑在阳台的横杆沿边，垂眸睨着少女一蹦一跳地走在路上，碎花裙摆和晃动的香樟树叶一起揉进他的眼里。

"真真姐，我们好像没有给陈陈哥哥带冰淇淋，他会生气吗？"他听见小喇叭花问。

"哎呀，我也忘了。"这句话是于真意说的，她顿了顿，"没事，少吃一支死不了，再说了，他又不知道我们去买冰淇淋了。"

少女声音轻灵，洋洋盈耳，还透着肆意的狡黠。

石子路被日光暴晒，每一颗凸起的小石粒上如同镶着金色的宝石。有一片叶子落在于真意的脚踝处，她晃了晃细长的腿，轻哼一声："不帮我写作业的人吃什么冰淇淋。"

北风将她的声音刮到他耳边。

于真意看着陈觉非这架势，就知道他又不准备回答了。她刚要扯谎，发现自己还没寻出那气味的源头："你身上到底是什么味道啊？"

正问着，于真意的视线突然被桌子一角的香水瓶吸引，她拿在手里，打开盖子闻了闻，酸涩清新杂糅着扑面而来，是被春雨侵袭过后的草香。

就是这个味道。

于真意认出这是哪个牌子的香水，她问："是他们家哪一款？"

陈觉非："我是你的人。"

于真意："你是我的人？"

什么奇奇怪怪的对话。

她重复，语气里充满了奇怪："我是问你这香水是什么牌子的？"

陈觉非仰头，面上奇怪神色比她更甚："耳朵糊住了？我说我喷的是'像你的人'。"

于真意瞬间炸毛。

什么呀！她明明就听到五个字，哪儿就平白无故成这几个字了？

第 2 章

夏日的雨来得急促又突然，雨势很大，顷刻之间那荒草地上的野草就蔫蔫地耷拉着。阳台门没关，雨丝顺着风，斜斜飘进来，地板上瞬间湿成一片。燥热的夏风终于被冲进了凉意。

于真意被雨声惊扰，思绪从刚才的对话中挣脱开来，她惆怅地看了眼窗外，发现自己的玩滑板计划泡汤了。

陈觉非刚洗过澡，头发还没吹干，有几滴水滴在灰黑色的短袖圆领上，更显得颜色深。

"下雨了，我不想去了。"于真意倒在他床上，拿着手机回小喇叭花消息，约她来日再"战"。

于真意喜欢穿裙子玩滑板，美其名曰"百褶短裙在空中摇摆的时候像一朵绽放的小蘑菇"。陈觉非不知道这个比喻是怎么来的。

灰色百褶裙松散地贴着他灰色的床单，像是融为一体。于真意长得白，这种白是天生的。

陈觉非冷静地把眼睛移开，打开电脑。

于真意一下子从床上弹起来，她倾身，下巴抵在椅背上，歪着脑袋，饶有兴致地看着陈觉非，手牢牢按住他抓着鼠标的手："看嘛看嘛！"

陈觉非："我要学习。"

于真意笑嘻嘻："那你学，我想看。"

陈觉非要抽开手，于真意起身，两手都牢牢摁着他的右手。陈觉非被她胳膊钳制住，眼前是她垂落的发梢，伴着那股甜橙香气。

"行，你看！"后脑勺的神经敏感，像陷入一团海绵，又像被白糖似的云朵从头顶"浇灌"至脚跟，身体内的所有不安分因子都在叫嚣。

陈觉非缴械投降。

于真意一副小人得逞的模样，她得到了鼠标的掌控权，而后绕过来，还使唤陈觉非屁股挪过去点儿，给她腾个位子。

陈觉非："自己搬椅子。"

于真意："懒得动了，凑合凑合一起。"她往旁边挤了挤。

"于真意。"陈觉非手指屈起，叩了叩她面前的桌子，"我家不缺你一把椅子。"

于真意耐心不多："我就让你往边上挪挪，我们俩坐一起怎么了。"

坐一起和坐一起看电影就不是一码事了。

陈觉非深吸一口气，泄愤似的狠狠揉着她的脑袋。

"哎，你说，是不是得拉窗帘才比较有感觉啊？"于真意又问。

"不知道。"他回答得毫不犹豫。

于真意笑眯眯地看着他："陈觉非，这就没意思了。"

说多错多。陈觉非不再回答，他随手拿起桌边的一本英语书翻看着，只是音响里传来的声音实在难以让他认真看书。

夏天最难受的就是一场潮热的暴雨后，整个人身上带着的黏腻感觉，像是强力胶紧贴着皮肤，闷气袭来。于真意两手托腮，看得认真，一点儿也没注意到自己身旁这位的烦躁。

室外雨没半分要停的趋势，室内声音越来越过分。

好烦啊。陈觉非无声叹气，拿起桌上的头戴式耳机胡乱地给于真意戴上。世界安静了，只剩雨声。

于真意扭头，水汪汪的大眼睛不明所以地看着他，五官每一处都透着疑惑。

陈觉非垂着眉眼，辨不清眼底什么情绪。他抬手，手掌抵着她的头，迫使她看屏幕，于真意也不再搭理他。

可是陈觉非一点儿也没觉得冷静下来，他很烦躁，这种烦躁随着年岁的增长而逐渐呈正比例增长，他烦于真意的这种无边界感。但又区别于不懂分寸和礼貌，而是她完全没有把自己当成异性。这种感觉，非常令人不爽。

要不说降噪耳机主打的宣传广告就是"耳机里的另一个小世界"，于真意已经完全沉迷在影片中了。

于真意跷着二郎腿，眼睛距离屏幕近了些，余光之中，她瞥见陈觉非的手伸在桌子上，手指修长，掌背很大，骨感又漂亮。指尖点着桌面，掌背的薄薄皮肤之下是脉络分明又带着蓬勃力量感的青筋。

他心情烦躁的时候就会这样无节奏地敲打着桌子，这个小习惯陈觉非自己都没有发现。于真意想，他现在很烦躁吗？

电影其实没什么意思，于真意也没了兴趣。她摘下耳机，才发现肩膀处有些沉，陈觉非歪着脑袋靠在她肩膀上，一只腿屈起，手搭在膝盖上。

那本高二上的英语书盖住他的脸，书本底部的一角正好卡在他的锁骨处。他的呼吸声很轻，像是睡着了。于真意小心翼翼地把电脑阖上。

雨已经转为小雨，淅淅沥沥落在水泥地上而后斑驳一片。她指尖捏着那本英语书，把它放回桌上。就这么一个细微的动作，陈觉非皱了下眉，薅了一把自己已经全干的头发。

"看完了？"他刚醒，脑袋还在"宕机"状态。

"嗯。"于真意说，"你昨晚几点睡的？"

"没睡。"陈觉非原本准备洗了澡之后随便欣赏一下电影就午睡，却没想到于真意的出现让这个下午变成了个意外。

于真意有些不好意思："那你快睡吧，我要回去了，我和小喇叭花约了晚上去玩滑板。"

"去哪儿？"

"念南路。"

陈觉非搓了搓脸，撑着桌子起身，拿起丢在床上的空调遥控器，猛按了好几下，待温度数字显示到"18"后才停止。

"那么远。"

"就三站地铁，不远。"于真意顿了顿，装着一副小可怜相，"呜呜呜，你骨折之后我俩就没去过了，还有半个月暑假要结束了，我上学期结束时列的游玩计划表就实现了三分之一。"

前几年没搬家，还住在古北那块儿的时候，于真意养过一条小狗，是一个雨天在路上捡的。流浪狗可怜，呜呜呜叫唤的时候让人的心都如同被炙烤过的巧克力，化得纯粹。于真意和小流浪狗待久了，连呜呜呜的声音也都染上了那惹人心疼又心痒的味道。

陈觉非打了个哈欠，精神像是回不来，整个人懒散得要命。他抬起手，指尖挠着她的下巴："下次过马路会小心的，这个暑假对不起我的小狗了。"

于真意浅浅皱眉："谁是小狗，搞错定位了吧。"

陈觉非面色平静地纠正："哦，睡糊涂了。"

于真意："你睡醒了打电话给我，我再来给你送饭，不然又打扰到你。你以后找不到老婆，我真成你们陈家罪人了。"

陈觉非刚掀开被子，又听到这个话题，他抬眸看着她，难得搭腔：

"那罪人就先想想怎么补偿。"

"你找不到老婆找我啊！"于真意别的不多，就是小姐妹多，各个盘靓条顺。

她整理了一下裙子："记得把西瓜吃了。"而后关上了门。

陈觉非听着幽长走廊将她的脚步声放大，又随着物理距离的间隔而逐渐变轻，她嘴里哼着的英文歌也隐在潮湿的空气中，而后变得朦胧。

他躺在床上，看着天花板："可以。"

找不到老婆就找于真意，可以。

小喇叭花是于真意邻居家的小孩，再过半个月，九月一日开学后就要成为一名光荣的初一新生了。

小喇叭花偶然瞥见于真意在门口滑滑板的样子，这颗刚刚成长起来的稚嫩的少女心立刻被于真意飞扬的裙摆、飘逸的长发和嘴里叼着的西瓜味棒棒糖戳中。自此以后，小喇叭花心里有了一个伟大的目标：成为像于真意那样的酷妹。这个目标一经说出，支持者唯有当事人于真意。

一旁车道上车辆来往稀少，于真意和小喇叭花滑了半个小时，两人热得要命，脖子上汗涔涔的，长发也湿答答地贴在脖颈和耳后。

"姐姐，你说空间里那种明星的联系方式是真的吗？我同学说她加到了她男神的联系方式。"小喇叭花问。

两人走到半道上实在热得难受，又被44号古董花园新出的夏日限定美人鱼冰淇淋所吸引。

"搞一支？"于真意看着小喇叭花。

小喇叭花嘻嘻笑着，面上的兴奋不言而喻。

老式门铃响了一下，伴着挂坠触碰响动，两人进门。

"一支牛乳冰淇淋、一支美人鱼冰淇淋。"于真意点完后接着小喇叭花刚刚的话题："当然是假的啦宝贝，姐姐年少不懂事时还在空间刷到过我男神呢，说是他上节目的时候不小心说漏嘴的。"

"后来呢？"

"后来……"于真意回想了一下，"那我当然加了，结果他告诉我说下暴雨，他们剧组都被困住了，让我打点钱过去支援。"

一声很轻又短促的嗤笑声从最角落的那一侧传来。

人对于落在自己身上的视线总是格外敏感。于真意扭头，视线正对上坐在窗边的少年。

眉骨高挺锋利，眼神锐利似刃。他嘴里叼着根棒棒糖，手肘撑在桌沿，手上操作不停，目光却落在于真意脸上，嘴角挂着一丝笑，又在接收到于真意的视线后很快掩盖。像个……长得有点姿色的非主流。

于真意打量着对方，对方也在打量她。

白 T 恤、黑裙，高帮帆布鞋往上是笔直的长腿，墨黑色长发高高束起，贴着细长的脖颈。两块艳黄色涂鸦长板支在一边。

两人的眼神在空中交会，又默契地挪开。

"姐姐，你吃哪个？"小喇叭花问。

"你想吃哪个，剩下那个给我。"

又一阵挂坠相互触碰的轻灵声响，门开了又阖。

少年抬头，眼前被擦得锃亮的玻璃窗上映出少女的身姿。她膝盖微微弯着，娴熟控制脚下滑板，一手拿着冰淇淋，唇角沾着点冰淇淋，留下印记，唇更显红。

"真真姐，你慢点啦，怎么又欺负我这个新手！"女孩抱怨。

"知道啦知道啦。"少女语气里莠坏意味太过明显，她嘴上这么说着，脚下动作并未停半分。

长发优哉游哉飘着，夹杂着悦耳声音，比夏风带来的舒爽感觉更甚。

第 3 章

于真意终于想起来傍晚时分遇见的那个少年身上散发的熟悉感是从哪儿来的了。她翻开和好友张恩仪的聊天记录。

七月中旬聊天记录里那张照片中的黑发少年，五官和他如出一辙，眉眼垂着，没有表情地看着镜头——他是下学期的借读生。

发现这件事儿的时候，于真意正窝在陈觉非床上，长腿以 90 度靠着墙壁瞎晃。

"他长得比照片好看。"于真意客观评价。

陈觉非坐在桌前低头吃着饭，没应声。

"对了，我明天去躲云书店，你有什么要带的吗？"对于这个新同学，于真意的注意力就停留了三分钟。她翻了个身，低头列着自己的书单。

"没有。"

钱敏和于岳民去音乐会之前已经把晚饭做好了，今天的菜式是肉末蒸蛋、腌笃鲜、松子马兰头，各个色泽诱人，都是陈觉非喜欢的。

"好吧。"于真意片刻都安静不下来，又翻了个身，继续她的瘦腿大计。

她长腿做着"空中三轮"，腿一晃一晃。因为还没洗澡，依然穿着下午那身衣服，陈觉非看着有点烦。

于真意："你明天晚饭想吃什么？书店附近有家大头仔海鲜面，可好吃了，给你带一份？"

陈觉非："是你想吃吧？"他对海鲜过敏，吃什么吃。

于真意一点也没有被戳破谎言的尴尬："哎呀，你说想吃，我妈就不会让我回家吃饭了，我去吃海鲜面，给你带别的！"

陈觉非："不用。"

于真意："好的，那我就给你带花椒鱼吧。"

陈觉非一扔手机，电竞椅慢悠悠地转过来，他懒散靠着椅背，声音刻意拖长："……行，想让我死就说。"

翌日，于真意到躲云书店的时候正是下午一点半。书店位于市中心大厦高层，像在躲云，又像贯穿了绵软云层。进书店要预约，进场人数有限制，所以人不太多。

于真意循着自己的书单找书，她要找的书在第六层书架上。她踮起脚，伸长了手，终于够到那书。她刚要抽出，但由于书摆得太过密集，左、右两边的两本都有要掉下来的趋势。于真意一惊，连忙伸出一只手去挡。比她更快的，是另一双手。

气息从后头裹挟而上，温热呼吸喷在自己的头顶。所及视野里，身后人伸出手臂，张开的手掌齐齐挡住那三本书，他的手臂带起真意的一缕长发。

"谢谢。"于真意小声说道。

"《森林、冰河与鲸》？"他问。

于真意点点头，后脑勺一晃一晃。

他抽出中间的那本塞到于真意的怀里。于真意回头，阳光透过玻璃窗落进来，照在瓷白的拱形书架上，也照在他黑色的帽檐上，像是给人蒙上了一层淡金色的光。少年戴着口罩和帽子，只在帽子边缘露出一点点短发。于真意又道了声谢，而后往结账处走。

于真意觉得时间还早，又去看了场电影，出来的时候正好下午五点，她只用五分钟就决定自己一个人挑战堂食吃面。点了碗海鲜面之后，她拍了照片发给陈觉非。

TBG："你不在，我只能一个人吃面了，呜呜呜呜，别人都成双成对的，不是带着朋友就是带着狗，而我只有一个人，孤单地吃一碗面，呜呜呜呜。"

陈觉非是五分钟之后回的。

TNB："小狗是时候学会独立了。"

TBG："不许叫我'小狗'！！！"

TNB："好的小狗。"

TBG："陈觉非你才是狗！！！"

于真意放下手机，吃着面。

一开始，于真意喜欢称呼陈觉非为"小狗"，因为他很喜欢被自己挠下巴和摸头。古北家里的那条小流浪狗也喜欢被摸头和挠痒痒，陈觉非简直就像一条小狗。再年长些，小狗有了叛逆期，不喜欢被人这么叫了。

后来的某天，于真意英语考试考差了。英语是她的强项，她在强项上重重地跌了一跤，又被钱敏女士和于岳民先生来了个口头上的"竹笋扣肉"混合双打，心情低落得不行。她隐约记得那是个阴沉沉的雨天，丝毫不见凉意，空气中水汽很重，刘海都像被汗打湿了一般分成一绺绺的。她坐在家门口的楼梯上，下巴撑在膝盖上，眼前摊着英语试卷。

陈觉非家的门开了。他走出来，坐到她身旁。他没说话，于真意也没说话。

最后是于真意忍不住了，她嘟着嘴，委屈巴巴地看着陈觉非，眼里含着水雾："陈觉非，我考差了。"

陈觉非漆黑瞳孔里映出她的脸。他抬手，像于真意平常逗他那样，也挠了挠她的下巴："那我们真真下次考好一点。"

那天的天实在阴沉，感官朦胧又模糊。于真意突然捏着他的腕骨："哎，你再摸摸我的下巴。"

陈觉非照做。

原来被挠下巴真的那么舒服啊。怪不得小狗喜欢被挠痒痒呢,如果她的屁股后头有尾巴的话,现在应该摇晃得厉害吧。

也就是从那天起,小狗这个称号突然就"光荣"地交接给了于真意女同志。

一碗面吃完,思绪也走到了头。于真意抱着书在地铁站和公交站之间的路口纠结着。公交要等二十分钟,可是能看车窗外的风景,看树荫一截截地掠过车顶;地铁四分钟一班,可是只能看见黑压压的隧道,听见野兽般的嘶鸣声。

"卖西瓜咯!"一旁的车上装满了西瓜,大喇叭正循环播放着这四个字。大爷穿着灰扑扑的老汉衫,席地而坐,拿着一把蒲扇。

于真意走过去:"爷爷,西瓜怎么卖呀?"

大爷打量了她一眼:"麒麟瓜,五十块一个。"

于真意简直瞳孔地震——浦江东西畔的物价竟差别大到如此夸张!东边人民真是生活富足。

于真意正要说"四十块的西瓜卖成五十块大爷你真坑",就听见身旁熟悉的声音,仿佛几个小时前刚刚听到过。

"一个西瓜。"少年说。

"好嘞。"

于真意抬头瞧他,正是刚刚在书店里碰见的少年。于真意想提醒他别被坑了,想想又觉得还是不多嘴了。真是年少不知西瓜贵。

于真意发现这个人和自己上的同一辆公交,又在同一站下。下车的时候,公交站台旁也有个阿婆卖西瓜。硬壳纸板上用黑色马克笔写着几个大字:西瓜,五块五,一斤。

于真意几乎是下意识回头看那个少年,两人的目光好巧不巧地交会在一起。

是于真意先移开眼睛的。她拉了拉裙摆,又大刺刺地蹲下来,先是娴熟地跟阿婆来了场尬聊,然后不动声色地还价。阿婆无语地看着她,一副"我就知道你心里在想什么"的模样。

"奶奶,给我便宜一点嘛,我家里好几口人。我一个小姑娘养活一家子不容易,我家还有条'狗'呢,他最喜欢吃西瓜了。"

她声音本就软，现在又带着刻意的撒娇，"糯米嗲"三个字在她身上体现得淋漓尽致。

阿婆无语地看着她东拉西扯，最后叹了口气："行行行。"

于真意笑嘻嘻的："谢谢奶奶。"

阿婆："要切吗？"

于真意摇头："我家'狗'会切的。"

阿婆嘴角一抽，她轻声嘟囔："小姑娘撒起娇来倒是挺可爱的。"

顾卓航走路步伐稍稍放慢，将两人的对话全听了个遍。他回想少女刚刚下车面向他时，那扬着还没来得及收敛的下巴，仿佛在说："看，你这笨蛋！这个只要十块零五，怎么算都比你那个便宜吧！"

他又回头看了眼，她还蹲在原地，一副得了便宜还卖乖的样子，妄图和阿婆继续一场和谐友好的交流以预先"透支"下次的西瓜。

于真意今天心情不错，抱着西瓜蹦蹦跳跳地走到陈觉非家门口，自然地开门，却发现陈觉非不知道什么时候下了楼，正坐在院子里，骨折的那一条腿架在椅子上，另一条腿屈起，手里拿着本奥数习题，大概是被题难住了，笔夹在耳朵后。椅子一翘一翘的。

"你小心摔得两条腿都断了。"于真意抱着西瓜进了厨房。

她环顾一周，抽了把水果刀，在掌心转着。简单冲洗了一下刀，她按住圆滚滚的西瓜，一刀下去，刀刃卡在厚厚的瓜皮上。再用力也劈不下去。

"什么玩意儿，这西瓜怎么跟铁球一样。"于真意嘟囔。

陈觉非扭头："你切西瓜还是西瓜切你？"

于真意高八度的声音从厨房传来："吃瓜人，耐心点好吗！"

于是陈觉非耐心地等了五分钟，还不见她出来，只是时不时传来各种五花八门的语气词。陈觉非叹了口气，把习题放在桌子上，慢吞吞地起身，一瘸一拐地往厨房走。

一进厨房，他就看到于真意和西瓜做斗争的顽强又英勇的身影，浑身上下连发梢都使着劲儿。

陈觉非有一米八八，高了于真意整整一个头，他左手抓着她的左手让她固定住西瓜，右手掌心覆盖在她的手背上，对准正中心，手腕用力，伴着清脆的咔嚓声，西瓜从中间均匀地裂成两半，瓜瓤沙而艳红，没有籽。

"哇，这个瓜没有籽。"于真意扭头。

他的头发黑得纯粹，眼眸很亮，像装了星星，五官精致又端正，此刻眼尾带着一丝不太明显的笑意。

陈觉非"嗯"了声。

"你吃哪一半？"于真意没察觉到陈觉非的异样，认真地问。

于真意属于巴掌脸，几年前和陈觉非一起看了《杀死比尔》之后就狂热地迷上了Gogo，她开始留着雷打不动的厚重齐刘海和黑长直，柔顺黑发更衬得她皮肤白皙细腻。见陈觉非没回答，她微微蹙眉，又问了一遍。

"吃你剩下的。"

于真意吃西瓜只爱吃中间那一部分。钱敏在的时候她不敢放肆，给什么吃什么，但是在陈觉非面前，她就暴露了自己的本性。陈觉非已经习惯了。

于真意说了声"好"，找出保鲜膜把另一半盖住放进冰箱。

她随手抽了把不锈钢勺子，两人出门坐在院子里。

大门敞开，小喇叭花在和隔壁的隔壁的邻居弟弟打羽毛球。于真意觉得那个弟弟面生，心里想八卦，她把西瓜递给陈觉非，出去交涉了一番，最后又神秘兮兮地坐回陈觉非身边。

"这个弟弟喜欢和小喇叭花玩！"于真意说。

陈觉非"哦"了声。

于真意："你就这反应？"

陈觉非一顿，认真地看着她："哇！"

于真意："……吃你的饭吧。"

陈觉非拆开于真意给他买的晚饭，不是什么麻辣鱼，是猪油糯米饭，还有一份甜腻的黑洋酥走油块。他往嘴里塞了一口，软糯口感回荡在口腔间。

于真意凑近陈觉非，打算挖中间的那块西瓜。她挖完中间的那块后，又挖了旁边的，然后递到陈觉非嘴边，西瓜和勺子的冰冷触感碰着他的薄唇，清新的西瓜味和于真意身上的甜橙味一起揉进他的鼻间。

于真又吃了一口后，突然一拍大腿："对了，我暑假作业没做！"

闻言，陈觉非心底弥漫一层不好的预感。于真意没有做暑假作业的言下之意是——陈觉非没有做暑假作业。

五分钟后，于真意从家里跑出来，拿着一沓作业塞到陈觉非的怀里："呜呜呜，小狗做不完作业要被老师骂的。"

该低头时就低头，该当狗时就当狗。她秀气的眉毛呈倒"八"字，一双大眼眼泪汪汪，长睫自然卷曲，本就毫无攻击性的长相再配上这可怜兮兮的表情，下巴放在陈觉非的掌心里，左右蹭了一下："帮帮你的小狗吧。"

陈觉非吃这套吗？吃。

"我写'于'字的时候习惯不带钩。

"我的'丿'从来都不带弧度。

"句号我都是画黑点点的。"

"……"陈觉非头也没抬，贴心问道，"你要不要再多说一句？"

于真意塞了口西瓜，听出贴心之下实则包含重重警告："不说了不说了。"而后把西瓜往陈觉非嘴里递。

爷爷正站在三楼阳台处，一眼就能瞧见自家和隔壁家院子里的景象。

红日西坠，余晖暗淡，勾勒出夏日之间万物分明的景象。天空苍茫一片，高远的浮云被拉扯着。院子外，繁密的树冠晃动，像一个个绿绒大伞。

少年膝盖上铺着翻开的作业，正低头写字，偶尔揉揉后脖颈。少女坐在一旁捧着西瓜，自己吃一口，对方吃一口。

两人默契地穿着同色系的衣服，夏风将少女的裙摆吹起，贴着少年的膝盖。

门口小女孩正为了自己输了球而生气，小男孩稚嫩的脸上露出了慌乱和无措，手背在后头倒腾了好一阵，突然变出一颗树莓味的糖，女孩矜持了一会儿，最后接过树莓味的糖，宣告"长"达三十秒的冷战结束。

爷爷拿起旁边的相机，"咔嚓"一声，画面定格。

后面几天下了雷暴雨。暴雨一直持续到八月底。

新学期开学在即，正所谓"差生文具多"，于真意完全没辜负这句话，周末和钱敏出去买了好多学习用品。

九月一日这天，全城烈阳高照，蝉在枝头不停鸣叫着。

全新的高二生活，于真意来"踢馆"啦！

第 4 章

漱口水在口腔里晃荡涌动，牙膏沫沾在唇边，于真意困顿地看着沾了点水渍的镜面。黛青色的黑眼圈、乱飞的刘海、打结的发尾，睡衣衣领上沾着她的口水。

脱掉睡衣，在衣柜前翻找，两个月没穿的校服已经成了压箱底的宝贝，于真意翻找了好久才找到。

师大附中的夏季校服是白衬衫搭配灰格百褶裙。于真意扯了扯裙摆，站在落地镜前看了眼。看着看着，于真意惊觉世上怎么会有这么美丽灵动的少女，她凑近了镜子，故意挤出两滴眼泪，又得出最新结论，世界上怎么会有哭起来这么楚楚动人的少女。

漫长又拖拉的洗漱加上一番自我欣赏之后，已经过去了大半个小时。于真意单肩背着包从窗口眺望，楼下钱敏女士指尖捏着咖啡杯，指甲是上周末刚做的丝绒红美甲。陈觉非坐在一边，骨折的那条腿伸长，书包放在地上。两人不知道在闲聊些什么。

一楼客厅音响里正放着 *Peach*。

随机播放的歌单、一杯冷萃，构成钱女士的早间时光。钱敏回头看了眼时间，又仰头，正巧看到站在窗口边的于真意："收拾好了还不下来？陈陈都等你一个小时了。"

陈觉非闻言，吃早餐的动作一顿："阿姨，夸张了夸张了。"

于真意："被您的歌单吸引了，陶醉其中忘了时间。"

钱敏"哦"了声："那高才生，把刚刚那句歌词翻译成中文给我听听？"

学校都还没开学呢，就在这里等着她了。

于真意思索了一下刚刚那句歌词，吹了个口哨，语气带着刻意的轻佻："我不是私下会跟兄弟谈论你的仔。"

陈觉非咬了口饭团，看着她，点漆似的黑眸里盛满了斜斜洒下来的光，他悠哉地接话："你是那种能拴住我很久的妞。"

于真意终于抓住了陈觉非的漏洞："妈！陈觉非翻译错了！这把我赢了！"

"快点下来，都早上七点了。"

于真意还真的以为七点了，赶紧下楼，结果走出去的时候随意地扫了眼客厅的挂钟，六点四十七分，这算什么七点。大人们的四舍五入真的很可怕！

鸳鸯巷房价贵到离谱的原因就在于它在学区，靠近师大附中，走路不过二十分钟的距离，是"兵家争夺之宝地"。

原本于真意是和陈觉非一起走路上学的，但是现在陈觉非一条腿骨折了，只能让真意骑自行车带他。于真意以为陈觉非会请几个月的假，毕竟如果骨折的是她，她一定会这么干，没想到陈觉非觉得高二学业紧张，偏要去上课。

钱敏和于岳民听了简直是被陈觉非这对学习的热爱劲头感动得痛哭流涕。但是真正痛哭流涕的是于真意。

拜托，从今天开始护送陈觉非上学、放学的重任不就落到她头上了吗？！

"是骨折，不是断了条腿。"陈觉非坐在后头听她抱怨的时候，悠哉地纠正。

"你就说我于真意一个十六岁的九十斤美少女载你这大男人，说得过去吗？"于真意说。

陈觉非为了表达自己真的在思考这件事，特意停顿了一会儿："说得过去。"

末了，他在她耳畔又加了句："谢谢。"

于真意缩了缩脖子，说话就说话，凑那么近干吗。

今天是开学第一天，整条路上拥堵得水泄不通，这个时候骑自行车的好处就体现出来了。两人拐到学校门口那条学院路的时候正好七点二十分。

盛夏早晨的阳光并不微薄，打在来往学生们因为骑自行车而拱起的脊背上，像照耀在高挺的雪山上。

自行车骑进师大附中，门口站着的一个执勤老师正要勒令两人下车，另一个老师走过来拍了拍执勤老师的肩膀，又冲于真意和陈觉非点点头，示意他们先走。

执勤老师不解："李老师，这——"

被叫李老师的那位拍拍他的肩膀："人家骨折了嘛，下车再走进去不方便。"

夏风将两位老师的话带到于真意的耳畔，她嘴巴噘成"w"形："拉倒吧，骨折也得看对象是谁。"谁不知道她后头坐着的这位是高二年级组各个老师的心头宝——"陈黛玉"，磕不得碰不得。

于真意是对着前面说的，陈觉非没听出她在嘀咕些什么，但是通过语气揣测一下，反正不是什么好话。

自行车骑到停车棚前，陈觉非钩着于真意的肩膀下车。两人停车的工夫，于真意正巧碰见张恩仪和薛理科。

张恩仪暑假去国外亲戚家玩了整整两个月，晒黑了一个度，头发也短了不少。于真意好久没见她，有一堆话想说，这下算是彻底把陈觉非忘记了。酷暑时节，两姐妹头贴着头，手钩着手，连体婴儿似的往教学楼走。

于真意好奇："亲眼见到外国的男人如何？"

张恩仪来劲了："帅炸了真就！"

"好羡慕外国人那又长又密的睫毛，我暑假想去接睫毛被我家钱女士一顿骂。"

张恩仪又说："经此一遭，我算是参透了。"

于真意虚心求教："什么？"

"丑人基因稳定如一，漂亮基因就跟抽盲盒一样，所以老公必须得找帅的。"

"不是生儿像妈，生女像爸吗？"

张恩仪"哎"了声，摆摆手："丑男人才会用这么多说辞给自己找补，别听那虚头巴脑的，找帅哥才是王道。"

于真意一脸"受教了"的表情，认真地点点头。

两个女生自顾自往前走，只留下薛理科和陈觉非面对面站着。

薛理科端详了一下陈觉非的五官："你也挺长的啊。"

陈觉非挑眉，笑得嚣张："这你也知道？"

薛理科木讷地点点头，男生里，陈觉非的确睫毛很长很密，所以那双眼睛总带着点蛊惑的味道。况且，这不是一眼就能看出来的事情吗？

陈觉非懒散靠着一旁的栏杆，骨折的那条腿晃了晃，伸出手臂："还不来钩着你哥。"

薛理科内心无语，嘴上："小的来嘞！"

薛理科真恨自己对陈觉非的言听计从。

薛理科和陈觉非这友谊的建立还得仰仗于真意和张恩仪。如果说于真意和陈觉非是铁打的青梅竹马，那薛理科和张恩仪就算塑料友谊。

初一的时候，于真意和张恩仪不知道因为什么事情吵得不可开交，于真意放下豪言——张恩仪不道歉，她就让她的小竹马来教训张恩仪一顿。张恩仪这小辣椒性子也是一点就炸，她一拍桌子，张口就是："就你有竹马？我也有！"

莫名被拉入女生纷争的"竹马"薛理科不明所以。薛理科的怂是出了名的，彼时人高马大的他站在张恩仪旁边，悄声问："于真意那个朋友，你见过没，我能打得过吗？"

张恩仪冷眼相对："这不是重点，重点是你要把面子给我找回来。"

正说着，拐角处传来于真意的声音，薛理科颤颤巍巍地回头，一看来人——哦嚯，长得挺帅，人也高。不过看着也就清瘦一男生。

薛理科自信心噌噌噌往上蹿。他撸了撸袖子："一一，你看我不把他……"

话音刚落，张恩仪一把推开他，昂首挺胸："这就是你那个竹马？"

于真意不甘示弱，雄赳赳、气昂昂道："对！"说完，于真意上下打量了一眼薛理科，"行了，那快点让他吃吧！"

于真意永远也不会想到，她轻描淡写的一句话给薛理科造成了多大的心理阴影。

"啊？"薛理科愣住。

张恩仪这才回过头："于真意说她的朋友会吃鼻屎，我当然不能输啊！"

薛理科上下打量着站在于真意身旁的少年，眼里多了分敬佩——兄弟，牛啊。

然后等看到他俊脸上露出的不解很快被冷漠和愠怒压下去，薛理科懂了。

哦，看来这人也不知道自己是来干啥的。

陈觉非本就撇下一堆作业来解决于真意的破事，却没想到就是纯浪费时间。他一把抓着于真意的校服领子，声音冷得不行："赶紧回家，不然我揍你。"

张恩仪看着平时高傲得跟小孔雀似的于真意就这样委屈巴巴地被拎回了家，不由得心情大好。她想着，于真意在家的地位也太低了，那她以后在学校里就让让于真意吧。

直到两人走远了，张恩仪还盯着两人的背影："这才能叫青梅竹马啊……"

薛理科不要脸地凑上去："我俩也是啊。"

张恩仪幽幽开口："竹马和牛马能一样吗……"

薛理科学着陈觉非的样子对张恩仪，没想到反被张恩仪暴打，她拽着薛理科："你欠抽吧，现在还敢使唤我了？"

当时的薛理科就一个想法——这哥们儿挺帅啊，改天得跟他学几招。从此以后，薛理科开始跟在陈觉非屁股后头，唯他马首是瞻，整天"大非哥，大非哥"地叫唤。

陈觉非对这个称呼的忍耐持续时间短达三天，三天后他终于不耐烦了，一脸诚恳地望着薛理科，表达了自己对这个称呼的不满，彼时于真意正和张恩仪在教室里画圈圈叉叉地下着五子棋，两人抬头看着对面两个男生。

陈觉非："'大非哥'这称呼实在有点像我二叔台球室里混社会那街溜子。"

薛理科想了想："是吗？"

陈觉非一本正经："对。"

薛理科："那我管你叫什么，叫你名字很不尊重你啊。"

于真意、张恩仪："……"

陈觉非故作思考一番后，模样比张恩仪给她奶奶穿针线的时候还认真："直接叫哥吧。"

于真意和张恩仪的友谊就这样建立了起来，连带着陈觉非和薛理科的。

新学期伊始，全校换教室，原本在南楼的高二换到了安静的北楼，高二的十二个班依次搬到了南楼的三、四、五楼。文理还未分班，于真意等人还在高二（三）班，只要爬两层楼梯。

四人是最后几个走到教室的。

上学期期末考试结束前匆匆搬了座位，每个人的桌子上都堆积着乱七八糟的书，灰尘布满整间教室。高二（三）班的人数是单数，成对的座位里总有一个人得落单，这个人就是陈觉非。

于真意和张恩仪是同桌，陈觉非一个人单独坐在于真意的后头。于真意坐在最边上，自然享有了自第三排到第六排窗户的使用权。她进教室的第一件事就是把窗户打开，一边任夏风拂过面颊，一边用试卷扇着风。

陈觉非把作业拿出来放在课桌角落，方便各个课代表收，同时他把一包全新的抽纸也放到桌面。刚拿出来没多久，路过的男生纷纷随意地抽了几张。

"你作业做了没？"趁着老师还没来，张恩仪开始奋笔疾书。

正巧碰上班长武越来收作业，他提到："老师又不改暑假作业，就看你做了没。"他边说边看着陈觉非那已经少了一点的纸："啧，抽纸放桌上，陈哥真是大户人家。"

当代校园，评价对方是否有财力的又一新标准——敢不敢把抽纸放到桌上。

陈觉非不甚在意，头枕着手臂："没关系随便用，脏了你们的身体，也脏了我的眼睛。"

于真意摇摇头。陈觉非的洁癖真是严重到令人发指。

张恩仪咬着笔杆，全新的作业本摊开着，一副"嗷嗷待哺"的模样，就等着于真意把作业拿出来。

第一节英语课之后，前门被人大力推开，进门的胖子气喘吁吁，坐到张恩仪前的空位上。

"蒋英语，你今天怎么来得这么晚？"薛理科是他的同桌，好奇地问。

于真意就坐在后头，掌心托腮，看着前桌这两位。一胖一瘦，一高一矮，一黑一黄，一个"学理科"，另一个"讲英语"。这世间到底是怎样的缘分让这龙凤二人凑在一起的？

蒋英语抹了把额前的汗："我忘了今天九月一日，我妈也忘了，带我去海洋馆半道上看见穿附中校服的人才发现不对劲，赶紧下了车打车过来的。"

四个人说话的时候，前面两人总喜欢转过身来，于真意常常身子靠着墙，以便陈觉非也能听到。

薛理科："还好这次是你妈犯错，不然你又要被打一顿了。"

蒋英语："我刚在校门口被老李头逮到，平白无故挨了顿骂，我说是我妈记错了日子，老李非说我现在撒谎的功力越来越差劲了。我就指着门口那辆出租车，跟他说我妈还在那里，要是不信就去问她。结果我妈一看到我指着她那个方向，立马撺掇司机开走了。"

薛理科："那老李头呢？"

蒋英语："老李头？他刚走上去，我妈就跑了，他吃了一通出租车的尾气。"

于真意在后头听得狂笑不止。她从抽屉里掏出一袋树莓味的棒棒糖撕开，总共六根，她从里面拿出五根，一人一根递给他们。

她往自己嘴里塞了一根，就在正要拆开第五根包装纸的时候，班主任岑柯的声音在窗外响起。

"陈觉非，来一下。"岑柯站在窗口处。

岑柯声音响起的那一刻，张恩仪以迅雷不及掩耳之势把作业塞到课桌里，课桌板往前剧烈地震了下，蒋英语没稳住，厚重身体向前扑。

"张恩仪，做贼呢！"岑柯纳闷。

张恩仪嘻嘻笑着转移话题："老师，陈觉非腿骨折了呀。"

岑柯这才想起来陈觉非现在行动不便，他嘱咐："CMO①联赛推迟到十月底了。"

陈觉非在网上看到最新消息了，他点点头。

岑柯走到一半又走回来，年纪大了，被人一打岔就忘记了自己是来干什么的。他恰好对上于真意的目光："那就于真意过来吧。"

于真意动作一愣，"哦"了声，从后门绕出去，绕到第五排位子的时候，看着正低头看书的陈觉非："陈觉非，抬头。"

陈觉非应声抬头，于真意俯下身，把树莓味的棒棒糖塞到他嘴里："好狗。"

陈觉非："……"

岑柯说班里要来一个新同学，让于真意带他去领一下书和校服，于真意一下子就反应过来，一定是那天的那个少年。

一号办公室外。于真意打了个哈欠，眼里泛上生理性泪花，跟着岑柯一起进门。

男生随意地坐在办公桌前的位子上，一副"五好学生"的模样。他大刺刺地支着腿，无聊地玩着手里的表格。

"顾卓航，等久了。"岑柯走过去。

顾卓航抬眼就看到于真意的脸，他很轻微地错愕了一下，然后起身。

"这个是于真意，你的同班同学。

"于真意，你带顾卓航同学去教务处拿一下新书和校服。"

教务处门口的高一新生正排着队领书和校服，于真意作为在场唯一一个穿着校服的人有些格格不入。她瞟了眼顾卓航，又很快把目光挪开。

和陌生人站在一起的感觉，好尴尬。她索性稍稍往前一步，站在他身前。

---

① 中国数学奥林匹克（Chinese Mathematical Olympiad），简称 CMO，即全国中学生数学冬令营。

顾卓航随意地靠着墙，盯着于真意圆滚滚的后脑勺，突然问："所以你后来打钱给他了吗？"

他的声音很低沉。没头没尾的一句话。

于真意没反应过来，她原想着这个新同学应该走的是冷漠酷跩路线，怎么也没想到两人之间的第一句话会是从他嘴里说出的。于真意转身看着他，肩膀擦着他的胸口而过："啊？"

顾卓航垂头睨她，在她澄澈的眼里看到自己的身影，他轻笑出声："男神。"

仅仅一面之缘，他居然记得自己，还记得自己那天说的话。好羞耻。

于真意自己都快忘了这件事，她咳嗽了两声，企图用长篇大论掩饰自己的尴尬："哪能啊！我说我也被困住了，还被暴力对待了。他问我，你是怎么被困的，我说我数学考了个位数被我妈打了一顿，我妈说'你下次要是再敢考个位数，我就让你困在盒子里别出来了'。他好久都没回我，后来我就问他能不能打点钱给我，从那以后他就再也没上过线了，现在还躺在我的联系人列表里呢。"

"盒子？"

"棺材盒。"

顾卓航沉默了好一会儿，最后才挤出几个字："你挺健谈。"

第5章

邻居妹妹、卖西瓜的大叔、卖西瓜的阿婆……和每一个人的聊天，都显示着于真意的健谈。但是于真意活了这么多年，还没人说过她健谈。

两人走到教室的时候，岑柯正好和语文老师在门口谈话。岑柯走在最前头，和班级里的学生介绍顾卓航。班里响起稀稀拉拉的掌声，还伴着女生低低的嘘声。

毕竟暑假时，这位新同学的证件照已经在班群里传播了个遍，只是没想到真人颜值的杀伤力比平面照中的更甚。

"虽然我已经见过他的照片了，但是没想到真人更帅。"于真意刚回到位子上，张恩仪就拉着她八卦。

于真意："之前更帅。虽然非主流了一点，但还是很帅。"

张恩仪："你见过他？"

"就是暑假的时候……"

陈觉非原本趴在桌上睡觉，闻言抬头看了眼讲台上的少年，他缓缓直起身子，靠着椅背，边转笔边听于真意和张恩仪讲着暑假的事。

"那小顾同学，你就坐——"岑柯扫了一眼，"坐第一组第五排外侧，陈觉非旁边。"

张恩仪看着顾卓航走过来，眼神如同激光，她上下扫视了一下新同学，又悄悄扭头看了眼两人。

陈觉非原本靠着椅背，腿大剌剌地伸在一侧。他抬眸看了眼顾卓航，把脚收回。

顾卓航："谢谢。"

陈觉非："没事。"

张恩仪附在于真意耳边轻声道："咱姐妹俩赚了。"

于真意："？"

张恩仪："附中最帅的两棵'草'就坐在我俩后头。"

于真意头顶问号更甚：谁是附中最帅的那棵"草"？

正说着，老古板古老师进来了。离上课还有几分钟，但大家都不敢放肆。于真意和张恩仪的对话只能通过字条来进行。两人把书立在桌上，头埋在书的阴影里，写着小字条。

张恩仪：你刚刚带他去拿校服，你觉得他人怎么样？

就这么十分钟，她能看出什么啊？但是想着他最后说的那句"你挺健谈"，于真意想了想，而后在纸上写：他不健谈。

张恩仪：哦，哑巴帅哥咯。

于真意：对，应该会是很无聊的那种。

张恩仪：那太好了！！！我就要长得帅又不会说话的，可惜他不是个瞎子，不然岂不是被我轻松拿捏。

于真意捏着字条，还没打开，眼前的阴影突然全然消散，书被古老师捏在手里。于真意下意识把手垂在背后。

"交出来。"古老师说。

全班的注意力都落在于真意身上。

张恩仪一副"姐妹对不起是我害了你"的模样，眼里的坚毅光芒却准确地向于真意传达着一个信息——人可以死，字条不能被发现。

于真意准确接收到信息，背在后头的手张开，幅度很轻地晃了晃。

古老师看不见的视角盲区，后排的同学却能看得一清二楚，所以每个人都看见陈觉非淡定又从容地接过字条，水笔笔盖在她的掌心打了一下，像是在呵斥她。于真意觉得痒，下意识抓住陈觉非的水笔，死死攥住。

顾卓航撑着脑袋，将两人的小动作收进眼底。

"字条呢？"古老师重复。

于真意装傻："什么字条呀？"

古老师翻了一遍都没找到，最后作罢。于真意立刻卖乖，声音应得响亮。

课间，张恩仪叫于真意一起去灌水。

于真意应了声，正要让陈觉非把他的水杯给她，就看见陈觉非趴在桌上，政治书盖在头顶。于真意只能在陈觉非的桌肚里找，手时不时打在陈觉非的膝盖上。

陈觉非一手丢开政治书，抬头，眼里带着倦意，声音有些沙哑："怎么了？"

"我想拿你的水杯去灌水。"

陈觉非"嗯"了声，从抽屉里拿出水杯塞到她怀里。

"冷的热的？"

"冰的。"

"……给你去小卖部买杯冰可乐是不是更好？"

"哦，谢谢你。"

"……"

饮水机上显示热水还要等待三分钟。

张恩仪靠在一边，继续课上的话题："你说，怎么行动？"

于真意想了想："邀请他中午一起吃饭吧。毕竟我俩的友谊也是从吃饭开始的。"

张恩仪认真地摇摇头："不是，我俩的友谊是从陈觉非吃鼻屎开始的。"

话音刚落，两个人对视几秒，然后笑得像烧开水的壶，配合着前仰后合的动作，如同僵尸变异前兆，吓得来灌水的几个学生惊悚地朝两人看。

笑声默契地停下，两人接着刚才的话题。

张恩仪："那你帮我说，不然显得我贼心昭然若揭。"

于真意摇头晃脑讲着大道理："自古以来多少话本里的狗血故事不都是，闺密不好意思要男生的微信，让好姐妹去要，结果心仪的人和好姐妹双宿双飞了。本人貌美如花，颜值不容小觑，劝你还是自己来。"

张恩仪被她逗笑——于真意真是半天不夸自己就难受。

她也摇头："没事，你俩双宿双飞也行，你这种大美女就是要配帅哥。"

于真意：……哇，这山一般的伟岸胸襟。

张恩仪撒娇："好不好呀，我主动去说显得我贼心昭然若揭。"

"迟早要揭。"

"于真意！"

"好好好，知道了。"

水开了，于真意和张恩仪对视一眼，这开水声居然真的和两人的笑声一样大，两人莫名其妙又开始笑，推推搡搡地走到教室门口。

到教室门口的时候，于真意才想起字条还在陈觉非那里，里面的文字称不上露骨，但是和小姐妹的聊天内容要是被他看见，也很尴尬。也不知道陈觉非看没看。

回教室的时候，陈觉非果然还在睡觉。于真意就知道他这是因为暑假日夜颠倒的作息还没改过来，加上今天早上起得太早，钱敏女士的冷萃咖啡实在拯救不了他的困意。

下节是自习课，于真意戳了戳顾卓航的肩膀。顾卓航抬头看她。

"让我一下下行吗？就五分钟。"她找完字条就走。

顾卓航起身让她站到中间后又坐下。

于真意："？"她的意思不是让这俩男的把她围在这一亩三分地里啊！

她蹲下身，歪着脑袋在陈觉非的课桌里翻找，头晃来晃去。

陈觉非实在困，知道于真意在一边也懒得管，直到她蹲得小腿发麻了，手肘支在自己的腿上借了个力，陈觉非终于忍不住了。

他困得睁不开眼睛，长臂穿过真意的脖子，声音含糊又沙哑："乖，别烦我，我再睡会儿。"

于真意一个不稳，一屁股跌坐在地上。

他的声音很轻，所以只有张恩仪和顾卓航听见。张恩仪愣怔地回过头。

顾卓航侧头，垂眸睨着她，看着绯红染在于真意瓷白的脸上，他又看了看陈觉非，不知道在想些什么。

夏天的闷热在这个密闭的空间里席卷周身，于真意抹了把额头上的汗就往陈觉非的裤子上擦，她手往课桌里掏了掏，这会儿工夫倒是一下子就找到了。她简直觉得无语。

　　于真意说："陈觉非，你要勒死我了。"

　　陈觉非恍若未闻。

　　于真意轻轻拍了拍他的手肘，又一次小声叫唤："陈觉非，你再不放开我，我就不要你了。"

　　毫无威慑力的恐吓起到了显著效果。陈觉非指尖终于动了动，艰难地抬起头，一只手大力地揉了揉脸，算是彻底清醒了。他松开于真意，漂亮眉眼里困意十足，屈尊纡贵般看了她一眼，抓着她的胳膊把她从地上拽起来。

　　于真意拍了拍屁股上的灰，从顾卓航后头跨出去。

　　张恩仪暗示性地咳嗽了一声，于真意一顿，看着顾卓航，露出一个友好的笑容："顾卓航，你中午是不是一个人吃饭呀？要不要和我们一起？"

　　顾卓航有些惊讶，他反应了一会儿，眼睛一眨不眨地盯着她。

　　该说不说，被这样一双眼睛盯着，的确有些不好意思。这个等待的工夫让于真意觉得他在考虑如何拒绝，听着张恩仪又一次暗示性的咳嗽声，于真意拿出最后一根树莓味的棒棒糖递给他："一个人吃饭很没意思，和我们一起吧？"

　　两三秒后，顾卓航接过糖："好。"

　　糖纸剥开，树莓味的棒棒糖是雾紫色的，一股香精的味道。

　　顾卓航看着前面正在和张恩仪说话的于真意，看着她饱满的嘴唇一张一合，唇角一直微扬着，她的嘴唇清透、颜色粉润，倒是和这树莓糖有异曲同工之妙。

　　顾卓航的视线从于真意身上移开的时候却发现陈觉非也在看着她。

　　为了保证高三的时间充足，北楼和南楼的铃声是分开的。离高二上午最后一节课下课还有十五分钟，北楼的铃声已经响起，隔着老远都能听见北楼东西向走廊上如擂鼓般的脚步声。

　　于真意叹了口气。餐具盒已经摆在了桌子上，她晃了晃盒子，里面不锈钢勺子碰撞的声音丁零当啷响着。

　　语文老师杨巧君正好走到第四排，她睨了眼于真意，语气带笑："饿了？"

于真意："是的老师，我都面黄肌瘦了。"

杨巧君："看不出啊，这不还是挺白的。"

"就是啊！"蒋英语在前面插嘴，"我死七天都没于真意这么白。"

于真意白的确是公认的。想到蒋英语这比喻，班里发出窸窸窣窣的笑声，困顿一下子全消。

杨巧君也笑："行了行了，你们大半节课都没动静，现在倒是都活过来了。那今天提前给你们感受一下高三生活。"

后排有学生问："老师，啥意思啊，这就要开始高三模式了？"

于真意想了想，最先反应过来："什么呀！巧巧姐让我们也提前下课吃饭呢！"她说完看着杨巧君："对吧巧巧姐？"

杨巧君微微蹙着眉："嗯，就你最会做阅读理解。"

话音刚落，伴着欢呼声，最后排的男生把门打开，学生们像涌起的潮水往教室外冲。

张恩仪拉了拉于真意的袖子，眼里暗示意味颇重。于真意比了个"OK"的手势，她回头看着顾卓航："跟我们一起哦？"

她声音软而不腻，轻轻柔柔，像几个小时前含在嘴里的树莓糖。

顾卓航点点头。

于真意眼瞧着陈觉非也要站起来，她疑惑："岑柯不都给你特权让你在教室里吃饭了吗？"

陈觉非抬起头，蹙眉与她对视着，手指叩着桌沿，语气异常平静："一个人吃饭没意思。"

于真意和张恩仪走在最前边，张恩仪这个霸王花开始装含羞草，在顾卓航身有一搭没一搭地说着话。薛理科和蒋英语跟左右护法似的架着陈觉非，于真意特别想去提醒一句——他穿着的固定器可以让他正常走路，只不过比常人走得稍微慢些。她想想还是作罢。

因为了解彼此，所以于真意知道陈觉非此刻的心情称不上好。但是于真意不知道陈觉非在生什么气，她努力思考着从上午开始自己和陈觉非说的每一句话，到底哪里触到这条小狗的雷点了呢？

思考无果，得出结论——青春期的小狗，太过敏感。

"你说说你，腿都瘸成这样了，在家休息不好吗？换我，我绝对把整个高二上学期给休了。"薛理科说。

蒋英语也附议。

陈觉非"啧"了声："怎么还阻止人学习啊？"

蒋英语阴阳怪气："不阻止不阻止，年级最高分跟我们还是不一样的。"

薛理科还是不理解："学霸的思维的确有别于我们凡人。"

提早下课的缘故，食堂里的人比往常少了一大半。陈觉非在靠窗口的位子坐下，其余几个人去排队。队伍不长，没等多久就到了于真意。

"阿姨，我要一份椒盐排条、糖醋排骨、猪油炒杭白菜，然后再要一份红酒烩花蛤、毛豆烧鸡、青椒土豆丝，分开装在两个碟子里。"于真意说。

阿姨给她打好菜，打饭的时候手又颤颤巍巍地抖着，一抖就抖落了大半勺。于真意的心也随着她的手一起颤抖。

她就知道！她就知道！食堂阿姨的手没有一天不抖！

蒋英语吃得最多，眼见阿姨盛得少，又苦苦哀求，磨蹭了好一会儿工夫。

于真意在陈觉非对面坐下，她把盘子挪到陈觉非面前，从餐具盒里拿出两把勺子，其中一把递给他。

薛理科和蒋英语吃饭的时候不说话就会"死"。两人叽叽喳喳的声音在沸反盈天的食堂里也十分明显。

薛理科看着顾卓航，自来熟般地问候："同学，你以前在哪儿'高就'的啊？"

张恩仪："'高就'这词是这么用的吗？"

薛理科："那词造出来不就是给我用的吗！"

顾卓航："我高中以前都在杭城，半个月前刚搬过来。"

张恩仪："那你从来没来过这里啊。你觉得这里和杭城差别大吗？"

顾卓航沉默了一会儿："以前来过一次。"

"那我上次看见你在古董花园那天，是不是就是你刚搬过来的时候？"

于真意和顾卓航中间隔着个张恩仪，所以她讲话的时候微微探着头，有一缕头发上沾了点糖醋排骨的糖浆，发丝在甩动间又贴着她的唇边，印上了一点焦糖色的痕迹。

顾卓航"嗯"了声："我住那儿附近。"

此言一出，除了陈觉非，其他几个人眼睛交错对视：大户人家。

"那你——"

于真意有一堆问题要问，陈觉非的视线落在她唇上，他从夏季校服浅浅的口袋里拿出一包纸，抽出一张后抬手伸到于真意面前："别动。"

于真意不明所以，但还是乖乖听话，任由陈觉非帮她擦嘴角，很快的一下。

张恩仪早就习以为常了，薛理科就不行，他还是做不到以正常又自然的目光面对眼前这两人，所以他带着满满的疑惑问："哎，你俩这样真的不影响你们以后找对象吗？"

于真意觉得他大惊小怪——这怎么了？陈觉非可是重度洁癖啊。

蒋英语塞了口饭："你想多了，陈觉非重度洁癖，这属于'哀家眼里容不得脏东西'。"

他惟妙惟肖地学着，薛理科觉得好笑，他又戳戳陈觉非："哥，我想听你说这句话。"

陈觉非："你有病吧。"

"不过你俩那微信昵称……"在陈觉非那里碰了壁，薛理科又开始刚刚的话题。

于真意："文盲，你懂什么。"

张恩仪艰难开口："不好意思啊真真，其实我也不懂。"

于真意："TBG：true beautiful girl，TNB：think no boy。"

张恩仪、薛理科、蒋英语："……"

神一般的英译中。

蒋英语边和排骨做斗争边竖起了个大拇指："姑娘好英文。"

于真意："Thank you."

于真意还要说些什么，但从来都是问什么答什么的顾卓航冷不防开口："你们两个是……"点到为止的话却能让每个人都明白言下之意。

于真意夸张地"啊"了声："怎么会这么想？"

顾卓航淡淡地说："你们的相处方式，挺像。"

于真意塞了块排骨，她看看陈觉非，一脸若有所思："看来我们有必要改变一下相处方式了，不然还真被科科说准了呢。"

蒋英语在一边咒骂学校食堂的饭量越来越少，越来越坑人，几个人的话题又扯到了食堂的饭上。

区别于其他人，陈觉非直直对上顾卓航的眼睛，毫不退让。大概是雄性生物之间无需多余的言语，只一个眼神，就能看出对方眼里的敌对之意。

陈觉非突然嗤笑出声，眼里挑衅的进度条被拉满。

他还以为面前这位新同学是什么来路，原来是"绿茶"啊。

在小团体的对话已经成功地从"食堂打饭阿姨手抖"转移到"门卫大叔好像逆龄生长"之后，陈觉非没来由地说："其实不太熟。"

几个人的目光纷纷转向他，于真意最先说："啊，是排条、排骨，还是杭白菜啊？"

"真真。"声音低低沉沉，听不出什么情绪。该是很平的两个字，却在他的唇齿间酝酿出抑扬顿挫的感觉。

于真意起先以为陈觉非在叫她，后来发现并不是，她还有点错愕，因为陈觉非不常这么叫她。而剩下的话，更是将她的错愕感拉到了峰值。

"其实我们两个不太熟。

"只不过是从小一起长大，搬了三次家还是邻居，她的名字取自我妈最喜欢的《饮酒》，我的名字取自她爸最喜欢的《归去来兮辞》。

"除此之外，的确不太熟。"

第6章

草木葱茏，伴着贴地而来的风飒然作响，最后一丝晚霞湮没了这座城市所有的建筑。

顾卓航一个人住在这里，做饭阿姨正在厨房烧菜，烧完菜之后她就走，待到明天的这个时间点再过来循环重复今天的工作任务。顾卓航看着眼前一桌子的菜，味同嚼蜡。

少女轻灵上扬的声调在耳畔回旋。她带着笑意说："一个人吃饭很没意思。"

顾卓航只见过于真意五次：在古董花园，她笑着和邻居妹妹说话；在躲云书店，她对自己说"谢谢"；在车站，她和卖西瓜的阿婆讨价还价；然后就是今天中午，她说一个人吃饭很没意思；还有一次，太早了，在时光的甬道里，距今已经太久了，久到于真意一定忘记了。

莫名地，他又想到陈觉非今天中午那番话，那语气里有明晃晃的强势意味。很幼稚，也很低级。可是他矛盾地想着，要是身份对调，坐在那里的人是他就好了。

开学第一天，学校门口堵得厉害，于真意一道数学题没解出来，被数学老师扣下了，陈觉非先慢吞吞地走下来，在停车棚等她。

数学老师没有拖太久，只讲了二十分钟。于真意走出教学楼的时候看见陈觉非身边站着两个女生，她们身上还穿着迷彩色的军训服，应该是高一的学妹，不出意外就是在问陈觉非要联系方式。于真意已经习惯了，她把书包抱在前面，坐在楼梯台阶上，百无聊赖地盯着前头。

直至看到两个女生脸颊红红地跑开，于真意才走过去。

陈觉非靠着墙："戳那儿干什么？"

于真意解释："我过来多尴尬呀。"

陈觉非兴致缺缺地"哦"了声："你不来救我。"

"……"

车拐过学院路，最拥挤的一段路已经过去了。

等在红绿灯前，于真意问："你说一见钟情是不是就是见色起意呀？"

"是。"后头的声音没半点犹豫。

"那这种喜欢有点不牢靠。"于真意好心提醒他，"你小心被骗。"

绿灯。风裹挟着她的长发，发梢掠过陈觉非的鼻尖。白色衬衫有一角没有扎进裙摆里，蹭着他的手背。

他鼻子耸动了一下，清晰地闻到于真意身上的甜橙味，糅合在夏日傍晚的风里。他垂头，声音有些闷："于真意，你知道就好。"

关她什么事？

于真意疑惑："我知道就好？为什么我要知道？"

陈觉非没再说话。

自行车骑进鸳鸯巷，在陈觉非家门口停下，陈觉非慢吞吞地跳下自行车，他单肩背着包，脚步一轻一重地往家里走。站在门口，他倚着墙输密码，嘀嘀嘀，密码锁显示密码错误。

于真意"啧"了声："第三位的数字是'7'呀，你怎么自己家密码都记不住了。"

陈觉非的手一顿，指尖停在那个"7"上，面上神情若有所思。

嘀嘀嘀，长时间没按密码，密码锁又自动叫起来。

黄昏微薄的阳光照在少年宽阔的肩膀上，静谧巷子里，他好像在笑，但又分辨不清，声音低到不认真听根本无从察觉。

"所以你说，要怎么改变相处方式？"

杨巧君前一天布置了默写古诗的任务，默写完后同桌互改。一般遇上这种同桌互改的时候，教室里都异常热闹，各种"灰色交易"层出不穷，比如对的打钩，错的不打叉，又如直接帮同桌改过来，更甚者来个灯下黑——不交换。

唯有于真意后头那两位不是这样。她觉得自己仿佛在寂静岭。

于真意好奇地回过头去："你们两个好冷漠啊，好像不认识一样。"

本来就不认识。心里是这么想的，嘴上却完全不一样。陈觉非看了对方一眼："没有。"

顾卓航也平静回应："嗯。"

更像不认识了。

下课的时候，江漪走过来，从第一组第一排开始收作业，走到陈觉非身边时，他正好趴在桌上睡觉。江漪抿了抿唇，敲敲他的桌子："陈觉非，要交英语作业了。"

陈觉非原本埋在黑发间的手指动了动，胡乱地揉了揉额前翘起来的碎发，艰难地坐起来。

坐在前面的于真意恍然"哦"了声，回头把作业塞到江漪怀里："不好意思，在我这里。"

陈觉非睡眼蒙眬地看了眼，大脑似乎还在"宕机"状态。

于真意看了他一眼，知道他昨晚熬夜学习到凌晨，这也算是年级最高分的代价了吧。陈觉非不算天赋型选手，上课从不睡觉，每晚学习学到凌晨，做完学校的作业还要做课外的练习册，每天的休息时间就只剩下课间和午休。

于真意说："接着睡吧，老师来了我叫你。"

陈觉非大脑重启失败，他点点头，又一言不发地趴下。

江漪有些懊恼自己没和陈觉非说上话，她瞪了于真意一眼："抄什么作业啊！"

于真意没什么大反应，嘻嘻笑着："那你下次帮我抄吧？"

江漪噎住，又瞪了她一眼，立刻走开。

张恩仪无语地翻了个白眼："又没抄她的，真是狗拿耗子。"

于真意：……这话怎么听着不对劲呢？

张恩仪和江漪不太对付，源自高一冬日文艺会演主持人竞选，女主持人的唯一名额落在于真意和江漪的头上。岑柯对着这两个小姑娘也是头疼，最后只能采取让全班匿名投票的方式来决定最后的名额。于真意没有写自己的名字，但也没有写她的，最后江漪险胜她一票。

于真意觉得败了就败了，到时候还要化妆、换礼服、背台词，很麻烦。但是张恩仪就不这么觉得。她觉得无论是从声台形表的任何方面来说，于真意都比江漪出色多了。

张恩仪更想不明白，琢磨了半天都没想出来，在于真意弃票的情况下，这个结果是怎么做到只差一票的。但是没超过人家就是没超过，于真意不怎么在意。

文艺会演之后，江漪声名大噪。一人得道，鸡犬升天，江漪身边那群小姐妹天天在于真意和张恩仪面前冷嘲热讽。

这算怎么回事？江漪心里那点昭然若揭的小九九，谁看不出来。

江漪本人倒是没怎么耀武扬威、恶语相向，但是纵容自己的朋友在那里阴阳怪气，可不就默认代表了她的想法。再说了，这一帮人，从去年冬天的文艺会演能翻来覆去说到今年夏天，真是闲得慌。一来二去，梁子就暗暗地结下了。

"别气别气。"于真意看着张恩仪那气得不行的样子，"中午请你吃苦咖啡雪糕。"

张恩仪看着毫不在意的于真意，叹了口气：果真是傻白甜治"绿茶"。

午休时间快结束前，岑柯西装革履地进来，头发上像抹了发油，锃亮锃亮的。他咳嗽了两声，卷起书本敲了敲黑板："同学们，下午的体育课不上。"

"啊——"一片哀号声。

"啊什么啊？学校请了A大的名师来给大家演讲，到时候班长带着大家，一起去一号会议厅。"说完他就往外走，走到一半又折回，"那个……陈觉非脚伤，就不用去了。"

班里响起一阵起哄声。

"老师，真是这个原因吗？"学生们哄笑着问。

岑柯皱眉："废话！"

"老师，那千万记得让优秀新生代表关了麦。"于真意说。

班里窸窸窣窣的笑声更大了。

岑柯叹气："没关系，不是每个人都是陈觉非。"

当事人陈觉非仿佛不受干扰，他靠着椅背，边看题边转笔。

于真意继续转过头去，她倒着坐。他做题的时候很认真，眼帘垂着，心无旁骛，完全不受周围人嬉笑声打扰。

顾卓航不知道他们在笑什么，于真意正巧对上他的眼神，她眼睛弯了弯，倾诉欲上头："你知道大家在笑什么吗？"

顾卓航摇头。

陈觉非揉了揉眉心，慢吞吞地起身。

于真意质问："你干吗去？"

陈觉非皱眉："厕所都不让上？"

于真意摆摆手："你一个人蹲得下去吗？要不要让人扶？"

陈觉非："求求你，别操心了。"

"哦。"

他走后，于真意开始和顾卓航掰扯陈觉非去年那点事。

高一上学期开学一周后，校方请了名师来开讲座。从父母讲到未来，从现实讲到理想，名师在台上讲得声情并茂，学生在台下听得涕泗横流。彼时陈觉非正站在演讲台的后侧，他身边站着的是入学考试的年级第二，一个戴着黑框眼镜的男生。男生也听得大受感动，眼泪哗哗掉，然后用衣袖去擦眼泪、鼻涕，一通抹。

陈觉非有洁癖，不允许自己看到这样的情况，他从门袋里掏出一包纸给他。男生一把鼻涕一把眼泪，含蓄地抽了一张："谢谢。"

陈觉非扫视过他的五官，最后落在人中上，又立刻移开，他拿着剩下的纸巾晃了晃，奈何对方没动。

除了对待于真意，在其他事情上，陈觉非这人和"耐心"两个字实在挂不上钩。眼见男生还要装矜持，他"啧"了声，索性把纸塞到对方怀里。男生脸上充满了感动和诧异。

陈觉非转了转脚踝，站得久了腿有点酸。讲到群情激愤的地方，男生哭得更厉害了。

所有人里，唯有陈觉非一个，神情闲散自得，如同在听一场单口相声。他揉了揉脖子，实在没忍住："别哭了，你信不信他这句话结束就要卖书了？"

在讲师讲话之前，陈觉非刚刚结束"优秀新生代表讲话"，麦还别在他的衣领上，陈觉非也忘了关。所以那句咬字无比清晰的话就这样传遍整个礼堂。

坐在台下的于真意望望张恩仪又看看薛理科，六目相对，唯有"佩服"二字。

那场讲座最后被搞得很尴尬，讲师看着自己放在桌子下的一摞又一摞厚厚的书不知如何是好，教导主任原本正在和岑柯夸赞陈觉非，勒令他好好对待这个能冲清大的好苗子，话还没说完就听到好苗子语出惊人。最后，他背着手，佝偻着背，留下一句："第二名那个孩子看着也是个好苗子。"

于真意当时就感叹，得亏说这话的人是陈觉非，要是是她于真意，那早就死翘翘了。

自那以后，陈觉非每一次结束国旗下的讲话后，教导主任都会仔仔细细检查一遍他是不是还别着麦。

故事讲完，于真意眼巴巴地看着顾卓航："陈觉非是不是很可爱？"

缄默片刻，顾卓航硬着头皮"嗯"了声。

下午的讲座换了位老师，于真意想，去年的那个老师应该再也不会来了。换汤不换药的一套说辞已经引不起任何人的泪水了，最后买书的人也是寥寥无几。

于真意挽着张恩仪的手从礼堂后经过的时候，听见教导主任惆怅的声音："以后就别请了吧，何必呢……"

另一个老师思索片刻："要不等这届毕业之后再请？"

教导主任长叹一口气："行。"

昨天的体育课被突如其来的演讲毁了，今天的这节体育课大家格外珍惜。因为下午第一节就是体育课，所以今天的午休时间是最不安宁的。随着十二点四十五分午休结束铃声响起，每个人都兴奋地站起来，一响铃就往外跑，不给任何老师占课的机会。

陈觉非上不了体育课，坐在位子上写作业。

张恩仪还想再抓紧这十分钟的时间睡一会儿，于真意在这百无聊赖的等待空当回过身去，趴在陈觉非桌子上。

"伤筋动骨一百天，你不在，我们羽毛球都玩不了双打。"于真意叹了口气，小脸垮着。她觉得羽毛球还是双打才比较有意思。

陈觉非："九月底差不多能好了。"

"什么呀，得十月中旬呢！"于真意掰着手指头。

陈觉非这是莫名缩短了半个月啊。

"不用这么精准。"

"要的要的，万一留下后遗症了呢。"于真意想了想，"你骨折了一下我妈就心疼得要命，要是留下后遗症她肯定更心疼了。"

正说着，江漪走到陈觉非的桌前，她拿着一本练习册，声音清甜："陈觉非，你待会儿是不是不去上体育课呀？"

陈觉非"嗯"了声。

江漪红着脸，笑了一下："那我待会儿可以坐在你旁边问你题吗？"

"我不一定会。"陈觉非如实回答。

"你怎么可能不会呀。"她说这话的时候，低头看着顾卓航，脸更红了，眼里意味不言而喻。

陈觉非还没开口，顾卓航便起身自觉地让开位子，江漪又道了声"谢谢"，自然地坐下。

距离上课还有三分钟，薛理科和蒋英语在外头叫于真意快去上课。于真意拍醒张恩仪，对方睡眼蒙眬，连连打了几个哈欠，习惯性扭身看后头的钟表，却发现后头坐着江漪，又一个大大的白眼翻起："数学课代表也不去上课啊，怎么不去问课代表？"

江漪没搭理她，只把作业推到陈觉非跟前，用笔指着倒数第二题："这题有点难。"

张恩仪还要说什么，于真意看了眼时间，赶紧拉着她下楼。

"陈觉非居然不拒绝江漪，你好好管管他！"张恩仪下楼的时候还在不停地抱怨。

"同学之间讲道题啊。"

"拜托，他居然给江漪讲题啊！他要做的就是毫不犹豫地拒绝她，然后用磁性低沉的声音说：'抱歉，我只会给于真意讲题。'"

于真意挠挠头，这是被小说茶毒得太深了。换位思考一下，自己拿着作业本去问题，结果在周围一大堆人注视的情况下，被对方一脸冷酷、跩里跩气地拒绝，她会觉得对方有病又不礼貌。

体育课多是自由活动，于真意和张恩仪去小卖部买了冰淇淋和芝士猪排。于真意原本不想买的，因为这块猪排的售价居然要十六块八。于真意想吃，但是又被价格唬住。

张恩仪："看看热量表。"

于真意看向背后的热量表："哇，好高。"

两人对视一眼，原本犹豫的心登时坚定下来——热量这么高，绝对好吃！

于真意："嗯？"

张恩仪："嗯！"

两人一口冰淇淋，一口芝士猪排，晃晃悠悠地逛着操场，走了一圈又一圈。

操场两侧，男生们打着球。薛理科和蒋英语自来熟地拉着顾卓航，混入班级剩余的男生堆里打球。有薛理科和蒋英语在，顾卓航和剩余的男生熟络得很快。男生之间友谊的建立，要么是打一场架，要么是打一次球。

于真意看着眼前的景象，少年们大汗涔涔，时不时传来喧闹笑语，她咬了口冰淇淋，冰爽甜腻的口感回荡在口腔间，她感叹："少年、篮球、雪糕、裙摆。哎……于真意的夏天真美好！"

张恩仪叹了口气，同样感叹："厕所无空调，如厕要出汗，内衣太闷人，裤子粘屁股。哎……张恩仪的夏天也挺美好的。"

于真意："……"

第7章

薛理科打到一半，没进半个球，全程被顾卓航吊着打。他这才发现这位新同学这么牛。薛理科搭着他的肩："你这球技跟陈觉非有得一拼，等他腿好了你俩可以来一场。"

顾卓航拽起衣角擦了擦脸："可以。"

薛理科看了眼表，还有半节课的时间，他又看着远处正在闲聊的姐妹俩，拔高了声音："真真、一一，打羽毛球吗？"

顾卓航倏忽抬眼，他盯着薛理科，回想刚刚他对于真意的称呼。

于真意回头，分贝也大："陈觉非不在，打个啥啊。"

顾卓航指尖转着篮球，自然地说："我可以。"

薛理科不明所以，可以什么？

顾卓航看着于真意的背影："可以代替陈觉非。"

体育馆里，人声鼎沸，室内的篮球场被隔壁班的男生占领，羽毛球的场地却空着。旁边成排的座位上有不少女生坐着休息。

薛理科和张恩仪一组，顾卓航和于真意一起。顾卓航长得高，长相也出众，他站在一众男生中十分醒目惹眼。

于真意几乎都能隔着鼎沸人声，清晰地听到一旁的女生们在讨论顾卓航。于真意悄悄问张恩仪："你不和他一组拉近关系啊？"

张恩仪摇摇头："我和科科配合得好，这次你不和陈觉非一起了，我一定能赢你。男人和尊严，我选尊严。"

于真意看着张恩仪，气笑了："在这儿等着我呢。"

于真意手里把玩着羽毛球拍，球拍在她的手腕和掌间转了一个漂亮的圈，她的视线落在顾卓航脸上："帅吧。"

顾卓航"嗯"了声。

"想学吗？"

顾卓航点点头。

于真意有的时候觉得和顾卓航交流还挺累的，因为他只会点头和说"嗯"。她把球拍递给他，刚要和他说怎么转，手在离他手腕半掌的距离时有些犹豫，她指尖在空中点了点："就是旋转的时候手腕用力，然后……"

"啪嗒"一声，球拍掉落。

顾卓航捡起球拍，像是察觉到了她的犹豫："没关系，你说吧。"

于真意指着他的手腕："是这里用力，不要手掌用力。"

起先也是说着玩的，谁知道顾卓航就是学不会，于真意心里那股好为人师又不服输的劲儿上来了，她正要调整，对面那两位已经全然不耐烦了。于真意说下节体育课一定教会他。

顾卓航垂眸看着她，说了声"好"。

第一次一起打羽毛球，于真意和顾卓航配合得并不好，总是往后退踩到他脚。张恩仪和薛理科击掌，对着于真意做鬼脸，把于真意气得半死。

顾卓航看着于真意面上的懊恼情绪，他问："你和陈觉非以前怎么打的？"

她和陈觉非怎么打球？

于真意从没想过这个问题，只是好像每次陈觉非都能预判到她接不到的球。于真意想了想，缓缓出声："其实我也不知道，我跟他……应该属于按习惯来吧。"

习惯了对方的打法，也能仅凭一个动作直接就揣摩出对方下一步要做什么。无论是羽毛球，还是其他的。

顾卓航慢慢地点头，不受控制地轻念出声："所以很危险。"

正说着，后头有女生的尖叫声和男生的提醒——篮球直直朝这边砸过来。于真意没反应过来，顾卓航拽着她的手，往自己的身侧扯。篮球重重地砸在地上，弹了几下又向前滚。

男生慌慌张张地跑过来，和于真意道歉。于真意摇摇头表示没事，又问顾卓航什么东西危险。

"篮球，危险。"

于真意呆呆的——可是他说这话的时候篮球还没有砸过来啊。

"下一把我站前面。"顾卓航打断她的思绪。

顾卓航长得高，借着身高优势，他数次网前扣杀，于真意仿佛成了在后场闲逛的老大爷。

于真意看着顾卓航一次次弹跳，球拍猛烈击打着球，在空荡的体育馆里发出回响。他弹跳的时候，白色衣摆上扬，随着他的落地，球也落地。于真意听着周围女生的闲聊，三句话都离不开顾卓航，甚至拿他和陈觉非对比。

张恩仪叉着腰，气喘吁吁的，早就忘记了自己准备在顾卓航面前保持淑女形象："顾卓航你干脆一个人和我们打得了啊！"

顾卓航笑着回头，他看着于真意，举起手，掌心伸开。

这是于真意第一次看见顾卓航笑的幅度如此大，少年有两颗虎牙，笑起来的时候目光柔和。于真意瞬间明白他的意思，她也举起手和他击掌。

顾卓航微微弯下身，轻声说道："合作愉快，真真。"

回教室的时候，江漪还坐在陈觉非旁边。

于真意好奇，刚开学，进度也慢，这得是多难的题才能讲整整一节课。

上体育课前，女生们去换了衣服，把校裙换成了运动裤。现在下课了，厕所里全是换裤子的女生，于真意懒得去挤，但她实在热得厉害，就把裤腿挽到膝盖上，两手叉腰站在讲台旁的空调边，边吹边扯衣领，正面吹够了又转了个身，让冷风侵袭自己的后背。

"哦哟，我们家门口菜市场里的烤鸭也是这么烤的，隔五分钟翻个面。"

"真真，五分钟到了，可以再翻回去了。"

台下男生女生哄笑成一团。

于真意翻了个白眼。值日生在整理讲台，于真意拿起讲台上的粉笔，学着岑柯的样子掰成两半朝下面扔。男生们嬉笑着躲开。只留得值日生在后头气急败坏地叫她的名字。

体育课后的课间时光区别于语数英，总是热闹又充满活力。然后这刚生起的活力又被接下来的英语课和历史课湮没了。

下午放学的时候，于真意坐在陈觉非的桌子上等他收拾课本，江漪走过来，手里还拿着本练习册，她递给陈觉非："谢谢你呀，不过今天的数学题我还有一些没明白，晚上可以给你打语音电话吗？"

陈觉非接过书："晚上有事，要是有问题可以明天问。"

江漪愣了一下，本想说"你腿都骨折了能有什么事"，但她还是点点头："那我走了。"

顾卓航刚转学过来，有很多东西要填写，下午他又被岑柯叫去填写表格，这会儿才回来，恰巧碰到出门的两个人。

彼时于真意正在疑惑于陈觉非口中的"晚上有事"："你能有什么事？"

陈觉非单肩背着书包，把校服外套一起搭在肩上："腿疼，疼到不能说话。"

于真意瞠目结舌："穿着固定器怎么还会疼呢？！"

居然还疼到不能说话的地步？那骨科医生可是说了，穿上固定器之后根本感受不到疼痛，可以和常人一样行走，当时于真意看着陈觉非面色不变地掏出九百块买的时候心疼得要命。她拉着一瘸一拐的陈觉非走到诊室外："你先别买，网上最便宜的只要一百零九。"

"于真意。"陈觉非眼睛眯了眯，"断的不是你的腿。"

于真意理直气壮："可是花的是你的钱啊！"

陈觉非："……"

那九百块钱被于真意惦记到现在，可是这么贵的东西居然没用？于真意痛心疾首，开始碎碎念："我就说让你这冤大头别花这冤枉钱。"

陈觉非睨她一眼，像是意有所指："笨死了。"

他怎么还有脸说自己笨？于真意哼了一声，没再搭话，拉着陈觉非的书包带子和顾卓航打了声招呼："走了，明天见。"

几乎就在于真意说出这五个字的瞬间，陈觉非单手搭在她的肩膀上，半个身体的力都压在她身上。

于真意的注意力全然被陈觉非吸引："你怎么不压死我算了？"

陈觉非大力地揉了揉她的脑袋："怕被我压还不走快点。"

于真意气不打一处来。这是什么道理？

"明天见，真真。"顾卓航并不介意陈觉非的刻意打断。也是在他说出"真真"这两个字的时候，他看到陈觉非抬眼直视他。

于真意正在整理自己被陈觉非弄乱的头发，她没有注意到在高于自己二十厘米以上的那块地方，正因为一个再正常不过的称呼引起无声又激烈的战役。她"哦哦"了两声，重复了两遍"明天见"，而后和陈觉非一起走下楼。

"你今天体育课打羽毛球了？"走到停车棚，陈觉非靠在一边。

"咦，你怎么知道？"

"猜的。"

"那你猜得很准哎。"

陈觉非扯了扯唇角："喜欢和我打还是和他打？"

突如其来的一个问题。他说这话的时候靠着脏兮兮的灰白墙，停车棚的顶是幽蓝色的塑料质感的板所搭成的，泛着点光。他垂着眉眼，手臂垂在裤子口袋一侧，无意识地敲打着校服裤腿上的那条线。

墙的外侧归属于校外，无人打理，布满了藤蔓，它们贴着外侧的墙野蛮向上生长，又从白墙与车棚顶的空隙之中钻进来，而后直直垂下，垂落在陈觉非的头顶和宽阔肩侧。

空气片刻静默，只余下蝉鸣声，歇斯底里。

于真意觉得五脏六腑之间突然凭空蹿上了一种奇怪的感觉，这个问题好像远没有表面上那么简单。她迟疑了片刻，正要开口，陈觉非"啧"了声，烦躁地薅了把头发："到底是哪个狗崽子规定的伤筋动骨一百天！"

他觉得自己根本没什么问题了，甚至可以去参加马拉松。

于真意："……"

上一秒话题在喜马拉雅山，下一秒就跳到马里亚纳海沟。

夕阳之下，景物像是被蒙上了一层滤镜，变得有些模糊。万物缥缈，温热燥意浸透着肌肤而后渗入，连带着人的心也燥起来。

于真意性格外向，人又可爱，不管是在男生里还是女生里都玩得好，熟络起来后，管她叫"真真"的人不在少数，陈觉非从未觉得有任何问题，她就应该被这么多人喜欢。

除了今天。

陈觉非觉得，他错过的不只一节体育课，还有这短暂又漫长的四十五分钟时间里，于真意和这位认识不过几天的新同学在他看不见的地方所发酵出来的友谊。

第8章

于真意回家的时候，钱敏正端着盘菠萝在客厅里看剧。旁边的音响里放着古早情歌，是他们那个年代会放的已经烂熟于心的歌。不出意外，这个时间点爷爷又出去和巷子里的老头闲逛去了。

"我爸呢？"

于真意把书包丢在沙发上，窝在钱敏旁边，张大嘴巴："啊——"

钱敏往她嘴里塞了块菠萝："在研究藜麦虾仁鸡胸肉蔬菜沙拉。"

要素过多。于真意反应了一会儿："妈，你要减肥啊？"

钱敏奇怪地看了她一眼："这种东西当然是饭后甜点啊。"

于真意："哦……"

电视里播放着《风云雄霸天下》，这个时候剧情已经接近尾声，于真意看到聂风出场再一次感叹："好帅啊！"

她又问："妈，你说你要是孔慈，你选聂风还是步惊云？"

钱敏再一次奇怪地看了她一眼："挑什么挑，两个都要啊！"

她妈很厉害。

于真意"嗯嗯啊啊"了半晌，最后又说了个"哦"字。

于真意跟她妈脾气秉性不同，她时常觉得她妈跟张恩仪应该见一面，两人简直趣味相投到一块儿去了。

"你呢？"钱敏问。

"我想要聂风。我喜欢聂风这种内心善良内敛的，但是我也很喜欢步惊云这种霸道又杀伐果断的性格。"

居然说得这么具体。钱敏扫了她一眼："你有喜欢的人了？"

"没有啊。"于真意叹了口气，"我只是觉得要是能把他俩的性格结合起来就好了，表面跩，内心像小狗，暗地里还透着些霸道和反差的柔情，那简直就是我于真意的'天菜'。"

钱敏："'天菜'是什么意思？"

于真意："就是梦中情人。"

钱敏"哦"了声："那不就是陈陈吗？"

于真意："妈，你这就纯属胡说八道，他跟我说的那些有什么关系啊？"

正说着，于岳民端着沙拉出来。鲜嫩的生菜和虾仁铺底，嫩橙色的芒果和雾紫色的提子落在蔬菜上，看着清爽。

"别天菜地菜了，吃吃我拌的菜吧。"于岳民说。

于真意徒手拿了颗提子，手背被钱敏打了一下。于真意才不管，她咬着提子，汁水在齿间迸开，酸涩味道涌入喉咙。

就是在这个时候，于真意发现钱敏接睫毛了，她愤怒："妈！你接睫毛了！"

钱敏转开脸："没、没……妈这天生的……"

于真意委屈死了："妈！我要去接睫毛，你说这样不好，越接掉得越多，我听你的话了，结果转头你就自己去接！"

钱敏终于有点心虚："好好好，妈有假睫毛，明天给你贴好不好？"

"仙子毛、鱼尾毛，任你挑。"她又加码。

于真意深吸一口气，委屈巴巴道："你别骗我。"

钱敏的确骗了她，第二天，陈觉非正坐在一边吃着油条，他把油条撕成两半，一半蘸着甜豆浆。

"啊啊啊——"

陈觉非眼睫颤了颤，拿着油条的手一抖，掉进甜豆浆里。

"妈！你说了要给我贴假睫毛的！"

"妈妈错了妈妈错了，等你毕业了就给你贴。"

"妈——"钱敏现在在于真意这里的信任度直降为零。

"那——"

于真意拿着睫毛夹，歪着脑袋，笑眯眯地看着陈觉非。

陈觉非油条塞在嘴里，突然难以下咽，他不自觉地睁大眼睛，面上每一个细微的变化都仿佛在说："我不行。"

于真意的眼睛很大，睫毛本就长，但她总是觉得不够长，眼睛一睁一闭，像两颗剔透的黑珍珠。她皱眉的时候，眉毛会自然地呈现倒"八"字，配合着这双大眼睛，更显得楚楚动人。她今天好像还涂了唇膏，是玻璃质地的，亮晶晶的。

巷子口的树已然参天，枝叶越墙而过，阳光透过树叶的影子洒下来，变得稀疏。稀疏的光又打在陈觉非的脸上和漆黑短发间。

于真意眼睛朝他看，脸庞的轮廓感很强，修长的脖颈往下是锁骨，一根红绳在夏季校服下若隐若现。这是两家人为两人在玉佛寺一起求来的玉佩，因为是同年生的，两人戴的是一样的兔子玉佩。

他今天喷的还是"像你的人"。

阳光斜射，水泥地上，两人的灰色影子交叠在一起。

于真意和陈觉非赶在早自习的铃声前进教室，台下学生在背诵文言文，语文课代表江兰正在讲台上梭巡。

杨巧君来得比两人早一步，她站在江兰身边，看着踩点来的两人，面无表情："于真意、陈觉非，我是该骂你们两个呢，还是该夸你们真有时间观念，还给我踩点到呢？"

于真意想了想，偏头看着陈觉非，突然搀扶住他："巧巧姐，陈觉非今天早上又摔了一跤，感觉腿伤更严重了，我本来想带他去医院，不过他说还是学习重要，所以我们来的时候迟到了一点点。"

于真意会撒谎，杨巧君不信她，她看着陈觉非，陈觉非没说话。

于真意拉着他胳膊的手拧了一下。陈觉非很轻地叹了口气："是的，真的不好意思老师，我们下次不会了。"

陈觉非必不可能撒谎。杨巧君点点头："回座位吧。"

早自习一结束，于真意立马戳了戳蒋英语和薛理科的肩膀，睁大眼睛，笑得十分刻意。两人不解。

"有没有觉得我有什么地方不一样？"

静默片刻。

"没有。"

"没有？"于真意冷哼。

张恩仪真不愧是好姐妹，她举手抢答："报告真真！我看出来了！涂了唇膏。"

"满分！"

"什么奖励？"

"请你喝超市新出的香蕉牛奶。"

"真真大人，——想喝两杯。"

"真真大人批准了！"

"嘻嘻！"

陈觉非坐在后头，手撑着腮帮子，优哉游哉地听着两人无聊又没营养的对话，时不时笑笑。

第二周，第一组换到了第二组的地方，于真意和她靠窗的位子来了场难舍难分的告别。原本第四大组的人换了过来。后排几个女生看着陈觉非，脸上挂着羞涩的笑。

于真意手臂枕在陈觉非的课桌上，下巴撑在他桌上，看着后头的漂亮姑娘："江漪现在离你更近了。"

陈觉非没理她。

"哎。"她装模作样地叹了口气，"近水楼台啊。"

闻言，陈觉非终于抬头施舍般看了她一眼："近水楼台怎么了？"

于真意："近水楼台先得月。"

陈觉非看着她，眼神认真："扯。"

对于陈觉非而言，"近水楼台先得月"简直是人类史上最荒谬的言论，没有之一。

薛理科和蒋英语这俩，天作之合，时常会因为一些莫名其妙的东西吵起来。比如今天，一节与往常无异的生物课后，薛理科和蒋英语讨论一道题，讨论着讨论着突然急眼了。

薛理科："比就比！"

彼时于真意正从外面灌水回来，她捧着水杯差点和两人撞个正着。眼见两人火气都不小，于真意回到座位上，腿习惯性地踩着张恩仪椅子下的横杠："他俩干什么呢？"

张恩仪撇撇嘴。

没从张恩仪那儿得到回答，于真意又扭头看着陈觉非："他们干吗去了呀？"

陈觉非郑重其事回答："和你无关。"

于真意好奇死了。大家都知道，就她不知道，小团体开始排挤人了！她眼巴巴地看着顾卓航，对方揉了揉眉心："我不知道怎么说。"

于真意实在不明白。怎么，前面这俩傻子要做的事情无法用中文描述出来吗？

张恩仪听得不耐烦了，拽着于真意的肩膀，在她耳边低语。

生物课上学到基因与遗传，下课后薛理科和蒋英语正做着题，张恩仪突然来了句"鼻子挺的男人有福"。也不知道这句话戳中这俩二货哪个点了，两人回过头来，四只眼睛齐齐看着张恩仪，张恩仪甚至觉得自己的后脑勺也被两双犀利的眼睛盯着。

"你觉得谁的鼻子挺？"

张恩仪语塞，卡了老半天："我……"

眼见张恩仪没回答，薛理科看着蒋英语，比画了一下："我的好挺。"

蒋英语冷哼："你不要自卖自夸了。"

薛理科："说真的，这是有科学依据的。"

蒋英语："薛理科你少胡说了。"

战争一触即发，两人越说越火冒三丈。说再多不如比一场。

于真意听完全过程，脸皱成一团——神经病吧……

不过……她凑近张恩仪，贴着对方说悄悄话："是真的吗？"

张恩仪哪儿知道啊。理论堪比爱因斯坦，实践相当于恒山派小尼姑。

"肯定是真的。"

于真意微微侧身，翻看着政治书，把脸捂得严严实实的。没一会儿，又悄悄地移下来，只露出一双眼睛，打量着正在做题的陈觉非，又看看顾卓航。两人的五官无可挑剔，的确能称得上师大附中里最帅的两棵"草"。

大概是目光太直白，两人难得站在统一战线上，齐齐抬起头，面色平静地看着她，似乎一眼就能看穿她在想什么。

于真意机械地转过头："我没那个意思……"

陈觉非轻飘飘的话从后头传来："于真意，别犯病。"

第 9 章

于真意无比认真地观察着蒋英语和薛理科，她整个人挂在张恩仪身上，唇贴着对方的耳朵，用气声道："蒋胖儿的脸色是不是不太好。"

张恩仪赞同地点头。两人对视了一眼，默契地交换了眼神，心中定论已然落地：啧，有些东西强求不来。

中午下了场大暴雨，雨珠砸落在地上，砸得人昏昏欲睡。

午休连着的是体育课，不少人选择在教室里接着睡觉。于真意想去打羽毛球，她戳了戳半睡不睡的张恩仪。张恩仪懒得动，于真意又把目光投向薛理科和蒋英语。两人还因为上午的争论陷入冷战。

这也值得冷战一个上午？搞不懂。

于真意垮着张脸。张恩仪起身靠在椅子上，重重地打了个哈欠："你可以跟后头那个去，他会陪你的。"

于真意："他一伤员怎么跟我打？"

张恩仪："我是说我后头那个。"

于真意猛地摇头："我跟他单独去打羽毛球干什么，我有病啊。"

张恩仪定定地看着于真意。她对情感和眼神很敏感，前几天打羽毛球的时候她就能看出来顾卓航那点若有若无的心意。张恩仪的确挺欣赏这个长相帅气的男生，但是在这个天平上，如果一端是顾卓航，另一端是于真意的话，那她会毫不犹豫地站在于真意这边。

拜托，一个认识五年的姐妹和一个认识不过几天的、有那么点姿色的男生，正常人都会选姐妹的好吧！但是戳穿就没意思了。

张恩仪拍了拍于真意的肩膀，一副少年老成的模样："我对他已经没什么兴趣了。"

于真意"啊"了声，惊讶张恩仪的热度来得如潮般汹涌又退得如潮般猛烈："这才多久啊？"

"这都多久了！"能有多久，时长还没她生理周期长。

"……那我问问他。"于真意扭头："顾卓航。"

陈觉非在给后面的人讲题，在听到于真意的声音时他转过头来，两人一齐看着于真意。

于真意捏了捏鼻子，她叫的不是顾卓航吗？陈觉非转过来干吗？

顾卓航抬头看她："怎么了？"

于真意："打羽毛球去吗？"

顾卓航把作业阖上："好。"

陈觉非指尖转着的笔突然停下，笔一端抵在虎口处，另一端在试卷上晕开一个黑色的墨点。

"等等，我是说就我们两个。"大家一块儿玩，一起走在路上的时候是不会尴尬或是冷场的，但是只有他们两个，顾卓航这人话又少，于真意怕他觉得不自在。

顾卓航眉眼弯了弯，还是说了句"好"。只是那么一个字，于真意总觉得听出了语调上扬的味道。

他好像有点开心？

比起他，陈觉非就不开心了，他自然地插嘴："我也想去。"

"你？"于真意皱眉，"你还是好好待着吧。"

陈觉非恍若未闻，他起身，眼见于真意还愣在原地，开始催促："走啊，不走就下课了。"

张恩仪在前头听着三人的对话，她来劲儿了："我也去我也去！！！"

修罗场哎！她必须去看！更大的战争即将爆发。

薛理科和蒋英语的冷战也是在这一刻落下帷幕的。

薛理科、蒋英语："我也去！"

于真意：……她的朋友都有病。

雨刚停，空气中湿意太重，地上也留下点点斑驳水渍。

今天的体育馆里只有高一的新生。张恩仪等人说了看热闹就真的是来看热闹的，几个人盘腿坐在一边的阶梯椅上，眼里亮晶晶的，如同在看一场好戏。

陈觉非坐下来的时候十分艰难，骨折的那条腿伸长了，一条腿支着，他手肘顺势搭在支着那条腿的膝盖上，眼睛一眨不眨地盯着两人。

张恩仪视线全程停在他身上，无奈摇摇头。真是身残志坚。

顾卓航拿起球拍的时候下意识转了一下，又在于真意目光看过来时硬生生地停下，迫使自己不去接。球拍落在地上，发出不小的动静。

于真意看到他的动作才想起来自己还没教会他，于老师那点好为人师的责任心又起来了。

陈觉非皱眉："他们两个在干吗？"

张恩仪火上浇油："学习。"

陈觉非毫不掩饰地冷笑——这都不会转。

不同于混合双打，两个人打起来的时候于真意几乎一刻都没停，她一开始发现顾卓航让着她，有一些不爽。因为她打羽毛球不比别人弱，无须别人的刻意照顾。因为有缺陷，所以被照顾。于真意不太喜欢这种感觉，更不喜欢别人看低了她。

两三回合之后顾卓航发现了于真意低落的情绪，但他不明白。

陈觉非明白。

打到一半于真意没什么兴致了，她找了个借口说休息休息，顾卓航也跟着坐到她身边。

张恩仪："你怎么不打了？"

于真意"嗯"了声，敷衍地说："休息休息。"

张恩仪刚刚没闲着，一直在观察高一新生。大概是这一会儿工夫，她看到一个长相深得她心的学弟，忙拉着于真意，两个人叽叽喳喳地讨论着。

"她不喜欢别人让着她。"陈觉非开口，猝不及防。这是他第一次主动和顾卓航说话，"她也不喜欢被别人特殊对待。"

陈觉非本不该提醒他，应该心胸狭窄地看着他在于真意的雷点上"蹦迪"，但是陈觉非觉得还是于真意开心比较重要。

顾卓航微愣，目光对上陈觉非的："谢谢。"

陈觉非拿起于真意刚刚放在地上的羽毛球拍，在手掌间转着，他敛着眉，密长的睫毛下垂，视线落在地面上："不用谢，她因为你不开心了。"他把球扔给顾卓航。

顾卓航接过球："我会将功补过，让她开心的。"

救命救命救命……薛理科和蒋英语面面相觑，为自己刚刚从近距离的第一视角观察到了一场没有硝烟的战争而震撼。

于真意觉得顾卓航这次打球打得异常狠，她的好胜心全然被激起，整个人仿佛炸毛的小雄狮。是和刚刚全然不同的游戏体验。她奋力起跳，扣杀。这一球她打得稳准狠。

于真意看着顾卓航和那球失之交臂，她兴奋地比了个"耶"。

"怎么样，我厉害吧！"她扬着下巴看着顾卓航，像一只斗胜了的小孔雀。

顾卓航点点头，也笑着："真真，你真厉害。"

于真意把校服裤脚挽到膝盖，笑得明艳："再来再来！"

她已经来了兴致，不知疲惫。

在她没注意到的另一边，两个学妹走到陈觉非身边，她们边走边埋头窃窃私语，黑发遮掩下的脸颊微微发红。

于真意偶然回头看到的时候，学妹正蹲在一边，脸上的红晕更明显了，手里拿着一张便利贴和一支黑笔。她的注意力在飞来的羽毛球和陈觉非之间游动。

陈觉非从小到大就是公认的帅哥，刚进附中的时候就凭着这张脸小火了一把。高一"优秀新生代表讲话"让他声名大噪，运动会他连破两项校纪录，更是让他的名字传遍了学校。张恩仪曾经戏言，每一次校内的公共活动都能让陈觉非这个名字的传播力更上一层楼。所以学校里常有问他要联系方式的人，但是陈觉非从来都不会给。

伸长手臂，击球，球越网向顾卓航的方向落去。空当里，于真意随意回头，陈觉非接过了笔。

球再一次击打回来。于真意弹跳，重重地扣杀，她以为顾卓航接不住这球，所以在球越网的一瞬间她立刻偏头朝陈觉非的方向看去。她没有注意到的区域里，球却被顾卓航接住。于真意看见陈觉非写完之后将便利贴递给两个学妹。

回神之后，视野里，球近在咫尺，于真意来不及了，她反手去挡。羽毛球在空中划出一道低低的弧线。碰网，没过。

一个她本可以接住的球，却被扰了心智——被一个本不该扰乱她心智的人。

第10章

羽毛球打完后，全身被汗水湿透，整个人黏得要命，于真意实在受不了自己满头的汗水，先去一楼的厕所简单冲了把脸。

"天哪，那个骨折了的学长真的帅。"旁边，四五个女生站在一起肆无忌惮地聊天。

骨折的学长，不就是陈觉非吗？

于真意洗脸的速度慢下来，刚关上的水龙头又一次被她拧开。

"太平洋宽肩，绝了。"

女生窃笑着："一定很有安全感。"

"你不是加了联系方式吗？"

"我只是问到了，还没加呢。"

"那也是一个良好的开端！"

等最后一个女生上完厕所出来后，女生们又一阵嬉闹，然后成群结队地离开了。

于真意胡乱抹了把脸上的水渍，快步走出厕所。

放学前，岑柯宣布了两件事，一件事是关于十月中旬的运动会报名，话音刚落，全班振奋，毕竟这可是他们在师大附中的第二次也是最后一次运动会了。

随之而来的另一件事让全班又陷入颓废的状态。

下周开始，无论是走读生还是住校生都要在学校里上晚自习。师大附中的晚自习总共有三节，高三要上完这完整的三节课，高一、高二只要上两节课，而走读生可以随意选择。按照去年的样子，于真意和陈觉非都心照不宣地选择上一节课。

于真意和张恩仪在后头看着运动会报名的赛事表。

"你报哪个？"张恩仪问。

"不报，我想'摸鱼'。"于真意无精打采地回。

张恩仪奇怪地看着她："你上学期可是最积极的那一个，要不是只有两条腿，都恨不得把长跑包圆了。"

于真意觑了她一眼，深深地叹了口气："我今年想做废物，班级荣誉什么的都和我无关。"

张恩仪摸了摸她脑袋："你没事吧？"

于真意耷拉着肩膀，嘟囔声轻不可闻："……我有事。"

后头传来两声意味深长的咳嗽，张恩仪回头发现自己和于真意此刻正被江漪和她那帮小姐妹包围着。

杨雯雯看着江漪手腕上的手链，艳羡地说："江漪，你的手链看着好贵哦。"

江漪："是我爸爸领导去旅游的时候买的。"

郑子言："什么牌子呀？"

江漪："我也不知道。"

张恩仪都分不清她们三个是不是故意走到这边才说话的，翻了个大大的白眼，拉着于真意往外走。她悄悄问："真真，你知道那是什么牌子吗？"

于真意："我是土狗，我不知道。"

于真意全程兴致不高，因为比起这个，她更在意的是陈觉非第一次给了女生联系方式。

她努力回想着那两个学妹的样子，企图从中找出一些和其他被陈觉非拒绝的女孩子的不同，却又无功而返。良久思考之后，她又开始疑惑——自己为什么要这么做呢？为什么要花费时间和心思去想一些很正常的事情？

思绪无休无止地发散着。闷气侵袭而来，分不清是不是夏日里的燥热引起的。

下过雨后，空气中泥土的气味很重，混杂着潮湿的水汽迎面扑来。临近放学的时候，岑柯讲完之后，数学老师又来讲了一道难题。数学的题讲起来就没完没了了，一道压轴题讲了很久，久到两人回家的时候路灯已经亮了起来。光亮柔和，天空雾蒙蒙的，水洼里泛起涟漪，自行车骑过，映出两人的身影。

"你今天——"陈觉非在门口按密码，于真意突然开口，又在说完这三个字之后戛然而止。

她为什么要说话，又希望得到什么回答？

她看见陈觉非的身影顿在原地，校服外套被他搭在肩上，外套之下是深灰色的圆领短袖，和鸳鸯巷的灰色砖面巧妙地融在一起，也像融在夜色里。

陈觉非没回头："什么？"

于真意猛地摇头，又发觉他看不见自己的摇头，才说："没什么。"

"哦。"

于真意没再开口，却也没动，连呼吸都变得轻微。

陈觉非以为她走了。毕竟于真意走路无声，他早就习惯了。但于真意没走，她呆呆地看着陈觉非的背影，他颀长身影靠着门，微微偏过下颌低头按着密码。于真意突然想到在厕所时那些女生的对话。

少年身形宽阔，像挺拔的高山，肩膀像平直的海平面。短短的数十秒内，她居然也在想和那些女生一样的事情。

于真意往前一步，正要抬手，却见陈觉非转过身来，她张开的手就直直地僵在半空中。陈觉非垂眸看着她，藏匿在利落黑发下的剑眉微微挑着，声音清冷又懒散："做贼呢？"

是的。做贼。

"你的……"于真意佯装认真地扫视着他的脑袋，抬手乱拂，"陈小狗，你少熬夜啊，头发好像变稀了。"说完，她如一只乱窜的耗子般快速往家里溜。

陈觉非待在原地，咬牙切齿道："于真意，人跑了车还在，信不信我把你这自行车扔江里？"

"小耗子"慌不择路地溜回来，推起她的自行车就跑。

陈觉非难得起了逗弄她的心思，又悠哉地说："于真意，车跑了人还在。"

"小耗子"已经处于脑子混乱的"宕机"状态，她又灰溜溜地跑过来，大脑缓冲了四五秒："啊？什么人？"

陈觉非勾唇，食指和中指并拢作枪状，往她的脑袋上轻轻一点，笑得轻松："你把我丢下了。"

回来的那个周一，岑柯让体育委员姜衡收集报名信息。

姜衡拿着一张报名表、一支笔，跟个地痞流氓似的从最左边的第一组第一排走到最右边，面上盛气凌人，语气纡尊降贵："各位大哥大姐行行好，报一个吧报一个吧，不然咱头顶这乌纱帽要掉了。"

全班哄堂大笑。

"铅球。"

"标枪。"

"跳远。"

"跳高。"

姜衡"啧"了声:"我也是服了,就没一个人报长跑是吧?"

张恩仪扭头问顾卓航报什么项目。

顾卓航:"都行。"

姜衡敏锐地挖掘到了顾卓航口中"都行"的可能性,他跑过来,卖着狗腿子相:"哥!哥!三千米来一个呗?"

顾卓航还没说话,姜衡接着卖惨:"以前都是陈觉非上的,但是这次他断了条腿,我们班没人上了。你不知道,去年陈觉非拿了第一之后,一班体训队那帮人看我们班不爽很久了,要是这次没人上的话,肯定要被他们笑话。哥,不用你像陈觉非一样拿个第一,咱重在参与就行!"

于真意有的时候都分不清楚姜衡是情商低还是在用激将法。

顾卓航敛眉,嘴角微微绷着。他拿过姜衡手里的表格,在三千米和一千五百米那两栏都写上了自己的名字。

姜衡简直感动到要流涕,于真意笑嘻嘻地抽出一张纸巾递给他:"要擦眼泪吗哥?"

现代社会,物物交换。

姜衡接过纸巾,又把表格递于真意:"要报名吗姐?"

于真意去年报的就是三千米和跳高,今年她还是选择这两个项目。

张恩仪问:"前几天不还说不想报名吗?"

于真意:"突然就想为班级争取荣誉了呢!"

她摸了摸自己的脑袋,就是突然不开心,又突然开心了。

姜衡看着最难搞的两个项目都已经有了参赛选手,他开始得寸进尺:"四乘一百混合接力要不要考虑一下?"

于真意:"……真缺德啊你。"

话是这么说的,于真意还是把自己的名字写上去了。

姜衡又看看顾卓航:"去年是陈哥和真真。航哥,你今年要参加吗?"

顾卓航:"哦。"

"哦"就是同意的意思吧？

姜衡心满意足地拿过表格："男子三千，顾卓航，女子三千，于真意！"他边说边拿着表格往教室外走。

张恩仪问："顾卓航，你三千能跑多少啊？"

"不知道，没试过。"

"没试过你就报啦？三千跑完超难受的！"

"我体育还行。"

薛理科在前头插嘴："哪是还行啊，顾卓航这属于真人不露相，上次打篮球的时候他就说自己还行，结果给我打得妈都不认。"

于真意听着几人的对话，看看陈觉非，戳了戳他的手臂："你今年少了一次出风头的机会。"

陈觉非看着自己被厚重固定器裹着的腿，气不打一处来，面上却淡定从容、不争世俗。他一丢笔，人懒散地靠着椅背，难得跩起来："我在哪儿，风头在哪儿。"似乎是一句不够，他悠哉补充，"不会被人抢的。"

顾卓航写字的笔一顿，看着他："是吗？"

陈觉非扬着下巴："你可以试试。"

两人撞在一起，都透着不好惹的气息。像丛林里的虎撞上天空中的鹰。一方蛰伏，另一方盘旋，都在等着最佳时机将对方一击致命。

于真意觉得陈觉非最近怪怪的。这根本不是他会说出来的话。

张恩仪觉得：好啊妙啊，两虎相争真是现代社会"土狗"的精神食粮，是男人就快点打起来！

混合接力考验默契，每周两次体育课上的练习是不够的。下课后，姜衡来找于真意和顾卓航，还有另外一个参赛的女生邬玲玲，大家拉了个群，商量着国庆的时候来学校练习。

陈觉非就这么坐在位子上看着四个人互相扫码进群加了微信，心里烦躁生起。跑个步而已，有必要大张旗鼓地拉群吗？有话在学校里说完不行吗？

姜衡走的时候正巧对上陈觉非的视线。

"哥，你这么看我的时候，我有点害怕。"他顺手拿过陈觉非的数学练习册，"数学给我借鉴一下。"

陈觉非毫不客气地夺回："我很小气的。"

第 11 章

国庆长假的前一天晚上，陈觉非失眠了，他盘算着时间。如果伤筋动骨对于正常人来说要花整整一百天的话，陈觉非自负地想，自己这十六七岁的年纪，新陈代谢快，骨骼生长迅速，那稍微减少个二十来天应该是合理的吧。

拖着疲惫的身子，假期第一天一早，陈觉非出现在于真意家的院子里。彼时于真意刚下楼，她看着陈觉非，又看看他的腿，嘴里的包子都忘了咀嚼。

"你这就拆了？"

陈觉非看着她，情绪突然低落下来——她连自己应该什么时候拆固定器都忘记了。

"十月，已经三个月了。"

于真意"哦"了声，又问："你来干吗？"

陈觉非："你不是要去学校吗？"

"对啊。"话音刚落，她反应过来，"你也去啊？"

陈觉非摸了下脖子，拿着语文书的手晃了晃："嗯，学校里比较适合背书。"

歪理。

于真意是最后一个到的，其他几个人已经在操场上等她了。除了他们几个，其他班的人也在操场上，看着仿佛都为了运动会在练习。

操场换了新的草皮，和绛红色的塑胶跑道撞在一起，汇成明显的视觉冲击，树叶在一旁沙沙作响，空气中伴着清新草香。

于真意冲几人挥挥手，陈觉非随意地坐在操场前的阶梯座位上。

姜衡拿着接力棒，真诚发问："陈觉非是不是离开你会死啊？"

顾卓航也顺着姜衡的目光望去，对方两腿支着，手肘撑着膝盖，语文书被他随意丢在一边的位子上，眼睛片刻不移地盯着这里。

于真意把长发盘起："我只知道四乘一百离开于真意会死。"

姜衡笑着："不带这么夸自己的。"

邬玲玲第一棒，顾卓航第二棒，于真意第三棒，一、二棒交接时两人总是掉棒。

于真意抓了抓头发，她安慰两个人："没事，多练练。"

陈觉非不知道是什么时候过来的，他嫌站着腿疼，又在于真意身边坐下，手支在膝盖上，低头边拔草，边百无聊赖地听着四人的对话。

姜衡正在侃侃而谈他的惊天策略，以及每个人适合的位置。于真意低头看了眼陈觉非，杂草拂过她的脚踝。毛茸茸又蓬松的头发在太阳底下像闪着光，她伸出手像拍皮球似的在他头上拍了拍。

陈觉非仰头看着她。

于真意没说话，悄悄做了个口型——"你无聊吗？"

陈觉非摇头。

于真意"哦"了声，鞋尖在他脚边点了点，白色帆布鞋蹭着他的球鞋，然后嘻嘻笑着——我的鞋带散啦。

陈觉非把她松散的鞋带系好。

那边，一班的男生坐在一起，时不时朝这边看看。

"傻，看他哥呢。"姜衡骂了句。

于真意的注意力被姜衡吸引，她回头望去。

三班和一班不和还要追溯到一年前的运动会，陈觉非拿下三千米冠军，第二名就是现在坐在远处中间被簇拥着的那个男生。他是体训生，按理来说该是冲着破校纪录去的，却没想到连第一都没有拿到。三千米之后的四乘一百混合接力赛，一班再次输给了三班，这梁子就算结下了。

为首的黑皮肤男生叫霍凡，因为留了两级，待人处事嚣张得很。他吹着口哨往教学楼走，边走边说："这把第一稳了。"

姜衡暴脾气一点就炸，正要回骂，于真意拉住他："人路过放个屁又不犯法，我们接着练呗。"

旁边的围观群众里传来几声笑，霍凡气急败坏地回头看了她一眼，面上青一阵红一阵，他毫无礼貌地上下打量着于真意。

于真意今天穿着一身运动装，白色上衣在腰部打了个结，腰身纤细，运动短裤下是修长笔直的双腿，整个人白得像剥开的柚子瓣。

霍凡眼里露出一点玩味，而后往于真意这边走了几步，要拉她："你是——"

于真意属于外强中干的典范了，她咽了咽口水，突感身后一阵力袭来。

"是你哥。"顾卓航的声音落在她头顶，一手拉着她的手腕往后拽，另一手抵着霍凡的肩，直直对上他的眼睛，带了点警告意味，"再看？"

"于真意，过来。"陈觉非说。

他抬了抬手，于真意下意识躲到陈觉非身后，一手抓着他的肩膀，另一手自然地搭在他抬起的小臂上，指尖钩着他的表带。大概是因为躲在陈觉非后头，她气势又大涨，扬着下巴，耀武扬威道："该不会又要放屁了吧。"

"你叫于真意啊。"霍凡狠笑了声。

顾卓航抵着他肩的手毫不留情地用力，霍凡"嗞"了一声，往后退了一步。

顾卓航嫌弃地甩了甩手："这也是你能叫的？"

姜衡在一边附和："就是，你算个啥玩意儿啊，滚远点。"

陈觉非抬眼，淡淡地扫了霍凡一眼："有事？"

霍凡视线扫过眼前的三个人，最后落在于真意的脸上："我警告你——"

陈觉非打断："没事就滚。"声音带着往常没有的冷冽和沉着。

就算陈觉非坐着，仰头看着霍凡，气势也丝毫不输。

于真意歪着脑袋看他。刚跑完步，于真意浑身上下都散发着热意，但是她发现陈觉非的体温比她更高。他今天穿了件黑色的短袖，皮肤冷白，侧脸绷着，轮廓线条明显，整个人散发着不易靠近的疏离气息。

今天的云层很厚，又很蓬松，像一朵朵棉花糖团在一起，阳光穿过云层落在每个人的身上，崭新的草皮上映着几个人斜长的影子。

于真意直直地看着两人的身影。她钩着陈觉非表带的那只手抬起，悄悄按了按自己的胸口。

陈觉非没放过她的小动作："你不舒服？"

于真意反应迟钝地摇摇头，她只是突然觉得，这样的陈觉非，有些不一样。

"算了，霍凡，走了。"旁边男生拍着霍凡的肩膀，给他台阶下。

霍凡自知不是眼前三个人的对手，他又看了于真意一眼才转身离开。

一段小插曲过后，四个人重新开始练习，到最后，他们已经可以很顺畅地跑完一整圈。陈觉非坐在终点线一边为他们计时。

"多少？"姜衡问。

陈觉非报了个数字。

于真意念了一遍。这个成绩和去年的差不多。她抬起手，蹦跳到每个人面前："你们怎么不笑啊，不出意外我们又是第一了！"

姜衡还沉浸在那个数字中，好半晌才反应过来："我们才练了这么几次就已经超过了去年的成绩，牛。"

邬玲玲："而且真真你和顾卓航配合得很好。"

于真意看了顾卓航一眼："是吗？可能是打羽毛球练出来的吧。"

几个人纷纷笑着和她击掌，陈觉非垂着眼睑，注视着自己的脚，脚踝处还有一点点肿起的模样，应该是提早拆了固定器又来回走动的缘故。

很烦，为什么伤筋动骨要花一百天，为什么他会在七月的时候骨折。

昨天晚上睡不着，陈觉非从冰箱里拿了瓶冰镇的小青柠汁，他喝了一口后五官皱成一团，这青柠含量百分之十的青柠汁居然能让人酸成这副鬼样子。而现在，他的心里就像被灌入了整整一升含量百分之十的青柠汁，酸得过分。

于真意把自行车骑进鸳鸯巷，在陈觉非家门口停下，她扭头看着陈觉非："你是现在去我家吃，还是我给你送上来？"

陈觉非慢吞吞地跳下自行车，往家里走。他轻飘飘的声音钻进于真意的耳朵："不用了。"

"啊？"于真意跑到他面前，倚靠着墙，看着他输密码，"你为什么不吃饭呀？"

陈觉非垂着眉，长睫的阴影落在他的眼下，印出一块淡色的区域。他唇是绷直的，整个人透出一股距离感："不太想吃。"

陈觉非说着不吃晚饭，但是钱敏和于岳民还是让于真意把饭带给他。

"陈小狗。"于真意敲了敲门，听着里面的动静。她听见椅子往后滑的声音，但只是滑了一下后就没了动静。

哼，这不就是人在里面，但是故意不想给自己开门。

于真意按下门把手，发现门没锁。

陈觉非坐在书桌前，下意识想说自己在，又憋住。他看着门把手转动了一下。他没有锁门。他在等于真意进来。但是过了好一会儿，那门把手又转回到原位。门外也没了动静。他没有锁门，于真意为什么不进来？

陈觉非撑着桌沿，起身往门口走。他刚打开门，眼前一晃，于真意扑上来，她踮起脚，乌黑的长发有几缕在他的肩膀上铺开："真真闪亮登场！"

陈觉非眼里闪过错愕之意。

她精致明媚的巴掌脸钻入自己的视野，梨涡里带着藏都藏不住的笑意。于真意脸很小巧，下巴尖尖的，标准鹅蛋脸，笑起来的时候眼下卧蚕会更明显些，眼里透出蔫坏又狡黠的情绪。

陈觉非没站稳，全部的力量都压在自己的一条腿上，再加上于真意的突然袭击，他直直往后退，腰部撞上桌沿，闷哼一声，下意识扯住于真意。

于真意如坠落深海的海鸟振翅而出，陈觉非身上的薄荷柑橘味又入侵鼻间。

陈觉非眼见于真意还在那里闻个不停，他顾不得后腰的疼痛，整个人陷入手足无措之中："你干什么？"

"好好闻啊我的天。"如果对面不是陈觉非，那于真意真觉得自己就个变态了。

陈觉非捏住她的胳膊，轻轻推开她。

于真意有些不明所以，她把饭盒放到桌上打开。今天于岳民做的是葱油拌面，还有一碗奶油蛤蜊汤，上面点缀了面包碎："葱油拌面是我爸做的，不是我妈做的，放心吃。"

陈觉非揉了揉腰，坐下吃面。

于真意："你刚刚撞到腰了吗？"

"嗯。"

"那我看看。"

陈觉非正要说"好"，却见于真意自言自语："算了，我又不是医生，我能看出什么来。"

于岳民做的葱油拌面是陈觉非的最爱，但是他现在看着眼前这浓油赤酱，毫无食欲。他左手绕到后头，大幅度地揉着腰。

于真意想了想："真的很痛吗？"

陈觉非一言不发。

于真意看着陈觉非连面都吃不下了，她终于有了些愧疚："你等我一会儿，我去拿药膏。"

十分钟后，于真意跑回来，彼时陈觉非已经把面吃完了。

"你躺床上，我给你贴。"

陈觉非施舍般看了她一眼："不用，我自己来就好。"

于真意："你是不是不好意思给我看？"

陈觉非轻嗤，真是低级到不能再低级的激将法。

黑色的短袖松松垮垮套在他身上，下一刻，他起身，抓着衣领，垂头，背略微弓起，正要将衣服脱掉。

窗外蝉突然鸣叫了一下，声音持久悠长。

于真意眼睛扫过天花板上明晃晃的白炽灯："其、其实你只要把衣服下摆稍微拉上去一点就行。"

陈觉非看见她脸上晕染着的薄红，逗弄心起："我是好意思给你看的，那你好意思看吗？"

于真意和草履虫的区别就是她是人类形态。这种幼稚的激将法对于于真意来说可太管用了。于真意把药膏外包装撕开，一改刚刚那副羞臊模样，雄赳赳气昂昂地道："躺着呀你。"

陈觉非趴在床上，于真意正在研究该怎么贴。

陈觉非不耐烦地问："你是在贴药膏还是在干什么？"

于真意嘀咕："我是根本看不出来哪里被撞到了啊。"

陈觉非说谎不打草稿："要过一会儿才会肿起来。"

说着他反手往左侧腰上指："就这儿。"

他侧着脸。因为数年如一日的朝夕相处，于真意已经很久没有好好观察过陈觉非了。她看着他的侧脸，"哦"了声。

楼下大概是有陌生人经过，引起一阵狗吠。于真意从迷茫情绪中回过神来，突然说："我感觉你今天有一点不开心。"

他们太熟悉彼此了，熟悉到可以轻而易举地感受到对方波动的情绪。

窗外月光朦胧，照在他的眉宇，从高挺鼻梁，到薄唇。因为侧躺着，他的下颌轮廓被拉扯，显得有些凌厉。

"但是我想了想，今天没有发生什么让人不开心的事。所以——"她现在的声音很低很柔，是自己都未曾察觉到的安慰和问询。有那么一瞬间，陈觉非心里那阵情绪像是顽石堵在了喉咙里，压得人发涩。

于真意低下头，面对面地看着他，手在他脑袋上拍了拍，眼里掠过的认真意味颇浓："所以，虽然不知道在气什么，但还是希望你不要生气啦。"

陈觉非怔怔地看着她，最后把脸转了个向，埋进柔软的枕头里，闷闷地"嗯"了声。

"好。"

第12章

第一声鸟鸣在早上六点响起，石子道路上的热气逐渐升腾，整条巷子里大门开阖的声音开始频繁，最先出现的交谈声都来自那些上了年纪的老人。

陈觉非在六点二十准时醒来，他裸着上身，下身只着一条灰色的及膝裤。咬着牙刷，白色泡沫沾在唇边，一转身就可以看到镜子里的自己和腰侧上白色的膏药。

他反手去撕，慢慢地撕扯最痛，他索性一咬牙一鼓作气撕开。"唰"的一声，几乎都能感受到皮肉分离的痛。他含糊咒骂，嘴里牙膏沫差点被吞下去。这点疼痛还没到需要贴药膏的地步。真是活生生坑了自己一把。

等起床准备换校服的时候，陈觉非才反应过来国庆长假还没有结束，今天不用去上课。大概是最近烦心事太多了，多到他完全忘了时间。

他揉了揉脸，重新躺回床上。

于真意很珍惜长假的每一天，因为等到了高三，所有的假期都会变成补课的日子，课程也会变成上六休一，这对于她来说简直就是噩梦。即使于真意睡到自然醒，她还是觉得没睡够，哈欠连连地走下楼。偌大的客厅里，只有爷爷在听越剧。

"真真，起床了啊。"爷爷笑眯眯地说。

于真意抿着唇，看到客厅里只有爷爷，开始变得拘束。她点点头："爷爷，我爸爸妈妈呢？"

爷爷说："他们去艺术中心了。"

于真意没反应过来，"啊"了一声。

"去看音乐剧，叫什么，什么郎的夏天。"

"《菊次郎的夏天》？"

"对，就是这个名字。"

于真意简直气得想吐血，这两个人去听音乐剧居然都不喊她一起？

"爷爷，我去找陈觉非啦。"

爷爷笑了两声："好，去吧去吧。"

于真意立刻点头，然后兴冲冲地往陈觉非家跑。

于真意站在陈觉非房间门口，偷偷摸摸趴在门上听了一会儿。直到听见里面的脚步声，她想，陈觉非应该是起床了。她正要敲门，门就开了。

走廊外没有开灯，走廊尽头的窗帘也拉得严严实实的，所以外面的光照不进来，走廊很阴暗。陈觉非打开门的时候，没想到于真意会在外面。漆黑的背景前，于真意披散着长发，皮肤冷白，睁着的大眼睛里映出无辜情绪，但在这个场景下有些吓人。

陈觉非瞳孔放大了些，忍不住咒骂了一句："于真意你……"

他条件反射般低头看了眼自己有没有穿裤子，及膝的中分裤很宽大。陈觉非的声音戛然而止，而后决绝地关上门。

自始至终，于真意就只是站在原地，一句话也没说，她甚至听到了陈觉非锁门的声音。

于真意：神经病，干吗还要防着我啊？

十五分钟后，于真意不耐烦地敲了敲门："陈觉非，你到底在干吗啊？"

没人回应。

"陈觉非，你还能喘气吗？"

依旧无人回应。

"陈觉非，你别是死里面了吧……你要是死在里面了，我怎么跟林姨交代啊……"

门开了。陈觉非冷着脸站着，手撑在门框边缘。

于真意眨巴了一下眼睛，看他这副要让自己进来又不想让自己进来的模样，她微微低头，从他的手臂下钻过。

"你来之前也不和我说一声。"陈觉非关上门，坐在电竞椅上，打开电脑。

于真意："我在家无聊。"

陈觉非："钱姨和于叔呢？"

于真意愤愤道："看音乐剧去了！"

陈觉非胡乱地抹了把脸："哦。"他又慢吞吞地打了个哈欠，翻找了最新下载的纪录片，往侧边挪了些，而后用手掌拍了拍座位，"纪录片看不看？"

陈觉非起床的时候还没来得及把窗帘拉开，于真意也懒得动。

陈觉非找的这部纪录片名叫《亲爱的，不要跨过那条江》。这是一段长达八十六分钟的纪录片，讲了两个老人七十六年的爱情故事。

他还没来得及看，就迎来了不打一声招呼的于真意。于真意在家的时候习惯穿很宽松的短袖外加一条运动短裤，她和陈觉非共用着一把椅子。她两脚踩在电竞椅上。

看着看着，于真意看入迷了，也忘记了陈觉非在自己身边，她习惯性地把膝盖屈起，缩进自己的衣服里，而后双手抱着小腿，下巴撑在膝盖上，整个人蜷缩成最舒服的姿势。

陈觉非觉得自己绝对算不上一个好人。是什么时候开始，他最喜欢听于真意"呜呜呜"的哭声呢？

是她一开始模仿小狗叫的时候，声音惟妙惟肖。她眼睛亮亮的，像藏了星星，她会转过头来问陈觉非："陈觉非陈觉非，你觉得我学小狗叫学得像吗？"

陈觉非敷衍地说："像。"

于真意来劲了，她逗那条小狗逗得更厉害。

陈觉非说："于真意你这样好傻。"

于真意很生气，她正要回骂，却故意使坏，拽着他的手往自己的脑袋上打，然后扯着嗓子对院子里正在打麻将的两对家长大声宣扬陈觉非欺负她。说着说着，她会"呜呜呜"地哭起来，眼睛里却没有一点点泪水，硬挤都挤不出来。

钱敏最知道自己女儿的性格，她打出一个东风，让大家不要管于真意。家长们谈天说笑，啤酒相碰，嘴上调侃着"九摸不和牌，再摸防炮弹"，很快忽略了这件事。

只有陈觉非，他看着于真意面上是娇憨，眼里是狡黠，喉咙里溢出的却是刻意放软的"呜呜呜"声。于真意对于这种幼稚把戏玩得不亦乐乎。

也许在二十一世纪结束之前，人类可以研究出地球上是否有外星人的存在，科学家可以找出在月球生存的法则，但是于真意大概怎么样都没办法知道，那时候的陈觉非在想——她哭起来的声音，真好听；她哭起来的样子，真漂亮。好想让她哭。

没有开窗帘的缘故，室内光线昏暗，只有电脑屏幕上的光晕像游动的蜉蝣，映在于真意的五官和肌肤上，屏幕忽明忽暗，她的莹白肌肤也随着那光，一会儿明，一会儿暗。

昨晚的空调也没有关，空调的冷气直直对着书桌这里吹，但陈觉非一点儿也没觉得凉快。他扯了扯衣领，有些烦躁。

"于真意。"他冷声提醒。

于真意回过头，眼里蓄满了泪水，莹鼻通红。她声音颤抖着："怎么了？"

陈觉非一肚子的话就被她突如其来的眼泪给憋了回去，他的注意力全在于真意身上，根本不知道纪录片的内容。他叹了口气，有些挫败："有那么感人吗？"

"有的有的呜呜呜。"于真意只要一哭，就像泄洪，一发不可收拾。

她呜咽着，肩膀也随着哭泣的声音抽搐，抽抽搭搭地说："爷爷走了，那奶奶一个人以后怎么办啊？

"奶奶半夜害怕上厕所，爷爷会给她唱歌，可是爷爷……爷爷走了，奶奶害怕的时候该怎么办啊……

"爷爷最喜欢奶奶做的饭，他再也吃不到了……

"奶奶十四岁的时候就遇到二十三岁的爷爷了，整整七十六年，以后他们再也不能一起渡江了。"

她哽着喉咙，眼泪随着她眼睛一睁一闭，掉得更厉害，眼睛下方的卧蚕更加明显了，一双眼睛就像漂亮的核桃。她又哭了，呜咽着哭了。

陈觉非觉得自己错了，不该让于真意看这部纪录片，因为他对于真意的泪水毫无招架之力。他轻叹了一口气，半晌过后安慰她："不会的，他们以后会再见的。"

"你怎么……你怎么知道呢？"

"最爱你的人，一定会等你的。不管谁先走完这趟旅途，先走的那一个人一定会在尽头等另一个人的，因为他们已经约定好了。"陈觉非的手转而摸了摸她的头。

纪录片放完之后，又自动跳回起点，开始从头播放。于真意已经陷入了只要听开头的声音就会哭的魔咒，她抽了抽鼻子："我的鼻涕……我的鼻涕好像要掉下来了……救救我的鼻涕……"

陈觉非："反正是掉你衣服上。"

于真意："那我想擦在你的衣服上。"

陈觉非："……"

陈觉非一只手伸长，费力地去够纸巾。黑暗之中，他摸了半天都没找到，然后发现在于真意那边。

"纸在你那边。"

"我好脆弱，我不想动。"

"……"陈觉非气乐了，"林黛玉模式开启了是吧？"

陈觉非倾身去拿那纸，于真意的鼻涕擦在了他的胸口处。

陈觉非无语地看着她，食指指着自己的胸口："要不要看看你的杰作？"

于真意接过纸，娇滴滴道："不好意思啊陈陈哥哥。"

"别来这套。"陈觉非翻了个白眼，于真意这辈子叫他"陈陈哥哥"的次数比薛理科便秘的次数还少，"我真想拉开窗帘看看你现在有没有面露羞愧。"

"有的！我很愧疚的！"她敷衍地重复，"愧疚死了哎！"

她身上的甜橙味缓慢地侵入陈觉非的鼻息，甜腻似风。

陈觉非叹了口气，他到底为什么会吃这套呢？

于真意的思绪又转移到了纪录片上，她无意识地开口："陈觉非，你说我们以后会分开吗？"

从未细细盘算过，可是真要认真盘算起来，于真意和陈觉非好像从出生开始就没有分开过，两人共读同一所幼儿园、小学、初中，到高中。三次搬家也总是搬到了一起。

于真意在人生的各个阶段都有各个不同的好友，可是他们只能陪伴她一段路程，随着年岁渐长，时光流走，每个人都在固定的时间点出现，又在进度条拉到最后之后"功成身退"。

来来往往间，数十年如一日陪伴在她身边的，除了家人，就是陈觉非。她可以每天和陈觉非唇枪舌剑，时不时地较劲，可是于真意想象不出来，如果她的生活中没有了陈觉非，那会是怎样的。她更想象不到，当于真意的名字旁不再挨着陈觉非，而"陈觉非"这三个字又和别人挂钩的时候，会怎么样。

空气中沉默了许久。沉默的时间越久，于真意就越觉得心慌。陈觉非是不是觉得，他们两个会分开呢？

许久之后，陈觉非终于开口："这取决于你。"

如果你愿意，我们会一起跨过那条江。如果你不愿意，也没关系，我可以一个人在江那头等你，就算彼时你的身边，有另一个人陪你跨江。

"为什么取决于我？"

陈觉非没再回答这个问题。

于真意刨根问底的劲头不是很足，她转了个话题，佯装自然地把萦绕在自己心里的问题问出来："上次体育课的时候是不是有学妹问你要联系方式呀？"

话题跨度太大，且陈觉非根本不记得"上次体育课"是哪一次，所以他反应了一会儿，才模棱两可地点头。

他这微愣的表情落在于真意眼里，那就是心虚。他心虚了！

于真意直起身子，把衣服从膝盖处撩下去。她看着陈觉非："你为什么加她？"

话音刚落的瞬间，于真意觉得，不对啊，她在以什么身份问陈觉非，她有什么资格管人家交友？

"不是你说，在大庭广众之下要给女孩子面子吗？"所以他没有拒绝给江漪讲题，没有拒绝女生要联系方式。

于真意愣了一下，才反应过来好像是这样的。初中的时候有女生想和陈觉非、于真意一起打羽毛球，被陈觉非拒绝之后她撇着嘴哭了，于真意随口提了句"下次在大庭广众之下一定要给足女孩子面子，不然太尴尬了"。那时候的陈觉非没有说话，所以于真意也没有把这件事放在心上，没想到他记得。

陈觉非没管她的异样，又主动说："我给了，但是没加。"

给不给是一回事，加不加又是另一回事了。

"为什么不加？"

"为什么要加？"

于真意语塞，支支吾吾地嘟囔："别人想认识一下你，那你……"

陈觉非打了个哈欠，揉了揉眉心，懒散目光游移在她的脸上："认识这么多人干什么，以后结婚骗份子钱吗？"

于真意："……"

于真意不自觉地绞着衣摆，她等着陈觉非接下来的话，却发现他好像不准备再说话了。这个话题就这么过去了吗？就这样没了？

"那你呢？"陈觉非开口了。

"什么？"

"无论是打羽毛球，还是一百米接力，你是喜欢和我一起，还是和新朋友一起？"

从顾卓航出现在这个班级开始，这个问题就这样纠缠着陈觉非。他被这个答案折磨得抓心挠肝、坐立难安，心里的忌妒快要将他的心脏吞噬殆尽。可是他不敢去问。

为什么不敢呢？陈觉非当然知道自己难得生起的胆怯。因为他怕。他怕最后听到的答案是"都喜欢"，抑或"都可以"。和谁都可以，那自己不是她的必需品。

他从来没有对此感到生气，只是害怕。他害怕得到的是否定答案，所以拒绝听到这个答案。

"其实我还是比较喜欢和你一起打羽毛球。"于真意顿了顿，他听见于真意说，"顾卓航虽然能让我每把都赢过——和科科，但是我不喜欢别人喂球，没什么参与感，感觉赢了也不是我自己赢。

"你就不一样了，你这狗东西缺德得要命，天天让我在前面防来防去，还使唤我去捡球。"

明明是在骂他，可是陈觉非一点儿也没不高兴。陈觉非觉得，自己躁郁了快一个月的心情，在这一刻疏解、融化，然后转化成巨大的喜悦，充盈、弥漫在心间。他唇角扬着，勾了勾手指，在她下巴上轻轻挠了挠："嗯，我缺德。"

过了一会儿，他又说："下次我去捡。"

一句话似乎不够，他再一次强调："以后都换我去捡。"

陈觉非什么都听于真意的。

第13章

七天国庆长假时间飞快，运动会的势头再猛，学生们也要认清一个事实，那就是运动会还有一个星期才开幕。在此之前，学习仍是首要大事。

历史课后所有人都困得不行，陈觉非揉揉后脖颈，准备出去洗把脸。起身的时候，顾卓航正好也起身。

于真意抱着作业从办公室回来，她回到座位上，看着两人："你们傻站着干吗，不去上厕所？"

两人对视一眼，动作都是一顿："你怎么知道我们去上厕所？"

于真意皱眉，这是什么奇奇怪怪的问题。她下巴扬了扬，目光扫过全班，一溜的脑袋全部整齐地垂着："不去上厕所的都已经睡死过去了。"

两人又对视了一眼，显然并不想和对方一起去上厕所，但是这个时候谁先坐下，在某种程度上谁就输了。走到厕所门口的时候，里面围了几个男生，交谈声嘈杂，一声接一声。

"霍凡，你是不是受虐体质，上次被三班那个于真意撑得一句话都说不出来，怎么过了个长假就忘了？"

"你不觉得于真意很漂亮吗？"

"漂亮是漂亮，但是——"

"啧——"霍凡笑得意味深长，"国庆那天你没看见她那一身，那叫一个绝。"

一阵冲水声后，几个人往外走，走到门口的时候，霍凡边走边回头继续刚才的话题，不想突然被绊了一下，一个踉跄往前晃了几步，狼狈地抓住洗手台的边缘。

"服了，谁啊？"霍凡气急败坏地回头，正好对上倚在门边的陈觉非的目光。

他两手插兜，长腿伸着，漫不经心扫过霍凡的脸，有些遗憾："啧，怎么就没摔死呢？"

"陈觉非，你有病吧——"

话音刚落，霍凡又一个摇晃，跌倒在地。

顾卓航看着陈觉非："这不就行了。"

说完，他回头扫了一眼："外面有摄像头。"

陈觉非恍然"哦"了声："你还挺有经验。"

"给我爬起来。"顾卓航语气还是与往常无异，漫不经心，却带着席卷而来的压迫感和侵吞感。

跟在霍凡身后的几个人面面相觑，不确定要不要为了霍凡打架。陈觉非嫌弃地看着他们："这样，你们晚两分钟再去告诉老师，我也就不和老师说你们在厕所干的事儿了，行吗？"

男生们愣在原地，就这么一恍神的工夫，陈觉非蓄着的那道力顷刻而出，他拽着霍凡往厕所里走。

陈觉非看着脸色冷静，但是脖颈上青筋暴起，漂亮的眉骨带着森冷凌厉。顾卓航看了他俩一眼，贴心地要将厕所的门关上。

关门的时候正对上那三个男生的眼神，其中一个探头探脑往里看。顾卓航让开半个身子，波澜不惊地问了句："要不要进去看？"

男生慌乱地摇摇头。

顾卓航看了眼手表，轻弹了弹表盘："两分钟，李建平要是早来一分钟我去你们班逮你。"说完，他慢悠悠地把门关上。

霍凡很快反应过来，挣扎着起身，却又摔倒了，脸贴上冰凉又脏的地砖。恶心的味道弥漫在霍凡的鼻间，他简直想吐。

陈觉非："你说'向前一小步，文明一大步'这个原则，男厕所有多少人履行？"

顾卓航想了想："我吧。"

陈觉非拖着长调"哦"了声："我也是。"

他又悠悠接话："其他人我就不知道了。"

"你们两个对我一个有意思吗？"霍凡实在不想让自己的脸再碰到地板，他咬牙忍痛骂了句粗口。

顾卓航："他说要一对一。"

陈觉非轻笑："你看我像讲道理的人吗？"

"欺负人可太有意思了。"他的语气带着调侃，脸却沉得可怕。

"打架要背上处分的，你们两个小心——"

一班的男生时间卡得还挺准，教导主任、岑柯和一班班主任是在十分钟之后赶来的，厕所的门被用力推开，往墙上震了震。

"陈觉非！顾卓航！"岑柯看了眼躺在地上的霍凡。

教导主任李建平简直气到要吐血，幸亏他俩还没动手。他脸上怒气沉沉："三个人都给我滚出来！"

彼时于真意正坐在位子上和张恩仪编红绳。旁边的女生调侃这种天气编红绳是会下雨的，于真意摆摆手，一副相信科学的浩然正气模样，连连重复"封建迷信要不得"。

教务处内，陈觉非和顾卓航对墙面壁，李建平气不打一处来，质问了好几遍原因，两个人都没回答，目光坚定不移地看着洁白的墙壁，都不愿意回头看李建平一眼。李建平见状又开始安抚霍凡。

"霍凡，老师会联系你和他们两个的家长，后续就看你——"一班班主任全然站在霍凡这边。

岑柯叹了口气，想开口又不知道说什么。

顾卓航："我爸妈不在这里，您可以打我家阿姨的电话，不过我们家阿姨听不懂中文，她只能听懂'你好''吃饭''睡觉'。"

陈觉非："巧，我爸妈也不在。"

"哦。"像是突然想起什么，陈觉非回过头，"老师，现在这个点那边是凌晨，我建议您等我们这边凌晨的时候给他们打电话。"

又是交流困难，又是要凌晨才能联系上，一班班主任被气得不轻，他看着李建平，面上不满。

岑柯"啧"了声，佯装生气："把头转回去！"这两个人怎么回事，还嫌事情不够严重。

两颗头又齐齐转过去，两个人毫无站相。

"这是在学校，不是在演什么偶像剧，你们两个人都给我正常一点！"李建平敲了敲桌子，"不管你们成绩有多好，学校都不会网开一面的。"

顾卓航说："老师，起因是霍凡先说——"

比起赔偿和道歉，霍凡更怕自己那些浑话被老师知道，可是他心里又难受得很："老师，其实没什么大事，是我看不惯他们两个说的话，所以主动挑衅的。"

一班班主任微微蹙眉，但他还是站在霍凡这边，为对方找补："现在，孩子都是血气方刚的年纪，既然是他们两个先出言不逊，那怪不得我的学生。"

陈觉非原本插着兜的手从口袋里拿出一个录音笔："不好意思，老师，我带了录音笔。"

陈觉非故作惊讶："我都不知道这录音是什么时候开的。"他低头自语道，"录了得有一会儿了。"

倏忽之间，霍凡整个人脊背挺直："李老师李老师，其实是我主动去挑衅他俩的，因为上次国庆假期练接力的时候我看他们不爽，真的是我先挑衅他们的。"

李建平看看霍凡，又看看陈觉非和顾卓航，他知道真相绝对不是这样，可是受害都这么说了，而对面这位又是全年级的心头肉。

李建平挠了挠头，给了两位班主任一个眼神，眼里意味不言而喻："你们说呢？"

顾卓航点头："他说得对。"

陈觉非从善如流地接过话："他忌妒我们。"

李建平拍桌："我没有问你们！"

"……"

两人一前一后地走出教导处，顾卓航看着他："有录音不早说。"

陈觉非："没开。"

两人对视一眼，默契地笑了笑。

第14章

两人缺了整整两节课，进教室的时候于真意正抱着水杯从灌水的地方走过来。

她一眼瞥见两人，蹦蹦跳跳地凑到他们跟前："我们这层楼已经传遍了，说你们两个要打霍凡，为什么呀？"

顾卓航正要回答，陈觉非抢先开口："怎么人家都在睡觉，你每天下课都有这么多事情要做？"

于真意看了眼怀里的水杯——陈觉非好烦哦，还不让人去灌水啦？

她又好奇地问："到底为什么啊？"

陈觉非把手里的一大包零食塞到于真意怀里："看他上厕所看得心烦。"

啊？这都要管人家……

于真意愣愣地看着怀里的零食，又看了眼两人手上拿着的可乐，冰可乐瓶身冒着水珠，一点点往下滴。

顾卓航把可乐瓶身捏瘪，随意丢进后头的垃圾桶。

"你们两个罚站完之后还去了趟小卖部？"于真意不敢置信。

从教务处出来之后，两人去了趟小卖部，小卖部进了最新的樱桃味可乐，两人难得一起坐在小卖部门口的台阶上。

陈觉非把可乐丢在顾卓航怀里，对方道了声谢。

刚被轻微摇晃过，可乐滋滋冒着泡。

顾卓航："看不出你还挺厉害。"

陈觉非一点儿也不谦虚："嗯，厉害的多了。"

顾卓航古怪地看了他一眼，而后用可乐瓶身碰了碰他的。喝了一口之后，对视一眼，默契地从对方表情中读出了三个字：真难喝。

于真意的目光游移在陈觉非脸上，问："你们没受伤吧？"

陈觉非摇摇头："多大点事儿。"

顾卓航："没事，就是手有点痛，砸墙砸的。"

闻言，于真意和陈觉非齐齐把目光落在他的手上。

于真意嘴巴微张，惊讶地说："天哪，好像肿了！我有创可贴！"说着她转身在课桌里翻找起来，找了好久终于找到，她又转过头，"你单手能贴吗？"

"应该能，就是有些不方便。"

"没事，就是手有点痛""应该能，就是有些不方便"，这如出一辙的格式。陈觉非忍无可忍，从于真意手里抽过创可贴："他说能自己来，给同班同学一点信任吧。"

张恩仪终于听不下去了，她面色复杂地看着三个人，"信任"这词怎么都想不到它会被用在这种场合吧？

"陈觉非、顾卓航，岑哥叫你们去办公室。"下午最后一节课结束之后，武越从办公室回来，手里拿着今天的练习卷，他站在讲台上喊了声。

于真意看着两人："不会被处分吧？"

陈觉非抬手，于真意以为他要和往常一样揉她的脑袋，她捂住头："不行，这是——刚给我编的蜈蚣辫。"

陈觉非手一顿，在空中僵了一下，转而轻拍了拍她的头顶，就像那天她拍自己的脑袋一样："放学在门口等我。"

于真意："要上晚自习的呀。"

陈觉非往窗外望了一眼："这么大雨，应该不会上了。"

于真意："这你都知道？"

陈觉非短促笑了一下："嗯，厉害吧。"

于真意翻了个白眼，嘴上却乖乖应了声"知道了"。

此刻的办公室里只有岑柯和他俩，一共三人。

岑柯找两人还是为了今天的那件事，他拧开保温杯，吹了吹茶，审视着眼前的两人："说吧。"

两人对视一眼，谁也不吭声。

岑柯气得不行，头顶几根头发正对着空调，被吹得乱飞。他恨铁不成钢地站起身，仰头看着两个高个儿男生，看了几眼，又看看自己，最后还是坐下："我跟你们说，你们不要把处分当儿戏，现阶段被处分是一件多么严重的事情。"

全程都是岑柯在说，说着说着又开始生气，他愤愤然起身，把课本卷成卷，在两个人头顶上各打了一下："把头给我低下！"两个人居然还敢手插裤兜居高临下地看着他。

两个男生乖乖把头低下。

"把手也拿出来！"

两人又把手从兜里拿出来。

岑柯深呼一口气，现在的男孩子都吃什么长大的，头低下了还是那么高。

到最后，岑柯说累了，他拧开保温杯喝了一口，润着嗓子："行了，回去吧，虽然你们两个死鸭子嘴硬不说，但是我知道你们不会无缘无故地做，检查就不让你们写了，李老师那里我会去交代。"

"谢谢老师。"两个人答。

陈觉非看了眼手表，放学前的最后一节自习课已经结束了。

岑柯看着陈觉非那心不在焉的样子，挥挥手："到点了，下班了，不说了。"

"谢谢老师。"两人再次异口同声地说。

岑柯拿保温杯的手一顿。怎么就听出了阴阳怪气的味道呢？

编红绳会下雨这件事于真意算是信得透透的。

放学后的天阴沉得厉害，天空似被浓墨晕染，乌云倾斜而来，平地起雷。学校临时宣布不上晚自习了，住宿生吃过饭后回了宿舍，走读生则早早放了学。学校门口挤着乌泱乌泱的一群人，撑起的各色伞像一个个立起的小蘑菇，交叠在一起。

告别张恩仪后，于真意一个人在一楼大厅等两人。于真意靠着墙，手里转着伞，心里琢磨着两人别是被岑柯一顿臭骂，现在还没出来。

思绪正漫无目的地打着转，就听见后头传来女生的声音。

"你们今天怎么了呀？"

于真意回头，江漪站在楼梯第一级阶梯上，仰头看着上面。于真意的视野里只能看到两双球鞋，往上脚踝连着小腿的轮廓线清晰。两人顺着台阶往下走。

"没怎么。"陈觉非说。

江漪又看着顾卓航，顾卓航眨了眨眼，脸上有一种"我不认识你吧，为什么要看着我"的神情。

江漪有些尴尬："那我先走了。"

陈觉非点点头："好，路上注意安全。"

江漪原本低落的情绪因为他的这句话又恢复如常，她眼睛亮亮的，又说："但是我没有带伞。"

陈觉非抓了抓头发，从包里拿出一把伞递给她，在她说"谢谢"之前提前说了声"不用谢"。江漪看着手里的伞，眼睛更亮了。

告别江漪后，两人从东面楼梯的出口处下来，身影全然显露在交错的光影里，一前一后地插兜走着，陈觉非走得比顾卓航慢一些。没走几步，正好遇上拐角处的霍凡。

霍凡看见两人，不知道说了什么话，陈觉非和顾卓航齐齐朝他看去，小幅度转头的一瞬间，俊挺五官一半沉在雨夜的暗色里，另一半被大厅出口处的地灯直直照着，又像隐在桑榆暮影里。

两人都没正经背着包，一个单肩挎着包，另一个随意地把包拎在手上，也不管包的底部蹭着淌着脏水的地面而过。普普通通的夏季校服穿在两人身上，衬出笔挺的身段。

两人唇角都扬着笑，对霍凡比了个手势，霍凡在背后气急败坏地叫嚣着。

顾卓航微微偏过身，边走边上下打量他："要不要继续上午没做成的？"

陈觉非扯了个笑，语调悠闲："别欺负他呀，小心他跑他们班主任怀里哭。"

听见这话，霍凡没了声，立刻上楼离开。

厚重的雨幕带起雾气，于真意揉了揉眼睛。

"看什么？"陈觉非走到她身边。

于真意一点儿也没藏着掖着，边摇头边感叹："被你俩帅到了。"帅得这一路的女生们都在频频回头看着他们。

空气寂静了一下，只听到外头噼里啪啦的雨声。陈觉非眼睑痉挛，没有节奏地跳动了一下。夸一个人就行了，夸两个人做什么。

听见这话，顾卓航搭在后脑勺的手随意地揉了揉，刚刚的模样一瞬消散，面上还是冷漠，耳根却泛着点红。

室外雨滴滑落成线，砸在地上，潮湿凉意扑面而来。

陈觉非看了一眼，又看着顾卓航："你也没伞？"

于真意也看他："你没带伞呀？"

顾卓航"嗯"了声："没注意。"他从来不看天气预报，也没人提醒他今天会下雨，因此书包里没备伞。

于真意提醒他："那你以后出门记得看天气预报。"

顾卓航："没这习惯。"

于真意想起顾卓航说过他一个人在这座城市里生活、一个人上学，她了然地点点头，然后说："那我以后早上提醒你。"

顾卓航怔了一下，眼睛像被牵引般盯着她，而后笑道："行，那我每天早上打开手机就守着你的消息。"

陈觉非眼皮又是一跳，只觉得头疼。顾卓航每天晚上七点半守着新闻联播播完后的那十分钟看看天气预报不行吗？再不济点开手机看看就知道了，还用得着别人提醒吗？

"热心市民于真意，你操心的事儿怎么这么多？"陈觉非点了点她的眉心，而后再一次反手从书包里抽出一把伞，丢给顾卓航。

对方那句"谢谢"还没说出口，陈觉非就拿过于真意的伞撑开，一只手虚虚揽着她的肩膀："我的借给他了，只能撑你的了。"

于真意目光落在他拿着伞柄的手上，她多看了一眼，然后点点头："那你靠我近点，不然淋湿了。"

会操心好，会操心可真好。

陈觉非不易察觉地挑挑眉，极力压着唇角的笑，于真意可真会心疼人。他回头睨了眼顾卓航："我们走了。"

于真意也回头看他，和他挥挥手。

顾卓航看着两人的背影，想到陈觉非给江漪的那把伞，又看了眼自己手里的伞，即使不打开他都能猜出来自己手里的这把伞比他们的大多了。

他缄默半晌，难得从嘴里吐出了句脏话。

第 15 章

雷电打破了空旷暗色空间里的沉默，雨水让空气中苦涩又清爽的植物香不断发酵，家家户户原本敞开着的百叶窗都已经阖上，有女人尖叫奔跑着收衣服。

雨势在于真意进家门的那一刻达到了巅峰。她把伞面撑开，丢在外面，把已经湿透的袜子丢在洗衣篓里，随手抽过几张纸擦拭了一下小腿。

于真意站在厨房门口看了一眼，阿姨已经把菜做好了，桌板上放着瓶气泡水。此刻她正从冰箱里拿出两个柠檬和一袋青提，包装外还沁着水珠。刀刃贴着荧黄柠檬的皮，酸涩味道随之扑鼻而来。

"阿姨，这什么呀？"于真意问。

阿姨答："青提柠檬茉莉绿茶。"她看着于真意笑了笑，"是不是和暴雨天很配？"

于真意点点头，开玩笑道："阿姨，你真有品位。"

和阿姨说完话后，于真意打开和陈觉非的对话框。

TBG："真真邀请你来喝一杯与暴雨天适配度百分之百的青提柠檬茉莉绿茶。"

陈觉非没回消息，是二十分钟后才来的，他随意套了件灰色短袖，头发湿漉漉的，显然还没吹干。陈觉非趿拉着鞋进门，和厨房里的阿姨打了声招呼，而后上楼找真意。

于真意盘腿坐在地板上，拉开柜子在里面翻找着什么，眼睛眨也不眨。平板支在书桌上，屏幕上正放着于真意最近在追的一部港剧。她显然也刚洗好澡，水珠挂在发梢处又掉落。

"找什么？"陈觉非在她床上坐下，手撑着膝盖，托着下巴看她。

于真意没理他，过了一会儿从柜子里拿出一盒崭新的创可贴，低头撕开包装，然后屁股往他那边挪了挪。

"手。"于真意说。

陈觉非把手递给她。凸起的骨节上透着点红，还有一道小小的疤痕，原本已经结痂的伤痕因为洗澡不小心碰到，一小滴血珠呈半凝固状态。还没有擦干的头发上掉落一滴水珠，落到他的指骨上。

于真意撕开创可贴，小心地贴上。

黑发上的水珠浸湿了一圈衣领，水珠顺着眼睫往下滴。

"哼。"于真意突然冷笑，"不是说没受伤吗？"

陈觉非嘴硬："这算什么伤，我自己都不知道。"

他的确不知道自己手上有了个伤口，而且毫无痛觉，如果不是于真意今天这一出，他可能等这伤好了都不会发现。

于真意又看着他肿起的脚踝："还有你这腿，你明天必须把固定器穿上。"

"不要。"

"可是你这腿还没好啊。"

"多走走就好了。"他强词夺理。

什么歪理啊？

于真意争不过他，下巴支在他膝盖上，仰头看着他："你今天怎么回事？"

陈觉非："说了，看他不爽。"

"你说的那个理由我能信？人家就上个厕所还惹到你了？"

陈觉非无辜地眨眨眼，说话无比自然："对啊，谁让他上最后一个坑，那是我宝座。"

于真意简直要被他气笑了："你个神经病。你再撒谎我就打你了！"

陈觉非佯装害怕："哇，好怕。"

话题就这样被他转了过去，陈觉非薅了一把她的湿发，起身去卫生间把吹风机拿出来。于真意坐在位子上，两手托腮，陈觉非站在她身后，一手拿着吹风机，认真地给她吹着。

书桌上放着一面大大的 LED 镜，将他棱角分明的脸照得更立体，湿发不怎么蓬松，贴着他的头皮，前额的碎发随意地搭在他的眉眼处，垂眸的缘故，眼尾显得有些长，透着点点温柔和乖顺。

像是察觉到于真意在看他，陈觉非抬眸，两人的视线在镜子里交会。于真意潜意识想离开，却又硬生生停下。

今天英语阅读理解最后一道题是一篇关于国外某大学对三百名青梅竹马的调查结果报告。研究报告说明，如果双方能够对视十秒，而且在十秒之中，相互不会闪躲眼神，可能说明两个人心有灵犀。

于真意抿着唇，鬼使神差地，她做了一个自己都无法解释缘由的举动。她的目光直直地看着镜子里的陈觉非。

一、二、三、四、五、六……数到第六秒戛然而止。

因为陈觉非敛着眉，泰然自若地收回视线，垂下头认真地给她吹头发。于真意不敢置信地回头，被吹风机的热风吹了一脸。

"陈觉非！"她手指颤颤巍巍地指着他，语气带控诉，一副即将哭得梨花带雨的小可怜模样。

陈觉非低头看着吹风机，手在那风口处试了一下："怎么了？"

他做错什么了？烫到她头皮了？不能吧……

于真意两手捂着脸，声音带着十足的怨气："你这什么眼光啊！"

陈觉非：……她到底在说什么？

于真意没好气地转过头去，气得腮帮子鼓鼓的。

陈觉非盯着她的脑袋，想了想："我错了。"

于真意："错哪儿了？"

他如实回答："我不知道。"可能错就错在他不知道自己错在哪里吧。

"你……"于真意张了张嘴，一个字也说不出来，最后耷拉着肩膀，"算了。"

陈觉非"哦"了声，又打开吹风机，继续给她吹头发。

下雨的缘故，玻璃窗蒙上了一层水雾，窗外的灯光被晕得有些模糊，落地窗没有关紧，有一抹凉意顺着那空隙落在于真意的脸颊上。

雨棚被雨水毫无节奏地敲击着，吹风机嘈杂的声音就震颤在自己耳畔，平板里的声音几乎听不见。

河倾月落，夜色已浓，随着百叶窗被合上，月光穿过落地窗，映在地上的四方形光影也被切割成细长的菱形，然后消失不见，整个空间陷入寂静与灰暗。

陈觉非拿了瓶可乐，手指屈起拉开扣环后，手就愣愣地搭在那一处。他看着眼前的竞赛题，心里生不起任何想做作业的念头。思绪踪迹诡秘，流窜回刚才的场景。

少年骨骼如野蛮向上的麦苗，生长得快，在长身体的同时，心里的想法也同样横生。

许是下雨的缘故，室内空气中氤氲着湿气，连带她的那双亮而有神的眼睛也染上了湿意，眼波中带着毫不躲避的直白。像幽深的大海，而他就是在风平浪静的海上航行的小船，突遇前方汹涌浪潮，一下子将他翻了个彻底。

他只能佯装镇定自若，狼狈地瞥开眼。对视什么的，太吓人了。

他承认，他的心理素质很不好。

运动会的那一周，每个人的心思都不在学习上。

薛理科特意把几个人的位子都挪到班级区域的最后一排。最后一排被绿绒大伞似的树荫遮盖着，是整个操场里为数不多晒不着太阳的地方。

陈觉非坐在一边不想动，在准备十月底的CMO联赛。

上学期期末，陈觉非被岑柯逼着参与CMO的预赛，美其名曰"进了预赛就等于半只脚踏进清城大学的大门"，想不到这大门背后还有层层门槛，预赛之后是联赛，联赛之后是决赛，决赛之后还要集训。

用于真意的话来说，陈觉非这是歪打正着进了联赛。每次这个时候，陈觉非都会以一副蹩得不行的样子，轻描淡写地提醒她注意用词。

蒋英语拿着六根烤肠，远远望去像一束花，他兴冲冲地跑过来，脸上肥肉都在抖，把烤肠一一递给他们。

于真意夺过原本要给陈觉非的那一根，她一手拿一根："他不吃，他不吃，给我好了。"

众人："……"

于真意咬了一口烤肠，面上露出心满意足的神色："淀粉肠真是世界上最好吃的烤肠。我要是考不上大学就摆地摊卖淀粉肠去！"

张恩仪赞同："纯肉的难吃，淀粉肠好吃。"

蒋英语和张恩仪为了烤肠争辩起来。

于真意凑到陈觉非身边，看到那复杂的题，才想起这件事："你什么时候去啊？"

陈觉非："本来是九月中旬，但是今年推迟到十月底。"

于真意咬了一口烤肠："我今年拿不到你男子三千的金牌了。"

过了一会儿，她又说："明年没有运动会了呜呜。"

陈觉非把目光落到她脸上："我的错。要不我让姜衡下来，我去替他？"

于真意赶紧拒绝。她只是开个玩笑，怎么能让陈觉非去跑步呢。

操场上的大喇叭正在呼叫男子组三千米决赛的人。

张恩仪一下子没回过神："怎么就突然决赛了？"

薛理科皱眉："大姐，您第一次参加运动会啊，三千要是有预赛，决赛还让人咋活？"

张恩仪难得没跟他计较："那顾卓航是不是要去了？"

顾卓航点点头。

"男子三千之后就是女子三千吧？"张恩仪问。

于真意拿出包里的短裤："顾卓航，我跟你一起去。"

她想提前去教学楼把裤子换好。

两个人一起往检录处的方向走。教学楼在检录处的前面，顾卓航没往那里走，反而跟着于真意一起往教学楼走。

"你不去检录吗？"

"去洗把脸。"

于真意"哦哦"应着。她在厕所换裤子的时候，厕所门外正好站着几个女生。

于真意边换裤子边随意地听她们说话。

"上次那个学长，为什么没有加你的联系方式呀？"

"不知道，但是他也没有拒绝申请。"

"那就是忘了或者没看到吧，你要不再加一次？"

"可是如果他就是不想加的话，那不是很尴尬吗？"

"尴尬什么呀，是加到他比较重要还是尴尬重要？"

女生沉思片刻，最后说："加到他重要！胆小鬼得不到自己想要的东西，我不能做胆小鬼！"

于真意换完裤子出来的时候，外面几个女生一晃而过，她只能看清最后那个女生的侧脸，黑发上别着一个嫩黄色的柠檬发夹。于真意照着镜子，把头发盘成高高的丸子头。

她出厕所的时候，有些惊讶顾卓航居然站在门外等她，他靠着墙，低头百无聊赖地转着钥匙圈，因为那出众的外貌而在一众走来走去的学生中显得有些突兀。

"你不走啊？"

顾卓航"嗯"了声:"怕你出来没看见我。"

于真意笑着回答:"不会的,我没看见你的话我肯定知道你去检录了呀。"

"你刚刚和陈觉非说的金牌是什么?"

于真意"啊"了声,然后反应过来:"他去年把拿的男子三千金牌送给我了。"

顾卓航没再说话。

两人往检录处的方向走,于真意稍稍落在后头。

"于真意。"他突然回头,叫她的名字。

"嗯?"

"我不太擅长长跑。"

于真意微微愣神:"没关系啊!尽力就可以了,我觉得不管什么项目,只要能参加,就已经超级厉害了。"她想了想,又说,"我就不回班级了,我在跑道外给你加油!"

顾卓航定定看着她,手里的钥匙圈被他不断捏紧,不自觉地想要再说些什么,大概是因为压低了声线,在旁人听来透着冷漠,可实则暗暗隐着紧张。

"那你别走。"像幼稚又冲动的小孩急于得到一个在旁人看来并不那么重要的承诺。

"好。"于真意说。

第16章

裁判在起跑线处吹口哨,跑三千米的男生依次排开,随着哨声和枪声响起,所有人没有犹豫地往外冲。

三千米是比拼耐力的项目,前半段顾卓航跑在中间,于真意转了转脚腕,索性和其他人一样就地坐下。志愿者以为她是某班派来的代表,把矿泉水递给她,于真意拿过水的时候,正好看见薛理科他们晃晃悠悠地过来,陈觉非走在最后头。

"真真,几圈了啊?"张恩仪坐在她身边。

"我也不知道。"于真意下巴支在膝盖上。

前几圈的时候,顾卓航始终跑在前五名的位置,任周围人加速也影响不到他的步子。周围有女生在说这个跑在前面的男生好帅，于真意赞同地点点头，而且哪里不擅长长跑了，这不是很擅长吗？

最后两圈的时候，只有他和霍凡在角逐第一名。

蒋英语往嘴里塞了口薯片，看热闹不嫌事大："去年陈觉非和霍凡争第一，结果霍凡输了。今年还是我们班的人和他争第一。你说，他要是输给顾卓航，是不是要对我们班都有心理阴影了？堂堂一个体育生，连着两年都没夺冠。"

"我就见不得一班体训队的那帮男的，每天下午都光着膀子在操场上装。"薛理科冷哼。

张恩仪："喊，那是福利好不好。"

薛理科："那我光着膀子的时候你怎么不说这是福利？"

张恩仪："大哥，我要看的是八块腹肌的高中生，你就算了吧。"

薛理科不服："我有腹肌的啊，你要不要看？"

张恩仪捂着眼睛："薛理科耍流氓，救救我。"

"……"

裁判摇铃，到了最后一圈。两人几乎是在裁判摇铃的一瞬间都开始冲刺。看着这明显的冲刺，操场如同滴入冷水的油锅，一下子炸开。

运动会的长跑是枯燥和冗长的，所有人最期待的不过是最后一圈的冲刺，几乎每个人的视线都落在跑道上。于真意和张恩仪麻利地站起来，和周围的女生一起尖叫呐喊着。

薛理科对陈觉非说："哥，你要是腿没断，这欢呼声也有你一份。"

陈觉非拍拍他的肩膀："那你给我欢呼一个？"

顾卓航几乎和霍凡一起冲线，最后判定下来是霍凡先过线。

"啧啧，你瞧这哥们儿皱成抹布的脸，如果第一不是他，他绝对会哭出来你信不信？"蒋英语看着远处的体育生，没忍住调侃道。

两个人在后头嘻嘻哈哈地笑着。

岑柯在一旁激动万分，连连竖着大拇指。顾卓航没回班级的区域，他就地坐下，陈觉非拿过一边的水递给他。

顾卓航接过："谢谢。"

于真意在一旁又兴奋又紧张，扯了扯衣服。张恩仪在看于真意的丸子头好像有些松，一会儿建议她扎马尾算了，一会儿又说刘海跑起来往两边撒很难看，不如夹起来。

姜衡刚从三千米的场上下来，他瘫坐在地上研究参赛表，抽空看着两人："姐姐，你去跑步的还是去选美的？"

于真意没搭理他，她把刘海捋起来，低头看着陈觉非："放下还是夹起来？"

陈觉非仰着头，正对着阳光，有些刺眼，他抬头遮住阳光。逆着光，于真意两手都把刘海往后捋，露出光洁白皙又饱满的额头，脸颊两侧因为被太阳长时间晒着，像苹果一样通红，她睁着大眼睛，认真地问。

陈觉非身子往后仰了仰，手肘支着草地："怎么样都好看。"

就这么一句话，万年厚脸皮于真意突然红了脸。

张恩仪皱眉，目光在两人之间梭巡，直到于真意站在起跑线上时，她都没明白，就这么几个字有什么值得脸红的？多的是人说于真意好看，她以前不都一脸傲娇扬着下巴说"那还用你说"，今天这副娇滴滴的模样是怎么回事？

比赛开始，于真意采取去年的跑法，开始的时候她就跑在中间位置，到中后半段时，在她前面的人都已经体力不支，于真意慢慢加速。

女子三千进行到一半，男子三千的分数已经全部出来了，主席台前正在举行颁奖仪式。教导主任将奖牌发给参赛选手。

最后一圈，于真意的体力逐渐耗尽，她微微张着嘴，喉咙里像是堵上了沙石，难受又令人窒息。额头上的汗珠顺着滚下来，滚到眼睫上，滴落进眼睛里，有些刺眼，头发也粘在了脸侧。她随意地抹了一把，感受到身后女生急促的呼吸声，她咬咬牙，用尽全力向前冲刺。

第一。

在冲线的那一刻，她全身脱力不受控制地跌落在张恩仪怀里。

三班的男生女生都围上来，岑柯和杨巧君把水递给她，于真意现在嗓子像冒了烟一样，但是她一点都喝不下，话也说不出来。杨巧君轻轻拍着她的背，周围欢呼声萦绕不止。

陈觉非弯身拿过一旁没有拆过的水，食指和中指用力，单手旋开瓶盖。他的目光落在被众人簇拥着的于真意身上，正要等人群散去再往前走，身后有人拍拍他的肩膀，陈觉非回头，是五六个女生，中间的那个女生手里拿着一瓶青柠味的波子汽水。她满脸羞红，伸出手，把汽水递到陈觉非跟前，表情羞怯又期待。

操场上人头攒动，裁判正在播报下一场比赛的检录通知，跳高、跳远的地方挤满了围观的人，平时沉稳严肃的班主任为学生破了纪录拿了第一而兴奋不止，欢呼呐喊。

十月最后的蝉鸣在运动会落下帷幕时停歇。

于真意直起身子，喉咙里的干涩之意丝毫未退，她的眼前有很多人，可她就是掠过这么多人，一眼看见了人群外的陈觉非。她看见那个女生低着头，把汽水递给陈觉非。

眼前突然走过一群去沙坑处看跳远的人，挡住了于真意的视线。所以她只能看见那个女生侧边黑发上别着嫩黄色的柠檬发夹。

莫名地，她想起厕所里听到的那段对话，完整的对话她已经忘记了，她只记得最后一句——"胆小鬼得不到自己想要的东西。"

原来她们说的那个人就是陈觉非啊。

胆小鬼得不到自己想要的东西。她在心里重复了一遍。

于真意挣扎着从张恩仪的怀里起来，她踩了踩酸胀到几乎在轻微发抖的腿，慢慢走向陈觉非。

"真真。"顾卓航站在人群外，灼灼目光对上她的。

于真意："怎么了？"

少年头发还湿漉漉的，混着汗水，他扯了扯衣领，摘下脖子上的银牌，眼睛弯弯，瞳仁黑如溪水底部的黑曜石，澄澈又干净，原本看人一贯冷淡的眼神里带着影影绰绰的柔和，无声又浓烈的情绪释放着。

他把奖牌递给她："只拿了银牌，你要吗？"因为不擅长跑步，所以只拿了银牌。也不知道你是否需要银牌。

操场上喧闹的声音仿佛一瞬按下静音键，于真意在恍惚之中，听见他咚咚作响的心跳声。

那边，女生迟迟没有等来陈觉非的回应。半晌过后，抱歉的声音落在她的头顶："不好意思，谢谢你的好意，但是不用了。"是再分明不过的疏离感。

女生愣怔，脸变得更红。

声音轻缓不急，像和煦春风，又像秋日潺潺溪水，在大庭广众之下给足了她面子。

同伴扯了扯女生的衣角，女生回过神来："这样啊，那不打扰学长了。"
女生遗憾地笑笑，和同伴离开。

陈觉非转身的时候，看见于真意站在离他不过几米的地方。两人的目光恰逢其时地相撞，说不清是不是因为今天的太阳太猛烈，眼底都是猝然升起的燃烧着的火焰。

于真意两手揉着衣角，脸上升起的红晕还没有散去，蔓延到脖颈。因为长跑过后，头发有些乱糟糟的，碎发贴着颊边。

已经是下午，太阳西沉，少年逆光而站，短发干净利落，光沿着线条流畅的脸部轮廓晕染开。于真意站在他的阴影里，视野被他和他身后的瑰丽晚霞涂抹。

她就站在原地，先开口："陈觉非，我是第一。"

看，今年你没参赛，没有拿到第一，所以我拿到了。

陈觉非挑了挑眉梢，眼神炽烈，乌漆的眼睛像漆黑天穹里藏进了盈千累百的星星，几乎让人溺毙其中。他伸出手，把冰水递给她："嗯，我们真真是第一。"

天空突然掠过一道飞机的身影。轰鸣声连续不断地传来。于真意没接，她又张了张口，但是那声音刻意放轻，又被轰鸣声湮没。

陈觉非没听到，他挑挑眉，似乎在问她刚刚说了什么。

于真意摇摇头，话语间全然是矛盾："我也不知道，下次再说吧。"

因为还不太确定，所以下次再说吧。

飞机飞过，一瞬之间没了踪影，只留下一条白色的长线，像绛红色晚霞中的一抹点缀。

第一天的运动会结束了。岑柯和杨巧君招呼着大家把椅子搬回教室，明天早上再搬出来，学生们叫苦不迭。

于真意站在后头，看着走在前面的陈觉非，他一只手拿着自己的椅子，另一只手拿着于真意的。

陈觉非走到一半，没听见她的说话声，回头见她还站在原地，短促笑了下："跟上啊，我还以为你丢了呢。"

于真意大步跑到他身边："才不会丢呢。"

后头男生打打闹闹，一段路走得很慢，和前面的大部队走散了，中间隔着好几个班。岑柯在前面大声喊叫着，让这帮男生走快些，男生们调皮得很，毫不在意。

姜衡兴奋地走到顾卓航身边："航哥，我就知道你在谦虚，什么不擅长长跑，不是还拿了个银牌吗？"

顾卓航没说话，拎着椅子走在一群人身边。

薛理科又问："哥，银牌给我看看呗，我听说今年的材质跟去年的不一样，而且还换了个设计。"

顾卓航从口袋里拿出奖牌丢给他："送你了。"

薛理科傻眼了："哥，你这样我会以为你对我别有用心。"

几个男生在一旁笑成一团。

顾卓航没辩驳，眼皮冷淡地垂着，目光落在绯红的塑胶跑道上，耳畔似乎又响起了少女的悦耳声音，带着轻灵笑意："我已经有一枚金牌了，不需要啦。"

顾卓航的视线停在她脸上，阳光热烈又刺眼，眼前模糊了一瞬。

他看了眼打闹的男生，轻描淡写道："随便吧，都一样。"

第17章

运动会放学早，于真意早早地吃过晚饭之后回了房间。她以为跑完三千米之后能很快睡着，却不想失眠到凌晨两点。她把一切归结为窗外虫鸣扰人清梦，可是已然夏末，哪来的什么虫鸣。辗转难眠，她索性起来看小说，手机屏幕上的灯映在她脸上，神经慢慢放松，最后她也不知道几点才睡着。

幸好运动会期间，教导主任不会在门口查迟到。她和陈觉非慢悠悠地往学校走，中途还买了两块油墩子。

自从陈觉非单方面觉得他的腿好了之后，于真意就把自己的自行车丢进车库里，让它再一次积灰。车道上摩托车飞驰，陈觉非拽着她的衣袖，让她走在里面。

手刚碰上她的胳膊，于真意条件反射般挣脱开，离他半米远。

陈觉非："你干吗？"

于真意知道自己反应大了点，可是她也不知道为什么要躲开，于是开始慌乱地找补："你、你、你、你没事碰我干吗？"

陈觉非皱眉，阴阳怪气道："你是大猪草？"

于真意知道大猪草，一种可怕的巨型植物，碰一下就会对皮肤产生严重伤害。她不明白了，这世界上这么多一碰就能让人受伤的植物，他怎么就非要给她整个这么难听的名字？

她恶狠狠道："没错，你碰我一下你就死定了！"

陈觉非抬手，把她往自己身边拉，于真意听见他轻叹一声。

"哦，拜托了于真意，就让我死在你的手里吧。"

上午的接力结束之后，于真意还有一个跳远的项目，田赛不如径赛来得刺激，围观的人也少。和于真意一起参赛的同班同学还有江漪，她看见于真意来，不由得冷哼一声，离她远远的。

按照比赛顺序，于真意在最后一个，她挽着张恩仪的手，没来由地，就和对方说起上学路上的事情。

于真意气愤："你知道吗，这人居然说我是大猪草！！！"

张恩仪赞同："陈觉非太过分了！"

于真意哭唧唧："就是啊，我昨天晚上都没有睡好，都是因为他，他倒好，居然这么说我。"

张恩仪正要接话，敏锐地抓住于真意话里的点，她眼神锐利，上下端详着于真意，一连串问题如激光炮似的。

"因为他？

"为什么？

"大半夜不睡觉，你想他干什么？"

于真意突然语塞，支支吾吾半天都说不出一句话来。

站在于真意前面的是隔壁班的一个女生，她回头看了两人一眼，又很快转过头去，一脸难以启齿的尴尬。

于真意满脑袋黑线，这个女生是觉得我看不见吗？

"不是，我单纯……单纯睡不着而已……"

张恩仪又打量了她一眼："你们早上还说什么了？"

于真意如实回答："我说'你碰我一下你就死定了'，他说'那就让我死在你的手里吧'。"

前头女生再次回过头来，她摇摇头，拖长声调："呃……太……"

不说了！

那边，陈觉非他们四个正慢慢朝这边走。

轮到于真意的时候，几个人站在一边，双手环胸，老大爷看戏般盯着她。于真意有些不好意思——为什么她跳远要惹来这么多人围观啊！怪紧张的。

"坊间传言，跳远距离决定男朋友身高。"蒋英语说。

昨天那点发酵的酸涩被全然压下，顾卓航突然说："那就跳一米八六吧。"

闻言，陈觉非懒散地挑挑眉，整个人状态慵懒，他意味深长地看了顾卓航一眼，两人明明差不多高，他却故作眼睛下睨的样子，悠悠道："这不得跳个一米八八啊。"

顾卓航不急不缓地回："哦，你还挺大方。"

薛理科和蒋英语脑子慢半拍，没听出这几句话的意思。

陈觉非垂着眉眼，正要回，张恩仪如同看神经病似的看着两人："两位帅哥帮帮忙好吧，于真意这是三级跳。"

话音刚落，于真意流畅地起跑、弹跳、落地。

九米一，奖牌稳了。

张恩仪冷哼，眼里不屑意味更重，她从两个男生中间走过去，为冠军狗腿地递上一杯珍珠奶茶："快去做手术再把自己多拉高八米吧。"

陈觉非从容纠正："七米二二。"

至此，薛理科和蒋英语也受不了他了。

三级跳结束之后，于真意就没有比赛的项目了，她独自回到女厕所把运动裤换成师大附中的校裙，扯了扯裙摆，边理头发边往外走。

"于、真、意？"霍凡带着疑问的声音，一字一顿道。

于真意抬头，看见霍凡倚靠在男厕所外，男厕所里还有男生的谈笑声。

有人探出脑袋："哪里有于真意，凡哥你想她都想昏头了吧。"

于真意抿了抿唇，走到洗漱台洗手，她甩了甩手就要走，突然被霍凡拉住。

于真意身形一僵："？"

被他碰到的一瞬间，于真意只觉得浑身鸡皮疙瘩一瞬间起来，还没等他说话，于真意挣扎着甩开他的手，奈何力不敌他，他指甲擦着她的手腕而过，皮肤很快起了红痕。于真意低声呼了句"痛"。

"凡哥你干吗呢？"里头有人问。

趁他回头的瞬间，于真意狠狠踹向霍凡的小腿。霍凡痛叫了一声，本能地松开手，于真意趁机转身就跑，一点儿都不敢回头，跑到楼下的时候她直直撞上一个人，惊得低呼一声。

"跑什么？"陈觉非没注意，被她撞得往后退了几步。

于真意看见是陈觉非和顾卓航，像是来到了避风港，猛然松了口气，她慌乱地摇摇头："没事，被恶心到了。"

"什么恶心？"顾卓航问。

于真意想到霍凡的行为，才恍然反应过来几天前的事，应该是霍凡说了什么过分的话。她再次摇头："没事没事。"

陈觉非狐疑地盯了她一会儿，于真意"哎呀"了一声，摆出一种轻松语调："抓着我的手干吗啦！"

陈觉非这才放开，他看了眼她的手腕："手怎么了？"

"没，不知道在哪里撞红的。"

这显然不是被撞出的痕迹，陈觉非还要再看一眼，于真意急忙缩回手："好饿。"

陈觉非没再多说："吃饭去。"

"好。"

中午吃过饭，正是烈阳当头的时候，下午也没有自己班级的项目，大家都不愿意回到操场上。于真意走到楼梯口，在第一级台阶上坐下，她手撑着下巴，揪着自己的鞋带，系好之后又散开。

告诉陈觉非，让他打霍凡一顿固然是最解气的方法，可是上一次李建平放过了他和顾卓航，那第二次，就算他是陈觉非，校方也一定会给他一个处分。伤敌一千，自损八百并不是上上策。她要把损失降到最低才行。

于真意没受过任何欺负，也没受过这么大的委屈，她耸了耸鼻子，懊恼地跺脚，抑制住想要哭的冲动，总觉得那阵恶心的感觉还在。而后耷拉着肩膀，起身往岑柯的办公室走。

高二（三）班。教室里一片安静，拉着窗帘，整个空间昏暗。

陈觉非看题看得有些困，他揉了揉后颈，正要趴一会儿，窗外传来几个人的脚步声，似乎刚从厕所出来。

"于真意这手是真滑，又白又软。"

"霍凡你真是贼心不死！"

"那怎么了，她还敢往外说啊，这种事怎么跟别人说。"

"也是，赚了。"

整个教室陷入一阵凝固般的寂静，直到椅子重重往后挪动发出尖锐声音才将这寂静打破。

最先起身的是陈觉非和顾卓航，两人一言不发地往外走。前门被猝不及防地打开，正巧看见霍凡和其他三个男生的脸。

霍凡以为整个楼层的学生都在操场，却没想到会看见陈觉非，脸上的痛意又后知后觉地弥漫了上来。

"陈、陈觉非……"霍凡紧张地咽了下口水，"你要干吗？"

陈觉非沉着脸，下颌线条紧绷着，血压一瞬间飙升，额头暴起青筋，手抓住霍凡的衣领："我要你死。"

"你算个什么玩意儿！"张恩仪跟在后面。

整个三班的人鱼贯而出，顾卓航摁住陈觉非的肩："去里面。"

人群最外层的男生把门打开："进来。"

陈觉非没有半分犹豫，拽着他的衣领往里拖。

剩下的男生看了眼霍凡身边的三个男生。

薛理科："一起拉进来，省得这帮人去告老师。"

"教室里有监控。"武越在是否要去办公室告诉岑柯的想法之间纠结了半分钟，他叹了口气，最后说，"把教室的监控遮起来。"

正是炎热天气，大家都习惯穿一件白色衬衫，没有多余的外套。江漪看了看他们，她抿着唇把卫衣外套脱掉，递给武越。

陈觉非想到于真意上午慌慌张张地撞进他怀里，想到她手腕上的红痕，想到她欲言又止的神情。于真意是两家人看着长大的，是被他保护到大的，她哪里受过这么多委屈？

沉默的几秒里，怒意和冲动发酵着，一瞬间涌上了心头。

"陈觉非？"于真意推开门，不明所以地看着眼前的教室。

听到熟悉的声音，陈觉非手一顿，回头看着她，目光归于沉寂，他把椅子踢向一边。

"哐当"一声，椅子砸地，发出巨大声响。

岑柯正拿着保温杯和李建平还有一众老师在外头散步，经过自己班，看见于真意呆呆地站在门口，他拍了拍于真意的肩膀，笑眯眯道："小于，怎么站在外面不进去？"

于真意回头的那一刹那，外面明亮的光线照进三班，眼前的画面映入在场所有老师的眼里。

去办公室找岑柯的时候他不在，于真意没想到会在这样的情况下看见他。

于真意正要开口，李建平捂着胸口，只觉得自己眼前花白一片，他怒声吼道："陈觉非！你在干什么！"

第18章

这是师大附中教务处自建立二十六年来第一次容纳那么多的学生，多到整个空间站不下。

霍凡再一次坐在了那个沙发上，与之不同的是，他的妈妈张妍也坐在那里。

张妍心疼地看着自己的儿子，颤颤巍巍的手指着眼前这帮学生，最后又看着李建平："李老师，这就是你们师大附中的学生，一整个班的学生欺负我儿子一个人！"

陈觉非靠在一边，两手背在身后，轻垂着眼眸，垂头看着脚尖，毫无情绪波动，一副懒得辩解也懒得搭理的样子。

薛理科皱着眉，打量着霍凡："打成这样？打成什么样了，我们还没动手呢，这张癞蛤蟆脸上鼻子是鼻子，眼睛是眼睛，不是和进我们三班前一样吗？"

蒋英语："对啊，有什么证据证明我们动手了，你把证据拿出来。"

"闭嘴！"岑柯咬牙切齿道。

张妍脸色涨红，泣不成声："李老师，我把儿子交给你们，你们就这么对待我的儿子吗？整整一个班的人全部聚在一起欺负我儿子。"她认不得别人，直直看着陈觉非，也把矛头指向他："我知道你的名字，你是要代表你们学校去参加CMO比赛对吧，你这样的人也能参加比赛？"

陈觉非仰着下巴，坦然地施舍般给了她一个眼神。

大概是这无波无澜的眼神彻底激怒了张妍，她又说："李老师，我要你给我个交代，我不允许这样的人上——"

于真意突然回头看着陈觉非，两人视线相对，她的眼眸亮晶晶的，像漫天的繁星都藏了进去。于真意咬着下唇，悄声做了个口型。

"别怕，我保护你。"

水滴石穿需要日久天长的坚持，而坚如磐石的心化成一摊水却只要说完这六个字的时长。

这句话很矛盾。因为受欺负的是她，她却说要保护他。

这奇怪又自洽的角色转换。

陈觉非此刻一点都没有被张妍的三言两语威胁到，他只想看看于真意准备怎么保护他。

"厕所门口是不是有监控？"于真意看着岑柯和李建平，眼泪说掉就掉，"我记得是有的，那是不是能看到霍凡对我做了什么呀？李老师，我也要跟我妈妈说，我妈妈把我交给你们，你们就这样任男生欺负我，我们班同学帮帮我怎么了，毕竟他们不帮我的话，就没人帮我了。而且我记得霍凡你好像留了好几级。"

霍凡一愣，紧张地咽了下口水。

于真意笑笑，突然意识到自己还在假哭，她又垂下嘴角，委屈巴巴道："你要让我们班的人记过，我就让你继续留级。

"还有啊，阿姨，我的陈觉非不会因为参加不了 CMO 而失去上清大的机会，但是你的儿子明年会读不了本科。"

整个空间趋于寂静。

女孩身形比起他来说瘦小了整整一大圈，陈觉非站在她身后，却像是藏匿在一个于真意为他建立的小小的庇护所之内。就好像除了她，没人能欺负他。

阳光透过窗户，肆无忌惮地落在她的侧脸上，勾勒得那身影靓丽又模糊，就连扬起的发丝都散发着倔强。

既然她说要保护他，那他就应该完美地扮演好一个弱者的角色。陈觉非垂着头，适时地展露着拙劣的、能被人一眼看透的演技，而后摇着"尾巴"，告诉于真意——快来保护我吧。

最后是薛理科大声喊道："鼓掌！"

所有人立刻鼓起掌，响声令空气颤了颤。

岑柯咬牙切齿，再一次低吼："闭嘴！"

张妍消化着于真意的话，她看了看霍凡："你对她做什么了？"

霍凡心虚地垂下眼眸："没啊……"

嘴角抽动着说话的时候，整张脸直泛着疼。

他快速地在脑海里思考着接下来事情的走向，最后拉住张妍的手，一如前几天在教务处的模样："妈，算了。"

张妍愣了好一会儿，她看着心虚的霍凡，已然清楚是自己儿子的错，但她仍是一种占尽道理的霸道气势："你的陈觉非？李老师，你们师大附中的校风是这样的啊？"

张恩仪嗤笑："老太太，我们三班就是关系好，怎么了，你要跟我们玩文字游戏？"

她抓着薛理科的衣领："这是我的薛理科。"

薛理科一愣，转而很快反应过来，他扬着下巴，指着蒋英语："这我的蒋胖。"

蒋英语目光扫向站在一边的顾卓航，顾卓航平静地看了他一眼，最后蒋英语弱弱地把目光投向姜衡："这我的体委。"

"这是我的班长。"

"这是我的岑哥。"

岑柯："……"

岑柯并不想在此刻被提及，他往后退了一步，最后进行一番简单的思想斗争后，又走上前："这是我的三班学生，没有监控证明我们班学生打了霍凡，但是有监控证明霍凡的确欺负了我们班的女同学。"

于真意走到岑柯身边，伸出手："老师，我这只手被霍凡划到了。"说着，她的眼泪再一次吧嗒吧嗒往下掉。

岑柯怒气直冲上心头，他一拍桌子："李老师，我们师大附中绝不允许发生这样的情况！"

李建平紧紧地捂着自己的胸口，他睒了眼自己的桌子，保温杯里的水随着岑柯拍桌而荡着一圈圈波纹。

张妍手指颤颤巍巍地指着每个人，一句话都说不出口。

薛理科已经昏了头，他根本不顾李建平在场，又一次说道："鼓掌！"

掌声又一次热烈地响起。

李建平疲惫地揉了揉眉心。从于真意说出那番话开始，在场的老师已经心知肚明了，李建平给后头的老师使了个眼色，示意他们去调监控。老师们心领神会。

李建平安抚张妍："好了，霍凡妈妈，你看啊，孩子们都有错，但是这个……"显然是你儿子先挑起的。

后面那句话李建平没有说，他思忖了半晌："我罚他们绕操场跑三圈吧。"

"十圈！"从于真意说出"留级"时，张妍已经有了退缩之意，既然李建平给了她一个台阶，她就必须要下。

李建平"哎哟"了一声："十圈算体罚了，这不行啊。"

"我要提醒你件事情，你儿子他活该。我想你并没有听到你儿子说的话，但我知道，你和霍凡一样，哪怕知道了事情的真相也不会有什么大反应。我会去跑完这十圈。"顾卓航说，"但是和其他人无关，没必要惩罚所有人。"

"我也是，李老师，你要连累我们班同学就没意思了。"陈觉非紧随其后，终于说了第一句话。

姜衡皱了皱眉，在后头轻声嘟囔："什么意思，怎么不带我玩，门可是我关的。"

武越："监控是我盖住的。"

"那外套是我们漪漪给的呢！"

李建平赞同地点点头，点到一半觉得不对，他装作冷笑的模样："上一次是陈觉非和顾卓航跟我在这儿演偶像剧，现在换你们全班一起来了是吧？行，全都去跑！全都给我跑十圈！"

薛理科："鼓掌！"

学生们纷纷鼓掌，异口同声道："谢谢老师！"

而后所有人往外冲，毫不犹豫地往操场跑，他们并没有因为受到了惩罚而难过，反而因为这场空前未有的团结而更加兴奋。

于真意转头看着陈觉非，眼眶里的泪珠还没擦干，她悄声问："你的腿能跑吗？"

陈觉非笑了笑，有些遗憾地说："不能，只能你带我了。"

于真意"哦"了声，她看了眼在场的老师，试探着问："那我们先走了？"

李建平没什么表情地点头。学生们走后，他在岑柯耳边轻声说："跑两三圈就够了，别让他们跑十圈。"

岑柯点点头。

李建平犹豫了一阵儿，又说："记得跟你们班学生说，跑两圈是我的意思。"

岑柯心里了然，他忙不迭地再次点头。

"李老师，这——"张妍看着冲出去的学生，愣怔着问。

李建平笑着走过去，姿态放低，娴熟又老练地安抚张妍的情绪："他们企图欺负同学确实不对，但是霍凡欺负女同学也不对，公平起见，让霍凡写一个两千字的检讨，没问题吧？"

因为儿子有错在先，张妍也没说什么。

操场上，运动会闭幕式正在举行中，全高一、高二的学生呈整齐的四列方队站在全新的草皮上，只有整个高二（三）班的位置全然空着，主席台前，要做闭幕式讲话的优秀学生代表陈觉非也变成了八班的一个女生。

女生拿着话筒，手拿演讲稿，念着早已准备好的致辞："各位老师，各位同学们，大家下午好。在两天的角逐中，师大附中第二十届夏季运动会宣告圆满结束——"

讲到尾声时，一旁的教学楼里拥出几十个学生，他们欢呼雀跃着跑向环形操场。

"一班霍凡！"人群里，一道声音传出。

"小垃圾！"剩下的人异口同声道。

"高二（三）班！"

"最牛气！"

站在操场中间的学生和老师无一不好奇地看向他们，有好事者虽然不知道霍凡是谁，但也混迹在人群中大声起哄。

一旁的参天树木显露着清脆的绿意，扎在操场外围一圈的五彩气球被一齐放飞，飘飘悠悠地点缀在广袤蓝天上，白云似柔软的棉花糖交叠在一起，各种明亮颜色猝然相撞，热烈蓬勃。

他们肆意地奔跑在操场上，傍晚橘黄调的光平铺在操场上，也落在每个意气风发的少年的肩头。

主席台上，清越灵动的女声透过话筒回响在整个校园间。

"无论高一、高二，抑或在南楼的高三学长学姐们，三年时光弹指间匆匆而过，祝大家尽情享受在师大附中的每一天，也祝大家不只今天，每个夏天都快乐！"

操场有片刻沉寂，而后欢呼声汇聚相涌成盛大的狂潮，学生们推搡欢笑着，气氛在这一刻达到高潮。

陈觉非这时候想起了偷懒，他混迹在人群的最后头，问："刚刚是真哭还是假哭？"

于真意："当然是假哭了，那老太太不就是卖惨吗？谁不会啊，这我强项。"

陈觉非听着她狡黠又上扬的语气，忍不住笑笑。

陈觉非提醒她："你不放开我啊？"

于真意没回头，声音散在燥热的夏风里，浮动的发丝将夕阳的光无序地割裂开。

"不行，你个瘸子万一走丢了怎么办？"

哦，原来她没忘记。陈觉非唇角依旧扬着。

对，万一走丢了怎么办？

所以于真意，千万千万要抓牢一点啊。

第 19 章

霍凡的事情就这样没了声息，无人追究，无人问责。薛理科调侃霍凡连着好几天都没和那帮跟班到这边来上厕所。

伴随闭幕式的结束，整个师大附中高二级学生的最后一次运动会也落下了帷幕，接下来所有人都把重心放在了学习上。彼时江漪正在问英语老师课后习题，岑柯走到门口敲了敲门。

"刘老师，今晚要开会。"岑柯提醒。

英语老师这才想起来。她拿起备忘录，又看了眼江漪，视线在台下梭巡："江漪，这道题于真意会，你去问问她。"她转而抬头："于真意，教一下江漪今晚的翻译第三题。"

正在台下写作业的于真意笔尖一顿。她"哦"了声，拿起英语练习册走到江漪旁边的空位坐下，奈何等英语老师走了之后，江漪没有丝毫要问题目的样子，反而是三姐妹老生常谈继续谈论江漪的手链，像是非要研究出这是什么牌子的。

于真意拿着练习册想走，无意地瞥了一眼，江漪晃了晃手腕，挑衅地说："看什么看？"

于真意那点想走的心突然就没了，她坐下，微笑道："这手链是 SOG 今年春季限定款。专门给某国公主做奢侈品的牌子，只有我们申城有专卖店，购买者要提供每个月十万卢布的流水才有资格买。"

前头两个男生转过头来，被唬得一愣一愣的："江漪你这么牛。"

江漪也愣愣的，机械性地扯着嘴角："啊……"

男生掏出手机："我搜搜多少钱。"

过了一会儿，他又问："真真，我怎么没搜到啊，全称是什么呀？"

于真意："SOG: show off a ghost ."

几个男生纷纷探头看着跳出来的页面，上面明晃晃四个大字：炫耀个鬼。

郑子言和杨雯雯刚想笑，立马憋住。

"于真意！"江漪怒气冲冲，"你这人怎么这样啊？"上次挡监控的衣服可是她递过去的，于真意不谢谢她就算了，居然还跟她上纲上线。

于真意太惊讶了。江漪不是不论发生什么都习惯清甜地笑着吗？怎么她到自己面前就是这种颐指气使的气势？于真意知道江漪不喜欢自己，也知道自己刚刚没憋住的嘲讽惹怒了她。她从口袋里拿了根棒棒糖，江漪还以为她要给自己。

"别想拿糖讨好我，我不吃你这套——"

于真意的确是要给江漪棒棒糖，但是听到这话，拆开包装纸的手急转弯，连贯地把树莓味的棒棒糖塞进自己嘴里，摆出一副故作懵懂的样子："啊？你说什么？"

江漪嘴巴绷紧："于真意，你好小气！"

于真意掏了掏口袋，一根都没了。她拍拍江漪的肩："谢谢你前几天的外套，不过我真的只有最后一根了，明天给你带吧，你要什么味的？"

"水蜜——"话说到一半，江漪觉得不对，她怎么就给于真意带跑偏了。

"好的水蜜桃。"于真意接话，又看着杨雯雯和郑子言："你们呢？"

杨雯雯和郑子言没想到还有自己的份，她们刚要回答，江漪满含暗示性地咳嗽了一声。

杨雯雯："我有蛀牙。"

郑子言："我没味觉。"

于真意："……"

于真意懒得再管，她看了眼时间，发现距离第一节晚自习下课还有五分钟，立刻收拾好书包，眼见江漪一点儿也没准备让她的样子，她也不多指望。于真意压着她的肩膀，腾出一点空隙，从她后头跨出去。

江漪的脸被迫贴着冰凉的桌面，她气得牙痒痒："于真意！"

于真意脚步一顿，回头看她："嗯？"

她唇角微扬，笑脸明媚，漆黑又靓丽的长发自然地分在两侧，垂落在胸口处，头顶白炽灯的光照在她瓷白的脸上，几乎都能看见侧脸上的小绒毛，一双水汪汪的大眼睛里透着无辜。

江漪一噎，脑子一堵："路上注意安全。"

江漪觉得见鬼了。她为什么要和敌人说"路上注意安全"！

于真意也觉得见鬼了。江漪给她下诅咒呢，她今天回家的时候一定要小心小心再小心！

天空灰沉，七彩霓虹隐在夜色中，又在拐进鸳鸯巷后消失。于真意在门口和陈觉非道别，陈觉非垂着头，含糊地应着一声。

于真意站在门口没进去："你怎么了？"

陈觉非今天一天情绪都不高，他抚了抚后颈："可能感冒了。"他的声音带着厚厚的鼻音。

陈觉非睡觉的时候喜欢把空调开到 18℃，然后裹上厚厚的被子，但是他睡相不太好，早晨起来时被子在哪儿都有可能，就是不可能在自己身上。会感冒也正常。

于真意叹气："跟你说了，别踢被子别踢被子，你能不能管住你的腿？"

陈觉非古怪地看她一眼："我睡着了怎么管自己的腿？"

于真意把钥匙插进孔里："以后别人跟你睡觉都有生命危险，保不准哪天半夜里就被你踢下床去了。"

陈觉非好笑地看着她："少胡说八道。"

他的床上怎么会出现第二个人？

"对了，你有感冒药的吧？"于真意刚要把门关上，又探出半个脑袋来。

"有。"

"那你明天去上课吗？"

陈觉非顿了顿："去。"

上高中以来，陈觉非从来没有请过假，也不习惯请假。于真意摇摇头，把门关上。她就知道是这个回答，天塌下来都不能阻止陈觉非学习。

第二天，于真意起床的时候，楼下院子里只有钱敏一个人在剥柠檬，没人陪她聊天。于真意轻车熟路地按下陈觉非家的密码，又娴熟地跑进去。

钱敏在后头看得直皱眉。她女儿倒是好运气，能有两个家。

"陈觉非？"于真意敲了敲门，里面没有动静。她正要再敲，想了想又停止，转而下楼。于真意单方面决定，给三百六十五天连轴转的学霸陈觉非放个假。

于真意嘱咐钱敏中午记得给陈觉非送饭。

钱敏："女儿，你妈不知道陈陈家的密码。"

于真意古怪地"啊"了声，脸上露出一种"这你都不知道"的奇妙神情。

钱敏："你陈叔没事告诉我他家密码干什么。"

于真意："那陈觉非就告诉我了啊。"

柠檬片蘸咖啡粉，是钱敏从网上看来的小食谱。鲜黄荧光的柠檬切片上蘸着咖啡粉，明亮的黄和暗沉的咖色混在一起。塞进嘴里，咖啡粉的味道先在口腔内蔓延，而后因为柠檬的酸涩，口水涌上。

钱敏皱着眉，什么破法子，好难吃。

"陈陈告诉你，又没告诉我。"钱敏觉得这个酸涩不能她一个人承担，她强扯出一个笑，"宝贝，好吃，来一片？"

于真意乖乖张嘴，酸得简直要掉眼泪："天哪你是我亲妈吗？等林姨从国外回来我要三拜九叩去求她做我妈。"

钱敏"啧"了声："行，那你顺便把剩下的柠檬也吃了，别浪费。"

于真意光是看着柠檬就口腔发酸，她刚要给自行车开锁，又想起今天自己一个人去上学，就不需要自行车了。

"你不骑车？"

"走路去。对了，妈，密码是××××××××，你别忘记了。你中午记得去给陈觉非送饭呀，别忘记了，不然他要饿死了。"

一句话里，"别忘记了"这四个字被她提了两次。钱敏比了个"OK"的手势："那今天之后记得让你们家陈觉非改一下密码，我一个外人知道你们家密码不太好。"

于真意的阴阳怪气技能有很大一部分继承于钱敏女士。要不是快要迟到了，于真意一定要和钱敏唇枪舌剑一番。

于真意是走读生，校园一卡通里不包括"通话"一项，和于真意玩得好的这几个人也都不住宿。于真意只能问武越借了校园卡。

"真真，记得给钱。"周围几个人调侃。

于真意拿过卡："你们现在去大街上捡一块钱比登天还难，还跟我计较这几毛钱呢！"

"你打电话给谁啊？"

"陈觉非？"

于真意摇头："我家里人。"

那不就是陈觉非？

几个男生相视一笑，眼里调侃不言而喻。

张恩仪陪于真意走到楼梯口去打电话，她拨通了钱敏的电话："妈，你给陈觉非送中饭了吗？"

钱敏"喂喂"了两声，那边背景音嘈杂，于真意清晰地听到了麻将碰撞的声音："钱女士，您搓牌九去啦？"

钱敏："怎么可能啊，二条……吃了！小李你碰什么碰啊！"

于真意深吸一口气："妈，那你给陈觉非送饭了吗？"

钱敏："当然！你爸做的是陈陈最爱吃的葱油拌面哦！六饼啊，六饼我要吃的我要吃的！小李你还碰啊你！你再碰我抽你！"

没事，打麻将就打麻将吧，别把陈觉非饿死了就行。

于真意翻了个白眼，匆匆结束电话。她晃着武越的电话卡，挽着张恩仪的手往教室里走。午休时间的走廊上有学生在擦玻璃，也有校纪检部的学生来查卫生，人头攒动，没一个人在教室里头写作业。

郑子言在拖地，于真意刚想进去，张恩仪就制止她，说什么如果现在进去郑子言一定会对着她刚拖干净的地大放厥词，然后责怪是她们两人把地踩脏的。于真意想了想，"哦"了声，两人索性站在外面聊天。

岑柯和其他任课老师来之前，薛理科和蒋英语都无心做作业，一屁股坐在桌子上，探出脑袋来和两人聊天，几百年前的老段子从这两个人嘴里说出来都带了点好笑的意味。

"学姐，可以叫一下你们班陈觉非吗？"正说着，有女生戳了戳于真意的肩膀。

于真意回头："他今天请假了。"

女生和伙伴对视了一眼，紧张地咽了下口水："哦哦好的，谢谢学姐，学姐再见。"

蒋英语好奇："学妹啊？"

张恩仪："肯定啊，能来找陈觉非的当然是学妹。"

薛理科："为什么？"

张恩仪看看于真意，只有学校里的新面孔才会不清楚陈觉非，然后义无反顾地撞南墙。

于真意没参与他们的对话，她的手在顾卓航眼前晃了晃："陈觉非课桌里好像有瓶牛乳茶，我想喝。"

于真意的课桌里除了书什么都有，零食都要装不下了，她索性买了零食后都塞陈觉非课桌里，把他的课桌整得像哆啦A梦的空间袋。

两个学妹原本已经走了，却在听到"陈觉非"三字后又刻意放慢脚步，女生把长发别到耳后，佯装自然地站在走廊聊天。

顾卓航迟疑了一下。

"没事的，他课桌随便翻。"

顾卓航这才应了声"好"，拿出牛乳茶，拧开瓶盖后递给她。

于真意接过："我跟你说，这个超好喝。"

顾卓航对奶茶这类的东西不感兴趣，刚要说"哦"，又改口："是吗？"

于真意点点头："下次请你喝。"

顾卓航笑了笑，懒声道："谢谢老板。"

薛理科适时地转过头来："那我也提前谢谢老板。"

张恩仪"啧"了声，一脸嫌弃。

"还有包奇多，我也想吃。"于真意喝完甜的就想吃咸的。

顾卓航又递给她。

于真意："对了——"

顾卓航垂眸看她："老板，还有什么吩咐，一次性说完行不行？"

于真意讪讪笑了声："没了！"

插科打诨的工夫，郑子言把地拖完了，她拿着拖把出来的时候张恩仪才走进去，于真意慢悠悠地跟在她后头，小心翼翼地踮着脚，怕把干净的地踩脏。

"为什么那个学姐可以随意拿他的东西呀？"身后，一个女生压低了声音说话，却不想还是被于真意听见了。

另一个女生猜测："那个学姐看着没什么边界感。"

"那我劝你还是放弃吧，这种男生最麻烦。"

"为什么？"

"因为你没法判断那是真友谊还是什么。"

于真意微微扭过头去，视线正巧和其中一人的撞在一起，对方慌乱地挪开视线，拉着同伴快速离开。

她的脊背有些僵硬，拿着奶茶的手也不断攥紧。因为从小一起长大，她和陈觉非好像的确没有清晰分明的界限与边界感，对待他，她总是毫无任何防备，不用小心翼翼，他们两个人的交往是舒适又惬意的，可是这样对于她来说刚刚好的关系在旁观者看来竟然过于亲密了吗？

细细回想，从小到大，只要是和陈觉非有关的东西，于真意总会下意识地用上"随便"二字。

陈觉非的作业，随便看；陈觉非的东西，随便拿；陈觉非这个人，随便于真意欺负。

那以后呢，陈觉非会有自己的人生，在人生的不同阶段里，他会有不同的好友，会有喜欢的女孩子，会有人生伴侣。从古至今，好像她这样的身份总是最尴尬的，游离在家人与好友之间，似乎比好友更进一步，所以底线会降低，却又似乎称不上家人，因为没有血浓于水的成分。那他将来喜欢的女孩子会不会也像今天那两个学妹一样，觉得于真意没有边界感。

喉咙里被突如其来的酸涩弥漫，于情于理，她好像都应该和陈觉非保持些距离。

第20章

今天第一节晚自习结束的铃声提早了二十分钟，于真意替陈觉非收拾好作业，她一边整理一边感叹"高二真是太可怕了，缺席一天居然可以留下这么多卷子和作业"。

"你一个人回家吗？"顾卓航看着她低头整理作业，问道，"我送你？"

于真意摇摇头："我家离学校很近的，只要走二十分钟就行了。"

"现在放学晚了，外面天已经黑了，我送你吧。"他重复。

于真意再次拒绝。

鸳鸯巷距离地铁站有些远，如果顾卓航送完自己后，他还要再折回去坐地铁回家。于真意觉得实在没必要浪费这个时间。

这么一打岔，以至于她走出校门的时候才意识到自己今天要一个人回家。这也是她第一次一个人回家。于真意会因为一点小感冒就不去上课，可是陈觉非不会，所以从某种意义上来说，于真意从来没有一个人回家过。

想到陈觉非，她在心里叹了口气，她和陈觉非的关系对于别人来说，确实太好了。脑子里乱作一团，但她不是很想再纠结这件事，因为纠结意味着在意，在意的潜台词，类同于"瘾"。而"瘾"这个字，在于真意这里，不是褒义。

她不愿意去想。

只上一节晚自习的学生少，往学院路方向走的就更是少之又少，路灯像一个个电力不足的灯笼藏匿在枝头。于真意揪着书包带子正要走，就看见江漪跟在自己后面。于真意算是明白陈觉非总是说自己走路没声很吓人是什么样的感受了，她不准备搭理对方，却看见江漪保持着一定的距离跟在她后面。

于真意忍不住了，回头："你干吗？"

江漪扬着下巴，一副有话想说的样子，最后却变成盛气凌人的几个字："我当然是回家啊。"

"那这道这么宽，你干吗非要——"

"非要什么？非要什么啦？！我可没有贴着你啊！本人就是非常非常正常地走在大马路上，哪条法律规定我脚下这块地是属于你于真意的？"

于真意：好。她就说了一句话，江漪居然可以冒出这么多字。什么毛病。

于真意翻了个白眼，自顾自地往前走。走着走着，于真意突然感觉到自己的裙摆被人拉了一下，她一扭头就看见江漪在她视野里不断放大的脸。

"怎么了？"

"那里，"江漪脸色惨白，颤颤巍巍地指着远处路灯下的人，"那个人好像没……"

于真意顺着她指的方向好奇地看去。

路灯幽黄，照在地面上，把那个人的影子照得很斜长，几乎横跨了整条道路。那是个四五十岁的中年男人，在这个燥热不堪的夏季异常地裹着一件绿色的军大衣，他戴着白色的口罩，时不时吹着口哨。

借着暗色的灯光，于真意明白了江漪未说出口的话。那个人，没有穿裤子。

几乎是在同一时间，那个男人的目光对上了她们的。害怕与恐惧像涨起的潮水，从脚底涌到后脑勺，于真意整个人腿软，心跳得厉害，胸口起伏着，她紧张地咽了下口水，而要拐出学院路只能通过这个路口。

"怎么办，于真意，怎么办？"江漪嗫嚅着，拽着她的裙摆的手更紧了。

于真意再次咽了下口水："我们……我们装作没看见，就走过去。他只是通过吓唬我们获得快感，所以我们装作没看见走过去就行了。"她说这话的时候心虚得厉害。

江漪不敢看，她低着头，整个人贴在于真意后面。

经过那个男人时，男人猥琐地笑着，喉咙里发出一种沙哑到极点的可怕笑声，甚至辨不清男女，如同小时候看的动画片中的巫婆，让人毛骨悚然，从手臂到脖颈的鸡皮疙瘩几乎一瞬间就起来了。男人笑着，作势往前走了一步。

于真意感觉到他的影子几乎都要盖在自己身上了，她面色煞白，额头和后背都起了层薄汗。江漪更是吓得尖叫出来。

大概是她们害怕的样子给了男人快感，他笑得更猖狂放肆。

于真意声音颤抖，她害怕，可是心里那股莫名的劲儿上来了。这是她第一次遇见这个人，但是明天甚至以后，他都会出现在这里，他会蛰伏般在这里吓唬每一个路过的女生，看她们惊慌失措的样子，然后露出得逞又嚣张的笑。

于真意强装镇定，面露不屑："老、老……"说出口的瞬间，她才发现自己的声音也因为害怕带着沙哑，她双手握拳，不断给自己打气，"老畜生，我说大晚上什么东西晃我的眼睛呢，原来是你的银针掉了啊。"

即使戴着口罩，于真意都能看到他阴鸷污浊眼睛里的错愕和羞恼，直直对上他的眼睛，令人反胃的恶心蹿上了喉间。可是不过片刻，男人又往前进一步，许是戳到了他的痛点，他的眼神变得更可怕。

于真意来不及多想，她反手拉住江漪的手，抬着下巴经过他。耳畔是呼呼风声，将身后人的步伐声传到于真意的耳畔。那人好像跟在她们身后。背对黑暗，意味着毫无安全感。心里的害怕因子发酵得越来越大，于真意刚刚鼓起的那点勇气全部消散在风中，她拉着江漪的手越走越快，最后加速跑起来。

跑出学院路一段距离之后，城市里的霓虹灯明显了一点，周围人多了起来。因为人多了，安全感就来了。于真意这才停下，她累得气喘吁吁，发丝凌乱地贴着她的脸颊。于真意回头看了眼同样喘不上气的江漪，借着路灯，她看见江漪眼角的泪花，鼻子也红通通的。

于真意第一次遇到这种事，整个人颤抖得厉害，她也害怕，也想哭。她甚至可以预感到自己眼泪掉落的趋势不会比江漪小半分。可是于真意觉得现在还是先安慰眼前这个大小姐比较好。她抿了抿唇，因为她的右手被江漪拽得紧紧的，只能抬起左手拍了拍江漪的肩膀："你……你要不别哭了……呗？"

于真意不太会安慰人，更不太会安慰和自己不熟的人。

"我第一次遇到这种事。"江漪抽抽噎噎地说。

于真意好不容易压下去的泪意都要涌上来了。

她也是第一次遇到这种事啊！

"那……就当……长见识了？"

江漪瞪了她一眼："有你这么安慰我的吗！"

于真意如实回答："我没安慰你啊。"

"于真意你这人怎么这样啊！"江漪还是哭哭啼啼的，她盯着于真意，却突然笑出来，整个人又哭又笑，笑得于真意心里发毛。

于真意等了十分钟，终于等到江漪把眼泪哭干了，她问江漪家住哪儿，江漪报的那个地名正巧和于真意顺路。两人索性一块儿回家。走到杨南路，江漪说自己就住在这里的小区，于真意"哦"了声，准备继续往前走。

"喂！"江漪叫住她。

于真意回头。

"你……你一个人回去会不会不安全呀，要不要我和你搭个伙？"

于真意被她这想法逗笑："然后把我送回家后你一个人回家又害怕，我再送你回来？"

江漪听出她的调侃，她皱着眉，跺了下脚，不再搭理于真意。

于真意转身，结果不过几秒又被江漪叫住。

"怎么了？"

江漪走到她面前，从口袋里掏了好久没掏出东西，她又在书包里翻找了好久，最后找出一个东西，塞到于真意手里。塑料包装冰冰凉凉的触感在掌心蔓延。

于真意低头一看，是一根棒棒糖。她抬头，奇怪地看着江漪。

江漪挠挠头："就用这根棒棒糖作为你今天当我的护花使者的奖励吧。"她停了一下，似乎扭捏羞赧于自己接下来要说出口的话，"你今天说要给我棒棒糖，但是没有给我。"

于真意语塞，她忘记这件事了！

正要开口和江漪说"抱歉"，江漪突然和她挥挥手："不用给我道歉，我很大度。"说完，她飞快地跑进小区里。

于真意看着手心里那根棒棒糖，冰凉的包装已经被她攥到温热。水蜜桃味，是江漪最喜欢的味道。她把她最喜欢的味道送给了自己。

于真意把糖塞进口袋里。她回过神来，正要往前走，迷蒙视野里突然出现一个熟悉的身影。他穿着黑色的薄款卫衣外套，一身黑色将他的身影衬得立体挺拔，路灯的光洒在他宽阔的肩头。身体微微斜着，倚靠着墙，腿虚虚支着，两手环胸，鼻子以下的脸埋在黑色衣领中，像是在等待什么人。

道路像一条宁静的小溪，蜿蜒盘旋而过，连带着此唱彼和的虫鸣鸟叫，横亘在两人之间。半明半暗，光影交错，他的轮廓立刻变得清晰。少年敛着眉，月光倾洒在蓬松柔软的头发上，又点缀在他高挺的鼻梁上，整个人似乎被朦胧滤镜覆盖着。

"今天怎么比平常早了二十分钟？祖宗啊，你现在都开始挑战逃晚自习了？"鼻音还是有点重，声音清冽，又带着一丝刚睡醒的懒意。

只需要这一句话，也仅仅是这么一句话，刚刚在江漪面前鼓起的勇气不复存在，她的英雄气概也转瞬即逝。后知后觉的害怕顷刻之间如汹涌的浪潮般向她猛烈袭来。

像隔雾探花，像真伪莫辨的博弈，又像是一场敌进我退，我进敌挡的极致拉扯与交锋。可是这么形容她和陈觉非并不恰当。在两人的关系中，明明没有人退缩。

什么乱七八糟的边界感，什么莫名其妙的保持距离，通通滚蛋。她和陈觉非这十多年来的感情用得着别人置喙吗？她才不在意别人说什么呢。所以下一秒，无须任何思考，几乎是条件反射般，于真意大步跑向他。

清甜的橙香像夏日慢涌的海浪，缠绕上来，少年被这突如其来的靠近搞得无措，他趔趄着后退了一步。

于真意肩膀微微抽着，哽咽道："陈觉非……我再也不想一个人回家了……"

第21章

中午十一点半的时候，钱敏来给陈觉非送饭，彼时陈觉非还没醒，头疼得厉害，早晨设定的闹钟也没有叫醒他。钱敏把葱油拌面放到桌上，嘱咐他必须得吃。

陈觉非没有胃口，指尖插进凌乱的发间，用力地扯了扯让自己清醒，他敷衍地点头。

"真真让我盯着你吃。"钱敏说。

"钱姨，我真的会吃的。"听到"真真"二字，陈觉非一改敷衍，乖乖应着，声音带着刚睡醒的慵懒。

钱敏看了眼时间："那你必须吃啊，姨下午有个麻将局，晚上要去听音乐会，走了啊。"

陈觉非"嗯"了声。他同时在心里感叹钱敏的生活实在是丰富多彩。钱敏晚上要去听音乐会，那谁去接于真意放学？

陈觉非叫住钱敏："她一个人回来吗？"

钱敏"嗯"了声:"也这么大一个人了,没事的。"

陈觉非吃着面,没再说话。

傍晚,他下楼的时候正好碰上爷爷从家里出来。

"爷爷。"陈觉非主动叫了声。

爷爷应了声:"我去接真真,你怎么下来了?"

陈觉非:"我也去。"

爷爷惊讶,目光挪向他的脚:"你这个腿……"

陈觉非:"没事,能走。"

"那我俩走慢点。"

"爷爷,其实也不用这么慢。"

两人慢慢悠悠地往师大附中的方向走。第一节晚自习结束是七点半,于真意总是喜欢提早两三分钟收拾好东西,等铃声一响就飞奔出门。陈觉非觉得自己出门的时候已经算早了,可是没想到居然还是能在半路上碰见于真意和江漪。

其实,陈觉非有些疑惑,他大概能看出来于真意、张恩仪和江漪那帮小姐妹明里暗里的不和,所以他对于眼前这个画面有些摸不着头脑。

陈觉非看见于真意的同时,爷爷也看见了,他拍了拍陈觉非的肩膀:"陈陈,那你去接她吧,爷爷回去了。"

"陈觉非……"

陈觉非不知道发生了什么,他低头轻声问:"怎么了?"

于真意看着他,乌黑的眼睛像两颗黑葡萄,眼睫上挂着泪花。她摇摇头,没说话。其实事情已经过去了,她的后怕也像泄了气的皮球,只剩下一点点还留存在心里一角,可是看到陈觉非的那一刻,她只想发泄,想哭,想告诉他自己刚刚遇到的事情。

陈觉非没再三追问,又过了好一会儿,整条道路上只剩风吹树梢留下的沙沙声。陈觉非往后退了半步,和她稍稍保持距离,他又一次说:"现在想说了吗?"

于真意平复好情绪,她点点头,抽抽噎噎地把刚刚发生的事情告诉陈觉非。听到一半,陈觉非带着她要往学院路的方向走。

于真意拖着他:"你干吗?"

陈觉非:"去看看。"

于真意"啊"了声，结结巴巴："去、去看他吗？"

满腔怒气被她的话压下，陈觉非哭笑不得："你脑子里在想什么？"

于真意嘟囔："没想什么，但是你别去了，你不知道这种变态都很极端的。"

陈觉非转身，目光游移在她的脸上。

于真意被他这眼神盯得心里发毛："干吗这么看着我？"

陈觉非："你也知道极端？力量悬殊的情况下，你不应该说出那些话激怒他。你无法预测他听到这些话后的反应。"他的声音回荡在于真意的头顶，听起来有些重。

于真意撇着嘴，却也知道他说的话是对的，她心虚地瞥开眼，声音极小，眼睛眨巴眨巴，硬挤出一滴泪："那你凶我干吗？"

陈觉非看着她："真哭假哭？"

僵持几秒后，于真意率先败下阵来，如实回答："当然是假哭。"

陈觉非"嗯"了声："那别哭了，再让我揉揉头。"

话音落下，陈觉非手一下一下地抚摩着她的后脑勺。

"我说……"于真意揪着他的衣服，轻声提醒他，"我说是假哭。"

他没有听见吗？

陈觉非闷闷"嗯"了声。

夏日夜晚，恰逢其时地放大所有感官，体内那股不知名的情绪开始沸腾、叫嚣，然后不知所谓地想要冲破而出。她听见自己剧烈的心跳，就算在跌宕起伏的海潮声里也显得万分突兀。

"陈觉非……"她轻声叫他的名字，不明所以。

他没说话，过了好半晌，才不带情绪地问："今天为什么不叫我一起上学？"

"我去叫你了，但是你没醒。"于真意胡乱猜测，"你该不会是因为我没有叫你去上学就生气了吧？"

哎，真笨。

片刻沉默，她听见陈觉非轻叹一声，那声轻叹让她的耳膜一震。

"我没凶你，但是求求你，下次做事的时候考虑一下后果，知道了吗？"

"知道了。"她瓮声瓮气地回。

陈觉非的手垂下，他垂眸看着于真意，眸光清澈："明天我们去和岑柯说。"

　　于真意嘟囔："岑柯能管吗？"

　　陈觉非笑了笑："那总不能让我们真真女侠去替天行道吧。"

　　女侠什么的，听着怪不好意思的。于真意咬着唇，又回味了一遍"真真女侠"这四个字，她有些不好意思地说："你以后能不能都这么叫我啊？"

　　陈觉非停顿半晌，故意吊她胃口："可以考虑。"

　　考虑？只是考虑吗？

　　她还要说些什么，突然发现陈觉非是自己一个人过来的，她蹙着眉，亮亮的眼里水汽还未散，像缀满了星星的夜色河流："你就这样一个人过来啊？"

　　"不然我就这样一个鬼过来？"陈觉非扯了扯嘴角。

　　于真意这才反应过来他这冷到不能再冷的笑话。果然，陈觉非讲冷笑话和讲数学题有异曲同工之妙，那就是，不管是前者还是后者，都让人听不懂。

　　于真意解释："不是呀，出过车祸会不会对过马路产生阴影？"

　　陈觉非刚要说"没有"，话锋一转："有一点。"

　　于真意若有所思："那你待会儿得抓紧我，不然你走到马路中间吓哭了，我可不会说自己认识你。"

　　陈觉非看着她朝自己伸过来的手，最后什么话都没说，无比严肃地"嗯"了声，刚要握住她的手，就见于真意的手拉住了他的衣摆："走吧。"

　　陈觉非看着自己空空如也的掌心，而后沉默地仰头望望天。

　　于真意："对了，今天数学学的是圆锥曲线，我感觉很难。"

　　陈觉非："你认真听课了吗？"

　　于真意："……好吧，没有。"

　　"于真意你……"他无奈叹气。

　　"我刚开始有在认真听！后来我捡支笔的工夫，一抬头，唰唰唰，黑板上就被公式写满了，真真都蒙了呢！"

　　"少拿网上段子唬我。"

　　"咦，你听过这个段子啊？"

　　"我没这么无知。"

　　"算了吧，我觉得你的无知很彻底。"

"随你胡说八道吧。"

这条路并不长，再往前走就是红绿灯了。两人等在路口，交谈声中你来我往、针锋相对，一副谁都不愿意先败下阵来的高傲模样。

所以于真意的注意力全在和陈觉非斗嘴上，她没有回头，自然也没有看到在身后不远处的地方，身形颀长的少年站在路灯下，昏黄色的路灯将他的身影拉得很长。球鞋蹀着水泥地上的石子，一下又一下。

顾卓航抚了抚仰着的头，路灯刺眼灯光直逼近眼前，视野模糊，恼人的蚊蝇在路灯下横冲直撞地打着转。

天这么黑，有人陪着于真意回家就行。

于真意今天难得起得比陈觉非早，她也难得在早晨看见她亲爱的爸爸。今天阿姨买的早餐是鲜笋烧卖、蘸糖油条、咸豆腐脑。

于真意跷着二郎腿，往嘴里塞了口烧卖。她听见有人叫她名字，回头的时候正好看见小喇叭花和她妈妈经过。

"真真姐！"小喇叭花兴奋地喊她，蹦蹦跳跳地跑到她跟前。于真意拿过一个鲜笋烧卖塞给她。

小喇叭花的妈妈和钱敏趁着这会儿工夫就聊上了，眼见小喇叭花妈妈痛心疾首的模样，于真意拉过小喇叭花，悄声问："怎么了？"

小喇叭花惆怅地叹了口气："我妈不知道从哪儿听到的消息，等到我们中考的时候体育改革，要学游泳，她就非逼着我去学游泳。

"学游泳多可怕呀，我看那些老师都是把小孩子往水池里扔，我可不想被扔。"

于真意眼睛一亮，这个周末的计划有了！要不说于真意是小喇叭花的偶像，只一个眼神，草包偶像和三流粉丝之间默契立刻达成。

小喇叭花轻声道："你搞定你妈。"

于真意点点头，附议："你搞定你妈。"

两节课后的大课间，教导主任在主席台上讲了关于学院路暴露狂的事情，嘱咐学生夜晚放学时一定要家长陪同或者伙伴陪同，加强警惕。

大课间结束，于真意和张恩仪走在队伍最后面，江漪路过于真意时，不知有意还是无意，手臂擦着她的而过。

于真意正和张恩仪讨论李建平的地中海好像更明显了一点，没注意到这里的动静。江漪气得牙痒痒，气鼓鼓地往教学楼走。怎么于真意看见她都不主动和她打招呼啊！

中午吃完饭后，于真意和张恩仪拆了包薯片，围着操场散步，两人正说着话，恰好看到江漪挽着郑子言和杨雯雯的手过来。根据往常的经验，五个人撞见的时候，再宽的马路都不够她们过。

"我们回教室吧。"为了避免一场纷争，于真意挽着张恩仪准备原路回教室。

"不要，我就要逛，这是操场，又不是江漪家客厅。"

刚转身，于真意又被张恩仪拽着在原地画了个半圈，还没等她站稳，又一个人影蹿出，于真意吓了一跳。她站定，整个人惊魂未定地靠在张恩仪身上。她眯着眼睛看过去，江漪拿着一袋零食塞到她怀里。

于真意瞳孔微缩，奇怪地看着她，看看自己手里的零食，又看看张恩仪。最后，她愣愣地说："你可以自己给陈觉非。"

江漪也愣愣的："于真意你没事吧……这是我给你买的。"

"你不用收买我，我不会帮你的。"听到这话，于真意想了想，改了一下措辞。

这事儿要是发生在一年前，她还真有可能被这一袋零食贿赂了。但是现在不行，现在，她自己有私心了……

江漪朝她贴近了几步："我就是单纯买给你的。"

"为什么？"

"哎呀！"江漪气急败坏地跺脚，"你管我呢，我又没下毒，爱吃不吃，不吃丢了喂狗。"说完，她撇着嘴，拉着郑子言和杨雯雯匆匆往教室里走。

三人刚走没多久，张恩仪目光锐利得像扫描仪，盯着于真意一顿瞅。于真意被她看得发毛。

"她为什么给你？"

于真意也想知道啊！

"你背着我和她做好朋友了？"

于真意攥紧那零食的包装袋子，这话怎么听着这么像：你背着我找别的女人了？

于真意木讷回答："没啊，我也不知道。"

"那她为什么给你？"张恩仪又问了一遍。

于真意："我真的不知道，要不我去还给她？"

张恩仪哼了声，阴阳怪气："人家特意给你的，你还回去干吗啊。我不想逛了，要回去了。"

于真意小跑上去牵住她的手，讨好地赔着笑："嘻嘻，那我跟你一起。"

张恩仪挣脱开她的手，又重重地哼了一次，一个人大步流星地走在前头。

回到教室的时候，蒋英语和薛理科瞧见张恩仪冷着脸的模样，连声问她怎么了，张恩仪的回答永远是从鼻中轻喷出来一个高傲的"哼"声。这个状态持续到下午第二节课上课前。

古老师总是喜欢上课前来教室，于真意不敢说话，她撕了张便利贴，认真地写了好长的一段话，然后折了四折递给张恩仪。

张恩仪余光瞥见她在写便利贴的时候就已经心情大好了，她憋住笑，拆开，满满一大段的彩虹屁。如果杨巧君在的话，她会把这一段都删掉，然后义正词严地告诉同学们这就是传说中的都是废话，毫无重点。

但是张恩仪就喜欢听这些废话，她准备大发慈悲地"原谅"于真意，同样写了一长串话正要递给于真意，后头扔过来一张字条，砸到张恩仪的肩上，又弹到于真意的桌子上。

两人齐齐回头，看到隔壁组的江漪眨巴着眼睛盯着于真意，手指了指桌上的字条。于真意拿着那张字条，又看着张恩仪，轻声说："你的呢？"

火就是在这一瞬间蹿上了胸口。张恩仪翻了个白眼，磨着后槽牙："早知道那个漪漪要给你写，我这个——就不给你写了。"说完，她把书本挡在两人课桌中间，形成一道界线，泾渭分明，而后微微侧头，也不再看于真意一眼。

于真意怎么从这话里听出了林黛玉的味道。

她拆开江漪的字条，发现也是一段密密麻麻的字。

　　我给你买的棒棒糖是树莓味的，你吃了吗？

　　其实我没别的意思，就是觉得你这人挺好的，所以才想给你买。我知道你肯定是因为去年文艺会演那个主持人投票才不喜欢我，但是我可没选我自己啊，所以我的票数就是比你高，没办法，你不能因为这件事情讨厌我。

117

你下次看见我的时候能不能主动和我打招呼啊？

于真意怔怔地看着这张字条，她从来都没因为文艺会演那件事生气，她就没在意过这件事，也早就忘了那个投票人数。

她抿了抿唇，低头在字条上写下"好的"，写完之后觉得人家给自己写了长篇大论，自己就回这两个字，太高冷了，很拿乔。于真意在"的"字后头又加了一长串波浪线，还画了个可爱的兔子表情，然后她趁着老古板回头写讲义的工夫把字条往江漪桌上扔。

江漪欣喜地看着她把字条扔回来，眼睛亮亮的。

在做完这一系列事情之后，于真意正要去哄张恩仪，就听见后头传来懒洋洋又带着调侃的声音："谁上课比你还忙？"

不能对别人发脾气还不能对陈觉非发脾气吗？

于真意瞬间炸毛，她愤愤回头，白了陈觉非一眼，对方接收到她的眼刀，毫无诚意地做了个"噤声"的手势。于真意扬着"小尾巴"轻哼一声，课桌下的膝盖碰了碰张恩仪的。张恩仪不理她。

这么生气啊？

课间，张恩仪去灌水，于真意赶紧拿着杯子，奈何张恩仪没有等她。于真意捧着杯子，下巴支在陈觉非课桌上。

"唉！"她深深地叹了口气。

陈觉非一边转笔一边看她："怎么了，女侠？"

"我们家——生气了。"

"为什么？"

于真意又叹了口气，把中午的事情一五一十地告诉陈觉非，她趴在桌上，一会儿玩玩陈觉非的笔，一会儿拽着他的手，用笔在他手背上画着猪的简笔画："我好委屈哦，可是是江漪来给我送零食的呀，我可什么都没做。"

于真意说完这话总觉得自己像个渣女——瞧瞧，都是别人来勾引我的，我清清白白，什么都没做呢。

陈觉非安静地听着，垂眸看着她在自己手背上画画，并且毫不犹豫地在那猪脑袋上写下"CJF"三个字母："按照张恩仪这性子，不出一个下午就会憋不住了。"

于真意水汪汪的大眼睛倏忽变得有神，认真地看着他："真的吗？如果今天下午放学前张恩仪还在生气那就都怪你。"

陈觉非："？"这是什么鬼道理。

他笔尖轻轻敲了一下于真意的鼻尖："你就欺负我吧你。"

于真意正要反驳，就见他拧开笔盖，开始做题，边翻页边轻飘飘道："就这么点程度张恩仪就受不了了，她要是我，不得醋得一头撞死。"

第 22 章

于真意皱眉，后头一声巨响惊得她立刻回神。张恩仪抱着水杯，"咚"的一声放在桌上，薛理科担惊受怕地跟在她旁边。

于真意下意识回："你倒得这么满啊？"

张恩仪居高临下看她，气呼呼地说："你怎么不跟我一起去灌水？"

张恩仪起身的时候明明看见于真意也拿着水杯站起来了，走到门口的时候特地放慢脚步等她呢，结果等了半天也没等到她追上来，张恩仪气冲冲地"杀"回教室门口，却看见于真意背对着自己和陈觉非聊得正欢，两个人你一句我一句笑嘻嘻的。她一回头正好撞见从厕所出来的薛理科，把所有怒气发泄在他身上："走，灌水！"薛理科只能战战兢兢、点头哈腰跟在她身后。

于真意一愣，她实在觉得张恩仪生气得莫名其妙，嘴角微微下垂，语气里委屈得紧："是你没等我。"

那水汪汪的大眼睛里像含着幽深的湖水，又像剔透的黑珍珠，张恩仪张了张口，有些语塞，她态度立刻软下来："我等了，我在门口等你，但是你一直在和陈……"她话锋一转，"但是陈觉非一直在拉着你说话，我就没等你。"

兀安之灾。陈觉非算是明白了什么叫屎盆子。

他提醒道："张恩仪——"

薛理科站在他旁边，压低了声音提醒："哥，别说了别说了，张恩仪生气又不是你哄，你体谅体谅我，我活着不容易，为了我你还是闭嘴吧。"

陈觉非："……"

于真意和张恩仪坚不可摧的友谊背后，就是他陈觉非在负重前行。这作业是做不下去了，他往桌上丢了笔，懒散地靠着椅背，双手环胸，冷眼瞧着眼前这对好姐妹给他上演一出情深意切的戏码。

于真意拆了根棒棒糖递给她，然后认真解释："我会和江漪关系变好应该是因为上次回家遇到变态的时候，我拉着她一起跑。她可能觉得我逃命的时候没有丢下她，人还行。她刚刚给我的小字条里写的是去年文艺会演的事情，你不是一直奇怪为什么在我弃票的同时票数还是单数嘛，因为那时候她也没有投自己。"

张恩仪撇着嘴，意识到是自己小题大做了。她"哦"了声，又看着那根棒棒糖："这是人家给你的，又不是给我的。"

于真意赶紧接话："我的就是你的。"

陈觉非拧眉，这句话不对。他咳嗽了一声，自然地插嘴："话不能说得那么绝对。"

姐妹俩正沉浸在自己的情绪里，没人搭理他。于真意把糖纸拆开喂到张恩仪嘴边，张恩仪眼神在那颗糖和于真意之间打转了一会儿，最后把糖塞进嘴里。

"厕所去吗？"于真意问，"我特地憋着就等你回来呢。"

张恩仪点点头，两人手拉手欢天喜地地往厕所走。

张恩仪心情好了，薛理科也就能活命了。他咧着口白牙看着陈觉非："哥，厕所去吗？"

"滚。"

"好嘞——"

等这三个叽叽喳喳的人走了之后，这片区域彻底恢复了安静。陈觉非托着腮，面无表情地看着自己手背上被于真意画的那头简笔小猪，不住地"啧啧"两声。

可不就是只会欺负他吗？

隔天，上课，最里面那个小组习惯不拉窗帘，下午的烈阳从窗口直射进来，刺眼的麦黄色，照得人无处可逃。这座城市四季不明，几乎没有秋天，夏天漫长又扰人。学生们一腔睡意都被这阳光晒得无处藏匿。

下课铃响了，杨巧君在黑板上写下假期作业。

教室里没有开空调，于真意靠着墙——实在热得慌。她紧紧贴着冰凉的瓷墙，把中午在小卖部买的菠萝冰红茶握在手心。细密的水珠附在杯壁上，于真意通红的脸颊贴着它："按理来说不都到初秋了吗？怎么还这么热啊，我真的要热死了！"她脚踩着张恩仪椅子下的横杠，手撑在后桌陈觉非的桌子上，狭小空间里也可以被她打造出一张懒人椅。

张恩仪把书本立起来，中间藏着面镜子，悄悄剪刘海。

"这剪刀一点儿都不快。"张恩仪嘀咕，"科科你都用这把剪刀干过什么？"

薛理科笑嘻嘻地转过头："给蒋胖剪过鼻毛，给我自己剪过腿毛。"

张恩仪手一滞："你信不信我插你大动脉里。"

蒋英语慌乱地摆手："一一你信我，我没有！！！"

陈觉非托腮，视线掠过前头那位悠闲得仿佛在自己家卧室的人，他贴心安慰："胖，别怕，张恩仪找不到你大动脉。"

正说着，顾卓航戳了戳张恩仪的肩膀，张恩仪回头就看见一把全新的剪刀。她疑惑地看着顾卓航。

对方指了指后头："江漪给你的。"

张恩仪一愣，对上江漪的眼睛，两个小姑娘都红着脸，说不出地别扭。

眼看张恩仪僵在原地，顾卓航手晃了晃："这是剪刀，不是炸弹。"

张恩仪扭扭捏捏地接过剪刀，挺着脊背，转过头去剪刘海，轻声嘀咕了句"江漪这人还挺好的"。

于真意咬着吸管，乐得不行。

"这周去唱歌吗？"下课铃响，薛理科转过头来问。

于真意咬着吸管："不去，我要去游泳。"

陈觉非写作业的手一顿，他抬头看着于真意，奈何对方的视线落在和她对话的薛理科身上。

"市游泳馆吗？"张恩仪问。

"嗯，我有卡。"

"卡能通用不？"

于真意点点头。

"你跟谁一起去？"

"我们邻居妹妹，她要学游泳。我妈本来不想让我出去瞎玩，但是我这属于正经事儿，她就同意了。"

薛理科大大咧咧地说："一起呗！真真请我们游泳，后面两位哥，去不去？"

于真意皱着眉，怎么就她请客了？朋友果然就是用来薅羊毛的。

顾卓航停顿两秒："我不太会游泳。"

陈觉非早就受够了顾卓航这一套说辞："真的假的？"

顾卓航："真的。"

薛理科"啧啧"两声："哎哟顾卓航又来了，什么都是不太会不太会，最后又厉害得不行。"他不给顾卓航拒绝的机会，又问陈觉非："你去吧？"

陈觉非心情很不爽："废话。"

每年都是雷打不动两个人一起去游泳馆的，可是今年于真意丝毫没有想要带他一起去的意思，她连问都不问一句。陈觉非心里那点不爽又开始肆意发酵，然后变成一出唯他一人的默剧。

陈觉非觉得自己昨天说的一点儿也没错，于真意就是在欺负他。

蒋英语："你这腿也没好几天吧，天天瞎折腾，这就能'下海'了？"

话音刚落，陈觉非把语文书卷起朝蒋英语的脸上丢："胖子，我能找得到你大动脉。"

书本准确无误地落在蒋英语肉嘟嘟的脸上，他赔着笑："我下，我下，我去下。"

这边的动静一向很大，大家听着几人的对话，教室里欢声笑语。

黑笔在修长指尖转着，又"啪嗒"一声掉在桌上，在空白的试卷上画出一道歪歪扭扭的黑色印记。陈觉非把笔帽盖好之后又开始习惯性地转笔，一只手无节奏地敲打着桌面。

他骨感的手出现在于真意的视野里。于真意回头看着他，这人没事又在烦躁些什么。她问："你是不是热得很烦躁？"

陈觉非："什么？"

于真意："我说，你现在是不是很烦？"

陈觉非："……没有。"

装，就硬装。

"你十月底就要去考试了，时间都不够了，你周末还出去游泳呀？"于真意又问，"会不会耽误你的学习进度？"

陈觉非看着她。

哦，于真意居然还记得自己十月底的 CMO 联赛，原来是担心他的学习进度才不叫他的。陈觉非嘴角翘了翘，椅子也跟着一晃一晃："不会耽误的。"

　　蒋英语对于六人组第一次一起出去玩这件事非常兴奋，他特地拉了个群。张恩仪最先出声："你说我们的群名叫什么呀？"
　　TBG："32℃塑料友谊联盟。"
　　薛理科："可是明天38℃啊！"
　　TBG："38℃钢铁友谊联盟。"
　　薛理科和蒋英语："……"
　　张恩仪："真真取的群名好好听呀！！！"
　　薛理科："——你捧臭脚的样子真熟练。"
　　张恩仪："科科你找死的样子真胆大。"
　　薛理科"圈"顾卓航："哥，你能不能在群里吭一声？"
　　顾卓航："群名很好。"
　　薛理科："你们就惯着她吧！"
　　蒋英语截了张群成员的图，然后"圈"于真意和陈觉非："你俩这ID再配上你俩这头像，绝了。"
　　张恩仪："我也觉得。"
　　TBG："这头像是我们以前养的小狗。"
　　于真意咬着甜筒，她扯了扯衣角，在正对着空调的位子坐着。
　　陈觉非好像的确说过不喜欢这个不知所云的昵称，每次看见这个名字时脸上总会流露出无语的表情。于真意想，他可能是迫于自己的威严才会忍气吞声用这个昵称这么多年。
　　于真意善解人意地想，既然陈觉非不喜欢，那就算了。
　　她脚踢了踢陈觉非的椅背："你要是不喜欢这个名字就换了吧。"
　　桌上放着一碗红糖醪糟冰汤圆，是于岳民闲着在家无事捣腾出来的产物，于真意不爱吃，拿来给陈觉非了。冰沙做底，小汤圆上撒着花生碎、山楂片，淋着红糖浆。
　　陈觉非正在打游戏，他咬着勺子没说话，低着头，手和视线全然在手机屏幕上，脖子下的脊柱凸出得像一座小山峰。讨了好半晌，他把勺子置在碗上，才回答："喜欢。"随意又认真、矛盾又自然的语气。
　　与此同时，快要暗下去的手机屏幕又因为有了新的消息提示而亮起来。群里出现了一条最新的消息，来自陈觉非——"不换。"

"你跟我说不就行了，还要两头都说一遍。"怪多此一举的。

这句话刚说完，于真意又慌里慌张地低声叫起来："啊——我的冰淇淋要化了！"

这声音太软，陈觉非被她这惊叫声震得心一颤，刚放下手机又听到后面几个字，索性连头都懒得回过去："哦。"

于真意："滴在你床上了。"

"于真意你真是——"

陈觉非猛抽了几张纸，回头看着她，对上她那水汪汪如同受了天大委屈的眼睛，好像是冰淇淋有意谋害她。

"滴哪儿了？"

于真意手指点着床单一处。

陈觉非皱眉，他是瞎了吗？在哪儿？

于真意又戳了戳："这么大一块你看不到啊？"

陈觉非的洁癖已经严重到令人发指的地步，他快步走过去，俯下身子，正要查看，于真意一下子把剩下的甜筒点在他的脸上，同时伴着狡黠的笑声："就是在这里呀！"

树莓紫点在他的鼻尖，陈觉非一愣，拇指指腹抹去那层湿意，又看着笑得正开心的于真意眼尾露出笑意，卧蚕更明显了点。他猝不及防地夺过于真意手里的甜筒："没收了。"

"不行！都最后一口了呀！"

于真意下意识用力拽陈觉非。陈觉非没有防备，也没有想过于真意会来这一招，电光石火间，他整个人脱力，勉强撑在她脸颊旁的左手一滑。

第23章

眼前灰暗一片，陈觉非迷迷糊糊地抬起头，对上于真意傻愣愣睁得有些大了的眼睛。

"我……"额头上的神经跳得厉害，他说话难得噎住，只一个字之后就哽住。从手腕向上的淡青色的经络如猝然显现的藤蔓，一路往上。

于真意余光瞥见他的手臂，她也愣了，呆呆地看着陈觉非，看着他漂亮的眉眼："你怎么……怎么不站稳啊……"

"嗯，我错了，对不起。"他回得倒是又快又干脆。

阳光洒进来，落在他眼里，漆黑的瞳孔像是蒙上了一层薄雾，瞳色在光的映照下有些淡，因为蹙着眉，眼皮都深了些，眼尾微微向上斜着。

手上的甜筒已经化得不成样子，滴落在于真意的唇边，她条件反射地去舔。阳光也照在她脸上，她的肤色本就白而透，像是一颗剥了壳的荔枝。舌尖沿着饱满又好看的下唇线缓缓绕过，像在描绘一幅画。

什么样的陈觉非，于真意都见过。可是，于真意从未在这样的视角里观察过他。

她看着他漆黑精致的眉眼，看着他高挺鼻梁上那还没有擦干净的冰淇淋印记，看着他的薄唇紧绷着，看着他修长脖颈上暴起的青筋，看着从黑色圆领里漏出来的兔子玉佩。

窗外啁啾鸟鸣响起，拉回于真意的思绪。她猛然站起，用力地搓了搓脸，又快速捂住。

"我先回去了，明天早上我和小喇叭花在公交站等你。"于真意低着头，匆匆往外走，走到一半又走回来。

"怎么了？"陈觉非仰头看着她，声音有些喑哑。

于真意没说话，拿起床上的手机，狠狠地瞪了他一眼，像是要把刚刚的意外化成与往日里一样的属于两人的打闹与争吵。

在于真意关门的那一刹那，陈觉非手肘撑着膝，掌心贴着额头。最后，他整个人放弃挣扎地往后仰，随手拿过枕头，一副要把自己捂死的模样。

"我有病吧！"

走出陈觉非家，于真意抬头看着他房间的方向，那里关着窗户，却可以看到一角白墙，白墙上映出一个淡灰色的影子。

于真意抚了抚自己的胸口。这就是一个和平常无异的打闹而已，没什么的，很正常。

于真意，很正常。别再去想了。

可是直到回到房间，她波动的情绪还未恢复分毫。

于真意觉得陈觉非来游泳馆了也不会下水的，他虽然已经拆了固定器，但是距离恢复到以前的正常状态还需要一点时间。

一看到陈觉非，于真意就想到昨天的事情，她难得有了些不自在。这是十几年来，于真意第一次因为陈觉非的存在而感到不自在。

陈觉非今天穿了件淡蓝色的衬衫，扣子解开，里面是简单素净的白色短袖，一条灰色的及膝休闲裤，右脚球鞋的鞋带系得很松。他手里转着手机，风把他前额的碎发往后吹，露出干净饱满的额头。

陈觉非习惯这些素净又单调的衣服和色彩，于真意早就看腻了。可是为什么，今天看起来，总是不同呢？

相比于她的坐立难安，陈觉非显然正常得多，他看着于真意和小喇叭花站在原地："啧，昨天刚见过我就被我帅到了？"

昨天？这神经病居然还敢提昨天？

于真意那点尴尬和不自在立刻随着夏风烟消云散，自己在这里为了那点儿不知名的东西瞎纠结半天，这狗东西就跟个正常人一样，真令人生气！

"啧什么啧，成天啧啧啧，不带'啧'字是不是不会说话？"

陈觉非没明白怎么又欺负到他头上了："啧——"

于真意看他的眼里似带刀，陈觉非从容改口："哦。"

三人到游泳馆门口的时候，其余几个人已经到了。于真意在前台登记信息，而后带着几个人进去。

泳池波光粼粼，于真意坐在岸边，白嫩细长的两条腿打着水花，边教小喇叭花换气边和坐在身边的张恩仪聊天。

张恩仪："你说咱蒋胖站在陈觉非和顾卓航旁边会自卑吗？"

于真意回头看着几人，四个男生没一个下水的，都优哉游哉地坐在休息床上，看这架势，没一个人想动。

陈觉非下身穿着泳裤，上身就套了件穿来的白 T 恤，他这腿是下不了水的，估计也就是在这里坐会儿凑个热闹。额前的碎发往后捋着，泳池里晃动的荧蓝光点跃动在他的发丝间，他手肘撑着膝盖，低头玩着手机。

四个人的动作如出一辙。

于真意迟疑了一下："潜力股呢，万一人瘦下来是大帅哥。"

"算了吧，买股就要买能一眼望见未来发展趋势的。"

"比如？"

"陈觉非和顾卓航啊。"张恩仪不怀好意地笑着，她靠得离于真意近了些，"这两股，你要哪股？"

莫名地，于真意又想到了昨天在陈觉非房间的那一幕。

没等到于真意的回答，张恩仪随意地挥挥手："算了算了，换个问法。如果有两个大帅哥喜欢你，你会是什么感受？"

"就只有两个吗？"

张恩仪："……"

于真意："我于真意行善积德十六年，路过的蚂蚁都不敢踩，这是我应得的，谢谢。"

张恩仪彻底无话可说了，于真意却有想问的："一一，你是选步惊云还是聂风呀？"

张恩仪同样不假思索："都要啊！"

果真是和钱敏女士一样的回答。

于真意下水游了几圈后，想去深水区，她游到岸边问张恩仪去不去，张恩仪现在正自来熟地和小喇叭花聊天，不想动。

于真意叹了口气，来之前一个个都积极得要命，来之后就她一个人是真的想游泳。

深水区这边没什么人，于真意游得自在。正游着，她突然感觉到左侧小腿处一阵阵痉挛，像是尖锐的针短暂地刺了一下之后又直挺挺地扎进去，而后疼痛袭来，是抽筋的前兆。

"我——"她慌乱地扑腾着，只说了一个字，泳池里的水就往她的鼻子和口腔里钻，呛得人喉间发涩又疼痛。

眼前的一切变得迷蒙，扑腾的两脚怎么都够不着地，心里被害怕和慌乱占据，她无意识地拍打着水面，艰难又无力地伸出手。

那边，张恩仪随意地一瞟，没看见于真意的身影，她惊觉不对，麻利地起身，大声叫着："真真！于真意！"

她的声音吸引了后排几个男生，陈觉非放下手机，深水池区并无人。几个正在浅水区游泳的路人和教练也纷纷回头看着。

陈觉非心一沉，嗓子眼如同被堵住般，他丢下手机，往深水区岸边跑，剩下三人跟在后头。

水池边地滑，他还没好透的脚踝传来丝丝痛意，陈觉非索性跳下泳池，跟他一起跳下去的是顾卓航。

于真意觉得自己的意识快要消失殆尽了，眼睛里充斥着泳池水，酸涩感填满眼睛，几乎都要睁不开眼。在理智消失前，迷蒙视野里的每一帧画面，都有陈觉非朝自己游来的身影。

陈觉非抓着于真意的手，带着她往泳池边游，顾卓航跟在旁边，张恩仪、薛理科和蒋英语在岸边接着她。在张恩仪把于真意拉上岸后，顾卓航快速起身，他蹲在于真意身边，脸上焦急之意不言而喻，手都是颤抖的。张恩仪压着她的胸腔，迫使她把水吐出来。

陈觉非费力地上岸，脚踝处的丝丝疼痛不敌心里的恐惧。他手撑着地，艰难起身，一瘸一拐走到于真意身边，但是她被几个人围住，还有很多路人。陈觉非推开其他几个人，声音哑着："让开点，别围着她，要透气。"

他垂眸看着于真意，鼻子突然一酸，分辨不清是因为刚刚不小心呛进鼻子里的泳池水还是什么。脚踝疼痛后知后觉地钻心而上。

过了一会儿，于真意终于把呛进喉咙和鼻子里的水吐了出来，她睁开眼睛，纤长的睫毛上凝聚着水珠，眼里血丝弥漫，泪花生理性上涌。她的唇和脸颊都发白得可怕，整个人尽显脆弱。

"于真意。"顾卓航担忧地叫她的名字。

"姐姐！"

"真真，没事吧你！"张恩仪急哭了，眼泪直直往下掉。

于真意觉得自己的意识恢复了一些，她机械性地摇头，声音如游丝，然后撒谎："没、没事了。"

她有些模糊的视线扫过每一处，顾卓航、张恩仪、小喇叭花、薛理科、蒋英语、游泳馆的天花板。然后，她看见坐在一边的陈觉非，他没有和其他人一样围在她身边，只是安静颓然地坐在那里，浑身湿漉漉的，身上的白 T 恤也紧紧地贴着肌肤，衣摆上滴着水。

陈觉非支着腿，一只手轻轻捏着脚踝，黑发湿透了，蓬松感不再，而是耷拉在眉眼处，他敛着眉，乌漆似的眸紧紧地盯着她，眼眶红红，原本紧绷的脊背在看到她醒来的那一刻悄悄放松。他揉了揉脸，情绪肆意、无声发酵着。

紧绷的情绪如决堤洪水，被撕开了一个口子之后再也无法填合。于真意的眼再一次被眼泪填满，她跟跟跄跄地跑向陈觉非。

"陈觉非——"她哽咽着叫他的名字。

陈觉非手足无措。

"我、我以为我要死掉了，"她声音破碎，肩膀一抽一抽的，"我的腿抽筋了……我以为……我以为我再也见不到你了。"

"真真——"他的声音同样晦涩，声线颤着。

"回家我就要去写遗书……谁知道我会不会突然哪天就死了……"死亡的可怕感，于真意终于切身体会到了，恐惧夹杂着无措，无穷无尽的后怕涌上来，充斥着大脑，使得她说话毫无逻辑，"我应该要先把遗书写好的……我们的那条小狗，你要帮我照顾好它……"

汹涌热烈的情绪就这样肆无忌惮地涌到胸口。刚刚压下的酸涩又一次弥漫到喉间，陈觉非眼睛红红的，内心恐惧并不比她少，他竭力压下自己的那些情绪，轻抚着她的后背，扯出一个笑，努力让自己的声音平复，又迫使语气中带上调笑意味："难为我们真真还想着我了。"

张恩仪在旁边哭成泪人，她走过去拉了拉干真意的手，姐妹俩抱在一起痛哭。她哭得比于真意还厉害，哭着哭着于真意开始反过来安慰她。

今天这一遭之后，于真意怕是未来一年都不敢下水了，即使游泳也不敢再踏入深水池一步。

于真意恢复得快，当其他人都还在后怕的时候，这个当事人已经活蹦乱跳到去安慰别人别再害怕了。

她和张恩仪在游泳馆门口买了杯柠檬茶，几人在公交车站等车。阳光透过枝叶，洒下细碎的光，照在奶茶塑料杯上，配合着柠檬水的色泽，像是透着光的剔透琉璃瓦。

送走张恩仪三人后，于真意等人在公交站台等车。车来了，于真意看着坐在一边的顾卓航丝毫没有要起身的意思，她疑惑："你不上吗？"

顾卓航愣了一下，像是在想心事。

"车来了。"于真意重复。

顾卓航反应过来，他摇摇头，随意地扯了个谎："我待会儿有事，不坐这辆车。"

司机在催促于真意快上，于真意说了句"路上注意安全"，和顾卓航挥手再见。公交车驶过，扬起一地尘埃。

顾卓航坐在站台上，两手撑着头，手指插过黑发，颤抖的指又慢慢握成拳。他低头看着歪歪扭扭的线条，回忆被突如其来的暖风刮到了很久很久以前。

他已经记不清是哪一年的暑假，跟着父母一起来这里，他住在亲戚家，亲戚家的小孩带他去游泳馆玩。

游泳馆里热闹非凡，声音沸反盈天，可是不知怎的，他就是在这喧闹的空间里准确无误地捕捉到了一道声音。那是两个和他同龄人模样的男孩女孩，在不远处斗嘴打闹。

女孩戴着泳帽，脑袋圆圆的，像一颗小橙子，她嘟着嘴，粉白粉白的脸上气愤尽显："陈觉非，你这个臭小狗！"

男孩做了个鬼脸，声音稚嫩却故作老成："哦，臭小狗还不是你的小狗。"

女孩更气了，她悄悄走在男孩后面，正要抬脚把他踹下去就对上了顾卓航的眼睛。女孩一点也没有被抓包的尴尬，她眨了眨眼，狡黠地笑着，然后竖起食指在嘴边比了个"嘘声"的手势。

那一刻，心间酸胀，有什么东西正在盛夏的午后破土而出。鬼使神差地，顾卓航点点头。

女孩笑得更开心了，她蓄力，一脚踹向男孩的屁股，男孩就这样跌落泳池，溅起好大的水花。

"于真意！"小男孩抹了把脸，咬牙切齿地念她的名字。

于真意，她叫于真意。

其实顾卓航不知道那是哪三个字，但是他想当然地猜测着，应该是"此中有真意，欲辨已忘言"的"真意"二字。后来再见面时，他庆幸，自己居然没有猜错。

中途，男孩似乎要去隔壁的少年宫补课，他先走一步，女孩还留在游泳馆内。

因为下泳池前没有拉伸，加上顾卓航不怎么会游泳，下水的时候他的腿毫不意外地抽筋了。淹过头顶的泳池水像心里的恐惧，一点一点将他的神志吞噬殆尽。暑期，游泳池里都是人，大人带着小孩在玩，没有一个人注意到他。只有她，最先发现了他的异常，她游过来，小身子费力地拽着他的手往泳池边游。

周围围着很多人，七嘴八舌地说着话，很吵。但是顾卓航睁开眼睛的第一眼，看到的就是她，也只有她。

彼时女孩身边站着一个女人，女孩歪着脑袋，指着他说："妈妈，他醒了。"

女人摸了摸她的脑袋："嗯，真真很棒哦。"

女孩问："那我这算是见义勇为吗？"

女人说："当然。"

胸腔处的窒息感终于消散，顾卓航想和她说一声"谢谢"，奈何喉咙里像是灌满了水，一句话也说不出口。亲戚慌慌张张地跑过来，担心地问他有没有事，他摇头，只是看着那女孩。

"哎呀，陈觉非是不是要下课了？"女孩问。

女人点头："那我们走吧。"

"宝贝，奖励你今天做好事，咱们晚上去吃麻辣鱼吧？"

女孩摇摇头。

"你不是想了很久了吗？"

"陈觉非海鲜过敏呀，妈妈你忘了吗？"

女人失笑："对对对，我忘了。那咱们去吃烤肉？"

女孩拍手："好耶！"

女人带着女孩往外走，两人的对话声也逐渐变得模糊，然后被周围的嘈杂声响所覆盖。

顾卓航说自己不太会游泳，这是真的，他真的不会游泳，也不敢下水。因为童年的这一遭，让他彻底对泳池产生了阴影，可是他又矛盾地庆幸着这一遭。他知道溺水之时的可怕和恐惧，所以看见于真意溺水的那一刻，脑子里的理智如崩掉的弦，他不再害怕泳池，不再抗拒水。

她救了他一次，他要还给她。不仅如此，他甚至有个私心。有人说小狗睁眼看见的第一个人是谁，就会一直跟随着他，跟一辈子。

在泳池里这一遭，也算是死过一次了吧。这么算来，他在崭新的路途里，重启后睁眼看见的第一个人是丁真意，他就想一直跟着她。那同理，于真意睁开眼看见的第一个人是他，她会对自己产生依赖感吗？

这就是他的私心。

晚上六点一到，沿途路灯准时亮起。正是昼夜交替的时分，暮云在慢慢收尽。

公交车来了一辆又一辆，等待的人依次上车直至站台只余一人。太阳西沉的最后一束光落在他的侧脸和高挺的鼻梁上，在地上投下一个侧影，映出秋天的萧索。

因为顾卓航清楚地明白，她不会……她不会对自己产生任何的依赖感。

混沌的脑海里，顾卓航一遍一遍地回忆着刚刚在游泳馆里，于真意趔趄着跑向陈觉非的那一幕。

他不想承认，却也不得不承认，于真意和陈觉非的这十六年，是他抢不过来也跨不过去的，无人可以代替的十六年。

第 24 章

和小喇叭花在鸳鸯巷口告别，于真意拉了拉陈觉非的衣摆，焦糖色的落日光线落在她拉着陈觉非的手背上。他一转身，衣摆从她手中轻飘飘离开，光晕映在她掌心。傍晚时分，家家户户有人出来倒垃圾、散步，邻居看见两人，冲他们点头，就当打招呼。

陈觉非和邻居简单打过招呼后又把目光落在她身上："怎么？"

于真意抿了抿唇，原本再正常不过的一句话却怎么也说不出口。

陈觉非又问："嗯？"

巷口停着一排私家车，于真意在黑色的车窗玻璃里看到被倒映的自己。

"我以后就不给你送饭了，来我家吃饭吧。"和以前一样。

陈觉非点点头，他看着于真意那难以启齿的样子，以为是什么大事，却没想到只是这件事："好，恢复成以前的样子。"

说完，他虚虚推着她的肩膀往家里走，但于真意站在原地没有动。

从游泳馆出来后，她扎了个高高的马尾，发尾还有点湿，拂过他的手背。她今天穿了淡粉色的紧身露脐 T 恤和牛仔裤，衬出上身纤细的轮廓。牙齿咬着吸管，却没有在喝柠檬水，她只是在思考。粉润的唇上留着湿意和牙齿咬过又很快消散的月牙形痕迹。

"真真？"陈觉非的手在她眼前晃了晃，"还在想游泳池的事情吗？"

于真意回过神来，刚想说"不是的"。可是下一秒，陈觉非弯着身子，他的五官靠近她的脸颊，于真意看见他眼底墨一般浓稠的黑。

"真真。"他叫她的名字，"别怕。

"对不起，我没有保护好你。

"今天都是我的错。

"所以，真真，能不能原谅一次你的小狗？"

声音是习惯性的懒散，却带着无法忽视的认真。

他没有错，也不必自责，更不必把这个责任往自己身上揽。

一旁香樟树参天，枝繁叶茂，像撑起的大伞，直直覆盖的阴影笼罩住树下的人。他身上绿调的薄荷柑橘味，成为这个旷阔空间的主色调。

于真意的耳根热热的，她呆呆点头。

陈觉非弯了弯眼，眼尾透出笑意："那我去跟钱姨负荆请罪，待会儿她打我的时候，你得保护我。"

于真意耸了耸鼻子："我妈才不舍得打你呢！"

陈觉非没再说别的，他慢慢往于真意的家里走。爷爷和于岳民在院子里下象棋，钱敏嗑着瓜子，坐在一旁指点江山，忙着嗑瓜子的嘴还在不停嫌弃于岳民下得太差了。

眼见两个人进来，三人抬头："真真，陈陈，回来了。"

陈觉非点头。

"阿姨，做饭吧。"钱敏往厨房里叫了声。

阿姨在厨房应着。

"哎哟，我们真真怎么傻乎乎的？"于岳民看看于真意，直笑。

一下子，大家都把目光聚焦在她脸上。

于真意摸了摸脸，清亮的眸有些呆滞："我很傻吗？"

陈觉非忍着笑意："有点。"

阿姨准备好了饭菜，让大家进去吃晚饭。于真意走在最后，她看着于岳民和陈觉非勾肩搭背的样子，觉得眼前的场景又变得虚幻。

她没有在想游泳池的事情。刚刚那短短的几秒里，她只是在想，他们好像没法恢复成以前的样子了。

吃过饭，陈觉非在于真意房间里看电影，于真意凑到一边，好奇地问："这个真的很好看吗？"

陈觉非："好看。一起？"

于真意摇头。

陈觉非看着于真意，眼神微微一沉，"你以前不是最喜欢在我旁边叽叽喳喳？"

于真意头微微后仰，和他扯开了些距离："以前是以前嘛，现在——"

"现在怎么了？"他打断她。

现在……她也不知道现在怎么了……

房门被人轻叩了三声，于真意赶忙说"进来"，阿姨拿着西瓜和饮料进来。

于真意接过后，阿姨便出了门。她抿着唇，把荔枝味的波子汽水移到自己眼前，又把冰可乐递给陈觉非。

强忍着忽略身旁这人投来的灼灼目光，手指按着弹珠，随之发出一声闷响，弹珠和瓶子碰撞，叮叮当当地响着。

于真意喝了一口波子汽水，装模作样地回答："嗯，真好喝。"

陈觉非忽地伸出手，迫使她转头望向自己，两人的视线齐平："现在怎么了？"

因为没有得到回答，所以他又问了一遍。他一只手拿过刚刚于真意挪到他面前的那一罐可乐，可乐罐那廉价又塑料质感的金属拉环扣在他漂亮修长的手指上。

于真意看到他眼眸里的亮光和自己的五官，余光里是他打开可乐罐的手。她瞳孔有些扩散。

于真意房间里有控制灯光的开关，按一下是明亮的白炽灯颜色，按两下就会变成暖橘色。陈觉非进门的时候习惯性按了两下。所以她真的好想问问陈觉非，他是否知道暖橘色会氤氲人的视野，模糊人的面庞，混淆人的感官。

"现在——"于真意挣脱开他的钳制，一本正经地从抽屉里抽出一张纸，"现在我要写遗书了。"

陈觉非有些无语地把视线落回电影上，一只手支在膝盖上，另一只手拿着可乐往嘴里灌，喉结滚动。

静谧空间里，是可乐滋滋冒着气的声音和他喉间吞咽的声响，还有两人轻微的呼吸声。

陈觉非待到晚上十点半才回去，他打了个哈欠，满脸的惫倦："我走了。"

于真意没应声，听着他的脚步越来越轻，楼梯口彻底没了他的声响，她立刻起身走到阳台往下看，陈觉非正好走到楼下。

院子外香樟树下不知道什么时候来了条小流浪狗，浑身脏兮兮的，小尾巴却摇晃个不停。她见陈觉非低下身来，那小流浪狗的尾巴摇得更欢。他蹲在旁边，小狗在舔他的掌心。他玩心大发，把手抽离又抬高，小狗就随着他手掌的抬高而跳起来连连做着"拜见"的动作。

路灯照在他的侧脸上，隔着不远的距离，于真意清楚地看见他脸上微微扬起的唇。

于真意做了个梦。

梦中，她在画画。固定在画板上的画纸和她的脑海一样，空白一片，却又逐渐成形，变出陈觉非的样子。

就像是用碳素笔草草画出一个框架，画中人用一举一动，透过画纸，牵引着她，一笔一笔将人物填满，最后图画跃然纸上，而执笔者也终于在那一刻明白，这个未知的东西叫作什么。

这个梦，并不长。她醒来的时候看了眼手机，才凌晨一点。

二〇一五年的十月二十四日，刚好是霜降，可是一点儿也没有秋天的氛围。所以于真意仍然固执地将今天比作夏天。

太阳直射点归落南半球，天黑得逐渐早。这个辗转反侧、久久难眠的夜里，她像是中毒已深的人，终于明白了这段时间以来困扰着自己的事情。

今年夏天和往常每一年的夏天一样炎热又漫长，已经消失的蝉虫鸟鸣是令人心躁，却又截然不同的。

于真意突然想起运动会时，飞机飞过而带来的那阵短暂轰鸣声中，她说的那句话。因为当时还不确定，所以缄默于口，但是她现在可以笃定——

夏天作证，无从抵赖。

谢谢你呀，陈觉非。

THE
SUMMER

02/小我
狗的

于真意 × 陈觉非

第1章

当所有人都在为了十月底的期中考试临时抱佛脚时，只有陈觉非一个人闲散自若。感谢 CMO 联赛，他无须费心在期中考试的海洋中。

下课的时候，蒋英语和薛理科还是习惯性回头和后面的人闲聊，但是于真意和张恩仪不想搭理他俩——两个小姑娘最近在头悬梁，锥刺股地学数学。

薛理科伸着长脖："陈觉非，今天数学练习册最后一题你做出来了没？"

陈觉非"嗯"了声："过来，哥教你。"

薛理科狗腿地跑过去："哥，弟来嘞。"

于真意和张恩仪对视一眼，两人分别从对方的眼里看出了大刺刺的三个字——神经病。

她们不是很懂男生为什么喜欢自称"哥"，就像男生也不懂，厕所就在教室门口，为什么就这么两三步的距离女生还要手挽手去厕所，坑里会爬出红手绿手大白手吗？

于真意扭头："为什么你心甘情愿管陈觉非叫'哥'啊？"

薛理科想了想，跟她打着商量："那'阿姨'的称呼给你。"

"也行。"话音刚落，全班传来诡异古怪的起哄笑声，于真意反应过来不对——他说她老。

她佯装生气地一拍桌子："你大爷！"

"啧，薛理科你阿姨说脏话了。"后排有男生调侃。

沉闷的教室里困顿不再，被笑声弥漫。于真意从张恩仪身后的座位跨过去，抓着薛理科的衣领就打，从讲台打到后头垃圾桶。这个垃圾桶太小了，不然于真意迟早把他塞进去。

薛理科悲痛惨叫："张恩仪救救我。"

张恩仪头也没回："真真，给他留口气，不然我回去不好跟他妈交代。"

于真意："收到！"

所有人都在笑，包括顾卓航。他勾着唇，笑得很浅。对上陈觉非的目光，他的笑容收敛了一些，但笑意没有完全退去。

窗台处放着两罐冰可乐，是中午吃过饭后蒋英语去小卖部买的，教室里难得开了空调，现在可乐罐的瓶身还是冰凉的。

陈觉非随手拿着一罐可乐，丢进顾卓航的怀里。

顾卓航接过，道了声谢。

陈觉非拿起另一罐可乐，抠开拉环："是我欠你声'谢谢'。"

顾卓航看着手中的可乐，知道陈觉非想说的是在游泳池的那一天，他没再开口。

"公平竞争。"陈觉非意有所指。

"算了。"顾卓航打断他的话。"算了"是因为，他清楚有些东西是无法改变的，徒劳的事再做，就没有意义了。

陈觉非抬眼看他。陈觉非可算不上好人，也算不上大方的人，不会在竞争对手准备放弃之后还冠冕堂皇地说着虚伪好听的安慰话以彰显自己的大度。

他往嘴里灌了口可乐，然后用瓶身碰了碰顾卓航手里的，言简意赅："前段时间，不好意思了。"不好意思于那些带着敌意的针对。

顾卓航笑了笑："薛理科说你篮球打得挺好。"

陈觉非嗤笑："听他胡说八道。"他顿了顿，"不是挺好，那是打得能和球星一较高下。"

顾卓航："下午体育课？"

陈觉非接话："可以。"

张恩仪在前头装模作样地写着数学题，愣是一句话都没有听懂。

这两人在装什么啊？

下午体育课，篮球场上。起先是大家一起在打球，打到后来完全变成了陈觉非和顾卓航的个人战。众人识相退出，整个篮球场上只剩下他们两个把篮球砸在绯红塑胶地面上的声音。

于真意和张恩仪懒得动，就坐在一边，外套盖在腿上，看着他们打球。一旁路过的女生也不由自主地停下来偷偷朝这边张望。

宽大校服脱下，只留下里面的宽松短袖，少年身姿修长挺拔，肩膀宽阔，手臂肌肉紧实、线条流畅，脊背像一座高挺的雪山。他们的脸正对着阳光，在地面上拉出两道颀长深灰的影子。

　　篮球被控在陈觉非的两手间，他微微弯身，一个假动作绕过顾卓航，猛地起跳，进球。球跃进篮筐正中央，而后垂直坠落。

　　一阵风吹过，伴着他剧烈的动作，吹起他的黑T恤衣角。

　　"我有点忌妒你。"篮球被夹在顾卓航的臂弯里，他越过层层人群，看着坐在外侧的于真意，她低头玩着头发，一点儿也没注意这边。

　　哪来的什么公平竞争，这件事从一开始就是不公平的。他连名字都输了。

　　没头没尾的一句话，陈觉非却明白他在说什么。

　　"是我运气好。"他回答。

　　的确是他运气好，好在早早参与了于真意的人生。

　　黑发湿漉漉的，随意地耷在眉眼处，陈觉非注意力在顾卓航运着的球上，他又问："为什么注意到于真意？"

　　因为刚刚大幅度的动作，陈觉非脖子上挂着的那条兔子玉佩露在外面，他没有在意。顾卓航看着那条和于真意一样的玉佩，盯了许久。

　　陈觉非懒散回应："小学生打球呢？再拍就犯规了。"

　　闻言，顾卓航侧身，球摆脱陈觉非的视线，在空中划出一道完美的抛物线，在篮筐边沿晃晃悠悠地打着转，最后稳稳落入篮筐。他垂眸，长睫落下一个灰色的阴影："总得让我拥有一个和她的秘密吧。"

　　球重重地砸在地上，弹跳了几下，最后幅度越来越小，慢慢滚到陈觉非的脚边。他细细思索着这句话，片刻后，抓了抓头发，碎发被随意地捋到了后头，整张脸暴露在阳光下。他回头看了眼于真意，她还是低头玩着自己的头发。于真意曾经说过最喜欢把头发的发梢搓成两半，然后撕开，很爽。也不知道这是哪门子的强迫症。

　　他回过头，笑得随意："行。"

　　少年笑起来的时候很好看，眼睛微微弯着，眼神很亮又带着光。汗水从头顶落到脖子、锁骨上，他拽着短袖的领子随意擦了擦，衣摆下精瘦的腰线和腹肌若隐若现。

　　一旁和后方传来女生的低呼声，于真意抬头的时候正好看见陈觉非还没敛起的笑，不同于往日的冷漠，带着恰到好处的肆意和张扬。

自从江漪和张恩仪"一剪刀泯恩仇"了之后，三人偶尔眼神对视上之后就会默契地坐到一起，成排坐在地上。

于真意："你们觉得陈觉非帅吗？"

张恩仪："当然。"

她又问："那喜欢他的女生是不是很多啊？"

张恩仪加重语气："当然！"

江漪眨眨眼："但是，男人，虚无缥缈，没什么用。"

张恩仪有不同意见："那也不是……"她望望天，纠结着措辞。

于真意没再继续听这两人的对话，她嘴角扬起。

看啊，大家都喜欢陈觉非。

杨雯雯在后面叫江漪，江漪拍拍她的肩膀示意自己先过去，于真意点头说"好"。

过了一会儿，张恩仪神秘兮兮地说："下节课补上次被占的体育课，不用回教室，我们看漫画吧。"

于真意也挺喜欢看漫画的，所以她随口问了句名字。

张恩仪突然无端端笑了两声，声音压得更低："《青梅竹马是消防员》。"

操场后头有公用洗手台，于真意正在那里有一搭没一搭地洗着手，就听见熟悉的声音落在自己的身后。

"浪费水资源。"说着，那手指屈起，弹了下于真意的额头。

于真意看着陈觉非走到自己面前，他把篮球塞到于真意怀里，微弓着背，就站在于真意开着的那个水龙头前，拧着水龙头向右转了好几圈，把水开到最大，往脸上抹。他搓了搓手，白皙掌背上青筋脉络随着他的动作明显地起伏着，晃动的手腕骨节突出。

水花在水槽上炸开，溅到于真意脸颊和唇边。

水声停止。他两手撑着洗手台，低头的时候脖颈下的脊柱凸起，眉骨、鼻尖，还有唇上都沾上了水珠，任由它往下掉，又渗湿衣领。

于真意一只手抱着球，另一只手从口袋里拿出一包纸。

陈觉非瞥了眼她："耳朵怎么这么红？"

于真意在心里咒骂，还不是因为张恩仪这个有毛病的女人！

彼时，张恩仪无语地看着她，赶小鸡似的摆摆手："你自己心术不正就不要看了，省得整天想入非非。"

想入非非？！！要死，这是什么词啊！

于真意立刻离他们一米远，跑出来清醒一下神志。

"没什么。"于真意快速回答。

陈觉非没再多问，两人齐步往教学楼的方向走。

"非非。"于真意突然出声。

陈觉非脚步一顿，垂眸睨向她，语气不确定："在叫我？"

于真意："不然我在叫狗？"

陈觉非："哦。"

走到一楼拐角处，于真意友好地和他打着商量："我以后都这么叫你吧。"

"随——"

"便"字还未说出口，于真意头晃得像骰盅："不不不！不行不行！"

陈觉非："……抽什么风？"

于真意表情悲怆，望着天花板："我有病，别管我了。"

陈觉非听话地点点头。

于真意不乐意了："我说自己有病，你现在应该做的就是用无比温柔的声音和我说，'真真，你没病，别这么说自己'。"

陈觉非看着她像炸毛的小狮子，身后的小尾巴停止摇晃，龇牙咧嘴地冲他低吼。他嘴角勾着笑，拿过她怀里的球在指尖转着："真真，你有病也没事，我会养你的。"

第 2 章

竞赛地点在沿江区，虽然没有出市，但是临近郊区，已经和出市差不多了。张恩仪经常打趣，沿江区到市中心的时间，和从市中心出发去杭城的时间简直一样。

提早出发看场地加比赛，陈觉非算来要在那里待将近一个星期。

于真意盯着自己的物理卷子，叹了口气，从倒数第三题开始她就只能解出第一个小题了。

如果陈觉非进了决赛，他就有资格进入国家集训队被选拔，国集选手可以保送清大。于真意知道陈觉非当然是有这个实力的。

她莫名又想起那天陈觉非带着玩笑的一句他会养她。那时的她是什么反应呢？她气急败坏地哼了声："胡说八道什么啦！我们新时代杰出女性才不要别人养呢！"

陈觉非从容又淡定地接过话："那你养养我？"

她打掉他正在转的篮球，篮球在地上弹了两下，又向前滚。陈觉非弯身，垂下的手背上骨节微突，蓄着力的手抓着球捡起，圈在臂弯里："小朋友都是说不过就动手的？"

于真意没再回话，恰好救人一命的上课铃响起，她夹着尾巴溜上楼梯，只能听到后头传来的含着笑意的清朗声音："小气哎。"

于真意站在二楼楼梯口拐角处，她一副正气凛然，不食嗟来之食的模样冲下面喊："谁小气了？我们做人要凭自己的双手和本事吃饭！"

下一个班级的学生正成群结队地下楼去上体育课，攒动的脑袋在两人的视野中纷乱穿过。旁人看见两人隔着一层楼梯遥遥对话，都投来好奇目光，其中有几个学生和陈觉非同属一个竞赛队，简单和他打了声招呼。

男生奇怪地问："你站在这儿干吗？"

陈觉非抬眸看了于真意一眼："不敢上。"

"为什么？"

"我——"

自知陈觉非嘴里没什么好话，于真意捂着滚烫的耳朵，跺跺脚，在他要开口之前再次发声："赶紧上来！别在外面丢人！"

陈觉非挑眉，把剩下的话咽进肚子里，拍拍男生肩膀，丢下一句"走了"，而后晃悠着步子走上来，跟在她身后，用篮球轻轻敲了敲她的肩胛骨，压低声音道："看，多听你话。"

太阳穴跳动起来。思绪回笼，于真意继续盯着卷子发愣，题目还是那道题目，心境却不再是那个心境。

莫名的想法就在此刻横生：好想和他上一个大学，和他接着延续这样的日子。

于岳民最近在参与一个新项目，要出差去桃岛，钱敏不放心他，要跟着去。于真意对此表示万分不解，于岳民这么大个人了，能有什么不放心的？钱敏不如关心关心她的女儿吧。

一瞬间，家里就只剩于真意和爷爷了。

"真真，陈陈不在，爸爸妈妈也不在，你们学校附近又刚出了这种变态，你要小心一点。"于岳民嘱咐。

于真意倒是不在意："我们学校都处理好了，不会有事的。"

钱敏还是不放心："你要不要让爷爷去接你？"

"哎呀真的没事，爷爷都这么大年纪了，还要等我晚自习下课了再来接，太麻烦了。我上初中的时候我们班同学就自己上下学了，只有我不是。"于真意拒绝。

钱敏和于岳民相视一笑："是谁一定要和陈陈一起上学的？读小学的时候你爸说送你上学，你都哭哭啼啼非要和陈陈凑在一起。是我和你爸不想让你独立吗？是你自己不想。"

于真意突然心虚。是的，的确是她不想。她不愿意和陈觉非分开，连独立地上下学都做不到。但是，她又娴熟地给自己找借口——两家人距离这么近，又在同一所学校、同一个年级、同一个班级，那一起上下学怎么了呀！这难道不是顺路的事情吗！

于真意梗着脖子："是他死乞白赖非要和我一起去上学。"

于岳民揉揉她脑袋："没人比我女儿会胡说八道、强词夺理了。"

于真意勉强把这当作是夸奖。她得意地轻哼一声，身后"小尾巴"晃得正欢。

周一一早，于真意换好校服出门的时候正巧碰见爷爷。他坐在门口，看见于真意就起身："真真，晚上爷爷来接你吧？"

于真意"哎呀"了一声："不用啦爷爷，法治社会，不会出事的。"

爷爷只好作罢。只是没想到于真意出校门的时候还是看到了爷爷。他推着老式自行车，夹在一众私家车之间，有些格格不入，以至于于真意一眼就能够看见。

爷爷推着自行车往这边走来，于真意正要招手，突然听见不远处的声音传来，似乎是在议论什么老人。于真意起先没有多注意，只是朝他们随意地投去一眼。

那帮人也是学生模样，只是并没有穿师大附中的校服，松松垮垮的外套上印着的是隔壁不远处职高的校徽。

"看那老头。"

"居然是家里的老人来接。"

"这个车好老，那个老人也有点凶。"

"啧啧啧，我反正是绝对不会让我爷爷奶奶来接我的。"

"……"

几个人在一旁肆无忌惮地交谈着，说话刻薄刁钻，丝毫不在意自己的说话声音是否太过响亮会被别人听到。

于真意终于反应过来，他们说的是自己的爷爷。她看着爷爷止步站在那里，脸上的表情虽然未变，可是步伐还是放慢了。

爷爷没有走过来，隔着两三米的距离，似乎只是朝她做了个口型："走吧。"

这句话很轻，轻到就连于真意都没有听清。她想自己大概知道爷爷在想什么，不想和她走得太近，不想让她觉得丢脸。

于真意看着爷爷推着自行车，与自己始终保持一米开外的距离，就像是个陌生人一样。轮胎滚动，碾轧过地上的石子，发出一阵一阵的声音。

于真意没来由地难受。于真意知道她现在应该做的是走过去告诉他们，自己的爷爷不是他们口中这样的人，怎么可以就以别人的外观来武断地断定对方是个怎么样的人呢？

她垂眸，盯着那辆自行车，后轮处加了踏板。今天之前这辆自行车在于真意的记忆里还没有装上踏板，像是老人家为了方便穿裙子的她坐后座而在这几天里专门安装的。她心里的怒意越燃越大。

在跟着爷爷走了两三步之后，她停下脚步，紧紧拽着书包带子，诡异的想法作祟。她不停地咽着口水，像是要为自己鼓起勇气的样子，脚步重重一顿，在水泥地上摩擦出一声噪声，但混在嘈杂的人群中，这声音实在微不足道。

于真意突然转头，对上那帮职高学生的视线。对面几个人有些疑惑。于真意放下书包重重地打向为首的，也就是笑得最厉害、最过分的男生的肩膀。那男生猛然推开她。于真意往后倒退两步，被爷爷扶住。

"真真……别打架！"爷爷焦急地说。

校门口此时正是放学高峰期，学生与学生家长都聚在一起，好奇地看过来。

于真意刚挣脱爷爷的手，又被爷爷抓住："不行！"

男生和周围的朋友相视一笑："神经病吧你，发什么疯？"

于真意气恼，整张脸涨得通红："你妈让你这么不尊重人，随便就可以说陌生人坏话吗？"

男生笑得坦然，嘴里的混账话层出不穷："我妈倒是告诉我不能随便被别人欺负呀，就算是娇滴滴的小姑娘都不行呢。"

于真意忍无可忍，又要冲上去的时候，又想起陈觉非和顾卓航上次打霍凡的后果。她竭力保持冷静，突然抬手握拳，然后比了个手势。

不知道是被歪打正着戳中了，还是怎样，现在轮到男生气急败坏，他扫了眼于真意的爷爷，又看她一个女生身旁并无人，直直走上去想要抓她的衣领。

爷爷："你干什么？"

男生没理爷爷，于真意也挣开爷爷的手，直直迎上去："我就说这么一句，你就生气了。你刚刚和你那些朋友说了那么多奇奇怪怪的话，我骂一句，你不亏吧？"

这个男生显然没有什么绅士风度，也不把"不打女生"作为人生信条。他正要做什么，就被匆匆赶来的在门口维持秩序的保安大叔抓住。三五个保安只是扫了眼他的校服就知道他是职高的，挥着手，大声呵斥让他离开。

于真意总觉得气没撒爽。

爷爷拉着于真意的手腕，紧张悬起的心终于放下："走吧真真，不要打架，打架不好。"

于真意跟着走在爷爷的身边，她当然知道打架不好，可是……

"可是他们这么说你，太过分了，一群神经病！！！"她重新把书包背上，踢着水泥地上的石子，习惯性地踩着线条走。

爷爷："没关系的，听不到就行了。"

真的没关系吗？被别人这么说，爷爷也觉得不在意吗？

可是于真意没法不在意。

银月将明未明，照得厚厚的云层也透灰。

于真意点开和陈觉非的聊天界面，他这几天可能忙着复习和做题，两人的对话还停留在他去沿江区那一天。

于真意让他给自己带沿江区最有名的那家糯米糕团。

陈觉非回："想得美。"

她想和陈觉非说自己今天遇到了一件超级超级不开心的事情，还差点和人打起来，当然不出意外的话，她可能是被人压在地上的那个。长篇大论在对话框里已经打好了，于真意"啧"了声，最后还是删掉，把手机往桌上一扔。

陈觉非忙着考试，这个考试很重要，她不能打扰他。

一切景象像是蒙上了一层薄雾。鸳鸯巷在月光的映照下，在水泥地上生出各种剪影。

于真意下楼倒水的时候看见爷爷坐在院子口抽烟，月光拉长了他佝偻的身影。她突然心下一酸涩。本来已经过去的事情和感觉又浮上了心头。

爷爷只是来接自己放学而已，居然要被那些人这么说。她不希望自己的爷爷被陌生人评头论足，也不希望爷爷因为接送自己而不开心。

阳光刷新了新的一天。

第二天，于真意下楼的时候，爷爷正坐在院子里，于真意看着爷爷，突然说："爷爷，你放学别来接我了吧，其实我一个人也可以回家的。"

爷爷一愣，最后轻轻说了声"好"。于真意觉得哪里怪，又说不上来。

虽然和钱敏、于岳民说自己要一个人回家的时候气势汹汹，但是待到真正出了校门，看见阴森森的天，她的心里有些发毛。于真意的确害怕再遇到那个暴露狂，她想和岑柯请个假，希望自己可以在下午上完课之后就回家。不然这样的日子要忍受一周实在有些困难。可是她又觉得不是什么很大的问题，单独为自己开小灶也太奇怪了。

这几天晚上放学后，于真意回家的时候，爷爷总是比她晚个五分钟，于真意想，爷爷应该是和巷口的老人聊天去了，她没多问。

短暂又漫长的一周终于要过去了。于真意掰着手指头算着，陈觉非应该是明天坐学校的车回来。

"真真，走了，下周见。"张恩仪挥挥手，"我妈出去旅游回来，带了一大堆大毛家巧克力，下周给你带哦。"

于真意嘻嘻笑着，连声说"好"。

再走一段路就能走到鸳鸯巷，于真意低头沿着盲人道的线条走，她玩心大起，走得很慢。正走着，耳畔传来一阵笑声，那声音贴得她很近，有一种就在耳畔的错觉。

于真意抬头，眼前中年男人的面庞闯入她的视野。心跳和呼吸几乎同一时间停止。上次见面时他戴着脏兮兮的白色口罩，这次他没有戴口罩，眼里红血丝重得可怕，眼神阴鸷。

于真意吓得要尖叫，极端恐惧之下，喉咙却像被人扼住了一般，她张了张口，一个字都发不出来。原来那个经常游走在学院路的暴露狂现在开始游荡在这条路上了。

"嘿嘿，小姑娘，你很眼熟——"他的声音带着浓重的口音，听着模糊又恼人。

太阳穴突突跳着，耳膜振动，像有鼓声，于真意已经听不清他后面的话，只是跟跟跄跄地往后退了一步，脸上因为恐惧而通红。她急速地回头，后面脚步声闷又沉重。

于真意加速跑起来，后面的人也跟着跑。

"小姑娘……"他又幽幽地唤她。

恐惧把理智挤压殆尽，于真意慌不择路，只顾着闷头向前跑，正跑着，她整个人撞上一个温暖的胸膛。清爽如雨后草地般的薄荷柑橘的味道侵入她的鼻间，伴着这个熟悉的呼吸，她的心安定下来。

于真意抬起头，看着本不应该出现在这里的陈觉非，声线颤抖，说话磕磕巴巴："你怎么回来了？"几乎在说出口的一瞬间，她眼泪蓄满眼眶，尽数往下砸。

陈觉非沉着脸，眉头紧皱，整个人硬朗的轮廓和五官上显出锋利和戾气。他把于真意拽到后头，于真意险些没站稳，她紧紧抱着陈觉非的手臂，一刻都不想离开他。

也是这个时候，于真意才看到了在陈觉非身旁的爷爷，她眼里露出惊讶："爷爷，你怎么在这……"

这个时间点，他们会出现在这里，实在让人觉得奇怪。

于真意还没等到爷爷的回答，陈觉非挣脱她的手，朝那个中年男人走去，他手背上的青筋都像蓄着力。月光透过树叶，洒在他的肩头。陈觉非手臂上的青筋猝然暴起，带着蓬勃又绝对的力量感。

于真意心底的害怕比刚刚更甚，她怕陈觉非做出别的事情来。路灯照在他的脸上，这是于真意从未见过的冷漠。他的眼里是一览无余的恨意。

于真意拉着陈觉非的手，还在不停抽噎："别打他，我们先动手就是我们吃亏了。"

陈觉非的行为并不属于正当防卫的范畴，于真意怕他被反咬一口。爷爷也走过来，在一旁拉住陈觉非的手。

自始至终，陈觉非没有说一句话，他像是失去了理智。他只知道，如果自己今天没有回来，而爷爷又恰好没有来接于真意的话，那后果会有多严重。

感冒缺课那一次，他没有保护好于真意。

在游泳池的那一天，他也没有保护好于真意。

他好像总是在她需要保护的时候缺席。自责和愧疚糅合着愤怒，一起将他的理智湮没。陈觉非只知道，绝对不能让于真意受到任何一点伤害。

"陈……陈觉非？"疑问的声音在不远处响起，岑柯推了推眼镜，他面上全是狐疑。他周围还跟着几个老师，大家准备在周五的晚上去附近的小龙虾馆聚餐。

于真意抬头，泪眼蒙眬地看着岑柯："老师……"

岑柯看着那个中年男人，几个男老师扯开陈觉非，杨巧君立马拿出手机报了警。

陈觉非低着头，一言不发，看着几个人地上的影子发呆。

岑柯和杨巧君在一旁和爷爷说话，陈觉非站在一边，于真意拽了一下他的衣角，声音很轻："陈觉非？"

陈觉非像是才缓过神来，他的目光落在于真意的脸上："于真意……还是让你一个人回家了。"

她感觉到自己的心被狠狠捏住，短暂缺氧和窒息之后，又被人徒然松开，竭力地呼吸着空气中的氧气。

其他老师都是别班的班主任，但都认识陈觉非，几个人面面相觑。

岑柯咳嗽了两声，打着哈哈："这是小陈，是年级最高分。"

杨巧君接话："好多比赛他都代表咱们学校拿过第一，这次还去参加了CMO联赛。"

岑柯又说："教导主任和校长都很喜欢他。"

杨巧君："我们真真画画也非常厉害。"

岑柯："对呢！完全自学，超厉害！"

两人如唱双簧似的，一人一句停不下来。

众老师："……"

老师们的周五聚餐泡汤，几人来了个警察局一日游。那个人由于在公共场所故意裸露身体，处五日以上十日以下拘留。

事情结束后，几个人在警局门口分别。爷爷推着自行车，陈觉非和于真意走在旁边。于真意实在不明白，爷爷为什么会在这里。

陈觉非现在不太想说话，但他大概是看出了于真意在疑惑些什么，还是耐心解释道："我回家的时候遇见爷爷，我们俩就顺便一起来学校接你。"

爷爷笑着点头，他拿出自行车篮子里的糕点："陈陈买的糯米糕团，真真要现在吃吗？"

于真意眼睛一亮，她随口一说的话都快忘了，没想到陈觉非还记得。她点点头，拆开包装，往嘴里塞了一个，又递给爷爷，爷爷摆摆手，说自己牙不好，吃不了这些黏糊糊的糕点。

于真意"哦"了声，拿了块紫薯味的，递到陈觉非嘴边："喏。"

陈觉非没伸手，他低下头，像小狗崽一样，咬着那糕点。

"好吃吗？"她讷讷地问。

陈觉非垂眸看着她，两人撞进了彼此的眼里，他舌头舔过唇角："好吃。"

回到家的时候已经很晚了，于真意没有先回家，她有事情要和陈觉非说，或者说，她有事情要和陈觉非倾诉。她觉得自己不说就要死了。

陈觉非率先进门，他把书包丢在地上，从柜子里拿出睡衣："怎么了？"

于真意盘腿坐在他床上："我有一件事情做错了。"

陈觉非把衣服扔在床上，走到于真意面前，单膝跪地，仰头认真听她说话。

于真意把这几天的事情告诉陈觉非，她低着头，说着说着手指又开始条件反射地揪着他的衣袖，这是她心思混乱时的小习惯："你说，爷爷会不会觉得我不想让他来接我，是因为我也觉得他丢脸呢？我好怕他误解，可是这样毫无缘由主动去解释又很奇怪。我有点烦。"

陈觉非静默片刻，他仰着头："真真，你知道今天我为什么会和爷爷一起来吗？"

于真意摇头。

"因为爷爷每天都会去接你。"陈觉非只是恰好和他撞上了而已。

于真意愣住了，她不敢置信地看着陈觉非，在自己说完不需要爷爷的接送后他还是会来接她吗？

"爷爷每天都会去接你。"他重复，"爷爷知道你不想和他一起走，所以他都是跟在你身后的，不然你想，为什么爷爷总是回家得比你晚呢？我们家于真意总不至于笨到这么浅显的事情都看不穿吧？"

可是她这次，真的好笨啊。

"你想的和爷爷想的不一样，你希望爷爷不要再被那些人评论，所以和爷爷说不需要他的接送。而爷爷也担心你的安全，所以跟在你身后。其实说开了就好了。如果我们真真觉得过意不去，就去给爷爷道歉好不好？"陈觉非看着她，停顿了许久才说，像是在给足她思考的时间。他声音低沉清冽，像炎炎夏日里冒着冷气的气泡水，带着点循循善诱的味道。

于真意："我从来没有和人道过歉，有点不太好意思说出口。"

"于真意什么时候变胆小鬼了？"

"我不是！"

"不是胆小鬼的话，你现在在犹豫什么？"

于真意像下定决心般握了握拳头："虽然你这个激将法很幼稚、很低级，但我要去道歉了！"

陈觉非笑着起身，揉了揉她的头发："低级幼稚怎么了，该上当的人总会跳坑里。"

于真意不服地哼了一声，却没再回他。

从陈觉非家里出来的时候，爷爷正坐在院子里，还是在老地方抽烟。看见于真意，他把烟熄灭，扔进垃圾桶里。

"爷爷。"于真意在爷爷旁边坐下，"爷爷，我错了。"

爷爷没反应过来。

"爷爷，我不应该拒绝你来接我的，我没和那些人一样觉得你来接我丢脸，我只是不希望你再听到那些话了。可是我没有想过你可能会因为我拒绝让你来接我而更难过。所以，爷爷，我给你道歉，请你原谅我吧。"

爷爷抬手，粗糙的手掌揉了揉她的头："没关系，爷爷没放在心上。"

"但是爷爷，我还是要跟你道歉。"

爷爷想了想，眼里溢满了笑意："好，那就原谅我们真真了。"

于真意眼神一亮："爷爷，拉个钩吧！"

爷爷学着她的语气："好！"

第3章

深夜，点点星光缀在天幕上。这个天气已经不用开空调了，于真意把阳台上的门打开一道小小缝隙，有风从缝隙里吹进来，把窗帘吹得飘荡，像起伏的海浪。

头顶暖橙色的灯光在滴着水的头发上晕开。于真意躺在床上，拿起手机下意识点开陈觉非的聊天界面，却又不知道要发什么消息。

她僵硬地发去消息："你考得怎么样？"

对方回得很快："进了。"

咦，居然是当场出成绩吗？于真意都不了解。

她回了个"哦"，干巴巴地结束了对话。翻了个身，把手机放在胸口处，开始盯着天花板发呆。

那洁白的天花板好像变成了暗灰色的电影银幕，自己的脑子就像投影机，眼前不断出现着陈觉非出现在她面前的画面。

于真意心里的思绪翻飞。根据上次的经验之谈，这一定是她失眠的前兆。她索性起身爬下床，盘腿坐在椅子上，打开电脑。同时在好友列表里找到张恩仪的对话框。

TBG："一一，江湖救急！！！"

张恩仪："？"

TBG："其实我没别的意思哦。"

张恩仪："说人话。"

TBG 发了一个"乖巧"的表情包："有没有好看的电影推荐呀。"

刚打完这句话，于真意觉得自己真是太做作了。过了五分钟，张恩仪才回："两个唯美向的。"

TBG："还有不唯美向的？"

张恩仪："恐怖向的。"

于真意匆匆和张恩仪说了句"晚安"就投身自己的电影大业。

"小公鸡点到谁我就选谁……"

于真意点开视频，随手拿起椅子上的靠枕抱在胸口。这时候已经是凌晨了。于真意怀疑自己感情冷淡，她居然开始研究起拍摄的手法和光影的运用，她觉得这和日漫里的唯美电影比，有过之而无不及。

看了一会儿，于真意把电脑阖上，趿拉着拖鞋往床上走，顺便捡起丢在地上的校服，她随意地看了一眼，理智突然回神，重重地揉了一下眼睛。校服外套上有血，是陈觉非蹭到她身上的。

于真意根本不顾现在的时间，丢下衣服，急匆匆跑下楼，又轻车熟路地打开陈觉非家的门，再一次急匆匆上楼。

陈觉非睡觉习惯不锁门，于真意直接推门而入，房间里漆黑一片，她都没来得及开灯就直接摇醒他："陈觉非——"

几乎是在这名字说出口的瞬间，她感觉自己被狠狠推了一下。

昏暗视野里，他的眼睛因为困意还眯着，整个人散发着危险气息，几乎是一字一顿地凶狠说道："于、真、意。"

炽热吐息近在咫尺，于真意不知所措："是……是我。"

"你有病？"他声音喑哑低沉得可怕。

有没有素质，他怎么骂人呀？

于真意想要挣脱开："我来看看你呀。"

"你大半夜跑我房间来看我？"

于真意觉得陈觉非的一字一句里全部饱含了无法抑制的怒意，像是私人领地被人踏入后猝然升起的进攻气势。

于真意："我来看看你的手。"

"我手怎么了？"他没好气地回。

陈觉非直起身子看着于真意，月光从窗帘缝隙中溜进来，照得他脸部轮廓利落分明。

危险。这是于真意脑中唯一出现的词。

好像是和往常全然不同的陈觉非。

于真意："你的手是不是受伤了呀？"

"没有。"

"那我的校服上为什么有血？"

"不是我的，是那个人的。"

于真意恍然大悟。有道理。

陈觉非面无表情地睨她："问完了吧，赶紧走。"

于真意皱着眉，陈觉非大半夜的时候会变出第二人格吗？好凶呀。

"你好凶呀……我只是怕你手受伤来看看你，你为什么要熊我……"于真意嘀咕。

假哭这个技术活对于于真意来说毫无难度。声音柔软又委屈得不行，配上那双泛着水雾的眼睛，卷曲纤长的睫毛上缀着泪珠，即使在昏暗视野中，他仍然可以看清，像是藏着一汪幽深湖水，又银亮堪比窗外月。

她就用这么一双眼睛用力地瞪着他，毫无威慑力，却让人心软。

她怎么还先委屈上了？

陈觉非叹了口气，带着妥协："我错了。"

用高傲睥睨的姿态，说着道歉的话。

于真意转过头去："不接受。"

陈觉非扭过她的脸，姿态更低："我真错了，我不该熊你，但是你要明白，大半夜来一个异性的房间是不合适的。"

于真意梗着脖子反驳："我当然知道，可是我来的是你的房间。"

她现在怎么这么厉害，一句话让陈觉非无言以对，剩下的话全部被卡在喉咙里，进也难，退也难。

于真意气鼓鼓地冷哼："我下次再也不会来你的房间了，什么时间点都不来了。"

那可不行。陈觉非没想到这后果会如此严重，他拉住她第三次道歉："我错了，我真的错了，以后随便来。以后有我在的地方你都能来，可以吗真真？"

于真意回捞："那你死了怎么办？"

陈觉非想也不想，自然而然接话："如果你想进我棺材的话——"

说完，他反应过来不对，这好像是在咒她跟自己一起死。陈觉非警铃大作，觉得于真意又要生气了，迅速在脑子里想着完美的道歉话术。

于真意愣在原地，黑夜完美地遮住了她涨红的脸，她甩开他的手："谁、谁要去啊。"她抛下一句"快点睡觉"，之后就头也不回地跑下楼。

按理来说，她该生气的吧，怎么突然偃旗息鼓了。

不过片刻，陈觉非听见自己家大门被重重关上的声音，隔壁的老黄狗跟着叫了三声。陈觉非用力地抓了抓头发，重重地跌回床上。

好烦，睡不着了。

周一放学，于真意和张恩仪走到校门口的时候，陈觉非和顾卓航刚从篮球场回来。于真意看到不少校内校外的女生都把目光落在两人身上。

张恩仪说了句"奇怪"，于真意问她"什么奇怪"。

张恩仪回答："这两人最近关系怎么这么好？"

于真意反问："是同班同学，又是同桌，关系好不是正常的吗？"

和张恩仪告别后，剩下三个人往另一个方向走。

爷爷依然在校门口等着于真意和陈觉非。当时的陈觉非有些纳闷。自己回来了，某种程度上就不需要爷爷大费周章再来接两人放学了。他把疑惑问出口。

爷爷不知道如何回答，最后悄悄拉过于真意："陈陈遇到和你有关的事情就不会动脑子了，爷爷下周一还是来接你吧，不然不太放心。"

这些话是背着陈觉非说的，陈觉非也没有偷听人说话的习惯。这个疑问直到周一的现在，他才问出口。

于真意咬了口冰淇淋："什么为什么？"

陈觉非："爷爷上次和你说什么了？"

于真意："你想知道？"

陈觉非："也不是很想。"

于真意轻嗤："不想的话，你问什么呀？"

陈觉非看看站在一旁的顾卓航，难得那点虚无缥缈的大男子主义上头，他压低声音："人类没有求知精神还怎么活？"

不出意外地，他听见顾卓航毫不掩饰的带着嘲讽的笑。

于真意："爷爷说你有暴力倾向，所以得来看着你。"

看见陈觉非皱起的眉毛，于真意眼里倒是透着蔫坏，她不紧不慢地接着说："不然陈叔和林姨回来了，就看不见你了。因为你可能进了少管所。"

陈觉非："于真意你是不是——"

于真意握拳，然后大剌剌地比出一个手势："我是不是很帅？"

只可惜，刚比出来，就被"狗"给打掉。

"谁教你的？"陈路非皱眉。

于真意看看陈觉非又看看顾卓航："你俩当时不就是这么对霍凡的吗？"

哪有这样强词夺理的。偏偏顾卓航开始无脑吹捧："很酷。"

"草履虫"于真意听乐了，往顾卓航那边挪了一步："真的吗？我也觉得自己超酷。"

只留下一脸怨气的陈觉非在一边念叨："……无语。"

于真意选择性忽略陈觉非的嘲讽，一副"不听不听王八念经"的模样，然后赶紧伸出手臂，朝爷爷招了招手："爷爷！"

爷爷也应了声。三人边说边走到爷爷身边，于真意向顾卓航介绍爷爷，顾卓航颔首说了声"爷爷好"。

于真意正踌躇着自己是要坐在爷爷的自行车后座，还是和剩下两个人一起走路回去。陈觉非察觉到她的迟疑，他踱步过去，主动说道："爷爷，您这脚踏板还挺新奇，要不您载我，让于真意跟在后头跑吧，她最擅长跑步了。"

顾卓航像和陈觉非串通好似的，他也开口："爷爷，我也想坐你这车。"

于真意摸不着头脑，她挠了挠头。这两人在说什么东西？

她推开两人，扬着下巴，身后的"小尾巴"高傲地摇晃："这踏板是我爷爷照顾我穿裙子，特地给我做的。你俩想坐的话，也行，换了裙子来吧。"

说着她坐上自行车："爷爷，别管他们，他们有毛病。"

爷爷笑眯眯的，眼睛弯得几乎都要看不见了。他嘴上说着"好"，却骑得很慢，陈觉非和顾卓航跟在后头。

夕阳斜射，万物像是蒙上了一层金色的滤镜，像扩散瞳孔下观察到的景象，有些模糊。

万物缥缈，十一月初，师大附中的学生换上了秋季校服，但女生们还是习惯穿着夏季的短裙，外面披上一件秋季的上衣外套。

丝丝凉意浸透露在外头的肌肤，于真意却一点儿也没觉得冷。

少年单肩背着包，校服外套被甩在肩上。刚打过篮球，浑身还散发着热意，于真意看着两人几乎是步调一致地用短袖衣摆擦去额头上的汗。夕阳将后头两个少年的影子拉得很长，几乎都要覆盖住她的身子。

路面上布满了碎石瓦砾，凹凸不平。自行车驶过，一震一颤。一旁金黄的叶子辗转飘零坠落到地上，透出昏黄颜色。

于真意咬着冰淇淋，心口像海鸟掠过的平静海面，足尖轻点，溅起水花。

第4章

顾卓航在公交车站的时候和三人分别。于真意看着天边逐渐沉下去的夕阳，突然兴致大起，美其名曰"想去江岸美术馆后面的滨江追逐夕阳"。

陈觉非提醒："冬天都要来了。"

于真意哼了声："那你去不去？"

陈觉非："求我。"

于真意："我明天去问问——和顾卓航去不去。"

陈觉非拽住于真意的手："去去去。"

爷爷在一旁听着两人斗嘴，无奈笑笑。回家之后他从房间里翻出摄像机递给于真意，于真意视如珍宝，拿在手里就怕一个不小心摔了，里面的记忆都没了。

隔天上课，薛理科想着周末去唱歌，这个念头从好几个星期前就冒出来了，到现在都没落地。

于真意想了想，拒绝："我周末要去看日落。"

薛理科："搞什么，日落还要特地去看，你下午往窗外看看不就行了。"

于真意直骂薛理科没品位，也没半点艺术细胞。薛理科又把头扭向陈觉非。

陈觉非刚要说话，于真意抢先开口："他不去，他周末要跟我一起去看日落。"

薛理科纳闷："不是，我就不明白了，难道一个人去看这太阳就会变方？"

张恩仪把书砸在他脑袋上："那你怎么天天让我们小胖陪你去上厕所，一个人去就尿不出来？"

薛理科委屈："你怎么老是帮着于真意？"

于真意笑眯眯地搂住张恩仪，两人的脸颊挤在一起："一一，亲一个。"

陈觉非倏忽抬头，看着于真意在张恩仪的侧脸上亲了一下，留下响亮的啧声。

薛理科站起来走到陈觉非旁边，一种恨铁不成钢的架势："陈觉非同志，你能不能有自己做决定的时候？"

陈觉非手里转着笔，一个眼神都没分给薛理科，他心不在焉道："真是好运气。"

薛理科没听清："啊？什么运气？"

陈觉非没回答，他平静地把目光落回错题集上，过了一会儿，没忍住发出一声冷哼。

周末的时候，于真意在房间里倒腾了好半晌，直到陈觉非在楼下院子里叫她的名字，于真意还没决定好穿什么。

于真意最后穿了一件酒红色的卫衣，搭配灰色百褶裙，她怕自己回来晚了会冷，小腿上还搭了双及膝白袜子。

她下楼的时候，陈觉非正在和爷爷下围棋。

于真意惊了："我有这么久吗？"

陈觉非抬头看着她："我和爷爷已经下完三盘了。"

陈觉非就是在胡说八道。

保安大叔拿着水管，冲着草坪浇水，水花在空中形成一道低低的半圆弧线，远望去折射出不明显的小彩虹。今天的天气很好，太阳给足了面子。家家户户开着窗，窗帘飘在外头，混着枝头的啁啾鸟鸣，形成一道起起伏伏的浪潮。

两个人在站台等公交的时候，正巧碰见小喇叭花和隔壁的隔壁家弟弟从快餐店出来。于真意眯着眼睛，叫住两人，语气故作严厉："你们两个人干吗去！"

小喇叭花还没说话，于真意接着逗弄他俩："学生现在最重要的就是学习，懂不懂！"

小男孩歪着脑袋："姐姐，那你和这个哥哥是去学习的吗？"

于真意被摆了一道，她语塞，开始撒谎："对啊！我们要去图书馆学一天一夜呢！"

小喇叭花指着相机："那你为什么拿着相机，学习还要拍照留证据吗？"

于真意："我们去看日落，姐姐我是艺术家，你懂吗？"

小男孩："刚刚还说去学习，怎么一下子又变成看日落了。再说了，姐姐，看日落应该下午去。"

"……"

好，说不过。于真意用求助的目光望向陈觉非，陈觉非双手插兜，仰天作无视状。

于真意恶狠狠地揪了一下陈觉非的手臂，做了个嘴型——"帮我，你能让俩小孩比下去？这口气你能忍？"

陈觉非认真思考了许久——能忍。

话是这么说的，但陈觉非还是弯下腰对小喇叭花说："再不好好学习，哥哥就拿相机把你们两个的罪行拍下来，发给你妈。"

小喇叭花咬牙切齿，她拉着小男孩就往鸳鸯巷走，即使走远了都还能听见两人叽叽咕咕的嘟囔声。

小喇叭花说："那个漂亮姐姐叫'真真'，那个男的叫'陈陈'。阿汪哥哥，你以后在鸳鸯巷看见这对恶霸，一定要绕道走。"

小男生郑重其事地点头："喇叭！我听你的！"

那个漂亮姐姐，那个男的。陈觉非冷笑，这天差地别的用词。

于真意弯了弯眸："他们说我是漂亮姐姐哎。"

陈觉非目光落在她脸上。

于真意："那个男的，看我干吗？"

陈觉非叹息了一声，干净音色里夹杂着明朗笑意："看看姐姐有多漂亮。"

空气仿佛在这一刻到达沸点。谢天谢地，公交车竟然来得如此准时。她大步跨上公交车，只剩下一抹裙摆飘荡在后头那人的视野中。

于真意选择早上出来的原因是她想先去躲云书店看书，再去看日落。两个人在书店里看了一下午的书，直到傍晚五点才出去。

从书店到江岸美术馆只需要坐两站公交。于真意下车的时候做了个"拥抱大自然"的动作，陈觉非拎着她的衣领："又不是第一次来，至于吗？"

于真意认真驳斥："上次来这里都多少年前的事情了啊！"

陈觉非"啧啧"两声。

于真意回眸刀了他一眼："又啧！"

陈觉非无辜地望着天，这习惯真的好难改啊。

他从口袋里拿出手机，翻了老半天，最后终于翻出来照片。彼时于真意正走在前头，陈觉非虚虚钩着她的肩，把手机递到她眼前："看看日期。"

手机屏幕里，是一张落日的图，有些模糊，像是随手一拍的废片。上面显示的是"2014 年 8 月 12 日 17：44"。

也就不过一年的事情，也不知道于真意这突如其来的对浦江东面的思念是哪里来的。

于真意皱眉："给我看这个干吗？"

陈觉非无比耐心："……这是你的作品，于大师。"

于真意看着这差得不能再差的拍照技术："真的吗？"

于真意喜欢拍照到令人发指的地步，256G的手机内存都不够她用。但是每一张她都不舍得删除，所以拥有一颗七窍玲珑心的她想到了一个绝佳的主意——把照片都发给陈觉非，让他存着。于真意每次发完都忘记了，没想到陈觉非还真的都存着。

陈觉非看着她那副"终于想起来"的模样，冷哼一声，懒得搭理她，自顾自往前走。于真意小跑跟上他，搂着他的手臂："哇，非非哥哥对真真妹妹也太好了吧。"

美术馆后面的这条道很适合骑行，滨江两岸都是靓丽的年轻人，穿着时髦前卫，他们拿着汉堡和可乐，放在石砖台上，自在地享用今日的晚餐。

对岸是复古的外滩建筑，前头的芦苇顺着东风步调一致地往右倒，在视野里形成模糊的背景。

"你多看我一眼行不行？"陈觉非低头认真地看着爷爷相机里的照片，于真意有些不高兴，她拽了拽陈觉非的袖子。

陈觉非头也没抬，声音散漫："在看。"

于真意忍着气："……那好看吗？"

陈觉非顿了顿，好像真的一副在思考的用心模样："好看。"

根本就没有在看她！

于真意胸口的火陡然升起，凑近了一点，凶巴巴地说："快点！看我！"

陈觉非一愣，他抬眸，目光落在她的脸上。她睫毛浓密卷翘，本就大的眼睛又放大了一倍，水红色的唇像剥了皮的葡萄般剔透，泛着水光，鼻尖透着点红。

陈觉非闷闷地"嗯"了声："看了。"

于真意像个小恶霸，颐指气使道："你今天必须多看我几眼，不然我就白打扮了。"

陈觉非微不可察地叹了口气："知道了。"

说完这些，于真意开始低头翻找别人来这里打卡的拍照姿势。片刻后，她拿过陈觉非手里的相机，叫住旁边也在看日落的一位姐姐。不知道两人说了什么，姐姐笑着点点头。于真意拉着陈觉非走到前面。

陈觉非："怎么？"

"一起嘛。"于真意把在网上找到的拍照姿势给陈觉非看，"两个人拍好浪漫。"

陈觉非扫了一眼，人家是很浪漫。但他和于真意要是合照，生硬得如同上辈子的仇人偶然聚在一起斗地主。

"你把手搭在我肩上。"于真意说，"头望向对面的外滩，然后我看着你的侧脸。"

陈觉非："哦。"他一动不动，任由于真意摆布。

"我数三二一哦。"姐姐在后面说。

"好的！"

"三。"

陈觉非的手随意地搭在于真意的肩膀上。

"二。"

于真意偏过头，抬眸看着陈觉非，她高高束起的黑发发尾拂过陈觉非的手背。

"一。"

陈觉非低头，垂眸看着她。

时间刚过晚上六点，沿边两岸准时亮灯。太阳快落山的时候会呈现出一种鸡蛋黄般的颜色，远处的建筑物遮挡了一部分阳光，使得它并不那么刺眼。江面波光粼粼，很漂亮。他漂亮的眼睛被光盛满，更显得澄澈，像琥珀、像宝石。

于真意在这澄澈无比的眼里看见了自己。太近的距离会让瞳孔失焦，所有背景一瞬模糊，他的眼里，只剩下自己。

"你……你看我干吗？我是让你看对岸。"于真意觉得自己的脸在落日的照耀下有些发红发烫，她说完这话就低下头去，盯着水泥地上两人交会在一起的影子。

他笑了起来，眼底的光盛得更满："不是说今天要多看你几眼？抬头，再让我好好看看。"

声音近在耳边，暖金色的光跳跃在他的黑发间，于真意抿了一下唇，迟钝的感官让她一时间无从应答。

她不说话，陈觉非也不开口，两人保持着这个动作，时间被沉默所消耗，空气中静默因子在发酵，吊诡的对比之下，其余人的声音大得突兀，又被烘托得极为清楚。

于真意正在心里思忖该怎么开口说第一句话，他的头突然毫无预兆地低下，那股薄荷柑橘的味道猛烈入侵。

于真意躲开："你干吗啊！"

"躲什么？"他低声问。

于真意觉得他居然有脸问这话？她躲什么他心里没数吗？

"你要干什么？"

陈觉非平静从容地看着她，食指点了点她的鼻尖："你鼻子上那点红是什么？"

"什么红……"于真意打开手机的相机看了一眼，刚刚的尴尬突然被怒意所填满，"陈觉非，这超流行的！你这'土狗'！"

他这不懂风情的"土狗"居然只是研究。

于真意觉得自己如同一个小丑，她气急败坏地揪了下他："烦死了，你这笨蛋！"

烦死了，你这笨蛋，连我鼻尖的红都看出来了。

烦死了，你这笨蛋，却看不出我的脸颊为什么红。

"哇，这张氛围感好足。"那个姐姐的同伴凑过去看照片，两人的声音把于真意的注意力唤回来。

于真意狼狈地转过身去，然后跑到两个姐姐的身边，自来熟的模样，三人通畅无阻地聊起来。于真意刻意把所有的注意力转移到照片上，所以她并没有看到陈觉非唇边扬着的那个有预谋的笑。

陈觉非眼睛一眨不眨地盯着她。

他喜欢这个下午。

第 5 章

于真意的饿意来得莫名其妙，陈觉非去给她买了汉堡，两人坐在石阶上。有小孩子骑着车经过，车铃被按得丁零当啷响，还有不少人拿着画板画画。于真意咬了口汉堡，没头没尾道："你要是进了国家队，是不是就保送清大了？"

陈觉非："要参加冬令营，拿了国奖后还要经过选拔才可以进集训队。"

于真意不懂这些弯弯绕绕的规则，她只知道陈觉非已经有了明确的目标，和她截然不同。她叹了口气，口中五十块钱一个的汉堡突然成了食之无味，弃之可惜的存在。

"怎么了？"陈觉非问。

于真意如实回答："感觉你好像有了目标，但是我还没有，我的未来比我的脑回路还曲折。"

陈觉非笑着，声音低低的："脑回路要是平直的，那应该不怎么聪明。我们真真不带这么夸自己的吧。"

他把吸管插进可乐里，晃了晃，里面冰块相互碰撞着。声音顿了顿，他又说："真真，和我一起吗？"

一起……去清大？

师大附中的确是重点学校，可是她只是重点学校中的中上游，下游宝座无可撼动，上游也是神仙打架，而像她这样不上不下的成绩，远远及不上到清大的程度。

从幼儿园到小学、初中、高中，她和陈觉非都是一起的。那他们的友谊，可以持续到大学吗？

"我觉得我不行。"于真意如实说。陈觉非说的是清大，每个人都向往的学习殿堂，要踏进这样的学府，不是光靠努力就可以实现的。

陈觉非看着她，声音笃定自信又郑重："你行的。"

于真意自己都不明白自己行不行，更不明白陈觉非对她的信心到底是哪里来的。

"现在才高二，我们还有一年半的时间。

"一年半，可以改变很多事。

"我们真真，一定行的。"

也不知道有没有人说过，他的眼睛黑亮幽深，眼睛里的光像一望无际的海面上倒映的晃动月光，只一眼，就能拉人跌入深沉漩涡，无法自拔。

刚刚骑车过去的孩子们又原路返回，有爷爷奶奶在一旁担忧地喊着"图图团团小心点"。于真意突然想起自己第一次开始学骑自行车，好像也是在这么一个夏日的傍晚。

陈觉非已经可以在大马路上骑行的时候，于真意仍不太会骑车，即使手肘膝盖都戴上了护具，却还是摔得很惨。她望着站在前面的陈觉非，眼泪滴滴答答地掉下来，即使是这样，陈觉非也没有过来拉起她。于真意一摔自行车，负气说自己再也不学了。

陈觉非蹲下来，和她的视线齐平："嗯，学自行车太难那就不学了。"

于真意欣喜地说："真的可以不学吗？"

陈觉非答："可以，太难了就不学了。以后有什么不想做的就放弃吧，放弃可太简单了，两手一摊，地上一坐，嘴巴一动喊一声'陈觉非'，不想做的事就可以不做了。"

于真意觉得陈觉非好像在生气，可是他说这话的时候面无表情，于真意揣测不出来，她只能怯生生地问："你生气了吗？"

"没有。"他顿了顿，"不过你得祈祷一件事。"

"什么？"

"祈祷陈觉非死晚点，不然陈觉非要是早死了，就没有人帮你了，你还得顺便帮他收尸。"

于真意那时候才发现，年幼的陈觉非毒舌功力已经成长到了炉火纯青的地步。但是不管陈觉非是不是胡说八道，于真意的确被他唬住了。她一想到以后会见不到陈觉非，心里就会生起浓烈的不舍与不愿。

她挣扎着爬起来，再一次骑上这辆伤害了她数次的自行车。不仅是骑自行车，每当于真意要放弃的时候，陈觉非都会搬出这套说辞。于真意就这样被他哄骗着做成了一件又一件她本应该放弃的事情。

大道理谁不会说，于真意自己也会说。人生漫长路上，最不缺的就是一套又一套层出不穷的道理，那些看似感人肺腑又诚恳的谆谆教诲根本无法打动于真意这颗脱敏的心。

钱敏常常感叹，陈觉非这反其道而行之的一招真是用得妙。随着年纪渐长，于真意已经不吃陈觉非这一套了，但是在陈觉非日久年深、以死相逼的"循循善诱"之下，于真意已经养成了一股对任何事情都不服输的劲儿。

喜欢上打羽毛球后，同龄人之间几乎没人能赢过她。喜欢玩滑板之后，就算摔得再惨，她也不会哭，只会咒骂两句，然后由低级到高级，循序渐进地学会了 Manual（后轮滑行）和尖翻等动作。

运动是身体上的折磨，学习是精神上的折磨。既然她可以坚持学会这些运动，她当然也可以坚持从中上游爬到顶端。

于真意的这场回忆持续了好久，即使回到了家，坐在书桌前，她还是无法彻底回过神来。

第一次搬家前，于真意还有一个玩在一起的幼儿园小男生朋友。在于真意小朋友不让他中午插队的时候，他垮着张脸说："于真意，你再不让我，我就要气死了，电视上说了，人要是死了就再也见不到了。"

于真意沉思片刻，在最后一块鸡排和朋友的"死亡"之间，她痛苦地说："我给你收尸，行吗？然后我每年都会来看你，行吗？过年的时候我让我妈妈多摆一副碗筷，行吗？"

三个"行吗"，小男生觉得自己离气死只差一点点了。

于真意一直以为她对陈觉非是因为一起长大而生出下意识的依赖，但是她又清楚地明白，如果陈觉非和顾卓航、薛理科、蒋英语，抑或这个小男孩，以及每一个可以称得上是于真意好朋友的人站在一起，她还是会义无反顾地选择陈觉非。

她想，这份情感不是倏忽之间来的，而是穷年累月地发酵累积之后产生的奇妙化学反应。

钱敏和于岳民是周末回来的。走之前，两人各拿着一个行李箱，回来之后，于岳民推着两个行李箱，钱敏推着一个新的行李箱。打开一看，全是当地特产。

于真意叹了口气，要说他们家最不缺的，除了于真意大师的画和钱敏女士的衣服，就是行李箱了。

于真意对自己临时抱佛脚的期中考试不抱任何期待了，但是最近这几周来她学习异常认真，如同打了鸡血般，在学校上完晚自习之后回家还会再学两个小时，这在以前是从未有过的奇观。

又一个周一，轮到于真意他们一组打扫卫生，于真意负责拖地，所以她要等张恩仪扫完地再拖地。于真意站在走廊上，双手抱着拖把，下巴支在拖把杆顶上，看着坐在里面写作业的陈觉非，越想越气，为什么擦黑板的人是他，拖地就要归于真意。

闲着也是闲着，于真意有些无聊，她看着正在低头做作业的陈觉非，阳光斜斜照进来，勾勒出他堪称完美的侧脸。心里那点小九九发酵着，于真意两手撑在外侧窗沿上："陈觉非，你想不想算卦？"

陈觉非视线落在最后一道数学题上，头也不抬："不想。"

"好的，你想。"

陈觉非有些无语，却还是扔下笔，配合她："怎么算，于仙人？"

于真意笑眯眯地伸出手："一次五十。"

陈觉非："……"

于真意见他不为所动："干什么，小本买卖，你心不诚小心我咒你。"

陈觉非："祖宗，还有谁比你会敲竹杠？"说完，他从口袋里丢出一张一百。

于真意眼睛一亮，立刻揣进兜里："笔来！"

蒋英语原本在擦窗台，正好擦到于真意站的位子，他狗腿地递过铅笔。

于真意大手再一挥："纸来！"

蒋英语大脑袋左晃右晃，最后拿过陈觉非放在一边的物理试卷。

陈觉非磨了下后槽牙："胖子，你在找死。"

蒋英语晃晃脑袋——他听不见。

于真意咳嗽两声，在白纸上写下"陈觉非"三个大字，龙飞凤舞，豪迈如李白。她在名字外画了个圈，边画边说："看，这个圆就说明你最近生活圆满又滋润，财运亨通。"

陈觉非冷笑："不能吧，刚还被一江湖骗子骗去一百。"

"喂喂喂！"于真意表情严肃，"你对大师大不敬，你要完了。"

说着，她在圆圈里写了个"井"字："你看啊，就因为你刚刚辱骂我，你会有很多的坎坷。"

"不过，你会有四个贵人相助。"她在圆圈外画下四个圆，"贵人的第一条忠告就是，做事要有头有尾。"

陈觉非已经看出了她的意图，他摁住于真意的手腕："行了，知道这些就够了。"

于真意一副"不听不听王八念经"的样子："做事要有头有尾啊陈觉非！"她在圆圈的上、下两侧又画上两个圈。

蒋英语看得笑眯眯的，他脱口而出："哎，这不就是王八吗？"

治不了于真意还治不了蒋英语？陈觉非抓着蒋英语的衣领："胖子，进来切磋一下。"

蒋英语："……"

天降大锅，无妄之灾。蒋英语觉得是因为陈觉非不舍得打于真意，所以只能对他这个可怜又可爱的小胖子拳脚相加。

十分钟后，蒋英语被陈觉非治得服服帖帖。

第二天上物理课，物理老师是戴金边圆框小眼镜的地中海乔老师，他拿着试卷，笑眯眯地看着台下的学生们。

"昨天居然没有一个人漏交作业，这也是我接手你们高二（三）班以来的人生第一次经历。"乔老师推了推眼镜，表情很愉悦，"特别是我们陈觉非同学。在我带的这四个班里，物理的最后一道大题只有陈觉非一个人做出来了，非常棒。"

以薛理科为首，大家猛烈地鼓掌。于真意也夹在里面做作地鼓掌。

"不过——"乔老师再次推了推眼镜，语气里透着明晃晃的不解，"我想问一下咱们的年级最高分啊，这最后一题问的是'带电粒子的运动时间和带电粒子在磁场中的运动时间之比'，你写完答案还给我画只小王八是什么意思？"

全班短暂沉默后哄堂大笑。

于真意鼓掌的动作一滞，她扭头看着陈觉非，似乎是在怪他为什么不擦掉，她可是特意用铅笔画的啊！

陈觉非无辜地眨眨眼，透出直白的两个字——忘了。

"这小王八上，怎么还写着你自己的名字？

"哟——我们小陈对自己的定位，很……奇怪嘛……"

全班的笑声再次袭来。

陈觉非看着乔老师："老师，这是于真意在我纸上画的。"

于真意：嗯？

在这里摆她一道？阴险小人陈觉非。

于真意慢吞吞地站起来，双手背在后头，朝后头那人比了个手势，她听着乔老师给她的诸如"关爱同学，不要欺负后桌"此类的话。下一秒陈觉非右手手指在她掌心上写着字。

一撇、一横、一点……

他的指尖带着微凉，还有些湿意，一看就是刚碰过冰可乐的手。都跟他说了，已经十一月就不要再喝冰可乐了，这人还是冥顽不灵。

于真意咽了下口水，脊背有些僵硬，乔老师的话语在耳畔被层层防御、阻挡，她在空白的脑海里依着陈觉非的画痕描绘猜测他写的字。

最后一个点之后，动作戛然而止。

陈觉非看于真意还保持那个姿势，拿黑笔轻轻敲了敲她的掌心。于真意回过神来，立马把手放到前面。

那两个字，好像是——笨蛋。

试卷发下来之后，张恩仪好奇地回过头去看："咦，这不是某书里套路别人的方法吗？"

陈觉非抬眸看着于真意的后脑勺，她甚至都没有转过来。她正为早上随意扎的发型感到不满，扯下发圈之后又开始重新扎。然后，他听见于真意磕磕巴巴的声音："套路谁都一样，钱拿到手就行了啊！"

张恩仪"哦"了声，不甚在意："那你套路来多少钱？"

于真意一掏裙摆兜，世上最美丽的粉红色露出一角。

张恩仪："我想吃辣条。"

于真意总觉得她的后脑勺像被一种炽热的视线盯着，空气中的窒息感越来越重，她弹了弹那张一百，佯装镇定自若："走起。"然后拉着张恩仪迅速逃离这个是非之地。

陈觉非托着腮，低头盯着那张试卷上的小王八，黑笔在他指尖转得飞快，唇间笑意越来越大。

啧，这小王八真可爱。

第 6 章

十二月末，陈觉非要去隔壁区参与冬令营，时长五天。

于真意想，这唯一的好处大概就是陈觉非没有出省，只不过要出去一趟比较麻烦。薛理科的生日在冬天，他特地延迟到陈觉非回来之后的那天，也就是元旦，邀请他来见证薛理科十七岁的人生。薛理科一脸给予恩赐般地站在陈觉非面前，陈觉非对此表示不用等他也可以，少个见证人日子还可以照常过。

薛理科："陈觉非，你不来参与我的十七岁人生吗？"

陈觉非把视线从试卷移到他脸上："你谁？"

薛理科一把鼻涕一把泪："你太让我伤心了。"

张恩仪在前排听得烦死，她拿起书本往薛理科屁股上砸："有病。"

说话间空气中的白雾昭示着冬天将至。南方的冬天有渗入骨里的湿冷。于真意已经翻箱倒柜找出了围巾、手套、帽子三件套，同时把秋衣秋裤也提早翻了出来。

岑柯下发了文理分科表和美术班志愿表。于真意两脚踩在横杠上，腿抖得厉害。她脑袋一歪，靠在张恩仪臂窝里："一一，你准备选什么？"

张恩仪说："当然选文了。"

"科科呢？"

薛理科回头："跟随我的名字，我选理。"

于真意问："胖胖呢？"

蒋英语学得有模有样："跟随我的名字，选文。"

于真意又回头问顾卓航。

顾卓航想了想："选理。"

于真意趴在桌上，拿着笔在英语书上把所有字母的空隙都涂满。

选文还是选理？以及，要不要去美术班呢？

顶楼的十一班和十二班就是美术班，里面是从初中直升上来的美术生。美术班的生活很辛苦，寒暑假的集训，高一便开始的上六休一，每晚三节晚自习，更是早就没有了体育课。

于真意自我判断自己并非可以吃苦的人，自己能坚持住吗？

张恩仪看着于真意在那两张表上踌躇，她突然问："你想进美术班吗？"

于真意点点头，声音很小："有一点点想。"

张恩仪一拍桌子："那就去呀！"

于真意没再回答，只是又一次趴回桌上，继续无聊地描绘着英文字母。有一点点想，但是意志还不够坚定。

入冬之后，想吃冰淇淋的念头更甚，特别是躲进开着暖气的房间里，于真意的馋瘾就开始发作了。

社交媒体上 FFFY 冰淇淋官微发了一条新品冰淇淋宣传微博，号称是冬日限定。于真意对"某某限定"这类词很上劲。"限定""限时"这些词可真阴险啊,原本普普通通的东西,加上这个后缀,一下子变成了抢手货。于真意深谙这种套路,却还是义无反顾地上当。

于真意做完一套数学卷子,想着等陈觉非集训回来了再一起去吃。

于真意最近在尝试上第二节晚自习,毕竟如果真选择美术班就要连着上三节晚自习了,不管最后是否走这条路,她都得先适应适应。

于岳民不放心她这么晚回来,每天晚上都来接她放学。于岳民还时不时打趣:"等陈觉非回来了之后,这个任务又可以交回到他手上了。"

于真意窝在车里,看着窗外跳跃的霓虹灯,没说话,原来认真学习起来之后会累到没有任何倾诉欲望。

晚上回家做作业的时候,于真意把那条冰淇淋宣传文案转发给陈觉非,陈觉非只回了个"好",回消息的时间在凌晨一点。

那个点他还没有睡觉吗?看来集训真的很辛苦。

于真意没再回他,最近这一周还是少打扰他为妙。

元旦前一天是冬令营的最后一天,算算日子陈觉非就是今天回来,彼时于真意正坐在位子上计划着元旦三天要去干什么。

"这 FFFY 的冬日限定冰淇淋明天就不卖了!"张恩仪低头看着手机,气愤地说。

于真意惊讶地"啊"了声:"这才上架了一周就不卖了,这算什么冬日限定啊?"

于真意叹了口气:"算了,我的冬日限定泡汤了,还是再等半年,等等它的夏日限定吧。"

正说着,窗外的窗户被人敲了敲,这敲玻璃的方式颇有一种岑柯式风格。

于真意拉开窗帘,瞳孔不由自主地放大,眼里透着惊讶,映出眼前那人的脸。

"吓死我了,我以为岑哥呢。"

于真意没想过陈觉非此刻会出现在自己的眼前。

冬令营里不用穿校服,他穿了件黑色羽绒服,里面是一件白色的圆领卫衣。他手肘撑着窗沿,寒风把他漆黑的碎发吹得有些凌乱,鼻尖、嘴唇,还有耳朵都有些红。于真意想,外面一定很冷。

看到她发愣的目光，陈觉非抬起手臂，两指屈起，在她脑门上弹了一下："傻了？"

于真意的确傻了，视线不离开他的脸半刻："你今天不是有闭幕式吗？"

陈觉非"嗯"了声："结束了。"

"考完了又立刻来学校，我算是知道年级最高分怎么来的了。"姜衡正坐在陈觉非的位子上和顾卓航东拉西扯地聊天，他调侃道。

陈觉非诚实回答："那倒也没有。"说着，他拿出一个包装精美的小盒子递给于真意——FFFY超大logo印在这个小小盒子外侧。

于真意拆开包装。这是FFFY冬日限定的红豆牛乳日式冰淇淋，装在巧克力华夫筒杯里，巧克力上点缀着一圈杏仁，造型可爱又精致。于真意想吃这个冰淇淋也是因为被这造型吸引住了，她愣住："这……"

于真意拿过冰淇淋，呆愣愣地看着陈觉非："你考完试就去买了啊？"

"哦——"班里的阴阳怪气、意味深长的起哄声连绵不绝、此起彼伏。

陈觉非没多在意，他"嗯"了声，打了个哈欠，脸上布满了显而易见的困意："下次看的时候看认真点，别看见照片可爱就想买了，也顺便看看下面那排截止日期好吗？"

薛理科和蒋英语面面相觑，用气声说："他是在骂真真蠢吗？"

张恩仪白眼飞上天："论蠢还得是你们两个。"

陈觉非拽着羽绒服顶端的拉链，把鼻子以下的部位都埋进衣领里，整个人情绪不高，声音沉闷又困倦："我回去睡觉了。"

所以他是考完试之后特地去买了冰淇淋，然后又给她送来学校的吗？就为了这么一支冰淇淋。其实吃不到也没有关系的。他好像每次都会把她随口一说的话记在心上，到底是习惯还是什么？

不知名的情绪一下子从心底往上蹿。她咬了咬唇，在听到陈觉非的脚步声快要到楼梯口前，于真意压着张恩仪，从她后座跨出去。被压着的张恩仪表示她很无辜。

于真意打开前门往楼梯口跑的时候，杨巧君正好站在前门，她看着于真意正眼都没丢给她就急匆匆往外跑。

杨巧君目瞪口呆，于真意的胆子是越来越大了。离上课还有几分钟，她把语文试卷递给课代表，让对方发下去。她时不时回头看看："于真意干吗去了？"

"陈觉非，你等等我。"于真意一阵小跑跟上他的步子。

陈觉非看起来真的很困，他回头，修长挺拔的身子靠在楼梯口的栏杆上等她。

于真意走到他边上："我送你出校门。"

陈觉非站在原地没动："不是说在暖气房里吃冰淇淋最幸福，出来就不幸福了？"

"我什么时候说过这话？"于真意皱眉。

陈觉非又把什么乱七八糟的帽子往她头上扣了。

两个人并排往校门口走。

教室外空荡荡一片，连学校里的小野猫们都不知道跑到哪里去了。阵阵寒风袭来，于真意缩了缩脖子，拿着冰淇淋的手冻得通红。她左手拿一会儿就换到右手，时不时搓搓手。

陈觉非垂头睨着她的一举一动，最后拿过那个冰淇淋，递到她嘴边。有陈觉非帮她拿着，于真意立刻把两只手都缩进袖口里。

陈觉非："所以既然这么怕冷，你下来干什么？"

于真意咬了口红豆爆珠："说了送你出校门呀。"

陈觉非轻嗤："就这么条路我能走丢了？"

于真意回撑："那可说不准。"

陈觉非把拿着冰淇淋的手抬高："行，别吃了。"

于真意"哎呀"了一声，拉着他的手往下拽，她的力气没陈觉非的大，最后她只能卖乖，声音有不自觉的软："再不给我就化了呀。"

她舔了舔唇角的冰淇淋，拽着陈觉非的手臂。

陈觉非嘴角弯了弯："这么冷的天，不会化的。"

于真意开始强词夺理："不！本来是不会化的，但是你的温度比正常人的高，所以拿在你手上马上就要化掉了。"

"嗯，接着扯。"陈觉非不为所动。

"真的，你的体温就是比别人的高。"

说着说着，于真意透出一丝坏笑，亮晶晶的眼里划过一丝捉弄人的意味："你知道为什么吗？"

陈觉非只知道看她这副模样，嘴里就没好话。他无声拒绝。

"你快说自己不知道。"

陈觉非沉默。

"你快说嘛。"

陈觉非仍然沉默。

既然山不就我，那我去就山。于真意踮起脚，在他耳边神秘兮兮地说："因为小狗的体温是 38.5℃。"她眼神狡黠，透着跃跃欲试的挑衅。

陈觉非和她扯开些许距离，却在看见她脸上还未收敛的笑意时觉得自己不能输。他一只手拿着冰淇淋，靠近于真意的那只手抬起，从后往前圈住她的脖子。

于真意一愣，随着距离的拉近，铺天盖地的气息压了下来。

陈觉非像她刚刚那样，在她的耳边说："哦，那再感受一下 38.5℃的体温。"

是嚣张霸道的语气，所以带着压迫性。于真意有些蒙蒙的，明明战争是她挑起的，但是她现在很无措。

"没感受到？"

主动挑衅的猫又一次主动举起白旗。她结结巴巴地投降："感受到了感受到了……"

陈觉非很满意这个回答，他松开她的脖子，把冰淇淋递到她嘴边。

于真意木讷地咬着。于真意要陈觉非在校门口等着她，等到她吃完一整个冰淇淋，连带着巧克力华夫都吃完之后，才允许他走。

门卫的老大爷看不下去了，在疑惑于真意为什么会吃这么慢。于真意想，这老大爷怎么会知道呢。因为即使聪慧如陈觉非，他也不会知道的。

莫名地，她又想到看日落那一次，陈觉非对她说："真真，和我一起吗？"

一起。

她要和陈觉非一起……成长。

生活中没那么多惊天动地又夸张的大事，这些一点一滴的琐碎小事构成的"生活"二字，足以使她的心动持续蔓延下去。

第7章

等于真意回到教室的时候，杨巧君看着于真意走进门："哟，不是拿着冰淇淋出去的吗？冰淇淋呢？"

于真意心虚地舔舔唇角："被别人吃了。"

于真意回到座位，把课桌里的玻璃水杯拿出来，握在手里。

陈觉非正走在回家的路上，突然又想到于真意刚刚那句"我什么时候说过这话"。他无奈摇头，自顾自笑起来。

于真意好像总是这样，说过的话一句也不记得。

那是去年暑假的事。这个时间跨度不长也不短，很多事情被遗忘，但一些事情也清晰地刻在他心底。

陈觉非的房间在二楼，她的房间也在二楼，两人的阳台是并排着的，毫不夸张地说，陈觉非长腿一抬、一跃，就可以轻而易举地进入她的空间。

迎着夏夜傍晚的风和落日，在阳台上乘凉，别有一番惬意。陈觉非是这么想的，于真意也是这么想的，所以在陈觉非走到阳台的时候，正巧看见了于真意。

她一定刚洗完澡，头发还湿漉漉地披散着。她横坐在摇椅上，腿弯着搭在扶手上，一晃一晃，像牛奶，白得近乎发光。腿间夹着一本书，抹茶冰淇淋滴到腿上，她用白 T 恤一角擦了擦，白 T 恤上立刻晕出嫩嫩的抹茶绿色。

夏夜的风来得快去得也快，还带着燥意。于真意用手扇风，抬头的那一刻她看到了陈觉非，迅速起身，书本掉在地上，她弯腰去捡。

白 T 恤是陈觉非的，于真意当时迷 oversize 风（宽松风格）迷得要命，从陈觉非手里抢来这件新衣服。陈觉非倒是第一次见她穿。女孩骨架小，腰纤细，那穿在他身上正正好好的短袖套在她的身上实在宽大到可以再塞下一个人。

于真意把书捡起来后丢到椅子上，走到陈觉非面前，手撑着栏杆："你也太奢侈了吧，开着空调还敢开阳台的门。"

陈觉非无波无澜地"嗯"了声。

天气热，冰淇淋化得快。于真意咬了一口冰淇淋："我觉得大冬天的时候，在开着暖气的房间里吃冰淇淋，简直可以列为人生三大幸福时刻之一。"

陈觉非只听到这一句，后面的话已经听不到了。他只记得当时自己毫不犹豫地进了房间。阳台到房间的那扇玻璃门被他关后发出一声巨响。

于真意在外面大声抱怨陈觉非这人不懂礼貌，怎么听别人说话听到一半就走啊！

那晚他彻底失眠了。

薛理科把生日拖到了陈觉非考完的这个周末，也就是元旦，张恩仪冷冷打趣他可真是爱他哥。

薛理科在饭店包了一个超大包间，豪请三班所有关系和他好的人，如果不是张恩仪制止，她觉得薛理科很有可能再叫上师大附中所有他认识的人来见证他这乱七八糟的十七岁。

陈觉非和于真意是最后到的，他们到的时候里面一帮人拿了牌和骰子在玩。

每次聚会都是陈觉非的噩梦，因为开场总要表演节目，这帮人里没一个唱歌好听的，偏又要唱歌，每一次听歌都像在炼狱。陈觉非脱掉羽绒服，黑色羽绒服里是件简单的黑色卫衣，他靠在羽绒服上，懒倦地打了个哈欠。

这些人玩嗨了，陈觉非看着半蹲在桌边，已经在兴头上的于真意，他起身走过去拉住她。

于真意仰头看着陈觉非，对上他幽深的目光："不是吧，你这是要批评我了？"

姜衡扯着嗓子，盖住蒋英语的鬼哭狼嚎："陈觉非，她输了，要接受喝冰饮料的惩罚。"

陈觉非："要我提醒你一下吗？你这几天不能喝凉的。"

于真意忙不迭地点头："是，但是我输了。"

"是不是自己想喝？"

于真意"哎呀"了一声："反正我输了，要喝的。"

张恩仪坐在旁边，随口说："那你让陈觉非帮你喝。"

陈觉非："我不帮。"

她又扫了眼身旁的顾卓航："那就顾卓航。"

薛理科："凭什么她能有两位好哥哥，我就没有？"

顾卓航起身，手还没碰到饮料，饮料被人先一步拿起。

陈觉非拿起杯子往嘴里灌。

于真意看着片刻之后重新回到自己手上的杯子，又看着陈觉非。陈觉非在于真意身边坐下，他手肘撑着膝，一副"你接着玩，玩输了我帮你喝"的架势。

郑子言戳了戳江漪："陈觉非好帅。"

江漪点头，眼里冒出星星。

陈觉非不知道是真意是真的手气差还是故意输的，他连着喝了好几杯。

陈觉非靠着沙发，盯着于真意的脑袋，食指转着钥匙。和他不同，于真意一脸认真地在前线和敌方"厮杀"，没一会儿又递过来一杯。

于真意没回头，见自己的杯子迟迟没人接，她晃了下手："陈——"

话还没说出口，肩膀沉甸甸的，她微微侧过头，陈觉非的下巴支在她肩上，灯光像蜉蝣，晃动在他五官上，随着流转，五官又隐在昏暗中。

"我不想喝了。"他抿唇，耳根泛着红。

于真意有些愣怔："你怎么了？"

他负隅顽抗："没有，我很厉害。"

厉害个头。于真意一摸他的头，有些烫，像是发烧了。

"这么厉害，再把最后一杯喝了？"于真意存心逗他。

陈觉非艰难地望向那杯子，片刻之后，立马歪着脑袋，眼睑垂着，温热气息吐在她的颈部："不要！不喝！"

"你脸和耳朵怎么这么红？"张恩仪随意地瞟了一眼。

于真意强装镇定地说了句"没事"，若无其事地把头瞥向另一边，正好撞进陈觉非的眼睛里。

"我想回家了。"陈觉非盯着她。

这样炽热的目光下，于真意觉得自己很难冷静。她艰难地点点头："回。"

薛理科眯着眼睛和两个人告别。

除了薛理科，于真意和其他人一一告别。

顾卓航："我送你们下去？"

于真意还没开口，陈觉非轻声呢喃："好想回家……"

于真意敷衍地说："回回回，已经到家门口了。"而后对着顾卓航摆摆手："不用不用，我们先走了，元旦回来见。"

节假日第一天，门口都是打车的人，于真意决定多走一段路再打车，她看了眼陈觉非，忍不住骂了句脏话："哼，还不如让我喝呢。"

如果是她，就可以让陈觉非带着她回家了，而不是像现在，她一个九十斤的美少女要拖着这个不知道已经长到多少斤的大男人艰难回家。

这一条道路上有着好几家二十四小时营业的便利店，隔着老远，她仿佛都能看见关东煮持续不断上升的热气。于真意看了眼手机，司机还要再过二十分钟才能赶来。她舔舔唇，吸了吸冻得通红的鼻子，拉着陈觉非往便利店走，走到门口的时候，门自动打开。

于真意刚要往里走，步伐被身后的人拖住。

于真意回头，看着定在原地的陈觉非："怎么了？"

陈觉非："你去吧。"

于真意："你不进来？"

陈觉非摇摇头，他指着旁边："我陪陪他。"

……陪谁？

于真意好奇地顺着他手指的方向看过去，一只巨型金毛乖乖地蹲在一边，脖子上套了根遛狗绳，上面贴了行黑色的小字：我姐姐让我待在这里。

它吐着舌头，看见两人齐齐投来的目光，尾巴摇得更厉害，喉咙里发出嘤嘤的撒娇声。

于真意没忍住，笑了出来："你——"才说了一个字，她发现自己根本无话可说。

陈觉非挣脱开她，走到金毛身边，蹲下。一人一狗在静谧的冬夜里对视了一眼。大概是初次"会晤"的缘故，双方都有些害羞。陈觉非率先打开话题："你好。"

金毛应声："汪！"

好吧。于真意承认，她被陈觉非可爱到了。她走进便利店，买了两份关东煮。

排在前面的那个女生大概是外头那只小金毛的主人，她和同行的朋友边排队边交谈。

"你们家狗真乖，让它待在外面就待在外面。"

女生骄傲地说："对，它真的超级乖，每个人都很喜欢它。"

于真意排在队伍最后，听着两人的对话，而后时不时往外看一眼。她想，她家的这只也很乖，也很听话。

"那你怎么教的呀？我家那只二哈真是蠢得没救了。"

"简单，做对了就亲亲它。"女生为难地说，"不过二哈嘛，的确也没救了……"

结完账，两个女生先于真意一步出门，她看到女生走到金毛旁边，把那句"我姐姐让我待在这里"撕下，换成新的字条：总有刁民想害朕。

金毛恋恋不舍地看了陈觉非一眼，然后一步三回头地离开。

告别了这位初次见面的好友，陈觉非下巴撑在膝盖上，蓬松的头发被冬夜寒风吹得乱飞。

身后自动门打开，伴着轻灵的叮咚声。陈觉非回过头，仰头看着她，冬雾让他黑亮的眼睛湿漉漉的，他语气带埋怨："你怎么来得这么晚。"晚到别的狗都被接走了。

路灯投射在台阶上，于真意在他旁边坐下，没回答他的问题，直接问："关东煮吃不吃？"

陈觉非刨根问底："你怎么来得这么晚？"

于真意企图和他讲道理："……因为我在排队呀，排队的人太多了。"

缄默片刻，他把下巴重新支在膝盖上，声音闷闷："好吧，那我只能原谅你了。"

于真意指尖蜷缩了一下，她把竹轮卷递到陈觉非嘴边。

便利店内，两个店员闲闲站在收银台前。

"现在的小年轻是不是都有毛病，里面开着暖气不进来吃，非要在外面吃？"

"你懂什么，这叫罗曼蒂克。"

"……"

叫的车再过两个路口就到了。于真意拉着陈觉非起来，往路口走，他又习惯性地要往她身上倒。

于真意："你真的好重啊陈觉非，再不起来，小心我揩你油。"毫无威慑力地恐吓。

陈觉非缓缓站定，半睁着眼，用涣散目光盯着她的下巴。

于真意揉了揉肩膀，下一秒那沉重感又一次压上来。

"说好了，不许骗人，骗人是小狗。"

于真意："……"

司机来得准时，于真意先扶着陈觉非，让他上了后座。

她没去思考刚刚那句话的因果关系，随口回答："你是人吗你，你是狗。"

陈觉非反射弧依然很强，他抓住了真意的手腕，掰开她的手指，让她掌心伸开，然后用额头顶了顶她的手掌，像一只讨好主人的小狗崽。

陈觉非："那就不许骗小狗，骗小狗不是人。"

第8章

凛冽狂风吹得枝头树叶簌簌作响，街头行人将完整的烤红薯掰开，一人一半，白烟在空中飘散，一切让冬天具象化。

"姑娘，这条路不能停太久，你快点上来。"司机透过后视镜看了眼后头正按着喇叭的车。

于真意慌乱回神，急急忙忙回答："来了。"

司机透过后视镜扫了她一眼："外面冷吧，看你脸都红成这样了。"

于真意猛搓了下脸："嗯……是冷……"

是冷。只是因为冷。

她把地址报给司机，车在鸳鸯巷口停下，她拉着陈觉非出来，送他回家。

彼时的鸳鸯巷静谧，鞋子踩在枯枝落叶上发出的沙沙声成为静谧空间里唯一的声响。

她把陈觉非扶到床上，明亮灯光下，脸蛋红红的。他一沾床就拿过旁边的抱枕捂在自己的脸上，如果不是胸口处的起伏，于真意还以为他快死了。

于真意伸了伸懒腰，去卫生间洗了把脸，出来的时候把刚刚扔在地上的书包拾起来放在桌上："我是你主人吗？我简直是你妈。"

陈觉非把枕头扔开，他利索地起身，锋利轮廓被月光衬出柔和，此刻他正怔怔看着真意。于真意正对着他，起身一跳，坐到他书桌上，随手拿过桌上的牛奶，咬着吸管，两腿悠闲晃荡着。

"看我干吗，我脸上有钱？"于真意问。

好半晌后，陈觉非终于开口："妈……"

于真意差点被牛奶呛死。她无力地闭了闭眼，怎么也想不到陈觉非烧成了这样。

下一秒，陈觉非继续重重跌回床上，一如既往地拿过抱枕，嘴里轻声嘟囔："妈，你回来得也太早了吧……你什么时候再出差……"

于真意听乐了，一改疲态，把手机的录音功能打开，蹦跶到陈觉非床边蹲下："快说，快说，等林姨回来了我要把这段放给她听。"

陈觉非翻了个身，只留下一个圆圆的后脑勺给于真意："能不能再晚几年回来，你们再晚几年，我争取……争取……"

于真意半跪在他旁边，俯身，耳朵贴着他的脸颊："说大声点呀。"

楼下，偶有自行车响着铃，沿着崎岖的石子路经过，引得一阵连续不断的狗叫声。月色恣肆无忌地闯入这片私密领地。

短暂吵闹后归于一片寂静，在这寂静中，于真意听见自己的声音，不受控制地脱口而出："陈觉非，你……你长得怪好看的。"

冷峭寒风和柔水月色交缠……

陈觉非突然扭过头，眼神涣散地看着她。

于真意慌乱地站起来，后腰猛然撞上桌角。

"救救救救救命——"她摸着后腰，眼泪冒在眼角，龇牙咧嘴地叫唤，"好痛好痛好痛！"

难道这就是做坏事的代价吗？

疼痛过后，后知后觉的滔天心虚感终于弥漫了上来。

今晚的夜色是薄荷柑橘的味道。

匆匆跑下楼，于真意撞见了从车上下来的钱敏和于岳民，她一个止步，差点撞上钱敏。

钱敏"哎哟"了一声："干什么呢？看路呀。"

于真意怔怔看着钱敏，杏仁眼在黑夜中像两颗发亮的核桃，秀眉和嘴角微微耷拉着。

于岳民提着一盒国际饭店的蝴蝶酥和白脱司康饼，笑着调侃："我们真真怎么一副做了亏心事的样子。"

于真意想帮于岳民提东西，可手刚一伸，连带着后腰泛起一丝疼。

"你怎么了？"钱敏问。

于真意张了张嘴："爸、妈……"

钱敏没听清："什么？"

于真意耷拉着肩膀："算了算了，我没事。"

她跟在父母身后，从快递柜里拿过快递后往家里走。

于真意不记得自己买了什么东西，拆开之后才想起来。算了下时间，还早，她随意地放在一边，刚准备去洗漱，心底不知名的念头作祟，她重新把那个快递拆开，开始研究。

陈叔和林姨是元旦第二天回来的。他们到鸳鸯巷的时候已经是正中午了，彼时陈觉非正从梦中艰难挣脱出来，他哈欠连连地走下楼，林雪拉着行李箱站在门口，一件短款冷驼色绑带羊绒大衣，搭了条黑色连衣裙，大波浪卷随意披散在胸前。

林雪正颐指气使地让陈江把行李搬下来，就听见后头的动静。看见陈觉非，林雪红唇扬起："Surprise，我的儿。"

对视三秒，陈觉非又打了一个哈欠，毫无多月不见父母的欣喜，他总有一种错觉，他妈好像昨天就回来了。他从冰箱里拿出一袋牛奶，咬在嘴里："好久不见，富婆。"

歪了歪脑袋，看见半个身子伏在后备厢里的陈江，隔着老远，他仿佛都能看到陈江额头上沁出的薄汗："爸，辛苦了。"

陈江把最后两个行李箱拿出来，长叹一声："不辛苦，命苦。"

林雪和陈江回来，最高兴的就数钱敏和于岳民。钱敏拉着林雪谈天说地，谈论过去一段时间的趣事。

于岳民把家里积灰的麻将桌拿出来了。冬日午后，四个人坐在麻将桌前打麻将，于真意跷着二郎腿，嗑着瓜子，正要说话，陈觉非从门外走进来，他随意套了件黑色毛衣，玉佩随意地挂在了毛衣外，趿拉着鞋，把困倦大刺刺地写在了脸上，插兜在于真意身边坐下。

看见陈觉非，于真意那点心虚又涌了上来，温度又一次在冬日里急剧飙升。对上陈觉非的眼睛，于真意总觉得下一秒他就要和自己对话，赶紧转了个向，面向林雪，没话找话："林姨，你们好不容易回来一次，怎么一来就开始打麻将啊？"

陈觉非不等林雪和陈江回答就主动说："可能老外不会打麻将。"

林雪将卷发盘起，换了条束腰米色针织长裙，她一拍麻将桌，兴奋地说："儿啊！你真的懂你娘！"

自懂事之日起，于真意就觉得林雪和钱敏这两个好姐妹属于两个极端，如果说她妈是外表凶狠张嘴嘤嘤嘤撒娇的类型，那林雪一定是那种能穿着旗袍扛着三叉戟下地插秧的人。

话题告一段落，四个人继续投身麻将事业。于真意在陈觉非旁边坐立难安，手指不停地在大腿上画着圈圈，时不时瞥向陈觉非。

人对落在自己身上的视线总是敏感的。陈觉非侧头："我嘴上有东西？"

于真意："你昨晚睡得好吗？"

陈觉非："不好，头疼。"

陈觉非头疼喉咙哑，精神萎靡不振。

不好？

于真意觉得自己的脑回路和正常人的不太一样，比如现在，她完全不心虚了，脑海里想的东西通通汇成了一个结论——他居然睡得不好。

她很不爽。于真意拽了下他的玉佩："手。"

陈觉非伸出手，于真意把嗑好的瓜子壳丢在他手上，使唤道："帮我扔掉。"

陈觉非沉默着叹了口气："真麻烦啊你。"

于真意瞪大眼睛："我腰受伤了你看不出来吗？我上半身现在都瘫痪了！"

钱敏打出一张八饼，一个眼刀飞来："再胡说八道我让你下身也瘫痪。"

陈觉非起身，冬日午后的暖阳勾勒出他颀长身形。他把瓜子壳丢到垃圾桶里，边走边笑着调侃："别啊姨，那我不得给她扔一辈子的瓜子壳了。"

于真意：……哼！就知道欺负她！

晚上，家人在一起吃饭。几个大人要喝酒聊天，一聊就是很久，于真意和陈觉非按照惯例坐在最外侧，准备一吃完饭就撤回房间里看电影。陈觉非早早就吃完了，他对大人的话题不感兴趣，刚要起身，于真意桌子底下的左手抓了抓他的衣摆，意思是"等我会儿"。

陈觉非心领神会地点点头，坐到沙发上看电视。手机在充电，他百无聊赖地操控起一旁的扫地机器人，手肘撑着大腿，一个人玩得不亦乐乎。

钱敏看了看他："陈陈长得真好看。"

于真意低头剥着虾——她也这么觉得。

于岳民接话："以后也不知道便宜哪个小姑娘了。"

于真意把虾塞进嘴里，心怀怨气。

林雪笑着说："我大学同学知道我回来了，想着明天和我们一起吃顿饭，他一直说他女儿想和陈陈认识。"

陈江疑惑："那个小杨啊？"

林雪点点头。

陈江更疑惑了："他和他女儿去年初六的时候不就见过咱们陈陈一面吗？"

于真意要拿第二只虾的手一顿，冷笑。

钱敏："陈陈不仅长得帅，而且头型也好看，我看很多小伙子，正面看长得是挺帅的，从侧面看后脑勺就像被削了一块。"

陈觉非这圆溜溜到堪称完美的后脑勺，还是因为他婴儿时期，林雪辛辛苦苦大半年给他固定出来的，包括但不限于每隔半个小时观察一下他的睡姿。

幸好陈觉非不记得婴儿时期的事情，不然他肯定被烦死。

于真意是这么想的，也这么说出了口。

于岳民一愣，他觉得他女儿能知道邻居家密码并且自由出入这件事已经够他惊讶的了："这你都知道？"

于真意扬着下巴，像开屏的小孔雀，趾高气扬地"嗯"了声，把剥好的虾递给林雪："我林姨跟我说的。"

林雪笑着："对对对。"

看见没？林姨什么都跟她说！

于岳民："对了，那个小姑娘长得好看吗？"

于真意怨气冲冲地盯着于岳民，她爸这个中年男人到底为什么要关心这些事啊！但于岳民对自家女儿爹毛的小表情也很不理解。

"蛮标致的。"林雪说，"小姑娘话不多，比较内向，她也参加了今年的竞赛，进了国集。"

"很厉害很厉害。"

正说着，钱敏压低了声音："该说不说，我们陈陈心态也是好的。"

于岳民附和："对，有这种波澜不惊的心态在，清大稳稳的，这次没进也没关系。"

于真意拿筷子的手一僵，不自然地睁大了眼睛，愣愣地看着于岳民。

她爸在说什么？陈觉非没有进集训队？

接收到于真意惊讶的眼神，于岳民问："怎么了？"

无数的疑问在心底探出，于真意回头看了眼陈觉非，而后摇摇头，说了声"吃饱了",走上楼。

陈觉非正窝在沙发上玩扫地机器人,听见她推椅子的动静,也跟着走在她后头。于真意正要关门,陈觉非在她后头撑着门板,声音低低掠过她的后脑勺:"不让我进?"

于真意吓了一跳:"没、没啊。"

于真意的房间布置陈设一月一换,简直是把"少女心"三个字发挥到极致——至少在陈觉非看来是这样的。

床很大很宽,因为于真意的睡相不好,这个床足够她在上面放肆翻滚。浅黄色的床单上还印着海绵宝宝,陈觉非倒是不知道她最近喜欢上海绵宝宝了。衣柜柜子门没关紧,里面的衣服都快满出来了。

陈觉非自然地走进来,随意地坐在椅子上:"看哪部?"

"啊?"

陈觉非敲了敲阖上的笔记本电脑:"电影啊。"

"你……"于真意抿着唇,不知道如何开口。

她没参加过这种竞赛,还以为这种成绩要很久之后才会出来呢,没想到居然在冬令营的第五天就出了成绩,所以他在知道自己没有进集训队的时候还为自己跑大老远买了冰淇淋吗?要知道,如果对象换成了于真意,她肯定没有心情做这些事情了。

"你没进集训队?"

陈觉非看着她,顿了一下,然后自然地"嗯"了声,面色与往常无异。就是这样一副波澜不惊的面孔,让于真意根本看不出他的低落情绪。

"那天怎么不和我说?"

陈觉非沉默,他只是不想把负面情绪倒到她身上。

"你难过吗?"没得到回答,于真意又问,可是刚问完她就觉得这个问题像白痴问出来的。谁会明晃晃地告诉她,自己难过啊。

陈觉非认真想了想:"还行。"

分数最高的前三十名选手可以进入国家集训队。他的确差了别人一点,所以和集训队失之交臂,实力不如人,不妨想着再努力一些,自怨自艾实在没什么用。

何况,他也真的不觉得难过。从小到大,无论家长抑或老师都会告诉自己,把每一次机会当作最后一次机会去拼搏努力,那无论结果是什么都不会陷入懊悔。

陈觉非觉得自己努力了，人生还长着呢，又不是进不了集训队就考不上清大，再退一步说，考不上清大也不会死，人生道路千沟万壑，纵使前路崎岖，但是选择是多样的。

于真意低着头，她觉得陈觉非这么努力了，大家只能看到他站在云端，却不知道他爬上那云端尽了多少努力。

陈觉非看着于真意那张垮着的小脸，仿佛是她自己没有进集训队的沮丧模样，他笑了笑："先坐下行不行，你背着光，脸阴森森的，我有点害怕。"

于真意才不要："你是不是那天没发挥好，或者是太困了看错题了，或者是——"

陈觉非："没有理由，我就是没考进前三十。"

陈觉非觉得伴随着这句话，于真意的眼泪马上要掉出来了，他揉了揉眉心，起身和她面对面站着："真真，人生碌碌，枯荣有数，得失难量。我不是每次都会考第一，我也不是不学习就会考第一，风雨都是常态。如果我们对每一个不如意的结果都耿耿于怀，那我们这辈子就只剩下拧巴了。"

陈觉非不常跟她说这些话。一来是知道她不爱听；二来也是觉得这些东西没必要讲，人的一生要是时时刻刻被这些文绉绉的大道理填满，那一定很枯燥。只是他实在不愿意看到于真意这垂头丧气，比自己还难过的样子。

集训队没进，没能保送清大，还有高考这条路。可是于真意现在耗费的不开心，他得怎么把那些开心找回来？

于真意低着头："我只是觉得你这几个月的努力白费了。"

"没有白费，知识钻进了我的脑子里。"说完这句话他倏忽笑了，"我怎么像在跟小朋友讲道理一样。"

他抓了抓头发，继续说道："况且，我也觉得，没有体验过高三，人生还挺浪费。"

于真意深深呼了口气，几秒之后，他听见于真意轻而缓的声音："这几个月的学习辛苦了，小狗。"

原来考差了会得到贴心安慰。陈觉非有点懊悔，早知道考完那天他就主动说了。

"对了！"她的音量突然拔高。

陈觉非猛然回神，还没从她这前后不过半分钟的两个极端情绪中走出来，就看见于真意拿着手机，不知道在翻找些什么。

陈觉非指尖蜷了一下。

半晌过后，于真意把手机屏幕那一面贴着桌子，几乎带着恐吓似的威胁："我明天想去玩剧本杀。"

让她今晚情绪低落的可不只这件事，还有那个蠢蠢欲动的未知威胁。饶是相处了这么多年，陈觉非有的时候还是会感慨她的情绪居然可以转变得如此之快。

陈觉非："啊？"

于真意捂着胸口，痛心疾首："好啊！你明天有事！你不准备去对不对！"

陈觉非真的不是很明白于真意到底在干吗。

"你必须去。"她捧着他的脸。

陈觉非"哦"了声。

"哦？'哦'是什么意思？"一点也不坚定，还带着随便。

"好。"

于真意得寸进尺："明天下午两点的场，我已经订好了，我到时候和一一他们说一下，然后我们晚上一起去吃饭。"

陈觉非习惯性要说"哦"，但是他悬崖勒马："好。"

过了一会儿，于真意一拍大腿。

万一他们中午去吃饭呢？要把一切可能性遏制、杜绝、抹杀在摇篮之中。于真意又说："我们中午一起吃饭吧，我想吃日料了。"

"好。"

虽然这么说，但是心底那阵莫名的阴郁还环绕着，于真意还要说话，陈觉非无奈地看着她："祖宗，还有什么要求吗？"

"……没了。"

于真意边说着边站起来，陈觉非以一种败给她的口吻说："那我就一个要求，陪我看电影。"他今晚是真的，单纯地，只想看一部电影。

于真意："我去上厕所啊。"

陈觉非麻利放开她的手，一时找不到想说的话："快去快回。"

"当然快去快回了，这种事要是慢，那我可能有病。"

于真意扶着腰，慢吞吞地从厕所走出来，陈觉非看着她滑稽的走路姿势，忍笑："你这是得了痔疮？"

于真意怒意上脸："你这是找打？"

陈觉非吊儿郎当地把胳膊肘搭在椅背上，朝她勾勾手，干净声线里还带着怎么也抹不去的笑意："你腰到底怎么了？"

于真意在他身边慢动作地坐下，委屈巴巴卖惨："小尾巴断了。"

她哭唧唧："你家桌子角真硬。"

"在我家撞到的？你没事撞那里干吗？"

于真意恼了，这是人能问出来的问题吗？她吃饱了撑的，脑子犯病故意撞上去？那当然是有原因的，只是这个原因——

于真意："看电影的时候能不能别说话，影响我观影体验。"

陈觉非无力地往后靠，手顺势搭在踩着椅垫的腿的膝盖上，指尖玩着她丢在桌上的黑色发圈，嘴里没好话："真难伺候啊祖宗。"

最后，陈觉非和于真意看了部悬疑电影。

书桌上放着几束干花，枝干处散发着一股清新的柑橘味，又像雨后的草地。陈觉非对这味道再熟悉不过了。他倒是不知道于真意也买了一瓶。

于真意沉浸在电影剧情中，陈觉非摆弄了一下那个玻璃瓶，得逞地笑笑。他了解于真意，也知道于真意是真的喜欢薄荷柑橘的味道，所以七月的时候，他和薛理科路过商城，他把最后一瓶"像你的人"买下。

电影看完之后两人对着剧情中各种不解的点争论，于真意最后发现她固执认定的点并没有必要，陈觉非说的是对的。

于真意恼了。

他就不能让让她吗？她刚刚可还安慰陈觉非呢！这是天大的殊荣哪！于真意才不爱听陈觉非的解析。

手指叩着桌面的声音让她回神，陈觉非眉头皱着："看哪儿呢？"

"看你的——"声音戛然而止。

于真意自然改口："看你的脸，真丑。"

陈觉非："自己没看懂电影，开始人身攻击了？"

于真意捂着耳朵，瓮声瓮气撒娇："不想听了，我知道你说的是对的，别说了。"

陈觉非拉下她的手腕，一只手掌就可以扣住她两只手腕："人类要有求知精神。"

烦死了，陈觉非以后的孩子肯定很可怜。

于真意歪着脑袋，无神地继续听。直到林雪来敲门，陈觉非的推理过程还没讲解完，他往门外看了眼："妈，你们先回去吧，我待会从阳台翻过去就行。"

林雪"啧"了声："大半夜从人小姑娘房间外的阳台溜走，你说说这像话吗？"

于真意听着乐得直不起腰："姨，你以前给弯弯日报写标题的吧？"

林雪也笑，她走过来，抓着陈觉非的衣领，开玩笑道："真真说对了，姨以前还兼职辅警，专门抓大半夜游荡在黄花大闺女房间里的小淫贼。"

于真意仰头，拍拍陈觉非的手臂："说你呢，小淫贼，还不束手就擒赶紧走。"

"小淫贼"万分不情愿地被林雪拎着后衣领，像逮着作乱的狗一样被带走，走之前漫不经心地丢下一句"明天见，小黄花"。

林雪说了声"晚安"，把门带上。于真意嘴角弥漫着笑意，惬意地哼着歌，把电脑阖上，拿着睡衣去浴室洗澡。

明天见，小淫贼。

第9章

可惜，这顿日料没有吃成。原因是陈江起床的时候看到陈觉非已经换好衣服、拿着手机等在楼下大门口，他笑眯眯地说："陈陈，走吧。"

林雪也刚好下来。

只有陈觉非一个人不明所以："去哪儿？"

"跟妈妈同学吃饭去啊。"

"我要和真真去吃饭。"陈觉非下巴朝于真意家门口扬了扬。

彼时钱敏、于岳民和爷爷正从外面散步回来，看见三个人僵持在这里，顺便问了句。

"真真！"闻言，钱敏朝二楼喊了声。

于真意探出头来，一手拿着眼影盘，另一手拿着化妆刷："干吗呀？"

"你想吃日料的话妈妈中午带你去吃吧。"

于真意化妆的动作一顿，她低头看着门外的这六个人，有些不明就里。钱敏正要说话，陈觉非打断："钱姨，我昨天和真真说好了。"

钱敏又抬头看着于真意："真真，陈陈要和你陈叔、林姨去吃饭，人难得一年见一次。"

于真意的脑子里只有一个声音。她在意的当然不是陈觉非要和陈叔、林姨去吃饭啊，她在意的是……

可是她根本无法说出这个理由，心里的喜悦一下子荡然无存，她也根本没有拒绝的理由。陈叔、林姨和陈觉非一年只能见那么几次，她就为了自己这么点作祟的小心思，也太过无理取闹。

她垂着眉眼，努力让自己的语气听起来和平常一样："嗯，我都行。"说完，她不再看下面的人一眼，走回梳妆台前，看着镜子里的自己。嘴唇抿成一条下垂的线，眉眼耷拉着，左眼眼皮的眼影化了一半。

这张脸，好、难、看。

随着楼下车子发动引擎的声音传进耳里，于真意发现自己的嘴角垂得更厉害了。

车里，陈觉非跷着二郎腿窝在后座，手肘支着车沿，面无表情地看着窗外。林雪透着后视镜，仔仔细细地盯着他，回想到刚刚陈觉非听到于真意说"我都行"时那担忧的表情，半晌过后，突然笑了。

陈江听着这笑声有些发毛："老婆，正常一点。"

林雪回过头："陈觉非——"

陈觉非视线继续落在窗外移动的景致上："干吗这么叫我？"

"啧，儿子长大了，真好。"

陈江打着转向灯："老婆，别这么变态。"

林雪没搭理他，继续对陈觉非说："去年我们回来的时候你还没那么明显呢，今年情绪全写脸上了。"她稍顿片刻，"不过这次吃饭是妈妈同学好久之前就跟妈妈约定的，我说了要带你去，你不能不去。"

这点人情世故陈觉非懂，他也没有不开心，他只是怕于真意不开心。

他点点头："我知道。"

林雪顿了顿："我跟你爸过完年又要出去了，放心，我们就待两个月，到时候儿子你又可以名正言顺地去真真家蹭饭了。"

陈江心底惆怅，还是忍不住插话："你这话说的，刚见面就说要离开的事情，儿子会想我们的呀。"

"好的，妈。"过了一会儿，陈觉非又补充，"谢谢妈。"

陈江："？"

这话乍一听很正常，再仔细琢磨一下怎么就这么不对劲呢？

下午一点半的时候，于真意到了剧本杀馆。这是一个六人本，于真意想他六个人刚刚好。张恩仪他们正在读剧本。只剩下两个剧本摆在自己眼前，于真意随手选了一个，剩下一个就归还没来的陈觉非。

蒋英语对于这两人居然没有一起出现感到惊讶。于真意懒得回答，心里被那股莫名的不爽包围。

为什么吃饭要吃这么久，这个点他们会在干吗？

"顾卓航看完没，还有时间，开一把？"薛理科晃了晃手机。

顾卓航阖上本子："来。"

于真意惊讶："你们这么快就看完了吗？我没比你们晚来多久吧……"

蒋英语捏着剧本抖了抖："就这么点厚度，一下子就看完了。"

"那我怎么——"她轻声呢喃。

闻言，对面三个男生看向她，然后相互对视一眼，笑得意味深长。

于真意手一僵，看着自己眼前厚厚的剧本，了无生趣地翻到最后一页。

果然。对面三个人笑得更放肆了，于真意想忍，忍不过十秒钟，也笑出声来，她恼羞成怒地把矿泉水瓶砸向薛理科，声线因为笑而发颤："烦死了，别笑了！"

凭什么凶手的剧本这么厚，厚到肉眼就可以看出来。这还玩什么啊。

蒋英语："人均一百三十八，体验感都在于真意这儿了。"

于真意捂着胸口，肉疼，她宁可不要这体验。

离两点还有五分钟，陈觉非终于来了。他今天穿了件黑色毛衣，外面套了件灰白色的宽松加绒棉服，拉链没有拉，松松垮垮地套在外面，下身是运动直筒裤和运动鞋。

上午的时候于真意都没仔细看他，现在一看才发现他今天居然穿得很好看。他就穿着这么吸人眼球的一身去吃了饭！！！

于真意把剧本往桌上一扔，刚刚因为一百三十八带来的疼痛又翻了上来。她摆烂地靠着椅背，无精打采。

张恩仪贴心地把她的剧本合上，努力忍着笑："宝贝，虽然我已经知道那什么了，但是你还是小心点，别让我看见你的作案过程。"

于真意："……"

陈觉非坐到她身边的时候身上带着一股外头带来的冷气。他和几个人依次打招呼。陈觉非把外套脱掉，挂在椅子背后。

少年正处于生长发育期，整个人胸膛宽阔，骨节分明，像衣服架子，穿什么都极为好看。脱掉外套后里面的黑色毛衣更衬得他皮肤冷白、五官俊挺，一种莫名的清冷感。

于真意懊恼地捂着脸。这狗东西穿黑色好好看，他吃饭的时候是不是也脱外套了？

两点，剧本杀正式开始。

DM（主持人）在前面讲着故事背景，陈觉非凑她近了些，微低下脖颈："真真，我给你——"

于真意看着他的脸，重重地咳嗽了两声："你不要打扰我听 DM 说话好不好？你是不是凶手，所以不想让我认真听故事背景？你很可疑啊陈觉非！"

众人："……"

DM 打着哈哈："继续啊继续。"

陈觉非盯着她，声音轻又缓慢："真的这么生气吗？"

于真意看着他黑亮的眼睛，心一下子软得稀巴烂，刚想给自己一个台阶下，又听见陈觉非说："你最近怎么老是舔嘴唇？嘴巴很干？"

心软瞬间被心虚替代。于真意眼神躲闪，慌乱地说："你看看你，心里慌了吧！都开始扯开话题了！"

陈觉非看着她，十二个小时前，她柔声细语地安慰他；十二个小时后，事态居然发展到了这样可怕的地步。

于真意把椅子往张恩仪的方向挪了挪，下巴支在张恩仪的手臂上，张恩仪刚要掐她的脸，对上陈觉非那冷静如水又凉飕飕的眼神，悻悻地把手放下，转而用压得极低的声音："你怎么了？"

于真意："我难受，你知道吗——"

DM 忍无可忍，重重咳嗽了一声。

于真意紧抿着唇，保证不会再说话了。

剧本杀的名字叫《请别沉默 006》，讲的是突如其来的一场大火燃烧了 A 市图书馆，一个女生在火灾中死亡。多年之后，一封匿名信招回了与火灾相关的六个人，他们聚集在一起共同寻找女生死亡的真相。

最后的凶手锁定在顾卓航的角色林伟和于真意的角色萧一之间。两人的杀人工具分别是汽油和刀。最后的步骤就是要找寻女生的死亡究竟是因为哪一个凶器。

体验感全然被破坏，因为早知道于真意是凶手，薛理科开始倒推，他霸道地制止剩下的人说话，准备把高光时刻加在自己身上："第三轮搜查尸体的时候，死者人中上有烟灰，证明火灾并非死因，只能是萧一。"

于真意心里想着事情，有些走神，听到薛理科点出她角色的名字，她负隅顽抗："人中上有烟灰能代表什么啊？"

陈觉非替他解释："代表——"

于真意捂住耳朵："我不听我不听我不听！"

DM：这是来了帮什么妖魔鬼怪啊……

陈觉非一副败给她的样子，轻轻拽着她捂耳朵的手："如果死者死在火灾中，那她就会因为吸入过量二氧化碳窒息而死，但她的人中上有烟灰，代表火灾发生时她已经无法呼吸了——她死在火灾之前。凶器必然不是汽油，而是你的刀，懂了吗，凶手？"

她片刻愣怔后很快反应过来，随后慌乱地甩开他的手："别离我这么近。"

陈觉非的手被重重地甩在桌角上，冷白的手背上淡青色血管起伏着，骨节处很快起了一片淡色的红，一瞬麻意袭来，又很快消散。他皱了下眉，眸色有些沉。

看着眼前的于真意，他知道的确是自己没有信守对她的承诺，所以于真意会耍小脾气是正常的，但是他不知道为什么会到这么严重的地步。他视线在于真意的脸上掠过，手指随意地叩着桌面。

薛理科咂咂嘴："哥，你把我的高光时刻抢了。"

陈觉非觑他一眼："这也算高光？"

薛理科神经大条，还没反应过来陈觉非微妙的心情变化："当然！"

陈觉非："那你可以再讲一遍。"

"你们吵架了？"吃过饭后，几个人往公交车的方向走，顾卓航走在陈觉非边上。

陈觉非回头看着正在和张恩仪高谈阔论的于真意，冷笑："分手了。"

分手了？

顾卓航存心插刀："在一起过？"

陈觉非施舍他一眼："分道扬镳，手足断情，行不行。"

顾卓航"哦"了声："那我——"

未等他说完，陈觉非毫不犹豫地打断："你没机会，明天我会哄好她。"

后头，于真意紧紧拽着张恩仪的手臂，贴在张恩仪身边，满脸委屈巴巴地讲着自己短短二十四个小时之内的遭遇。

张恩仪义正词严地重复她的话。

"就是啊！太过分了！什么人呀！"

于真意："……你能不能不学我说话。"

张恩仪心虚："我怕你们今天吵架明天和，最后我里外不是人。"

于真意开始作天作地："可是我就是不舒服啊！"

张恩仪："那你也让他不舒服啊！"

于真意闻言想也不想，脱口而出："不要。陈觉非对我这么好，我干吗要让他不舒服！"

张恩仪炸毛，气急败坏地怒吼："看！你看看你！我就说我不参与这破事！"

她还什么都没说呢，于真意已经护上了，她才不要做这冤大头。于真意接受批评，严肃反思。她心虚地低下头，嘴巴瘪得像个小老太太，一声不吭。

张恩仪看看她，又看看天，叹了口气，目光落在旁边的薛理科和蒋英语身上，最后说："薛理科，过来给我打一顿。"

薛理科：这日子过得真是有滋有味。

告别几个人之后，于真意和陈觉非一言不发地回到鸳鸯巷，她从来没觉得这条路有这么长过。于真意浑身不自在，却装作若无其事的样子拿出手机刷着短视频，把声音放到最大，然后一脸夸张："哇，天哪，这个大叔惹他女朋友生气了，特地在大热天去给她买奶茶呢。"说完，她佯装叹气，"四十五岁的大叔都知道疼人，有些人哦，那真是——"

陈觉非浑然不觉地转着自己的手机，瞥了那视频一眼，眼里生趣："四块钱一杯的柠檬水，你沿着我们这巷子来回走一圈都能捡到二十块的纸钞，多走几圈就能买五杯了。"

好，很好。他不哄她。

"买四块钱的柠檬水……"他把手机揣回兜里，认真地看着于真意，幽幽出声，"你说这到底是抠，还是什么啊？"

于真意打心眼里赞同他这句话，笑容差点就要绽开，她强压着笑意，还是装作生气的样子。

哪知陈觉非说完这句之后就不准备再开口了，两人僵持在家门口，最后陈觉非一言不发地输入密码，开门，进家。一整套动作行云流水，不带半点犹豫。

没了？这就没了？他再多说一句她就会笑哎！不必多说，绝交！

天气预报说明天要下雨，于真意在书包里备好了两把伞，她看着那两把伞，最后赌气似的把一把拿出来。

哼，她才不给他带呢。祈祷他没有看天气预报，不知道明天要下雨。淋死他算了！

这个念头持续不过五分钟，又被自己驳斥。平心而论，今天下午的种种行为的确是她在无理取闹，陈觉非又不知道自己的心意，况且陈觉非这个人也不是专属于她的，她怎么能这么霸道地命令他呢？又怎么能冲无辜的他发脾气，且这位被发脾气的对象对于她的怒点毫无了解。无论如何，她都不应该待在原地等陈觉非来哄她。

算了。于真意叹了口气，既然是自己做错了的话，那就给陈觉非道个歉吧。

于真意悄悄打开阳台的门，鬼鬼祟祟地往外探头看了一眼，阳台上没人，她往外走了几步，伸长脖子看去，陈觉非房间里的灯关着，黑黢黢一片。

好啊，自己在为这件事纠结，为这件事翻来覆去，他倒好，这才几点啊，暑假里天天日夜颠倒的人这就睡了？他对于他们两人之间游走在破碎边缘的友谊毫无反应和想要挽回的举措吗？

于真意重重地关上门，动静奇响无比。

好你个陈觉非！明天淋死你！

第二天天蒙蒙亮，于真意被淅淅沥沥的雨声吵醒。她看着镜子里的自己眼下有着黛青色的黑眼圈。

"啊啊啊——"她颓废地倒回床上。

她今天好丑啊，整个人精气神也不足，待会儿要是遇见陈觉非一定会被他的气势压下去的。

早点走！于真意麻利地起身换好衣服，餐桌上的早餐都没有拿，背着包就往外走。

门一开，她看见陈觉非站在门口，修长挺拔的身子倚靠着墙，冬季校服的领子被他拉到了最高处，习惯性地遮住鼻尖，只露出高挺的鼻梁和漂亮的眉眼。雨珠落在他的肩头，又凝聚成大大的雨珠往下滴。他就这样没有预料地出现在自己眼前。

听见开门的动静，陈觉非原本懒散的身子站直了，他反手从包里拿出伞，一只手拿着紫米饭团和牛奶，还有两个金灿灿的玉米饼，早餐在这寒冷的冬季好像还冒着热气。

"真真。"他刻意放低声线，带着蛊诱，"今天会下雨。"

他适时地停顿，又恰当地再一次开口，让她飘摇的心一下子变得柔软："所以我还可以和你一起上学吗？"

雨势太大，如细线般的雨珠斜斜倾覆下来，形成雾蒙蒙的一片帘幕和地上一个个小水坑。树木已经不再葱葱郁郁，枝丫光秃秃的，无限向着旷阔天空蔓延。沾上雨雾的他整个人仿佛透着冷冰冰的雾气，黑而亮的眼睛湿漉漉地望向她。

这一刻，于真意觉得自己仿佛看见了陈觉非那摇晃的大尾巴。

她想，自己怕是永远也不会忘记这一幕。

于真意已经忘记了自己昨天深夜那长篇大论的、如同祥林嫂般的抱怨，以及对上苍祈祷淋死他的诅咒。此刻，她只想跪谢上天，谢天谢地，他居然没有生气。于是嘴边生疏的道歉言语被她咽下，她开始得寸进尺："你好像小狗啊。"

陈觉非昨晚想了很久，虽然知道于真意生气的原因，也知道她在发脾气，但他想，应该不至于到要和他彻底分道扬镳的地步吧。他没有开暖气，房间里很安静，能清楚地听见外面的声音。他听到于真意的玻璃门重重阖上的声音。

陈觉非不觉得自己性格好，他的耐心只是对于真意一个人而言的，可是偶尔，他也会想要发发脾气，也希望于真意能哄哄他。所以故意撑她，可是他准确地把握着那个度，明白自己说的话又能让自己出气，又能让于真意开心。

可是，怎么她还在生气，气到关门的劲儿用得如此之大呢？按照陈觉

195

非对于真意的了解，她应该在进家门之前就不生气了吧？

陈觉非起身，拉开书包，包里装着的是从饭店出来之后特地去她最爱的那家店给她买的大阪烧和寿司，即使是冬天，放这么久也已经坏了。陈觉非揉揉眉心，把它们扔进垃圾桶里。

毫无意外，陈觉非又失眠了。他发现自己人生中为数不多的几次失眠，原因都归根于那个叫于真意的人。最后，他失败地发现，其实这也没什么，只要于真意能开心就好了。他不开心，那么也只意味着他一个人不开心；于真意不开心，就意味着这世界上除了于真意，又多了一个人不开心。

为了全球人口幸福指数最大化，他忍着莫名其妙的郁闷和委屈，一大早起来给于真意买了早饭，就得到这么轻描淡写的一句话？

他像狗吗？他当然像狗。他不像狗的话，怎么会在被无理取闹地对待之后，还觍着脸不计前嫌地扑上去？只是，他这么热烈、这么赤诚地表明着自己的忠诚，那主人，好歹赏根骨头吧。

于真意接过饭团和豆浆，抬手挠了挠他的下巴，补充道："我家的小狗。"

陈觉非发现文字真的很神奇，足够引导人的情绪。比如现在，只是加上一个前缀，就完全不一样了。

第 10 章

"那个女生好看吗？"

"谁？"

于真意加重了声音："昨天和你一起吃饭的女生。"

昨天那顿饭陈觉非吃得心不在焉，时不时看看手机，赶在日料店中午打烊前到了那里，他根本不知道饭桌上的大人们说了什么，甚至忘记了那个坐在他旁边给他夹菜的女生。

陈觉非思考了一下，这个思考的空当成功点燃于真意心里那点刚湮灭的怒意。

"忘了。"他是真的忘记了。

走出鸳鸯巷，陈觉非把透明伞撑开。这把伞不大也不小，只适合一个人撑，尤其是碰上现在下着大雨的时候，雨珠斜斜飘进来。

"过来。"陈觉非手虚虚揽着她，于真意乖乖往他身侧靠了靠。

"这就忘了？"

"记得这个干什么？"

于真意不高兴地哼了声，语速加快："那你们昨天吃了什么啊？你们说过话吗？她有没有说你穿黑色毛衣很好看？"

陈觉非因为疑惑眨了眨眼，因为她说的话太快太多，像小炮弹。陈觉非说话一愣一愣的："她为什么要说我……"说到一半，他顿住。

沉默真是引人遐想。于真意觉得这沉默太能轻而易举地点燃人的怒意了，她委屈巴巴地看着他："所以她真的——"

"所以你觉得我穿黑色毛衣好看。"陈觉非自然而然接话。

这是肯定句。

轮到于真意愣了——这人挺会做阅读理解啊。她此刻只能转移话题。

"你的手怎么红了呀？"于真意故作惊讶地说。

陈觉非看着他的手，平静陈述："你打的。"

"啊？"

"剧本杀的时候，撞到了，很疼，疼了一晚上。"

他手指骨节处泛着红，于真意这才回想起来，她昨天都没有注意。愧疚涌上心头，于真意轻轻为他吹了一下，一脸卖乖相："真真错了，给你呼呼。"

陈觉非给她买的是草莓牛奶，一股甜腻的草莓味带着轻柔气息掠过他的手背。

陈觉非抽出手："不疼。"

于真意不明所以："刚刚不还说疼了一晚上？"

陈觉非撒谎不打草稿："看不出吗？我在撒谎。"

于真意："……看不出。"撒谎也能说得这么浩然正气。

于真意盯着自己被雨水打湿的校服外套，有一种很强烈的想把书包里的雨伞拿出来的冲动。天知道，她包里装着两把伞，但是她一把都不准备拿出来。

于真意眼神瞥了瞥，看见陈觉非把伞面全偏向了她，自己从肩膀开始就湿淋淋地滴着水。

算了，还是拿出来吧。

于真意准备装作突然想起自己有伞的样子："这伞有点小，你衣服都淋湿了，要不——"

"你想让我背你？"陈觉非自然而然地接话。

嗯？嗯嗯？？她是这个意思吗？

"行。"前面有个小卖部，两人走到屋檐下，陈觉非没等她说话，就把伞递给她，站在于真意身前，微微蹲下身，"上来。"

她看着陈觉非的背影，又低头看着他的裤脚："等一下。"

于真意蹲下身，把他的裤脚向上挽了三卷，露出脚踝。正要起身又发现他的鞋带松了，她打了个漂亮的蝴蝶结："怎么样，好看吗？"

她抬头看着陈觉非。

于真意的眼睛是微微上挑着的杏眼，因为很大，有时候看着又像核桃。冬日的雨天湿冷感更重，眼睛雾蒙蒙的，她原本乖顺地贴着额头的刘海也稍稍向两边撒开。

陈觉非垂头看着她："好看。"

今天的雨有些大，薛理科和张恩仪是坐私家车来的，车在红绿灯路口停下，张恩仪随意地一瞟，兴奋得像被踩到尾巴的大尾巴狼："我的上天啊，薛理科，快快快，把手机给我！！！"

薛理科掏出手机："上天给你手机。"

张恩仪："找死啊。"

张恩仪生怕晚了一秒就看不到了，赶紧打开相机，定格眼前的画面，一阵连拍，嘴里还啧啧慨叹："科科，我也想要这种氛围感。"

薛理科凑过来："什么？"

师大附中的冬季校服是黑白相间的冲锋衣，背后印着大大的附中logo。那一年的潮流正是追求 oversize 风，再加上冬天里面要穿的衣服多，大家都习惯买大两号。

宽松的校服套在身上，毫无累赘之感。

屋檐下，少女蹲着，双手环着膝盖，仰头望着少年，少年的手垂在她的发间。透过小卖部的玻璃窗，老板正在拿着计算器算着今天早晨的流水。小卖部门口的墙面上贴着各种各样的被雨水浸透的广告纸，透明的雨伞随意地丢置在一旁。

风一吹，一次性皮筋的弹性不够，突然断开，随之而来的是少女扬起的黑发。

张恩仪的连拍中，照片一滑，汇成一部青春感十足的逐帧动画。这一刻，张恩仪十分感叹且感谢师大附中这堪称时尚又完美的冬季校服，没有成为这青涩唯美一幕中的败笔。

薛理科："他们就一把伞啊，我要不下车给他们送去？"

张恩仪无力地闭了闭眼，血压有些高，她没搭理薛理科，招呼司机开车。薛理科到校门口的时候还觉得张恩仪这人太狠心了，简直称不上真朋友。

张恩仪冷笑："你敢下去送伞，我弄死你。"

薛理科不懂："为什么？"

张恩仪接着冷笑，没再提醒他。

于真意是最后一个交分科表的，她还是选择了美术班。走到岑柯办公室的时候，办公室里只有岑柯一个人，他正在批改作业，于真意把表格递给他。岑柯并不意外于真意会选择美术班，他知道于真意的绘画天赋："于真意，想好考什么大学了吗？"

美术生的选择无非是几大美院，以于真意现在的成绩，考京美有些难度，但是考国美有很大的把握。

于真意："老师，我想考清美。"

岑柯一愣，转而隐晦说："清城美院对文化课的分数线要求很高。"

于真意点点头："老师，我知道的。"顿了顿，她又说，"还有一年半呢老师。"

既然人生碌碌，枯荣有数，那她就要那个荣。

岑柯笑着："好好好，有梦想、有目标就会有冲劲、有动力。"

高二的第一个学期随着学生们叫苦连天的期末考和文理分科落下帷幕。

街上热闹喜庆一片，新年就要来了。这几年，市区对烟花爆竹的管控很严，外环线以内不允许放烟花，所以每年大年三十的时候，两家人都会去宗月岛放烟花，等到初五迎接完财神后再回到市区。

陈江和这里的民宿老板是多年好友，老板二话不说给几人安排了大桌，户外还有烧烤架，老板对上于真意的目光，说晚上可以在这里烧烤。

于真意愣愣地问："这大冬天的会不会一烤出来就凉掉了。"

老板笑着打趣，说她真有意思。

彼时其他几个人正坐在外头,一来就招呼着问老板娘有没有麻将桌,陈觉非蹲在地上,低头看着眼前不知道叫什么的菜发呆。

于真意回头看了眼,没人注意到她。她双手合十,悄声道:"谢谢谢谢,大叔你也很有意思。"

大叔有一儿一女,都是四五岁的模样。夜里,大人们在室内吃饭,于真意吃到一半就领着弟弟妹妹出去玩。小岛的温度比市区低,到了夜晚温度更低。于真意戴着围巾和针织毛线帽,把耳朵捂得严严实实的。

大叔知道于真意想吃烧烤,提前把烧烤的食材和烧烤架备好,正准备给她烤肉,陈觉非说他来,让大叔进去吃饭。

于真意也在一旁附和:"大叔,没事的,让他来,他什么都会。"

什么都会的陈觉非把半张脸埋进高领毛衣里,他睨了于真意一眼——那倒也没有。

小女生叫"小樱桃",小男生叫"小皮球"。

"哥哥,我想吃鸡翅。"小樱桃嗲声嗲气地说。

陈觉非应了声"好"。

小姑娘说话的嗓音脆生生的,于真意戏瘾大发,学她说话:"哥哥,我也想吃鸡翅。"

陈觉非垂下眼眸,拖着懒调:"好,哥哥知道了。"

陈觉非站着烤肉,于真意坐在他旁边,等着鸡翅的工夫有一句没一句地瞎扯:"哎,你说为什么现在小朋友的小名都这么有意思?小皮球、小桑葚、小樱花、小喇叭、小葡萄、小包子、小馒头。"

说话间,袅袅白气呼出,氤氲在空气中。

陈觉非:"你想的话也可以这么叫。"

于真意玩兴大发:"那你说我叫什么好?"

陈觉非敷衍应答:"小真子。"

于真意不高兴了:"你这什么脑回路?难道贞子前面加个'小'字,她从电视机里爬出来的时候就变可爱了吗?"

小祖宗可真难伺候。

陈觉非:"……那就小橙子。"

于真意:"为什么要用你的姓啊?"

陈觉非重复:"橙,后鼻音,听不出来?"

于真意"哦"了声:"为什么是橙子啊?"

陈觉非没再答,他叫两个小朋友的名字,然后把烤好的两串鸡翅递给两人。

于真意盯着他,因为冬天,他的嘴红通通的。

陈觉非:"你最近怎么老盯着我的嘴?我嘴里没藏你那串鸡翅。"说着,他把最后一串递给于真意。

于真意眨巴眨巴眼——哪有老盯着了。于真意没接话,也没接那鸡翅,两手缩在厚厚的衣袖里:"我也要一样的待遇。"

陈觉非把鸡翅递到她嘴边:"吃。"

于真意没张嘴,歪着脑袋看他。

陈觉非:"……小橙子,吃鸡翅。"

于真意"嘿嘿"傻笑两声,心满意足地拿着竹签。

于真意还想吃虾,陈觉非给她烤的时候,于真意兴冲冲地跑到室内,从大人们的饭桌上抢来一瓶饮料和两个鱼鳞杯。

"放心,我看过了,无酒精,最适合我们俩。"于真意说。

等到他又用奇奇怪怪的眼神看向那两个杯子,于真意言简意赅解释:"仪式感。"

在这样的天气下,饮料无须冰镇,只在室外停留一会儿就变凉了。于真意给两人都满上,陈觉非边撒胡椒粉边把那个杯子拿起来,正要喝,于真意制止:"你不跟我干杯吗?"

陈觉非垂下手,杯壁和她的杯沿相碰,发出玻璃碰撞的清脆声音,像风铃相撞,叮当响。

于真意把针织帽摘下,随意地放在一边。她今天没有把头发束起,发尾让钱敏帮她卷了一下,一半的长发压在围巾里,另一半披散在外侧,衬出姣好又小巧的脸。

"我下学期要去美术班了,岑柯说后面转去美术班的都会被分到十二班。"于真意说。

陈觉非选理,一班、二班是重点班,陈觉非稳进重点班,但是无论在哪个班,一班、二班和十二班都是最远的距离。

陈觉非低头给烤肉撒上胡椒粉,没有看她,但低垂的眉眼里闪过一丝紧张:"虽然有点早,但还是想问你,想好考哪里了吗?"

于真意"嗯"了声："美术生嘛，梦中殿堂无非就是那几所了。"

"那你呢，国美还是京美？"

于真意看着他瘦削的脸，蹙眉："为什么不能是清美？"

陈觉非装盘的手一顿，有些不敢相信："清美？"

"对呀。"面前的杯子已经空了，于真意接着倒满。

"不是你说要和你一起的吗？清美，也算是和你一起了吧。"她晃着高脚杯，全神贯注地盯着里面的液体，全然没有看到陈觉非脸上一览无遗的愉悦，"清美偏北方画派，这是我强项。不过——"

她的声音顿了顿，有些气馁，却又包含着一丝向上的冲劲和不服输："清美的美术成绩要比八大美院高很多，文化课成绩也是，岑柯说我的文化课倒是够得上国美，我得再多努力一点。"

"我会帮你的，真真。"语气低沉又缱绻。

他声音本来清冽，像夏日里冒着冷气的冰镇气泡水，但这声音在此刻听来，却像拥着灿烂阳光的午后一杯刚泡好的红茶，让她的血液变得滚烫热烈。

"陈觉非，我运动会那天的那句话说错了。"于真意说完，手背抵着嘴，像是制止自己再说话的模样。

陈觉非没明白，也不知道她口中的运动会那天说的话是什么话。

"五十五分了，马上要到零点了，可以放烟花了。"玻璃门移开，一群人的脚步声厚重而响亮，从里面走出来。

钱敏和林雪在那头叫着两人："真真，陈陈，过来了。"

于真意"嗯"了声，起身走在前面，陈觉非带着那个疑惑跟在她身后。

烟花不断绽放，每个人都仰头望着被火光照亮如白昼的天空。于真意和陈觉非站在人群的最后面，皆心猿意马的他们混入那些心中只在想着"这烟花可真漂亮"的人中，仰头望着烟花。

于真意的脖子缩了缩，两手在唇间摩挲着，轻声嘟囔"这宗月岛也太冷了"。烟花和鞭炮的声音很响，还夹杂着大人的欢笑与孩子兴奋的尖叫欢呼声。于真意几乎都要听不见自己说的话了。

肩膀被人轻轻一推，她一个趔趄，闻到那股熟悉的自己最喜欢的薄荷柑橘的味道，像属于夏季的清爽，又像在寒冷的冬季给予她清醒。而后，在这嘈杂喧闹声中，她听见陈觉非清晰的声音钻入她的耳朵，带着水果饮料的甜腻、回甘又微醺的味道："如果你觉得冷就靠我近一点。"

于真意觉得自己是清醒的，又好像是混沌的，她听见仿佛不属于自己的声音说："为什么？"

她又听见了陈觉非的轻笑声："因为你说过，小狗的体温是38.5℃。"

秒针掠过"12"，新的一年彻底到来。前头所有人欢呼喊着"新年好，2016年好"。他们背对着所有人，持续了一场跨越一整年的虔诚对视。

于真意很庆幸，运动会那天，裹藏着属于她秘密的那句话没有被陈觉非听到。

第11章

二十天的寒假一晃而过，开学第一天，每个人都很忙，因为大家要再一次开始搬课桌，陈觉非和顾卓航都在一班，张恩仪在三班不动，蒋英语和薛理科一个在八班，另一个在六班，两人对此痛哭流涕，痛心伤臆地感叹六人小分队除了个群名全散了。

陈觉非冷静补刀："现在-1℃，群名也可以顺便改改了。"

蒋英语胖脸皱成抹布样，一副凄入肝脾相。

陈觉非和顾卓航为了安慰他，拍拍他的肩："胖子，待会儿来帮你搬书。"

一句话哄好蒋英语。他郑重地点点头："我要让我的新同学看看，我的铁哥们儿是年级第一和第二大帅哥。"

陈觉非："谁是第一？"

顾卓航："我也想问。"

蒋英语露出憨笑："我还是自己搬吧……"

陈觉非搬完自己的书后，来帮于真意把书搬到十二班。他靠着墙，等着于真意把所有的东西拿出来，包括但不限于各种乱七八糟的小字条，曾经找了半天都没找到的试卷，没有笔盖的黑笔，诸如此类的垃圾。

说是帮她搬东西，最后变成了书全被陈觉非拿着，于真意前头挂着空荡荡的书包，晃晃悠悠地跟在他后头。

原来爬五楼这么累。于真意叉着腰，气喘吁吁。她靠在十二班门口，看着陌生的环境，突然对陈觉非产生了依赖感。

"不进去？"陈觉非问。

"好不习惯。"她长吁短叹一番，"唉，少女的美术生涯开始了。"

她推着陈觉非进了教室，陈觉非顺势懒散坐在她的桌子上，看她理课本，陆陆续续有学生进来，看到陈觉非时都会下意识一顿，然后再偷偷瞄一眼于真意。

于真意把书本高高竖起，下巴支在书本上，眼里带着笑意，像是突然想到了什么似的："陈觉非。"

"嗯？"

"等本大师以后学成了，你给我当人体模特吧。"

陈觉非身体一僵："不好吧……"

于真意皱眉："这么小气？"

陈觉非："我比较封建。"

于真意立刻反应过来他在说什么，她眉头皱得更紧："有病啊，我又没说让你做我的裸模！"

陈觉非"啧啧"两声，一点也没有自作多情的尴尬："我太封建了，听不得这两个字。"

他揉了揉于真意的脑袋，故意把她的头发揉得凌乱："走了，晚上校门口等你。"

他走后，新同桌凑上来，自来熟地说："这个学霸还挺有意思。"

于真意皮笑肉不笑："是吗？"

新同桌猛点头："又帅，学习又好，人还不是书呆子，完美。"

于真意也在心里猛点头，的确完美。

南方四月的日子注定大雨倾注，树木开始变得郁郁葱葱，形成一片茂密的碧波海岸。

四月一到，陈觉非的生日也将近。以前都是和薛理科他们一起过的，今年没赶上周末，又轮到了期中考，陈觉非不准备过这个生日。虽然他说着不准备过，但钱敏还是招呼着于真意买了好多东西。

一连下了好几天的雨，大课间活动暂停。

于真意的同桌叫文书颜，是一个短发女生，性格外向，大大咧咧，和张恩仪有相似之处。文书颜的痛经在第二节下课之后达到了顶峰，于真意给她倒了热水后，替她去办公室交作业。

文书颜趴在桌上，嘴唇发白："真真，谢谢你。"

于真意摆摆手，说了声"没事"。她抱着语文试卷往办公室走。十二班语文老师的办公室和岑柯是同一个，于真意轻车熟路地进到办公室，把试卷放到语文老师的位子上。

"小陈，小李，懂了吗？"于真意听见岑柯的声音，她随意地往回望，看见陈觉非和一个女生站在岑柯的身边，似乎是在问题目。陈觉非两手背在后头，垂头看着题。

似乎是有心电感应，这一刻，陈觉非抬起头来，看到了在门口的于真意。于真意点点语文老师的办公桌，做了个口型——"我来交作业。"

陈觉非点点头。

于真意索性站在办公室门口等他，虽然两个人不在同一个班，于真意也没法解释为什么要等他。

五分钟后，岑柯终于讲完了题，陈觉非拿着作业，边走边习惯性卷成卷。

"陈觉非，刚刚那题你听懂了？"李音问。

陈觉非脚步没停，"嗯"了声。

李音跟上他的步子："那你待会儿能再教我一下吗？"

陈觉非奇怪地看了她一眼——他们俩连办公室都还没走出，回头走两步就能回到岑柯的办公位上。

"你可以再去问岑柯。"

李音无比惆怅："一道题问了这么多遍，我都怕岑柯觉得我笨。"

陈觉非脚步微微停了一下，他看了眼站在门外已经等得有些不耐烦的于真意，心不在焉地说："那我可能也会这么觉得。"

李音笑着，开玩笑似的打了下他的肩膀："喂，你嘴能再毒点吗？"

陈觉非垂着眉眼，没再说话，脚不易察觉地往旁边挪了些。

"对了，今天是你生日？"李音问。

陈觉非点头。

于真意靠着墙，看着两个人步伐一致地走出来，她的视线落在李音的身上。

浅棕色的自然卷发高高束起，发尾搭在锁骨处。如果把心里那点微妙的不舒服压下的话，于真意觉得她还挺可爱的。

"走了。"陈觉非说。

于真意看着李音走在他旁边，自然地和她打了声招呼，李音也摆摆手。

李音瞥了眼陈觉非手里的书："要不要帮你拿回教室？"

陈觉非摇摇头，李音也不觉得尴尬，她说了声"那我先走了"，然后先两人一步下楼。

于真意戳戳陈觉非的肩膀："她长得还挺可爱。"

陈觉非："没你可爱。"

于真意眨眨眼，心里突然雀跃了一下，傲娇地回了句"那还用你说"，然后蹦到陈觉非面前，倒着走路："能跟你一起来问题目，那肯定问的都是压轴题，你们重点班可真牛。"

"我不是想要和她一起来的。她是我前桌，看我来问题目，凑巧碰上的。"陈觉非把作业本顶在她脑袋上，拍了拍，"等会儿，我系个鞋带。"

于真意脑袋晃了晃："你的前桌，那不就是我俩的配置。"

陈觉非系鞋带的手一顿，他仰头，面露好笑："我们俩只是前后桌的关系？"听着像疑问句，实则是否定句。

于真意扬着下巴，故意说："不然呢？"

"哦。"他拖着长调，刻意学她说话，"也是。"

像是藏了一肚子坏水，脑袋上探出的小狗耳朵蔫坏地动了动，伴着话音落下，他随手扯了一下于真意的鞋带："我就解你这个前桌的鞋带。"

于真意看着自己的鞋带就这么松垮散落："陈觉非，你好幼稚！！！"

下午放学，于真意在校门口等陈觉非，按理来说这个点他应该出来了，但是此刻还迟迟不见陈觉非。

于真意有些不耐烦，她靠在张恩仪肩膀上："要不你们先走吧，我自己等他就行。"

张恩仪怕于真意无聊，执意跟在她身边。

四人齐齐望着教学楼的方向，脸上写满了四个大字——望眼欲穿。

"怎么回事呀这个陈觉非，今天怎么这么晚？"于真意耐心耗尽。今天是陈觉非的生日，这么重要的日子，他居然还拖到那么晚。

正说着，顾卓航从教学楼走出来，他看见面部表情堪称一致的四人，走过去："等陈觉非？"

于真意愤愤地点头："他干吗去了？"

顾卓航："去岑柯办公室问题目去了。"

于真意夸张地说："快放学了问什么题？"

顾卓航："他很早就去了。"

于真意转了转脚踝，张恩仪拍拍她的肩膀："出来了。"

于真意顺着张恩仪的视线望去，陈觉非和李音一起从教学楼走出来，一前一后地走着，不知道说了什么，李音又一次笑着拍了下他的肩膀。

上午那点微妙的不舒服无限放大升腾，糅合着长时间等待的怒意，一起从心中升上来，于真意瞪着杏眼，恶狠狠地看着顾卓航："你确定他是去问题目的？！"

顾卓航"啊"了声，愣愣点头。

于真意深呼一口气，控诉道："男人没一个好东西。"

他不清楚今天是什么日子吗？居然让她等了整整十分钟。

张恩仪也眯着眼睛，坚定地站在小姐妹这边，语气加重："就是就是！狗东西！"

"狗东西"顾卓航、薛理科、蒋英语觉得自己的膝盖中了一箭。

陈觉非和李音走到校门口，李音看着众人，主动打招呼，然后一句多余的话都没有，挥挥手就笑着和大家说再见。

于真意双手环胸，冷眼看着陈觉非："白天这么多工夫不去问题目，放学了才去？"

薛理科和蒋英语默默缩到顾卓航身边，自动远离战场。

陈觉非莫名委屈，他眼巴巴地看着于真意："我不是临近放学才去问题的。"他把视线落在顾卓航身上："对吧？"

顾卓航："嗯。"

于真意目光挪到他脸上，顾卓航尾音拖长，变了个调："嗯……我忘了。"

陈觉非骂了一句。

于真意皱眉："你还说脏话？"

陈觉非缄默。这世界能不能给他一点说脏话的权利？

"回家！"于真意把书包丢在肩膀上，径直往前走。

陈觉非冷冷地觑了顾卓航一眼："终于给你找到机会了。"

顾卓航笑着应："那不是因为你自己不洁身自好吗？"

于真意走了几步发现陈觉非没跟上来，她侧身，一副耐心耗尽的模样："还说？还回不回家了？"

陈觉非耸肩，身后"尾巴"晃得厉害，语气带炫耀："看，再生气也没想把我赶出家门。"

薛理科和蒋英语望着两人远去的背影，对视一眼，薛理科悄悄说："我哥不会跪搓衣板吧？"

蒋英语信誓旦旦："不会的，真真怎么可能用搓衣板。应该是跪键盘吧。"

即将跪键盘的陈觉非跟在于真意身后，他手指点了点于真意的肩膀。

于真意没搭理他。

陈觉非也不管她听没听，主动交代："我是下午四点十五分去的岑柯办公室，因为以我的水平，我觉得半个小时就可以把今天试卷里的最后一道压轴题解决完，四点四十分的时候，我发现自己已经会做了，就准备离开岑柯的办公室——"

于真意脚步一顿，回头奇怪地看着他："你这说话方式，怎么和死者死亡分析如出一辙？"

陈觉非静默了一会儿："嗯，我怕自己不解释的话也会成为死者，然后生日变忌日。"

配合他一本正经又严肃的语气，于真意实在想笑，但是不能在陈觉非面前表露出来，她把头扭过去。

陈觉非："真真大人，允许我发表'临终遗言'吗？"

于真意佯装冷漠："嗯。"

"在我快要离开的时候，李音也来问题目了，但是岑柯今天晚上要开会，岑柯就让我教她。所以我给她讲了一遍，但是她没明白，我就给她讲了第二遍，讲完之后我发现已经晚了十分钟。"

于真意认真地问："你知道这十分钟意味着什么吗？"

陈觉非同样认真地答："意味着我'大限将至'。"

第12章

配合着他低眉顺眼的样子，于真意埋头闷闷地笑："好吧，念你悟性不错，饶你一命。"

下过雨后，晚霞红得像在高远天边尽情燃烧着，云朵是鱼鳞状的，一层叠着一层。

两个人回到家的时候，桌上摆了一桌子的菜。水牛芝士沙拉，培根裹哈密瓜，芥末虾球……

罗勒叶和芝士的清香弥漫在鼻尖，于真意成为满桌高雅中唯一煞风景的那个存在——她轻声嘟囔："水牛芝士的牛在哪儿，为什么水果要跟肉一起吃，芥末虾球能不能换成铁板虾滑蘸六婆辣椒面？"

陈觉非笑得毫不掩饰情绪。

钱敏叹气："山猪吃不了细糠。"

于真意耍毛，凄凄惨惨、呼天抢地："妈，我可是你女儿啊！"

席间，于岳民举着杯子，嘴里都是些"好好学习，天天向上，考上清大"诸如此类的话，于真意都听腻了。

她"哎呀"了一声，全权充当陈觉非的发言人："爸，这还用你说啊。"

吃过饭后，陈觉非习惯性待在于真意房间里看电影。看得有些腻了，他回头望了一眼，于真意不在房间里。过了好一会儿，她才神秘兮兮地走上来，手背在后头，似乎提着什么。

陈觉非扫了她一眼，最后视线落在那露出一角的盒子上，平静地问："生日蛋糕？"

于真意："你这人好没意思！"

陈觉非揉揉眉心，装出惊讶："天哪，你拿着什么呀？"

于真意："没、意、思！"

陈觉非起身，走到她身边接过蛋糕："还没意思？"

"你都猜到了。"

"嗯，我的错，我下次应该装瞎。"

"下次都要一年后了！"

"那我就一年后装瞎。"

"……"

在和家长们吃完饭后，两人再偷偷摸摸另吃一个小蛋糕已经是传统了。起初是因为大人们买的蛋糕都不是于真意爱吃的，但是陈觉非不好开口拒绝，为了哄于真意，陈觉非索性想了个两全的法子——吃完家长们买的蛋糕后，两人再偷摸着吃一个小的。

"这次买的是什么口味的？"陈觉非略带紧张地问。

于真意买的任何东西都离不开"网红""热点"几词，蛋糕造型精致又漂亮，但味道完全比不上它的高级造型和包装。这种蛋糕买回来，于真意常常都是拍完照片发朋友圈后就让它完成了使命，剩下的全丢给陈觉非吃。蛋糕的口味决定了陈觉非的胃在未来两天的惬意程度。

于真意把包装盒拆开："摩卡裸蛋糕。"

陈觉非不易察觉地吐出一口气。谢天谢地，祖宗这次买的是人类能吃的口味。比起于真意以前买的那些什么海盐荔枝、百香果柠檬、玫瑰茉莉之类的好多了。

于真意从抽屉里拿出一个小盒子，递给他："礼物。看看喜不喜欢。"

陈觉非听话地拆开，是一个小狗磁带随身听，按下开关键，眼睛就会转动。

"可爱吧！我看到的时候就超心动！"于真意说。

"可爱。"陈觉非说。

于真意皱眉，有些不高兴："你好冷静。"精心挑选的礼物，只有这样的反应吗？

要命，这又是生气的前奏。陈觉非抿唇，一番挣扎之后，像是下了什么决心，他把随身听放在胸口处，仰头，眼巴巴地看着她："天哪！真的超可爱的哎！非非好喜欢！"

他说话时，喉结漂亮的弧线上下滑动，领口微微下扯露出的锁骨骨感又漂亮。这样一张带着傲气又张扬的脸上，此刻浮现出笑容，配合这个讨好的语气，真可爱。

于真意脑子里像被烟花炸成一片空白，烟花散去，只留下一个想法——好想揉他的头。

她对这几个字感到诧异，立刻散去脑子里那些乱七八糟的想法："还有一个东西，你等等，我去拿上来。"于真意飞快地逃离现场，噔噔噔跑下楼，待面色恢复正常后再跑上来，怀里偷偷摸摸揣着瓶白葡萄碳酸饮料。

陈觉非刚要看一下瓶身，就被于真意夺过。饮料刚从冰柜里拿出来，冰镇过后的味道更加清爽浓郁，打开瓶盖，柑橘、桃子混合着番石榴的果香扑鼻而来。

于真意把杯子递给他，杯壁跟他的碰了一下，发出清脆声响："老规矩，愿望给我了，我就不问你了，简单祝我们陈觉非十七岁生日快乐吧。"

够简单的。反正愿望什么都是虚的，这么多年了，陈觉非就没有过任何生日愿望。他敷衍地点头："给你，都给你，明年的也给你。"

陈觉非喝了一小口，甜腻的味道在口腔间蔓延。他蹙眉，还挺难喝。

陈觉非叹了口气，看着于真意。

于真意蒙眬地眨眨眼，她支着腿坐在椅子上，背靠后仰，像个乘凉的老大爷，兀自嘟囔："我好像忘了件事。"

陈觉非好笑地看着她："那你想想。"

于真意重复："嗯，我……嗝——我想想。"

五分钟后，她拉开抽屉，歪着脑袋，费力地从抽屉里找出一个粉色的礼物盒，塞到陈觉非怀里。

"礼物，生日快乐。"

陈觉非疑惑："不是给过我了吗？"

于真意傻傻地"啊"了声，命令道："少胡说八道！快点拆开！"

陈觉非："……"

他听她的话，把礼物盒拆开，是一个壁挂式定制 CD 机，机身白色，附带定制光盘。

于真意眼里像藏了星星，亮晶晶地看着他，满脸期待的表情："快打开，快打开。"

"好。"

两张光盘，一张渐变淡粉色为底，上面印着五个花体字：嗨，我的小狗。

另一张上的图案，让陈觉非多看了一眼——日落下光影明暗交错，两人对视着，是那天拍的合照。

"喜欢吗？"于真意仰着头，凑他近了些。

陈觉非依然觉得奇怪，为什么今年有两份礼物？

"喜欢。"他回答。

"那你快听听看。"

礼物盒拆开的时候，一张便利贴飘飘悠悠掉在地上，陈觉非弯身捡起，看见那行字，又看看于真意，嘴角笑意逐渐扬起："这张纸上写——我要是高考出分前打开我就死定了。"

"哇——"她害怕地捂着嘴，"谁要害你？"

"哇——"他学着她的语气，"你说谁要害我？"

"听嘛！！！"

陈觉非看了那光盘一眼。反正他这辈子在于真意嘴里"死定了"的次数已经数不胜数，不差这一次。他按下播放键，听了第一首之后又连按了两次"快进"，最后又倒退回第一首。

果断得出结论——很好，没有一首是他爱听的。

于真意掰着手指头，最后比出一个"六"："总共有六首歌，听完你就可以走了。"

这明晃晃的赶客。

陈觉非兀自低语："怎么不多录几首。"

两个人并排坐在椅子上，整个房间被低沉的粤语歌词填满。

在这声音中，于真意又一次打了个嗝："你的前桌是不是挺崇拜你的？"

陈觉非没想到她会跳到这个话题上，正要说话，于真意突然说："不可以！"语气里霸道意味十足。

"你不可以关注她，一点点都不可以。"她啪地一下站起身，椅子向后滑，发出尖锐的声音。她走到墙边，一手叉腰，另一手愤愤拍桌，一字一顿地重复，小脸上表情凝重又严肃。

陈觉非笑了，说话也再没了遮拦："为什么？"

这句话之后，再没人说话。一曲毕，音乐切换到下一首。CD机里女声沙哑低沉。

寂静总是能让莫名的情绪蔓延滋生。还好还好，于真意总是不在意这些。可人类是矛盾综合体，他为这不在意而感到失落。

"没为什么。"她嘴角垂着，刚刚的嚣张气焰全无。

陈觉非指腹摩挲着饮料，看着于真意，他起身，走到于真意面前，又一次说："我的想法，你不知道？这么明显都看不出来？祖宗啊，你是哪家的笨蛋？"

毫无间隙的三连问，把于真意问蒙了，她摇摇头："不知道。"

陈觉非半垂着眼，实在笑得无奈："行，真是笨蛋。"

于真意歪着脑袋，眼里自然地蓄着点点水光，显得透亮，又透出茫然，似乎在消化他的话，像只小动物。

陈觉非手心干燥又滚烫，却又紧张到渗出些潮湿。静默片刻后，他轻叹一口气："睡觉去吧。"

于真意靠着墙，唇齿间是甜腻的气息："仙女……仙女坠落凡间，被你捡到了,你真是……你真是好运气啊哥哥。"

陈觉非唇角勾着笑:"叫我什么?"

"什么。"她乖乖回答。

好厉害的理解能力。

陈觉非胡乱又用力地揉了把脸后,戳戳她的脑袋:"快点睡觉。"

于真意听话地点点头,爬到床上,被子拉到自己的鼻尖,蓄着泪水的大眼睛眨了眨:"拜拜。"

陈觉非看着她闭上眼睛睡着了,转身收拾好吃剩的蛋糕,正要按下暂停键,CD 机的音乐已经戛然而止,并没有如预料中一般切换到下一首,转而是一个轻快活泼的女声。

"嗨,我的小狗。"

陈觉非的手一顿。

CD 机里传来她刻意压低的声音,像在寂静的夜里说着属于自己一个人的悄悄话。

"这么好听的声音,当然是于真意的啦。今天是 2016 年的第一天,我睡不着,因为我开心,但是我不会告诉你我为什么开心。"

一如既往的傲娇语气。陈觉非挑眉,轻笑一声,没了要走的念头,他坐回椅子上,继续往下听。

这句话结束之后,经历了漫长的空白,久到陈觉非以为录制到这里就结束了,声音再一次出现。

"好吧,我发现自己根本没有什么好说的,因为这个礼物并不会送到十七岁的陈觉非手上。等我把这个礼物送给你的时候,一定会让你高考出分之后再打开的。"

这份录音并不连贯,更像是分开录制后合并在一起的。

"今天是四月十日,已经开学两个月了。我第一次月考的成绩并不好。我好怕,要是考不上清美怎么办呀?又是和梦想失之交臂,又是要和你分开,这双重打击太重了。我还从来没有和你分开过呢,这个感觉,想想有点糟糕。

"你说过自己最喜欢《骆驼祥子》里的那句:他以为一直努力拉车,就会拥有属于自己的一辆黄包车。

"以前不懂,可我想,现在懂了。我也觉得只要努力学习,把所有的精力都放在学习上，我的成绩就会回报我，可是事实好像并非如此。我常常听到这句话，不学习的时候，我对这句话嗤之以鼻，可是当我真正努力付出所有之后，又希望这句话的实现率可以达到百分之百。

"人站得越高，就会看得越远，我相信你可以考上清大，可是不相信我自己。等你到了清大，到了全新的环境，当眼界变高，会不会觉得那个和你一起长大的真真，那个在鸳鸯巷和你一起上学放学回家的于真意也不过如此呢。

"你会有喜欢的女孩子，会有新的朋友，那你在向她介绍我的身份的时候会不会有片刻犹豫呢？因为细细想来，我们的关系其实很尴尬，我做不到和别的男生勾肩搭背，也做不到在新年钟声敲响的那一刻接受和除了你的男生跨年。

"现在说，好像并不是很恰当。所以我现在不能说，千万千万不能说，每当我控制不住自己的时候，我都要牢牢捂住我的嘴巴。

"哎，我说得乱七八糟的，如果我的这段话写进作文里，一定会因为逻辑不通，前后不连贯而被巧巧姐骂。那张便利贴上写着一定要你高考后拆开，因为高考后，我就能知道自己是否有资格进清大，如果我没有考上……"

短暂的三秒空白，她语气带着哽咽。

"如果没有考上，我就不耽误你啦。我会溜到你房间里把这个CD偷走，你肯定会把它放在你左手边柜子的第二个抽屉的暗格里。哼，小时候你就把零花钱藏在那里，长大了还是这样，你这毛病能不能改改！

"如果我们于家真是祖坟冒青烟让我考上了清美，那我还是会来把这个CD偷走的，因为这些话太矫情了，我说的时候都牙酸呢！

"哎——其实你不会听到这段录音的，因为我选的六首歌里，前四首都不是你爱听的，当你快进两次发现都不是自己喜欢的歌后就不会再快进了，所以你坚持不到这里。

"某种意义上来说，这段录音更像是说给我自己听的。那我就说给我自己听吧。"

又是漫长的停顿。

"我有一个小竹马，他叫陈觉非。如果可以，我希望我可以和他一起长大；如果不可以，那我会努力做到大方地祝福他。"

声音再一次压低，还带着浅浅温柔的气息声，像嘴巴贴近了话筒，小心翼翼又带着紧张。

"最后，陈觉非，你的小青梅于真意同志祝你十七岁生日快乐，天天开心。"

第13章

脑袋发闷。陈觉非没法形容自己听到这段话后的想法，他只觉得自己的脑子乱成了一团糨糊。

在他的认知里，于真意可以算是一个没心没肺的乐天派，她热烈而直白地表达自己的情绪，不喜欢一个人的时候会把讨厌写在脸上，喜欢一个人的时候话里话外都是毫不吝啬的夸赞。所以就是这样的性格使然，让他一直不确定于真意的感情。

她就这样无意之间引导着他所有的情绪，一滴眼泪可以搅乱他内心平静的湖泊，一次拥抱可以掀起他内心的滔天巨浪。

录音结束之后，因为没有按下暂停，歌曲又自动播放到下一首。磁性男女声相融，浅吟低唱着，慵懒又沙哑。果然，前四首并不是他喜欢的歌曲风格。第五首歌，陈觉非依然称不上喜欢，却觉得莫名耳熟。听旋律是重现回忆的一种极佳方式。

那年夏日午后，潮湿炎热，仅有的风也夹杂着暖意。于真意不再沉迷油画，喜欢上了水彩。钱敏带着她和陈觉非去公园画画。那天，她穿了条杏色的背带裤，头发扎成圆鼓鼓的小鬏。

钱敏说是带女儿来画画的，实则是和于岳民换个地方约会，她嘱咐陈觉非照顾好于真意，片刻后，两人就去周围散步了。

于真意边打开画笔套装边翻了个白眼："女儿都这么大了，这两个人居然还在热恋期。"

她坐在草坪上，把画板支架调节到最低，边调色边从口袋里把乱成一团的耳机线拿出来，丢给陈觉非："我的耳机线乱了，帮我理一下，待会儿我就给你一个和我共享音乐的机会。"

陈觉非无语地看着她，嘴上牢骚不断，手却听话地帮她理耳机线："你听左耳还是右耳？"

"左吧，你坐我左边，不然我右手会打到你。"

陈觉非把耳机塞到她耳朵里。

"难听，下一首。"

他切换。

"还是难听。"

"切。"

"再切。"

陈觉非发誓，再来一次他就不干了。在他不耐烦的时候，于真意终于说："哦，这首好听，我要单曲循环。"

"谁像你一样，画画还有打下手的。"陈觉非嘲讽。

耳机里，缠绵沙哑的男低音传来。于真意听得心动："这是什么歌？"

陈觉非看了一眼："法语，看不懂。"

"把中文翻译念给我听嘛。"

前头，公园里工作的大叔拿着重重的水管灌溉着草地，孩子们玩着泡泡机在草坪上跑来跑去，大叔大声吼着"不要往这里凑，熊孩子们一个个调皮得很"。

于真意歪着脑袋，眼神在画纸和前面的景致间徘徊。

"疯狂的，过分的，我们在世界上都是孤独的。"

陈觉非对着手机念着那一行行翻译的中文。他的声音清冽，和耳机里那道低沉的声音混杂在一起，说不出的性感。

"我抚摸——"

话到这里戛然而止，耳机里的歌声还在继续，他却停止说话。于真意好奇地回头看着他："你卡住了？"

太阳照得人暖烘烘的，正对着光线，于真意看见他脖颈和耳根上晕出的红，不用摸也能知道正散发着灼灼烫意。

陈觉非低下头，辨不清情绪："歌挺好听的，安静听会儿。"

于真意："你也觉得这首好听？"

陈觉非没觉得多好听，但他胡乱点点头："真好听。"

于真意连连赞叹他品位不错，跟她一样。

只是随口撒的一个谎罢了，陈觉非后来再没听过那首歌，他也没想到，再听到这首歌会是在现在这个场合。

看，不只是他记得所有关于她的事情。很幸运，她也记得他随口的一句话。

夜晚和沉默糅杂在一起，情绪胡乱滋生着。陈觉非跪坐在她床边的地上，低头看着于真意恬静的侧脸，她习惯侧着睡，脸颊压在手肘上，压得侧脸肉嘟嘟的。她的头微微动了动，大概是因为热，把一只手从被子里拿出来。

于真意。

即使以后会见到不一样的风景，但无论是几岁的陈觉非，依然坚定地认为，于真意是他见过的最美、最难以忘怀的风景。

第二天，陈觉非起了个大早，走进于真意家的时候，钱敏正在客厅里练瑜伽。陈觉非喊了声"钱姨"。

钱敏古怪地瞧他："大早上的，声音怎么这么虚？"

陈觉非没敢搭话。

于真意边揉脑袋边从楼梯上下来，她哈欠连连，书包拖着地："困死我了。"

她看见陈觉非，"宕机"的大脑重启了一下，停顿了几秒后把书包丢给他："好困，拿不动了。"

钱敏"啧啧"两声："你就欺负人陈陈吧。"

于真意控诉："妈，我头都要炸了！"

钱敏听惯了她这套说辞，只当她在夸大其词。

于真意又把目光落到陈觉非身上，可怜兮兮地说："我的头真的要炸了，昨晚喝太多饮料一直跑厕所，都没怎么睡。"

陈觉非接过书包，和钱敏道别，两人一齐往外走。

天气变热，路上的人穿得逐渐凉快起来。于真意换上了夏季校裙，走在前头，裙摆一晃一晃，混着初夏的风揉进陈觉非的眼里。

"月考考得不好？"陈觉非问。

于真意肩膀一顿，然后耷拉下去："也不是不好吧，但并不是我想要的成绩。"

陈觉非"嗯"了声，沉默了一会儿："我会在学校里把作业做完，晚上我教你数学。"

于真意转身，拉着他的书包带倒着走："陈大善人啊。"

他不置可否。

"自己是学生，还要充当小老师？太辛苦了吧陈觉非。"于真意调侃。

陈觉非："只是当你一个人的小老师，不辛苦。"

她步伐一顿，陈觉非还是依旧往前走着，两人的距离近了些，她看见他漆黑眼里映出自己的倒影，感觉到喷在鼻尖的温热。

"于真意。"

在她想要倒退的那一刻，他叫她的名字。于真意也不知为何就愣在原地，她听着陈觉非接下来的话。

"你知道学历并不能代表一个人的能力和素质吧。"他说，"它只能代表这个人很擅长学习。"

"为什么突然说这个？"

陈觉非："你不用任何老师教，就能自学油画、山水画和素描，那你会不会看不起我这种连小学生画技都赶不上的人？"

于真意"啊"了声。

"问你呢祖宗。"

"当然不会呀，这问题好奇怪。"

陈觉非笑得自得："你也觉得奇怪对吧。所以考差了也没有关系，努力过了就是最好的，不要因为一次小小的月考难过，没有人会因为你考差了就觉得你不配和他站在一起。"

有些东西是无法预估的。不是所有人都能像青春励志片里演的那样，成天没日没夜地学习就能获得好成绩，没有人凭借着几个月的奋起直追就超越了旁人数年的扎实积累。世上哪来那么多天才。

陈觉非没有办法预判未来，他甚至都无法保证自己可以稳上清大，平时看着对成绩和考试游刃有余，好像分数尽在掌握，可是他都不知道自己会不会在考试的时候紧张，会不会突然大脑空白。

他只是希望如果有一天，于真意没有办法达到想要的目标，她不会因此而认为自己低人一等，也不会因此而在和他的每一次交流中都产生自卑情绪。

于真意觉得自己有些矫情，矫情得想哭。

"努力了就该得到回报"，是大多数人的人生信条，而对于不常努力的人来说，这句话更显得格外重要。某种程度上，回报成了她付出努力的所有寄托。所以看到那个成绩的时候，她心里堵得慌。因为学习这件事，居然没有给予她回报。这成绩一点儿都配不上自己这几天没日没夜的学习。可是现在，那份堵胀的情绪释然了。

她倒退一步，转身，只将背影留给他的视线。她单手握拳，抵着嘴唇，轻轻捶了两下。

今天之前，陈觉非不明白这个动作意味着什么，可是现在，他开始为这个动作雀跃，而后心底滋生偌大欢喜。他努力地在脑海里回想着，她这个动作出现过很多次。

原来，她早就忍不住想把那心意公之于世了啊。真好，真幸运，他窥探到了一个只有他知道的秘密。

既然她说，现在不是最佳时机，那他会听她的话。他会找到那个最佳的时机，然后毫不犹豫地出击。

陈觉非踩着早自习上课的铃声进教室，经过李音课桌边时，她放在课桌边缘的书正好掉下去，陈觉非弯身帮她捡起。

李音："谢谢。"

陈觉非回到位子上，坐得没个正经样，早间的阳光透过窗户落在他脸上，散发着朝气蓬勃的少年感。他垂着头，胡乱薅了把蓬松的头发，困意终于后知后觉袭来。

李音的同桌微微侧头看了眼陈觉非，片刻后又悄悄附在李音耳边："你们是不是变熟悉了？"

李音"啊"了声——她怎么听不懂中文了。

"他刚刚帮你捡了书。"

李音："长得帅的捡一下书，你们脑内是不是会自动慢速播放刚刚那个动作再加个 BGM？长得丑的捡个书估计连个镜头都没有。"

同桌："……其实是的。你们昨天一起去问题月，问了这么久，后来怎么样了？"

语文老师正好进来，准备默写文言文，李音垂头看着书，一声不吭，好半天后才丢下一句"中午说"。

中午吃过饭后，李音和同桌走在从食堂回教学楼的路上，正好看见前头陈觉非和于真意一堆人说说笑笑地走在路上，每人手里都拿着杯奶茶，除了于真意。她的那杯被陈觉非拿在手里，偶尔想喝了，只要一个眼神，都不需要任何言语，陈觉非就心领神会地递到她嘴边。

正午的阳光太烈，李音抬手挡在眉眼处，她耸耸肩，接着早自习和同桌没有进行下去的对话："太难了。"

同桌"唔"了声："要有点毅力。"

李音心一抽，想起昨天下午放学时，她就那么调侃似的碰了碰陈觉非的肩膀，他眉头蹙着，如临大敌般离她两米远。她耳畔还回响着陈觉非的话："我建议你离我远一点，我家那个随时会炸毛、会咬人，很凶。我今晚要回去跪键盘的。"

李音被他这句话噎得七上八下，还要说什么，就听见他慢悠悠地补充了一句："但是也很可爱。"

谁要听他说这些，真是一个有病的帅哥。李音忍不住在心里咒骂。

如果眼前这个人不是陈觉非，她一定会把这句话说出口。

进师大附中后，她听过很多次陈觉非的名字，和这个名字挂钩的标签大多是：学霸、帅等。还有人矛盾地形容他："很好相处又很难相处。"李音现在明白了何为"很好相处"，何为"很难相处"。对于她而言，陈觉非这个人属于后者。

同桌想了想，安慰道："才两米嘛，你不要灰心。下次就是一米、半米，近距离了。"

李音惆怅地看了眼自己的傻同桌："他离我两米远，那是因为楼梯宽度只有两米。"

说完，她又一次惆怅地耸了一下肩膀："算了吧，碰都不给碰。"

第14章

晚自习结束，在鸳鸯巷和陈觉非分别后，于真意快速跑上楼。早晨听到他说那些话的时候，她先是畅然，可是等她回到班级的时候才觉得不对劲。陈觉非没事和她说这些话干吗？除非……

可是看着眼前这份还没有送出去的礼物，她的困惑更加浓烈。如果他没有听到这段录音的话，他到底为什么会说那些话？

桌上的手机屏幕亮了一下，消息提示来自陈觉非。

TNB："过来，学习了。"

信息打乱了她的思绪，于真意不再多想，她把礼物塞回抽屉里，又把书包里的数学卷子拿出来，兴冲冲地跑到陈觉非的房间。

美术班的文化课进度比其他班快得多，甚至堪比重点班，因为他们要提早把文化课的内容学完，剩余的时间都留给美术的课程。

期中之后，课业更加繁忙。于真意只有在每次上下学的时候才能遇见陈觉非。两人一起回家，吃过晚饭后，于真意会拿着题目去问陈觉非，两人学到凌晨。等于真意回房间洗漱完毕之后会发现陈觉非房间的灯还亮着。熬到凌晨已经是于真意的极限了，所以她常常感叹陈觉非这样学不会猝死吗？

两人的微信聊天记录基本都停留在早晨六点的时候和夜晚八点半之后，内容多为——

"你下来了吗？"

"再等等。"

"再等就死了。"

"死了也等。"

"哦。"

前者永远是陈觉非的催促，后者则属于于真意底气十足的狡辩。

每月一次的月考，于真意在美术班依旧保持班级前列水平，数学成绩逐步上升，哪怕排名只是一次进步一点，都足够让她雀跃好几天。

数学这种要人命的东西也足够引导人的情绪。做不出的时候想要让世界毁灭，人类归零；解出答案的那一刻又觉得世界就应该百花齐放，世上有数学真是太美妙了。

于真意做数学题的时候就在这两种极端情绪之中徘徊——

既然不能在数学中变坏，那就在数学中变态。

于真意的校服每天都脏兮兮的，不是沾了碳素笔就是染了水彩。每天回家的时候，陈觉非都疑惑她到底是怎么染上去的。

于真意嘴倔："你不懂，你去画室待过就知道了。"

陈觉非点头："行，这周六去你们画室。"

但是很不巧，这周六画室老师大发慈悲带美术班的学生去校门口吃了顿火锅，下午的课直接取消。于真意害怕牛蛙和肥肠，又在它们被放到自己的碗里之后兴奋得不行，开始了人生的第一次尝试。

文书颜看着于真意面色狰狞地吃下牛蛙："好吃吗？"

于真意在口腔里回味了一下，给出肯定答案："好吃！"

"下午不上课，你干吗去？"文书颜问。

于真意想了想，陈觉非好像说了今天来找她，她掏出手机，看见陈觉非的消息。

TNB："你在学校吗？"

TBG："没，下午不上课，老师请我们吃火锅，就在学校对面的火锅店。"

TNB："哦。"

陈觉非没再回她。

"我也不知道。"于真意回答。

哦？"哦"是什么意思，所以他到底还来不来找自己呀？

文书颜问："你速写画几张了？"

于真意如实回答："两张。"

就这么两个字，整桌的同学都把目光落在她身上，每个人的脸上都是一副"周三就要交作业了你居然只画了两张于真意你死定了"的表情。

文书颜夹了块土豆："本来还想说难得休息，下午一起去唱歌，按你这效率好像不行了。"

手机里除了陈觉非和她的私聊消息，"-1℃钢铁友谊联盟"里也是各种消息不断，于真意觉得随着天气逐渐变热，这个群名也是时候改回来了。

张恩仪："真真你是不是下午没课啊？"

薛理科："艺术家难得有空，小聚一番吗？"

TBG："艺术家还有八张速写没画，再不画就要死了。"

蒋英语："我订了个泡脚的包房，大家边泡脚边背文言文，你就边泡脚边画画。"

蒋英语"圈"所有人："去的举手。"

边泡脚边画速写，这是人类能想出来的事情吗？

这么想着，于真意立刻在群里回了句："去。"

紧接着剩下四个人纷纷回"1"，连陈觉非都回了。

于真意私聊他。

TBG："你现在在家吗？要是在家的话，待会来接一个美少女去泡脚好吗？"

陈觉非几乎秒回。

TNB："……"

TBG："你为什么要发省略号，你知不知道公主殿下最讨厌的就是发省略号的狗？"

TNB："公主殿下，你敢不敢回头看一眼。"

气温逐渐回升，他今天随意套了件灰色的卫衣，及膝运动裤配着双篮球鞋。卫衣衬得他肩膀宽阔、线条流畅。从树叶间筛下的阳光跃动在他的黑发间，整个人利落分明又少年感十足。他斜斜靠着玻璃窗，用拇指在手机上打字。

"真是行走的衣架子。"文书颜忍不住感叹。

"陈觉非是真的帅啊，帅到我流口水的那种。"

"成绩又好，人又礼貌，还不装！"

"是啊是啊！！！"

女生们纷纷附和。

于真意很轻地"嗯"了声，她也这么觉得。手机振动了一下，于真意低头看去，是陈觉非发来的信息。

TNB："你嘴边怎么泛着光？"

于真意下意识擦下巴，明明没东西啊。

外头，心有灵犀似的，他又发了条消息。

TNB："哦，好像是你的口水。"

TNB："看来公主殿下没怎么见过男人。是我帅到你了？"

于真意：……神经病。

于真意都不知道回他什么，她放下手机，拽住文书颜，义正词严道："都是表象，别被他骗了。"他也非常擅长装。

于真意和同学们吃完饭，在火锅店门口和他们分道扬镳。看着两人的背影，几个不太熟的女生问文书颜他俩是什么关系。

文书颜声音夹杂神秘，侃侃而谈："于真意说陈觉非是个骗子。"

"啊？"

"嗯！"

"为什么这么说？"

文书颜摇摇头："不知道，可能骗了她最重要的东西吧。"

到达足浴馆后，于真意立刻放下包，拿出作图工具，顾卓航看着她烦琐又庞大的"工程"，调侃这架势如同在拿作案工具。

她拿着碳素笔和纸，目光扫过众人，嘴角挂着邪恶的笑："我的五位小模特，摆个好看的造型吧？"

于真意这紧赶慢赶赶出来的十张速写中有两张被老师评为优秀作品，一张画的是陈觉非，另一张画的是顾卓航。

现在六个人一起吃饭都随缘而定，走在路上或在食堂看见了就凑过来一起吃。于真意端着餐盘，兴高采烈地蹦跶过来："我跟你们说，我的作品被老师表扬了。"

其他人敷衍鼓掌。

于真意放下筷子，重重"啧"了声。掌声立刻激动又热烈，引得食堂里其他人纷纷朝这边看来。

"低调低调。"

不过于真意发现这件事低调不了，因为吃完饭回教室的路上，于真意发现评分在 9.0 以上的速写都被贴到了教室外当作优秀作品展示，每每有学生路过都会好奇地往那里看一眼。

于真意万分羞耻地问美术班的班主任到底什么时候可以换下来。

班主任是一个年轻时尚的女老师，她展露了一个完美无比的笑容："等明年高二升上来了，就给你们换掉。"末了，不忘补充一句，"还能挂整整一年，开心吗？"

于真意也笑得温柔无比又真挚诚恳："好开心呀。"

彼时陈觉非和顾卓航正在回头，两位不懂艺术的男人闲情逸致地打量着这一排的画。

于真意："开心吗？你们两个人要被挂一整年呢。"

顾卓航无波无澜地说着"开心"。

陈觉非睨了他一眼："说实话会死是吗？"

顾卓航："看不出来我真的开心？"

陈觉非："我还没死呢就被挂上去了，真稀奇。"

第 15 章

伴着蝉虫在枝头鸣叫，水泥地的温度又回归烙铁般滚烫。六月底，于真意的暑期集训时光也正式开始了。师大附中和杭城的麓江画室一直有着合作，每年美术生的寒暑假集训都会选择那里。今年也不例外。

于真意在房间里收拾行李的时候，陈觉非正趴在她床上低头打着游戏。阳光从大开的阳台投落下来，书桌上堆叠的书本被暖风吹得簌簌作响，书角晃动。

于真意连连唉声叹气："整整两个月都要画画的话一定很无聊，我的生日也没法过了。"她眼珠子一转，"对了，顾卓航是杭城人，我到时候可以让他带我出去玩。"

陈觉非一顿，走神了。

画室位于山南区的一座商用大楼内，靠近麓江大学城，这里会集了来自各个学校的美术生。

于真意原以为在画室集训的生活是无聊枯燥又辛苦的，因为除了画画就是画画，但是她发现和大家在一起的日子是幸福又充实的。他们在薄雾未散时醒来，在明月将息时入睡。

十楼到十五楼都属于麓江画室，于真意最喜欢的就是十五楼最后排的靠窗位子。傍晚时分，金黄晚霞穿透落地窗，洒在画架上，洒在每个人的背影上，在地上绘出少男少女的身形。

七月二十二日生日这天，于真意一早就接到了钱敏和于岳民的电话，不过二十多天没见，于真意有好多好多话想和他们说。

"真真，走啦，今天要练水彩。"文书颜在宿舍整理画笔。

于真意应了声后说："妈妈，我挂啦。"

钱敏说："好。"

"对了，妈妈妈——"她又一惊一乍地叫唤。

"哦哟，干吗啦？"

于真意轻咬唇，装作不在意地问："那个……陈觉非会来吗？"

"应该不来吧，你知道的呀，陈陈有暑假没暑假都一个样，每天都在学习，这暑假放了跟没放一样。"

于真意有些失落地"哦"了声，这才挂断电话。

不对，会不会搞什么惊喜呢？比如自己一走出画室的门，就能看见陈觉非拎着蛋糕出现在自己的面前？或者还有别的什么她都没有想到的惊喜？毕竟，陈觉非会陪她过每一年的生日。今年总不能缺席吧。这样想想，于真意又雀跃起来。

没错！肯定是这样的！

下午五点，一行人准备去附近的大学城吃一家很有名的冒菜。这一行人里，不光有自己学校的人，还有其他学校的美术生，他们穿着大胆、出挑。

于真意不由得感叹，"美丽"这个词的含义果然是世上最多彩的。

正说着，前头有人喊："于真意，快点过来。"

闻言，于真意惊喜地抬头，感慨自己的猜测真是没错。

可是目光所及范围内，没有陈觉非，只有一个熟悉的身影。那人站在树下光影交界处，身体懒懒靠着树，长腿虚点着地，繁密的枝叶垂下贴着他的黑发，手指钩着一个纸袋，于真意一眼就认出那是自己最喜欢吃的一家蛋糕店的包装。

于真意走到顾卓航身边："你怎么来了呀？"

那声"于真意"引起了他的注意力，顾卓航的视线从手机里挣脱开，抬头撞进于真意的眼里。他晃了晃纸袋："张恩仪和我说今天是你生日，但是她不在国内，正好我住这附近，她让我来给你过生日。"

于真意："是吗？我们——这么好。"

她稍作停顿，调侃道："在申城能住念南路，在杭城又住郊区大别墅，有钱啊。"

顾卓航目光挪了挪，随意地笑着。

当然不是，是他主动问到了于真意的生日，又问了她最喜欢的蛋糕店。他只是想找一个再正常不过的借口，在她十七岁生日这天见一见她。

"真真，冒菜之约今日怕是实现不了了。"其余几个人慢悠悠走过来，八卦目光在两人身上游移，文绉绉地打趣。

于真意拉过文书颜，悄声说："这是朋友。"

文书颜给了一个"我懂"的表情，用更低的声音答："申城一个，杭

226

城一个，一方水土养一方男人，我懂的呀。"

她懂什么？这是人能说出来的话吗？

于真意摆摆手："你快走吧。"

陈觉非出门的时候正好碰上钱敏，对方看着他一身的打扮，好奇询问他要干吗去。

陈觉非："我去杭城。"

钱敏愣了一下："给真真过生日啊？"

"嗯。"

"去吧去吧，路上注意安全。"钱敏走进家门又走回来，"钱够不够？"

"够的。"

"注意安全啊，路上看见陌生人给的糖——"

陈觉非挠挠脖子："……姨，我十七了。"

钱敏："行行行，那也注意安全。"

陈觉非到高铁站的时候还早，正是暑假，高铁站里人头攒动，喧嚣声吵得厉害。陈觉非不喜欢太过热闹的场合，他百无聊赖地坐在候车室里，低头玩着手机，时不时看看时间，等得烦躁。

这时候弹出来的张恩仪的信息就让他更烦躁了："天使一一发来线报，航航今天去给真真过生日哦——"

陈觉非蹙眉。她第二条消息紧接着发了过来："这种日子不说点什么真是说不过去呢，陈陈你说呢？"

顾卓航带于真意去的是六禾公园。于真意来了杭城之后就一直待在画室没有出去过，就算出去也只是在画室附近打转。于真意走在他后头，低头在软件上搜索"六禾公园"，才发现第一条标签写的就是"杭城看落日宝藏地点"。

于真意一愣，抬头看着顾卓航的背影。

他身后，太阳悬在远处海平面上，像切了片的金黄橙子。公园里的沿江跑道宽阔，有年轻人穿着运动服在慢跑，正中间的心形草地上，婚纱摄影师在取景。

长长的小道上，来往女生频频回头留意着两人，于真意知道她们在想什么，她低头看着地上的影子，努力忽略这些目光。江岸边有连排的长椅，两人坐下，顾卓航把包装拆开。

于真意嘴里咬着叉子："这里能吃蛋糕吗？我们不会被保安赶出去吧？"

顾卓航拆包装的手一顿："那你提醒我一下，跑的时候带着蛋糕跑。"

于真意："好抠呀你。"

盒子拆开，血橙和芒果的清香扑来，粉色蛋糕上点缀着的奶油呈一个个小雏菊形状。这是刚出的夏季新款。

"不许愿吗？"顾卓航问。

于真意一顿，看着顾卓航，少年手肘撑着膝盖，剑眉微抬，像是在等她开口。

于真意不知道这样的行为算什么——在他为自己过生日的情况下，她心里唯一的愿望却是希望另一个人能来。她摇摇头，装作坦然："生日愿望什么的，都是虚的，在保安来抓我们之前把蛋糕吃完才比较要紧。"

顾卓航没说话，只是"嗯"了声。

"你不吃吗？"

"我不爱吃甜的。"

"哦，那你跟陈——"于真意抿嘴，"那太好了，就我一个人吃。"

蛋糕吃完，夕阳坠到海平面之下，于真意摸了摸肚子，毫不掩饰地打了个嗝："今年结束之前我都不想再吃蛋糕了，我要腻死了。"

顾卓航低头闷笑。

于真意："你请我吃蛋糕，等价交换，我请你吃拌川吧。"

顾卓航："好。"

于真意带顾卓航来吃画室附近的一家面馆，她和室友常常来这里。

面馆不开空调，只在老旧的墙上挂了个旋转的电风扇，小小面馆里，有上了年纪的大爷大妈，交谈声、炒面声和电风扇嘈杂的风声汇聚在一起。

于真意点了份茄汁拌川加一个溏心蛋，点完才想起自己不是和陈觉非在一起吃饭，吃不完的东西不能丢在他碗里。她用筷子戳破溏心蛋，用勺子舀了一勺蛋液加到拌川里。顾卓航坐在她对面，看着她慢悠悠地把面拌开，安静地吃着。

老旧的电风扇时不时转动，吹得她刘海向外侧斜，一缕碎发搭在她嘴边，蘸上了点茄汁拌川的酱汁。她头也没抬，随手摸了张抽纸，把头发上的酱汁擦去。

外头有人因为插队吵架，于真意抬头好奇地看了眼，她抬眼的瞬间，顾卓航镇定自若地收回眼。

"我好喜欢看人吵架。"于真意悄悄说，"其实陈觉非也是，初中的时候他骑自行车带我去吴淞口灯塔玩，结果在路的拐角处突然停下。我后来才知道他为什么不走，因为那条马路对面有两个大妈在吵架，吵得很凶很凶，陈觉非说他想听听她们在吵什么。"

她说着说着笑起来："真是有什么毛病。"

她绘声绘色地讲着她和陈觉非小时候的事情，其间不少客人进来，又有不少客人出去。木椅椅脚摩擦地面发出尖锐声响。顾卓航的筷子搭在碗边，有一下没一下地搅着面。

顾卓航觉得自己心情应该不是很好，但是她今天很漂亮，说话的声音很好听，他们独处了很久，她也和他说了很多很多话，这是以前六个人一起共处时所没有的幸运。所以顾卓航将这低落心情归结在眼前的这份拌川上。

一定是面难吃的缘故，才让他的笑如此敷衍。

吃完后，顾卓航送于真意回画室。

从这里到画室要经过一条长长的小巷，巷子的砖瓦间布满了青苔和裂痕，一砖一瓦间，都是被岁月镌刻下的斑驳痕迹。于真意低头踩着盲人道的格子。顾卓航跟在她后头，再拐过一个弯就是画室了。

"于真意。"顾卓航突然叫她的名字。

手腕被人拽住，轻轻向后一扯，于真意回头看着他，手指紧张地蜷曲了一下。

第16章

陈觉非从未这么讨厌过堵车，原来全世界的下班晚高峰都是一样的时间，道路都是一样的堵塞。而更让他讨厌的是，今天接他单的这位司机仿佛是个新手，生疏地在导航上输入地点，然后回头，目光里带着疑惑，询问他杭城总共有两个同音不同字的画室，所以是蘺江画室，还是鹭江画室。

陈觉非缄默地看着他，低头给于真意打电话，漫长的一道"嘟"声之后，无人接听。他又给钱敏和张恩仪打电话，两人皆是用一种疑惑的语气问："啊？还有第二个麓江画室啊？"

看，全世界的人都不知道到底是哪个 l ù，这不会做生意的蠢货画室，为什么要将名字取得一模一样，不怕坏了自己的生意吗？

陈觉非揉了揉眉心："鹭江吧。"

司机："哪个 l ù？"

耐心已到尽头，他压着莫名的脾气："路鸟，鹭。"

"好嘞。"拜托，别让他赌错了。

车开到鹭江画室门口，来往都是服装个性的年轻人，陈觉非和司机说了声"先别走"，然后飞奔下车，随意找了个同龄学生，询问师大附中的美术生是否在这里集训。

对方和好友对视了一眼："师大附中？申城那个师大附中吗？"

陈觉非点头。

"那是在麓江画室，山南区的那个。"

果然错了，二选一，百分之五十的概率都能让他选错。陈觉非道了声谢，又回到车里，和司机报了新地址。

司机："哦哟，这一趟路程可远了呢。"

陈觉非没说话。数学选择题的压轴题，他可以凭着感觉在四个选项中选出正确的那个，而仅仅是两个地点，他却选不出一个正确答案。

司机通过后视镜看了他一眼："这么急，还拿着蛋糕，给小姑娘过生日啊？"

陈觉非语气低沉，没什么搭话兴趣，却还是回："嗯。"

"过来人告诉你一句，就算迟到了，该是你的还是你的，就算去得早，不是你的也依然不是你的。"

陈觉非目光挪了挪。这个司机，车开得不怎么样，道理倒是层出不穷，可惜此刻的他听不进道理，只觉得聒噪。

一个半小时后，车终于到达麓江画室，陈觉非递给他三张纸钞，丢下一句"不用找了"，匆匆拎着蛋糕下车。

整整一个半小时。他来晚了一个半小时。诚然，他最后居然相信了那个司机的话。就算迟到了，该是你的还是你的。

于真意的心意，是板上钉钉的事，她说自己要等到高考结束出分后，看到自己成绩的那一刻再决定，所以陈觉非很自信。可是这漫长的一个半小时里，耐心被突如其来的堵车耗费，被九十秒的红灯熬磨，甚至仲夏夜从树梢头掠过的飞鸟都那么令人烦躁。内心在这一刻产生了巨大的恐慌。

车抵达麓江画室的那一刻，他终于明白这份惶恐和害怕从何而来——于真意从来都是个三分钟热度的人，她在 CD 机里录下那段话的时候，一定是真心的，可是随着时间的流逝，她会不会随时随地改变主意呢？

这改变主意的由头不一定是什么惊天动地的大事，甚至可能只是今天的太阳大了点，晒得人头疼脑热，所以她决定不等陈觉非了；抑或，闻腻了薄荷柑橘的味道，想想也不过如此；更甚者，十七岁生日那天，她只见到了顾卓航，而他陈觉非唯一迟到的这一天，终于让于真意意识到，其实生活中没有了陈觉非，也不算是一件太糟糕的事情。

无数的想法和念头发酵着，两手手心出了一层汗。手机开屏界面上，没有于真意的回拨电话。

她在干什么呢？居然连手机都没有看。

陈觉非终于看见于真意了，她站在画室大楼的门口，几个女生从一侧走过来，几人交谈着什么，笑声顺着夜风吹到他耳畔。

"真真，蛋糕好不好吃呀？"有女生调笑着问。

是顾卓航给她买的蛋糕吗？

然后是于真意的声音："好吃。"

嗯，好吃。他垂眸望着自己手里的那个，那是否就不再需要自己买的这个了呢？

"十七岁生日开心吗？"女生又问。

于真意沉默了一会儿："不开心。"

为什么不开心？

"为什么不开心？"那个女生也问。

陈觉非的脚步已经完全不受大脑控制，他朝于真意走去。

在于真意不过十七年的人生概念中，人生三大幸福时刻不过就是：寒冷的冬天在开着暖气的房间里吃冰淇淋；炎热的夏天将空调开到最低温度，窝在超厚的鸭绒被中追剧；期盼见到的人下一秒就出现在自己面前。

她没体验过最后一种，但依然将这份未曾体验的感知归结为幸福。不过，她觉得自己现在好像终于体验到了。

背对着依旧对视线敏感。回头的那一刻，她撞进陈觉非眼里。

夜晚黑而厚重，星星光点都不复存在，七彩霓虹灯闪烁在四合夜幕之中，天地相连一片。夏天夜晚依然闷热，容易出汗。他习惯性把额前的碎发往后捋，露出完整又流畅的脸部轮廓。暖橘色的路灯灯光透过树叶的缝隙落在他五官上，赋予他张扬之意。

于真意很难想象有人能把"沉稳""内敛""蓬勃""张扬"这四个矛盾的词汇集中汇聚起来。偏偏他就可以。

"现在开心了。"她喃喃自语。

文书颜好奇："啊？"

于真意看向她，嘴角笑容明媚，气声也掩盖不住愉悦："我说，我现在开心了！我现在很开心！超级超级开心！"

文书颜和其余女生对视了一眼，识相地撤退。

一方水土现在养两方人了？

于真意站在原地，歪了歪脑袋："你的脚被胶水黏住了？"

陈觉非走向她："为什么不接我电话？"

于真意："画画的时候手机设置成静音了，后来也没打开。你给我打电话了呀？"

她说着要去拿手机，陈觉非摁住她的手腕，广阔空间，唯有寂静和他沉重的呼吸成为主调。他好像是刚跑过来的，气息不匀，她都能听见他怦怦的心跳声。

于真意几乎是一瞬间就察觉到了他微妙的低落："你今天不高兴吗？"

"嗯。"他毫不掩饰。

"为什么？谁惹你了？"

他垂头，看着两人贴在一起的鞋尖，鼻音有些重，又发闷："为什么杭城有两个 lù 江画室？取一样的名字，真有病。"

于真意从未见过他无理地生气咒骂的样子，像耷拉着尾巴，急须挠挠下巴、顺顺毛的大狗。她觉得有些可爱。

"是我没说清楚，你是不是去山北区的那个了呀？我应该跟你说的，我们这个麓江，在山南区，而且我们这个画室附近有麓江大学城——"

"还想吃蛋糕吗？"他打断她。

于真意低头望向他手里提着的那个，这是她今天第二次看见这个包装的蛋糕。她没注意到陈觉非话语中的那个"还"字，心里唯有一个想法——

又来一个，真要人命。

于真意偷偷倒吸了口气，嘴角仍挂着笑："哇！是我最喜欢的那家蛋糕店哎！"继而抬头，委屈巴巴看着他，"好饿哦，我以为今年没有蛋糕吃了呢。"

眼眶无端发着热，陈觉非反应过来，她在骗他，可她也在哄他。他的确赌错了。"麓江""鹭江"，一字之差，百分之五十的概率，他霉运临头，选错了。可是真好，就算赌错了，就算迟到了，依然有人在等他。

于真意看着眼前那个和顾卓航买的一模一样的蛋糕，她怎么也没想到，那家手作蛋糕店夏日限定总共有七款，而这两个人居然默契地选择了同一款。只不过这个蛋糕因为陈觉非一路颠簸，奶油有些塌，造型也不再精致。

陈觉非坐在长椅一端，面无表情地看着蛋糕，懊恼情绪加身，最后说："它化了。"

外侧奶油已经化了，但是切面依然精致而漂亮诱人，奶油上点缀着红色的蔓越莓干。于真意咬了一口，血橙慕斯的酸甜和杏子夹心的口感齐齐回荡在口腔间。这该是她很喜欢的味道，可惜一天之内体验了两次。

于真意："化了好，化了说明这玩意儿真是动物奶油，你钱没白花。"

陈觉非看着她——居然还能掰扯出这个理由。

于真意往嘴里塞了第二口："好吃！"

她要再吃第三口，陈觉非摁住她的手。

"怎么？"

"吃不下就别吃了。"

于真意刚想说"我没有吃不下"，可是味蕾里的甜腻已经开始发苦。吃，变成了一件痛苦的事情。她把勺子放下："好，那你带打火机了没？我还没许愿呢。"

"你没许愿？"

"废话。"

陈觉非把打火机拿出来，点燃蜡烛，暮色浓烈，月光皎洁，这点火光可以忽略不计，却还是灼伤了于真意的眼睛。

"我许了两个愿望。"沉默之后，于真意说，"也不知道能不能实现。"

"无论你有几个愿望，都能实现。"

像滴入油锅的冷水，只那么一滴，胸腔就起了沸腾之意，在肚子里咕噜咕噜冒着泡。血液像逆行而流走，又像是成群海鸟掠过，海面泛起阵阵涟漪，随之而来的是让人紧张又期待的情绪，填充在脑中。

于真意吹灭蜡烛："这句话是你说的，没实现我来找你。"

陈觉非："实现了就不会来找我了？"

才不是呢。

吃完蛋糕，两人在画室门口分开。

"我走了，晚上还要回去画画，明天要交作业，不能多陪你。"于真意说，"对了，我听复读的学姐说联考一般都是在十二月的，所以高三上学期我们只能在学校里待一个星期，然后又要立刻回画室。"

"唉——"她长叹一口气，"见不到我，可不要太想我。"

陈觉非目光灼灼，仿佛是说"要是想了怎么办"。

于真意的心像一片有冰川漂浮的汪洋，有船来航，在一片骤雨暴风中跌跌撞撞。

天地之间，高楼林立，万籁俱静。下一秒，陈觉非走近她。他脑袋垂着，蓬松柔软的头发的鬓角被七月的炎热出汗浸湿，像雨中无家可归的小狗，垂着的眼眸黑亮湿漉。

太可怜了。

冰川融化，船舱倾翻。于真意笑得眉眼弯弯，手指拽着他的耳朵："你耳朵怎么这么硬？耳朵硬的人听不进话。"

……

宿舍的门被人从外踢开，文书颜正和谢缘圆互刮腿毛，谢缘圆听见开门的动静手一抖。

文书颜："我嫩白嫩白的大腿都要被你刮掉一层皮了，你丫轻点呀！"

谢缘圆："手抖手抖！"

于真意失魂落魄地走进来，黑发白皮，从夜幕中走来，带着点瘆人。

文书颜腾出一只手撕下面膜："中元节还没到呢，哪来的孤魂野鬼？"

于真意眨巴眨巴眼睛，目光慢悠悠地在两人的脸上游移，突然笑得猖狂又放肆，捂着脸原地蹦跶后狂跺脚。

隔壁女生冲进来："啊啊啊啊——哪个寝室的热水瓶炸了！！！"

谢缘圆揪了下于真意的屁股："不好意思，我们寝的。"

于真意讪讪笑着，连声道歉，把门关上。

"发什么癫？"

于真意蹲在两人中间，欣喜若狂。

今晚发生了很多事。黑暗中寝室的天花板像是投影屏幕，一帧一帧慢速回放这个不太平静的夜。

她想到顾卓航，因为心跳骤然加快，说话变得结结巴巴，这种心跳加快并非来自对未知事物的期待，而是一种害怕。她直觉，接下来的题目很难。可是事实证明，她解题解得很不好。

"顾、顾卓航，我知道你想说什么。我——"

再慢热的人，再大条的人，都能看出来。是什么时候呢？是去游泳馆那次，还是递奖牌那次，抑或是……更早？

她慌张无措，一只手紧紧攥着自己的衣摆。

顾卓航目光紧紧落在她脸上，不想放过任何细节。

她是紧张吗？更像是害怕。害怕自己接下来说出口的话会让气氛尴尬。他怎么可以让她害怕呢？摊牌不是解决事情的良方，有些东西，埋藏在心底才是它最好的结局。

顾卓航松开她，两手插回兜里，笑得自然："你知道我想说什么？我想和你说，于真意，生日快乐。"

镜头一转，脑海中的画面又回到了她和陈觉非。

陈觉非垂眸看她："你知道可以代表什么吗？"

原来差生也需要在一个晚上解决两道压轴题。这也是一道很重要很重要的题，写下答案之后就没有反悔抹去的机会了，所以她当然知道自己的那个答案有多重要。

她回："我知道。"

"你真的知道吗？"他又问，声音毫无底气。

"我真的知道。"回答坚定。

那是陈觉非今晚上第一个发自内心的笑容："你不可以反悔了。"

于真意从来不觉得他是个患得患失的人，除了今天。她重重点头："不反悔。"

陈觉非坐明天的高铁回申城，今晚住画室附近的酒店，离别前，他看着她："于真意，生日快乐。"

青涩十七岁的第一天，她得到了两块蛋糕，两份生日祝福和来自两个少年赤诚的心意。

她的胃只装得下一块蛋糕，为了朋友的心意，她全然塞下。她再吃不下第二块蛋糕了，可又因为第二块蛋糕来自陈觉非，所以她费力地吃下，那甜味因为生理因素而发苦，又因为心里生起的雀跃而回归香甜。

努力过的胃，可以塞下两块蛋糕。可是她的心，只塞得下一份心意。

十七岁的于真意，许了两个生日愿望——

和陈觉非考上同一所大学。然后，和他一起成长。

今天之前，她一直以为这两个愿望之间是因果关系——因为我和你考上了同一所大学，所以我有资格和你一起成长。

但是现在，想法变了。

不管我在哪里，我的未来如何，我依然要坚定地，和你一起成长。

第 17 章

黑白交叠，天气渐凉，暑假的日子一晃而过。高三比高一、高二开学要早，但还是撞上了高一的军训时间。

再次见到陈觉非，是在九月初。全体高三生早已提前一个月开学，彼时载着从麓江画室回来的美术生的大巴刚开到校门口，于真意好奇地透过车窗往外看。

"这什么阵仗？"一旁女生问。

师大附中的门口，李建平和值班老师挨个检查走读生的书包。

谢缘圆回："检查走读生的书包，看有没有人给住宿生带早饭。"

"天哪，我们附中的早饭难吃得要命，还不允许人托走读生带早饭啦！"

"带是可以带，但也不是这么个带法吧——"文书颜扬了扬下巴，一车人的目光落在正被李建平训斥的小可怜身上。

那男生大大的书包里书没几本，倒是装着七八个饭团。

于真意幽幽感叹："这收的是饭团吗？是人命啊……"

车里哄笑不止，过后，学生依次下车。于真意下车的时候正好撞见陈觉非，他宽阔肩膀上随意挂着包，一只手插兜，另一只手玩着钥匙圈，一点儿也没看路的意思。

于真意把装着大把画具的包背在前头，一蹦一跳地出现在他面前，手握成拳顶了顶他的肩膀："小瞎子走路不看路，行人全责！给钱吧！"

陈觉非不知道在想什么正出神，抬头看她，愣了好几秒，才像从睡梦中彻底醒过来的样子："回来了？"

于真意："你谁？'肇事者'不要和'受害人'套近乎。"

看出她诚心要和自己玩，陈觉非索性陪着她玩："行，大白天碰瓷。再说——"他上下打量她一眼，眼里闪着熠熠笑意，"'拖拉机'什么时候开市区里来了，罪加一等。"

他伸出手，学着她的样子："给钱吧。"

于真意眨眨眼，装出一副可怜巴巴的样子，一张口就是嗲得不行的腔调："人家没钱钱啦。"她抓着他的衣摆，"这位哥哥，放人家一马啦。"

张恩仪和薛理科正为最后一个茶叶蛋的归属而争吵，晃晃悠悠地路过两人，纷纷投来诡异目光。

薛理科："别'啦'了姐。又不是披着床单在床上扮演亡国公主的年纪了，怎么还玩这个，好幼稚。"

于真意矛头瞬间指向薛理科："谁有你俩幼稚，为了个茶叶蛋能吵一路。"

薛理科："什么叫'为了个茶叶蛋'，那茶叶蛋从法律上来说就是我的所有物。"

张恩仪："你们家那只二哈也是你的所有物，还不是天天往我们家跑，那它归我好了。"

薛理科："你少自作多情了，是我支使它去蹭你们家狗粮的。"

张恩仪："薛理科你真的没病吗？"

陈觉非拽着于真意就往校门口走，两人排在队伍的最后头："真烦。"

于真意好奇地问："烦什么？"

陈觉非垂眸，无辜地看着她："还没玩够呢，他们两个就来了，真烦。"

于真意故作娇羞地眨眨眼。

陈觉非手指在她脑袋上画了个圈："以李建平为中心，目光绕校门口一周。"

于真意听他的话，视线快速扫了一圈："怎么了？"

陈觉非声音压得极低："看看他们，再看看我的脸，是不是赚了？"

他说这话，小心被人打。

陈觉非夸张地"哇"了声："你开心吗？"

"不——"

陈觉非强硬地打断她："和非非一起上学，你开心吗？"

学校门口是全然不同的两个场景，新生笑吟吟，老生哭唧唧。可惜老生里出了两个叛徒。

对上他亮亮的眼神，于真意抿着唇，眼里笑意却不止："开心，开心死了。"

人类的悲欢并不相通。

张恩仪目光落在两人身上，她抬手捂住薛理科的眼睛。后者娇羞又紧张地躲在她身后："一一，怎么了怎么了，前面有什么脏东西？"

张恩仪："……"

前面旁若无人的是个臭矫情，后面躲着的是个神经病。

十月一日后，两个美术班的学生再一次踏上了去麓江画室的路。原因无他，联考的时间已经定下，就在十二月初，所有事情已经进入了冲刺阶段。

联考成绩下来得很快，无论是色彩速写还是素描，于真意的成绩都不错。联考结束后紧随而来的是择校和各个学校的艺考。高三第一个学期结束之后的那个寒假，于真意所有的休息时间都被占据了。

一月的时候，于真意已经报好了清美的设计学类，考试时间在二月下旬，正巧赶上了过年后那段时间。于真意天天在家吃了饭后就练习色彩、速写和素描。

画室的老师说清美常考"季节"与"光影"这两个主题，所以于真意把着重点放在这两项上，她知道越常规的主题考得越难，且很难出彩。但她不能孤注一掷地将所有筹码抛到清美上，所以除了练习清美的画风，其他学校的风格她也尝试着练习。

那段时间于真意常常睡眠不足，吃饭的时候都快要睡过去了。不管是父母还是爷爷，都心疼得不行。于真意本人倒是觉得还好——想要完成目标，超量甚至超负荷的付出是必要的。

艺考是一场艰难的旅程，钱敏和于岳民带着于真意在各个城市奔波，清美、京美、国美等学校都被她跑了个遍。

三月中旬，所有学校的校考彻底结束，这一年的艺考落下帷幕。

最后一个结束的是广美的考试。三月的广市满树皆是粉红貂蝉樱。

飞机飞过云端，底下景致不断缩小而后模糊。于真意看着坐在自己身旁的钱敏和于岳民，她拉着两人的手，很轻很轻地说："妈妈爸爸，辛苦你们啦。"

回到家后正是周末，于真意睡了一天一夜，又恢复了生龙活虎的样子。她醒来的时候，已经是晚上八点了，钱敏和于岳民难得没有叫她起床吃饭。于真意趿拉着鞋，走到阳台，长长地伸了个懒腰。

"睡爽了？"

于真意下意识"嗯"了声，而后侧头。

陈觉非右手撑着栏杆，站得没个正经样。

三月末尾，夜晚的风嚣张得很，灌满了他的黑色短袖，衣摆扬起，吹过他衣摆的风也拂过于真意的眼，因为太久没闭眼，视野有些模糊。

算来，忙着艺考的缘故，她已经好久没有见过陈觉非了。朦胧视野里，他的身影渐渐逼近，连带着那张脸的轮廓也分明了起来。

肚子不合时宜地叫了两声，于真意咂咂嘴，摸了摸肚子，露出一个不好意思的笑。

陈觉非轻笑："饿了？"

于真意点点头："一整天没吃饭呢。"

"带你出去吃？"

"好。"于真意刚要进屋，又说，"我妈要是看见我下楼肯定要给我做晚饭。"

陈觉非视线停在她脸上片刻："那就别下楼。"

"那你想让我直接从二楼跳下去？我是蜘蛛侠？"

话音刚落，于真意只觉得整个人被腾空了。

于真意下意识喊出声："你干吗！"

陈觉非仰头看她："不能正大光明，那就偷偷摸摸地来。"

整条鸳鸯巷静悄悄的，瓦片在月光照耀下像金鳞，草木茂盛，风一吹，沙沙作响。城市陷入昏睡，远处只有几个小孩还在玩耍，所有声音都像裹了层朦胧滤镜，听不太真切。

于真意随意地披了件陈觉非的冲锋衣，拉链被她拉到了顶端。袖口余出好长的一截，于真意像甩水袖舞那样在全身镜前甩动了一下。

"你的手也太长了吧。"于真意说。

陈觉非站到她身后："是吗？"

两人的胳膊放在一起，于真意说："你看，长那么多呢。"

镜子里映出两人，一前一后地站着。他抬起头，目光灼灼地盯着镜子里的她。

"我饿了。"于真意演技拙劣地转移话题。

陈觉非往后退开一步："走。"

这个点的公交车已经停了，两人打车去附近的一家韩料餐厅。这个时间点，人不多，不需要排队。

于真意想吃芝士猪排很久了，她托着腮帮子，肩膀因为喜悦而微微晃着。

陈觉非："这么开心？"

于真意："天哪！你不知道我艺考这几天都没好好吃饭！！！"

陈觉非伸手，挠了挠她的下巴："辛苦辛苦。"

"不辛苦。"于真意眼睛一眨不眨地盯着端上来的菜，"现在幸福死了。"

她敲了敲筷子："这个芝士好像在蹦迪呀嘻嘻。"

陈觉非："你真会形容。"

于真意腮帮子鼓动，像一只小仓鼠。全程基本上都是于真意一个人在吃，吃完后整个人撑得不想动，导致两人原本的打车计划被临时改为走路回家。

出来的时候已经是夜晚，现在更是深夜。如果没有奶茶拿在手上，于真意会坚决拒绝走这条漫长的路，陈觉非赶在附近一家奶茶店关门之前给她买了奶茶，还嘱咐店员放双倍的珍珠。

于真意一手拿着奶茶，另一手拉着陈觉非的衣摆。

少年脊背宽阔，路灯斜斜打下来，他一半的影子落在地上，一半覆盖住于真意的身影，她像是全然地缩在了他的影子里。外套被他搭在肩上，里面只穿了件黑色的短袖。那条小兔玉佩不知怎的绕到了后头，于真意抬手把那玉佩绕到前面。

"玉佩不要反着戴。"

陈觉非头一歪："这是什么道理？"

没道理，没人规定玉佩一定要规规矩矩地戴着，是她自己强迫症作祟。

"这是我于真意的道理。"

"所以讲道理讲道理，言下之意就是什么都要听于真意的。"陈觉非拖长着声调。

于真意吸了口奶茶："对。"

风是从前方吹来的，于真意玩心大起，张开双臂，整个人躲在陈觉非后头："我给你挡风。"

陈觉非知道她在逗他玩："风从前面来，到底是谁给谁挡？"

于真意不能正大光明地进家门，她只能原路返回，站在陈觉非家的阳台上。她一屁股坐在栏杆上。

"我不会掉下去吧？"于真意颤颤巍巍地说。

"不会。"

"你别骗我。"

"我什么时候骗过你？"

于真意觉得这人怎么说瞎话不打草稿呢。

于真意抓住他："你扶着我呀，不然我要摔倒！"

他仰头看着她："好。"

于真意在他的借力下，腿翻到自己阳台："那，晚安？"

"等等。"他隐藏在黑夜中的耳郭透着清晰可见的红。

"嗯？"

"能……"陈觉非认真地看着她。

于真意存心逗他："求我。"

那个"我"字都还没说出口，陈觉非忙不迭地接话："求求你，我求求你了。"

于真意憋着笑："明天拿着巷口那家土豆粉丝包来兑换。"

陈觉非懊悔地"哦"了声，低垂着脑袋："居然还要到明天，做人好辛苦。"

于真意笑到不能自已。

陈觉非又说："真像闯关。"

于真意不解："闯关？"这是什么乱七八糟的比喻！

黑而清亮的眼里似乎透着不爽，于真意忍着笑："给你的日子加点盼头还不好？"

陈觉非闷闷应了声"好"，又无奈笑着："'郎骑竹马来，绕床弄青梅'这句话我倒是现在才体会到了。"

于真意听着陈觉非那句半调侃半认真的话，快速跑进房间，"砰"的一声关上门。只留下陈觉非一个人呆在原地。

你骑着竹马过来，我们一起绕着井栏互掷青梅为戏。

怎么，这句诗在她那儿的意思和在自己这边的不一样吗？

于真意又一次失眠，她早早地起床换好衣服，然后悄悄趴在窗户边缘，偷偷摸摸地观察着楼下的情况。当看到陈觉非在她家门口站定后，于真意立刻雀跃地下楼，又在开门的那一刹那整理好表情，无比正常又冷漠地打开门。

门一打开，陈觉非抬起手，塑料袋挂在他指尖，晃了晃："早上好，我来索要昨天的承诺了。"

……

老人家总是醒得早，这个点，爷爷恰好从小巷外散步回来。远远地，看见两人站在家门口，他抬手："真——"

陈觉非感觉到于真意的身体一僵，两人纷纷从对方眼里看出了三个字：完蛋了。

"真"字卡在喉咙里，爷爷眯了眯眼，仔仔细细地瞧着，才发觉不对。他愣怔在原地。

要命了要命了，三角形真是世间最稳定的一个形状。

爷爷用他几乎生锈的大脑迅速在脑子里思索着最佳对策，镇定无比地开口："真——真是年纪大了，看什么都模糊了，好像走错巷子了。"说完，他毫不犹豫地转过头，若无其事地往外走。

于真意紧张得一句话都说不出，她抓着陈觉非的衣服："你说爷爷看见土豆粉丝包了吗？"

"你说呢？"

缄默片刻，于真意哭唧唧："爷爷肯定看见了，他最不喜欢我吃这些了。家门口好危险啊……"

刚说完，于真意被鼻间这股热腾腾的香气折磨得肚子叫。

陈觉非笑得胸腔颤动，说："都怪这土豆粉丝包，没事做这么香干吗。"

于真意重重地点头。

所有美术生回学校的时候，正赶上二模结束，于真意调整好状态，投入三模的备战中。三模来得很快，总是出得比一模、二模简单。大概是因为艺考考得不错，于真意最近学习势头很足，成绩突飞猛进。

三模结束之后，时间匆匆而过。冲刺阶段，除了应对平时的学习任务，更要休息好，调整好状态，以最足的精力和最好的姿态面对高考。

五月的师大附中校园内，美术生成了一道别样的风景线，他们发型靓丽漂亮，可以穿自己的裤子，春季校服外套上是自绘的五颜六色的水彩。

中午吃饭的时候，张恩仪看着于真意背后的画，语气和表情上都是大刺刺的羡慕。

于真意夹了块陈觉非餐盘里的红烧小排："给你画一件？"

张恩仪兴奋地点点头。

薛理科："真真我也要！"

蒋英语："我也要我也要。"

顾卓航："我都——"

薛理科："顾卓航别打破队形。"

顾卓航："……我也要。"

于真意咬着排骨，看着陈觉非："你要不要？"

薛理科："喀喀，我不允许我们钢铁联盟里有一个人破坏队形。"

陈觉非："哦，我也要。"

于真意冷哼，阴阳怪气地拖着长调："哦？"

陈觉非抿唇，重重点头，上半身微不可察地靠她近了，声音压低："嗯！真真我也要！"

孺子可教。于真意非常满意。

神经大条的薛理科坐在两人对面，狐疑目光在两人的脸上打转。不对劲，小团体里面有人不对劲了！

临近高考，除了语数英，其他的课程都改为了自习。下午的自习课，于真意拿着水彩颜料给几个人画画。

到陈觉非的时候，于真意不知道画什么了，她问："你有什么要画的吗？"

陈觉非："没有。"

于真意："不行，我想不出来了，你必须想。"一如以往的霸道专横。

思考片刻后，陈觉非把她的手按在调成彩色的水彩颜料中，然后将她的手掌印在自己的衣服上。小巧的手掌印在他的衣服背后。

"行了。"陈觉非说。

于真意歪着脑袋，看着这个手印，突然抓住陈觉非的手："你也印。"

她不顾自己被颜料沾着的手，就去抓陈觉非的手，她原本想让陈觉非把手印按在她手印的一边，却不想他的手直接覆盖在她的手印上。她的手掌印所沾的颜料偏淡粉色，而陈觉非沾的颜料偏紫色，两个颜色交叠在一起，粉色的轮廓比紫色的小整整两圈。

"搞什么啊，你们玩这么高级的，于真意你就给我画坨绿色的东西？"蒋英语不服。

几个人纷纷看过来，最后什么话也没说，无奈地摇摇头，一副受不了这两个人的模样。

于真意下意识舔了舔唇，她试探着问陈觉非："好看吗？"

陈觉非的眼神游移在她的脸上，最后唇角翘了翘，咬字清晰又上扬："好看啊。"

薛理科双手环胸，看着自己校服和蒋英语堪称同款，"啧啧"两声。

真的不对劲！

可惜还没等薛理科仔细体会其中的不对劲，六个人就被李建平抓了个正着。他气不打一处来，目光依次扫过六个人的脸："怎么又是你们？"

"离高考就只剩半个月的时间了，不，连半个月都快没了，你们几个居然还在这里玩什么……"李建平看着每个人的校服，胸口隐隐发痛，"玩什么艺术。别玩了，既然这么喜欢这外套，那就穿着它在门口站着吧，让大家都看看。"

蒋英语大半个身子躲在薛理科后头："老李头这是在惩罚吗？我要出名了！"

五月的太阳舒适又惬意，六个人穿着色彩各异的校服站在一楼走廊上，阳光照在每个人的头顶，在瓷砖地面勾勒出影子轮廓。

张恩仪嘴里咬着根于真意刚给她的棒棒糖："我带拍立得了，就放在教室里！"

于真意心领神会："走起走起！"

两个女生慈爱祥和的目光落在薛理科身上："科科——"

薛理科：……很烦，烦死了。为什么拿拍立得的任务要落在他头上。

"为什么是我？"

"你以前是三班的，熟悉地形。"

"不是，你们说的是人话吗？这里谁以前不是三班的？"

"你去不去？"张恩仪问。

"……去。"

薛理科顶着一个班的好奇目光，一脸怨气深重地从三班后门溜进去，在老师低头翻看书的一瞬间拿起张恩仪课桌里的拍立得就跑。跑到楼下，他把拍立得丢进张恩仪怀里。

于真意随意抓了个出门上厕所的男生，让他给六人拍照。

她站在男厕所门口等男生出来，大概意图太过明显，吓得对方紧张地揪着衣角："学……学姐，你有什么事情吗？"

于真意笑着："学弟你好，你先把手洗了，学姐找你帮个忙。"

于真意和张恩仪两个女生叼着棒棒糖站在中间，陈觉非和顾卓航站在于真意身边，薛理科和蒋英语在旁边不知道摆什么恶心姿势，又被学弟不好意思地指出："学长，你太大只了，再站出去就没你的影儿了。"

其他几人笑得放肆。

"胖儿啊，你减减肥吧你！六人合照里光你一人就占了三分之一的位子！"

蒋英语挠挠头："减肥不如学习。"

学弟给六个人拍了几张之后，于真意不好占用人家太久时间，她连声道谢，让学弟回去上课。再后来，拍立得的使用权就被六人轮流交换着。

"哎呀大热天的，薛理科你别整个人都贴着我啊。"

"陈觉非你能别老是站在于真意旁边吗？快高考了我也想蹭蹭年级最高分的考运啊。"

"顾卓航，求你了，我现在跪下求你，笑一笑会折寿是吗？"

"拍背面照的时候能不能让科科和胖儿单独来一张啊，两坨绿色凑在一起真是完美。"

"我的相纸七十八块钱才二十张，薛理科你得给我报销！"

"凭啥是我？"

"你睁大你的眼看看，这里面三分之一的照片都是你！"

三楼走道上的高二学生随意往下一瞥，看见站在底下正摆弄着奇异姿势的六人，不由得驻足。

春季外套搭配夏季短裙，白色校服背后丙烯颜料画出各样的色彩碰撞。五月慵懒夏初，薄汗渗透在欢声笑语的躁动里，校园逶迤道路被阳光包围。

天空沾染黛蓝颜料，风是冷调绿意，吹起少女乌黑长发和少年白色衬衫衣摆。

女生艳羡叹气，不由得感慨："高三真好，毕业真好。"

好的怎么会是高三呢？

好的怎么会是毕业呢？

好的是肆意明媚的青春。

好的是张扬鲜活的那一群人。

第18章

高考前的那个夜晚，星星比以往繁密得多，灿灿星光照耀一切。

于真意洗完澡后穿了件宽松的白色短袖，下身套了条休闲睡裤。在整理完准考证和书写用具之后，她拿了桶超大份的绿茶冰淇淋，整个人靠在竹藤编制成的躺椅上，一边抬头看着夜晚的星星，一边往嘴里塞冰淇淋。

房间里开着空调，她也没有把门阖上，如果钱敏看见的话，一定会冲上来臭骂她一顿，但是此刻凉风从背后袭来，一阵凉意像轻柔的手抚摩着她的脊背。

"陈觉非。"于真意侧头看着隔壁阳台上站着的陈觉非。

陈觉非偏过头看着她。

于真意从躺椅上站起来，走到两个阳台并排相连的地方："我去年生日的时候许了两个愿望哦。"

陈觉非挑眉，等她接下来的话。

"那你想不想知道？"

陈觉非点头。

于真意得逞地笑："那我高考完告诉你。"

陈觉非俯身靠她近了些，眼里露出点点好笑意味："喂，那你现在跟我说是存心吊着我。"

于真意故作惊讶地"啊"了声："我没这个意思呀。"

陈觉非："行，别忘了。"

夏天已经来了，她才不会忘呢。

高考真正到来的这一刻，于真意竟然觉得自己的心情平静如水，丝毫没有电视剧里那种想要对着海边、对着天台、对着远山尖叫呐喊的冲动。

两天时间过得飞快。最后一门考试的铃声结束，笔摩擦试卷的沙沙声也就此按下关机键，于真意脊背放松，她看着老师走下来依次收试卷，只觉得自己这十二年的苦旅终于结束了。

五分钟后，老师清点完卷子，宣布大家可以出去了。

学校广播厅放起了音乐，身前身后所有人都在放声尖叫"考完啦解放啦"，有人说今晚要去蹦迪，去网吧通宵，去理发店染一个颜色超级夸张的头发，去睡他个三天三夜。

于真意是六人中最后一个到校门口的，她出来的时候，陈觉非、张恩仪他们已经在了，每个人的家长都站在他们身边，正说笑着。

钱敏、于岳民，还有爷爷，站在陈觉非身边，四个人都望向她。那一刻，于真意只觉得，陈觉非不像是高考完的学生，更像融入每一个家长群体，和每一个在外等候的家长一样，等待着自己。

意外碰见文书颜和谢缘圆，于真意笑着和两人说"再见"。而后加快脚步，向四人跑去，向那群人跑去。

考完一门扔一门课本，肩背上的书包已经轻到只剩下几支笔，随着她的奔跑而发出似音乐盒般的声响。

她的高中时代，正式结束。

脚步走到校门口时一滞，钱敏招招手："真真，过来呀。"

于真意扑进钱敏的怀里，好一阵撒娇，惹得周围家长哄笑不止。

从钱敏怀里挣脱开，于真意看着陈觉非。他张开手臂，嘴角上扬："该轮到我了？"

于真意脸微微发热，她感觉大家的目光好像都在注视着这边。

"你们两个从小到大天天混在一起，还差这一个拥抱？"

于岳民打趣着，正想让几个人回家，于真意摇摇头："要抱的。"

这个拥抱有很重要很重要的意义。

人群中不知道是谁不小心撞到她，她跟跄着往前一步，跌入陈觉非的怀里。他的拥抱，一如既往，带着滚烫，带着炽热。

于真意埋头在他胸口处，声音轻轻："毕业快乐，陈觉非。"

陈觉非抚着她的脑袋，脖子低垂，在她耳畔应道："毕业快乐。"

于真意没和钱敏他们回家，原三班的学生聚在校门口，等最后一个学生到齐后，他们坐地铁去 KTV 玩。

此时的申城地铁站里挤满了全城的高三学生，叽叽喳喳喧闹成一团。有人在讨论答案，姜衡死命捂住脑袋，嘴里念咒似的念叨："听不到听不到听不到……"

于真意站在一旁，听姜衡和武越在那里吐槽分班后的同学，最后归于一句："还得是我们高二（三）班好。"

广播站台上悠扬的女声正在循环播放着广播——

"青春不散场，梦想正起航，本城地铁祝福毕业生前程似锦，未来可期。在今后的日子里，好运常伴，一路有光。"

高考完，于真意和一一两姐妹一起出去七日游。回家这晚，于真意刚走到巷子口，就见陈觉非站在那里。

"我想你了。"陈觉非目光灼灼，拉着她的手腕往自己怀里带。

怎么会是这样可怜的语气呢？

心似过电，突突跳个不停。于真意踮脚，手搭着他的脖子："那就抱抱你。"

于真意贴上来的那一瞬，陈觉非化被动为主动，脊背微弯，俯下身，额头贴着她的肩，偏头说话间，唇擦过她的颈，明明是在和她说话，可却又像伸出獠牙试探该在何处下口的小兽。这么高个儿的男生，全然把力压在了她身上。

贴着她后颈的干燥掌心渗出了湿意，上下摩挲着她的后颈。

"于真意，我有一点忍不住了。我找不到那个最佳的时机了。"声音带着显而易见的屈服和失落。

怎么会有人可以这么容易又轻而易举地牵动他的心跳和思绪，只是一个眼神，一个表情，一句再平淡不过的话语，就让他理智罢工。

那个该死的，可以让他和她在一起的时机到底在哪里？

他找不到了。

每一次和她的独处，不就是那个最佳的时机吗？

他到底还要再被"凌迟"多久？

怦怦作响的心昭示着于真意的慌乱。这个夜晚，她的心跳和呼吸，从未平静过。她听不懂他的话，却也知道这个拥抱带来的含义。

"我是你的，所以你可不可以，也只是我一个人的？"比剧烈心跳声来得更强烈的，是他炽热的祈求。

原来控制情绪那么难，当理智和她的名字出现在一起，更是难上加难。

于真意屏息，感受到他的手正渐渐松开自己的肩膀，那滚烫触感慢慢消失，于真意搂着他脖子的双臂更紧了些，声音低低的，喃喃道："可以。"

忍不住的，岂止他一人？

他扭头说话的时候正碰上于真意抬头，她白皙脸颊近在咫尺。

寥寥距离，两人的动作皆是一滞。于真意最先回过神来，把手一缩，胸口突突直跳。

空气中，只有寂静僵持着。

无人在意夜风呼呼吹过的声音，更无人在意城市的灯火通明。

晚风习习，她低头看着自己的鞋尖和他的撞在一起。

于真意眼睫轻颤，心里也似有烟花炸开，却并非喜悦，而是紧张。一切发生得太快，她来不及反应，从头顶蔓延到四肢的神经都变得无比僵硬，她几乎说不出一句话来。

陈觉非垂头，微微弯下身，和她平视着。

于真意不知道她该怎么样才能忘记眼前这个画面。

少年朗月星眉，眼里流转月夜星光，又像有旋涡，让人离不开半分。寂静夜里，于真意听见他怦怦作响的心，比夜风拂过树梢还要强烈。

于真意想，她的心理素质一定不够强大，眼前这一幕实在冲击得让人心动不止，大概是因为晚风迷人，迷蒙了她的视线和思绪，她愣怔着。

"好想你啊，真真。"他轻叹一口气，一字一句，声音真挚又诚恳，捏着自己肩膀的手力道轻而柔缓。

耳边如蝗虫过境，嗡嗡作响。

于真意在一片风声中听他说着接下来的话。

"这几天，没有你在，玩没意思，吃饭也没意思，做什么都没意思。"他几乎是带着全然的委屈，毫无遮拦地在抱怨这件事。

没有看见她的这几天里，最熟悉的那条路也变得漫长而枯燥，陈觉非常常觉得这条路走得没劲又无趣。

家里的阳台也不再成为他长时间待着的地方，就算盯着她隔壁的房间看，下一秒也不会有人从那里走出来，然后笑脸盈盈地对他说："陈觉非你在干吗呀？"

餐桌上没有了她聒噪的讲话声，吃再美味的佳肴也味同嚼蜡。原来吃饭的时候有一个人在你耳边嗡嗡念叨居然是一件这么美妙的事。

这不是习惯，是喜欢，是独一无二、不容替代的喜欢。

陈觉非发现，他好像这辈子都离不开于真意了。

他怕是真的，要"死"在她手上了。

于真意觉得自己的心就要惶然出逃了。她愣怔地看着陈觉非，一时不知该如何作答。他的目光专注，眼睛又像幽深的湖水，只一眼便能让人溺毙其中。

空气中打转的暧昧如路灯下的小蚊蝇，无所遁形。他还是没有放开于真意，轻声嘀咕着："还想抱。"

于真意："人又不会丢，以后还不是随你抱。"

声音轻不可闻，却被陈觉非准确地捕捉到。他笑弯了眼，好看的眼里似藏了星星。原本捏着她肩膀的手顺着下滑，却只抓到那空荡荡的过长衣袖："啧。"

他看似镇定，卷起她衣袖的手却微微发着抖，袖子被卷到了手腕处，露出的那片肌肤白皙透亮："牵个手怎么这么难。"

于真意就看着他把自己的衣袖挽起，然后看他温热的大手握住自己的手，修长骨感的手指像狡黠的游鱼，和她十指相扣住。

他拉着她继续往前走，把剩下的这段路走完。

于真意怔怔地看着两人牵在一起的手，他的手掌心渗出湿汗，于真意感受到了。她说："你的手心出汗了。"

陈觉非"嗯"了声，带着恨铁不成钢的语气："紧张，太紧张了，心理素质差得不行。"

她咧着嘴，笑得灿烂。

高考出成绩这天，于真意正窝在陈觉非的房间里看他打游戏，打到一半，钱敏超高分贝的声音就从隔壁楼里传过来。陈觉非手一抖，游戏人头被薛理科抢去。

于真意怒了："你怎么回事啊！"

"紧张。"陈觉非回答，"枪声真大，好怕呢。"

这人现在怎么这样？

"……你怎么天天紧张？"

"哪里天天？"

眼见陈觉非要耍赖皮，于真意开始掰着手指头计算："和我表白的时候紧张，牵我手的时候紧张，现在连打游戏都要紧张，你这是什么心理素质呀？

"你待会儿查分的时候会不会紧张得哭出来？"

陈觉非把手机锁屏，好笑地看着她："就这么咒我呢？"

于真意嘟着嘴，还在为那个人头丢了而生气。她的唇粉润，因为刚刚喝过柠檬汽水而沾上了点水光。

陈觉非的喉咙无声地滚动了一下："真真。"

"干吗？"她没好气地回。

"我现在也有点紧张。"

于真意蹙眉看着他，不就是高考查分吗？她都不紧张，陈觉非在紧张什么呀！

"我说你们两个能不能关心一下自己的高考成绩，分数出来了！快点来查！"钱敏半天等不到两人回应，探头往这边看。

于真意紧张地缩了缩脑袋。

"钱姨看不见的。"陈觉非说。

"可是……"于真意推了推他的胸膛，"我妈要是也翻栏杆进来怎么办？"

一回生，二回熟，自从于真意翻过一次栏杆后，她再也不走陈觉非家的大门了。

陈觉非好笑地看着她："你觉得会吗？这条巷子里除了我俩，还有谁能干出这种缺德事儿？"

于真意没作答。那谁知道呢？她以前也觉得自己不会。

钱敏不耐烦了："两个小东西到底在干吗呀？我就没见过这么不关心成绩的人，一个说要考清大，另一个说要考清美，老娘都替你们紧张死了。陈觉非，你妈电话已经打来三个了，问我你为什么不接，你到底在干吗？"

于真意和陈觉非四目相对，两人为这莫名的暗度陈仓而笑得不能自已。

她推了推陈觉非："不能堕落了高才生，快点查成绩去了。"

陈觉非依依不舍地"哦"了声，两人走到阳台处，当着钱敏的面习惯性地翻越栏杆。

钱敏目瞪口呆。

两台电脑的页面都很卡，圆圈不停地打着转。陈觉非的成绩先跳了出来，总分 713 分。于真意从椅子上站起来，整个人不管不顾地跳起来。

"我的天哪！我这辈子还没考过 7 开头的数呢！

"你好厉害啊陈觉非！"

陈觉非抬手抱着她的腿弯："嗯，一般一般。"

钱敏和于岳民也为他高兴，两人皆是笑得合不拢嘴。

就在这个时候，另一台电脑的加载条到了底，于真意的成绩猝不及防地跳了出来。陈觉非放下她，就算不是近视眼，于真意还是贴近了电脑，她不敢置信地看着电脑屏幕上那个数字。

572。稳稳过了去年的清美设计学类录取分数线。

于真意回头，错愕地看着陈觉非，又看着抱在一起尖叫的钱敏和于岳民。

考完的那一刹那，她心中有数，自己的分数应该会在清美录取线上下徘徊，只是她没有想到会超出这么多。原来努力不会白费，汗水不会辜负，这句话竟是如此真切。

喉咙里的酸涩感上来，她眼睛有些模糊，仰头望着站在一旁的陈觉非，陈觉非大力地揉了揉她的头："真真，好厉害。"

于真意笑着回握住他的手："我们都好厉害哦。"

为了奖励于真意的超常发挥，开学前，钱敏、于岳民带她去藏市玩了一个月，她让陈觉非把她的东西提前寄到学校，到时候开学了再去拿，而后直接坐飞机来到了京北。

下了飞机，机场有高年级的学长举着清大的牌子，于真意跟在众人后头，她和父母告别后上了大巴。

大巴驶入学校后，在操场前的停车场停下。于真意习惯坐在最后排的里侧，她是最后一个下车的。站在第三级台阶上的时候，远远地，她看见了陈觉非。

他站在人群中，一旁应该是他的新室友。

室友问他不走吗？

陈觉非摇摇头，目光坚定不移地盯着停车场这边。

隔着茫茫人海，他们遥遥相望。下一刻，他朝她大步走来。

九月盛夏，暖黄的阳光洒落在他漆黑的短发上、脸庞上，还有肩膀上。大概是因为许久未见，他走路似带风，越走越快。

司机坐在驾驶座的位子上，问于真意还不下去吗？

于真意："马上。"

她站在最高的那级台阶上，看着陈觉非走到她面前，居高临下地看着他。他的额头上出了一层薄汗，打湿了前额的碎发，黑发乖顺贴着他漂亮精致的眉眼。

于真意歪了歪脑袋："好久不见呀。"

并不久，不过短短一个月。

陈觉非学着她的样子，也歪着脑袋，模仿她的语气："好久不见。"

他伸出手，于真意扑进他的怀里。一如以往数十年来的每一个拥抱。

她的脸颊蹭着他的脖子，贴着他轻声说道："谢谢你呀陈觉非。"

"嗯？谢什么？"

谢谢你呀，陈觉非。

谢谢你出现在我人生中的每一个阶段。

十八岁的夏天永不落幕,
二十二岁的夏天扬帆起航啦!

THE
SUMMER

• REC

03 | 毕业了

十真意 × 陈觉非

第1章

潮湿燥热以绝对优势强迫压制着九月。

学生服务中心 C 楼前人头攒动，黏腻汗水和热气将偌大的空间压缩成小小一方天地。这里挤满了办理新生报到的学生。陈觉非带着于真意排在美院环境艺术系的队伍后头。

新生报到流程并不复杂，但东西太烦琐，于真意把双肩包背在前头，拉链大剌剌打开着，任陈觉非拿出来交给志愿者学长学姐敲章。

敲章录入的工夫，于真意踮脚贴在陈觉非耳边调侃："你熟练得像上过一次大学一样。"

大夏天，和别人黏在一起使得心情烦躁，但和陈觉非黏在一起就不会。

陈觉非拖着长调："是的，我的美院学妹，感谢你的到来，让我们学校蓬荜生辉。"

声音不大不小，也没有刻意压着，其他人都回头朝两人看去，脸上带着笑意。于真意赶紧去捂他的嘴，脸上却没一点儿不好意思："太大声了太大声了！学妹初来乍到撵（脸）都给你丢尽了！"

"撵？学妹，你哪里人？"陈觉非捏了捏她的脸，笑着问。

于真意耳朵微红，轻哼一声："我妈妈说了，不能把家庭地址告诉外边的坏男人。"

学姐把文件袋递给于真意，忍不住说："真可爱。"

于真意对"可爱"这词一向没什么抵抗力，她笑得合不拢嘴："谢谢学姐。"

"不客气。"

可惜，于真意的好心情从得知 C 楼到快递网点要走十分钟这个消息后开始破灭。

完成报到流程后，两人沿着双清路一直走，去拿快递。九月中旬的天气折磨得人耗去全部的精力。于真意扯了扯衣领和贴在脖子上的湿答答的长发，热得如同被冲到海滩上的咸鱼，再没一点想动的意思，半个身子的力都倚在陈觉非身上。

她晃了晃美院的录取通知书，有一搭没一搭地说："陈觉非，你知道全世界最好看的粉是什么粉吗？"

"不知道。"

于真意："你都没思考就说了。"

陈觉非低头看着她，停顿五秒后："不知道。"

怕于真意再发作，他又补充："我思考过了。"

于真意嘴角扬起："是螺蛳粉。"

嘲笑陈觉非这件事总能让于真意恢复精力。

说完，她又撞了撞陈觉非的肩："看，你真土。"

她又问："那全世界最好看的紫是什么紫？"

陈觉非："清大紫。"

"你居然知道？"

陈觉非笑："那通知书晃一个上午了，我再不知道也是够蠢的。"

"你在笑我。"她嘟着嘴，兴致不高，"你这种年级最高分能考上清大没什么好说的，那我这种人能考上清美，我们家祖坟冒青烟了，还不允许我嘚瑟一下吗？！"

小祖宗不高兴了。

陈觉非想了想，手搭在她头顶，手指没入她的黑发，像给猫猫挠头那样："你比我厉害多了。"

"睁眼说瞎话，我怎么就比你厉害了？"

陈觉非："这条路上，你看见的每个人，有可能一路保送，都没经历过高考，也有可能上一个和你擦肩而过的就是某省的最高分。我这成绩可一点都不厉害。倒是你，高二的时候还只能考年级中游的水平，短短两年就可以考上清美，是不是比我厉害多了？"他压低了声音，唇有意无意擦过她的耳垂，语气稀松平常，"从山顶的起跑线跑到山顶的终点线不难，从半山腰爬到山顶，再追逐那些已经跑了一半的人，结果还追平了，才叫厉害呢。

"所以我们真真,不仅比我厉害,还比这里大多数人厉害。"

于真意微愣之后,眼睛发亮:"是吗?"

"是。"他笃定回答。

于真意属于给点阳光就灿烂的典范:"那你说我要不要读博?"

陈觉非沉默了。

这个话题为什么可以跳得那么快。他小心翼翼地提醒,生怕接下来说出的哪一个字又踩到她的雷点:"学士和博士中间,是不是还隔着一个硕士呢?"

于真意大言不惭,空口白话说起来也透着掷地有声的铿锵劲头:"既然我都这么厉害了,直博的可能性也不是没有呀!我们画室老师曾经说过,建筑界的人,三十五岁不过才到'青年'阶段,所以现在的于真意,就是风雨飘摇的建筑界里一棵茁长发育的小幼苗!"

很好,说得有道理。

陈觉非鼓掌,懒洋洋地拖着长调:"嗯,对。看来还是我太片面了,我们小幼苗牛着呢。"

烈阳下,他目光如炬,闪着灿灿光点,比猛烈摇晃后碳酸饮料泛起的气泡还要热烈,咕噜咕噜,让人心尖微妙地打着战。

真好,这人是属于她的。

"建筑界冉冉生长的小幼苗,怎么不说话了?"陈觉非看着她不移却有些失焦的目光,不由得发问。

他真值得人喜欢。

于真意是这么想的,也是这么说的。

陈觉非耳根肉眼可见地发红,面上神色却还是正常得不行:"是吗?还行吧。"

于真意重重点头,窝在他怀里,语气软得像撒娇:"如果可以帮我背书包就更好啦。"

陈觉非:"不用说好话恭维我,我也会帮你背的。"

他接过于真意的包,单挎在自己肩膀上。

有陈觉非在,于真意就不看路了。好奇心驱动,她低头看着学姐刚刚给的文件袋。

"来清大必做的一百件事。"她边拿边念,视线一行一行快速掠过,直接注意到下方，"18. 自行车后座载过人。"

脚步猛地停在原地，她拉着陈觉非的衣摆："新生指南告诉我，不能再走了，我希望这时候我的盖世英雄踩着七色……啊不，不用云彩，一辆简简单单的自行车就够了。"

陈觉非缄默片刻，揽过她的肩，带着她往西北门走。

"干吗呀？"

陈觉非："仙子，你的聘礼在西北门。"

于真意不解："聘礼？"

"紫霞仙子那句话怎么说来着？"

于真意没反应过来，她依着念："我的意中人是个盖世英雄，有一天他会踩着七色云彩来娶我。"

陈觉非语气里是掩盖不了的笑意："嗯，那你不是只要自行车吗？"

于真意恍然，小狮子开始炸毛："就一辆自行车就把我打发了？！"

她装模作样地又拿起那张表："新生指南上又说了，7. 要谈一场校园恋爱。"

她从陈觉非怀里钻出去，离他一米远："我要去谈恋爱了，你离我远一点。"

陈觉非也不动："不是在谈着吗？"一句不够，他强调，"不是在和一个很值得喜欢的人谈着吗？"

于真意强词夺理："我现在要找个大学时候的男朋友了，不同时期主要矛盾不同，应对措施也不同。"

陈觉非装腔作势地"哇"了声："那您一定很忙吧。"

于真意还要说什么，手腕就被他抓住往自己怀里带，下巴被人往上一挑，他温热的唇短暂碰了一下她的。

陈觉非："有竞争对手了，好紧张好忐忑。这自行车，就先算我在你那儿占个名额吧。"

"什么名额？"

他又低头亲了她一口："要是没找到好的，千万记得回头看看我。"

她依然冷漠："行，赏你个脸吧。"说罢，在笑意憋不住迸发之前，于真意转过头去，悄悄舔了舔自己的唇。

哼，他当然是最好的呀！

从西北门回来，如愿坐在自行车后座上，于真意一手环着陈觉非的腰，另一手捏着那张"来清大必做的一百件事"，阳光透过薄如蝉翼的纸，像蝴蝶一样的零星光斑落在她指尖。

7. 谈一场校园恋爱。

18. 自行车后座载过人。

完成。

真好，进入大学的第一天她就完成了两件事。

美院宿舍为四人间，开学报到第一天，带着对期盼已久的大学生活的兴奋，四个女生彻夜长谈，叽叽喳喳闹了好久。

第二天，兴奋劲儿就过了。全宿舍起了个大早化完妆，临到出门的时候于真意才发现，从宿舍到教学楼要骑十五分钟的车。这酷暑夏日里，顶着刚化好的妆出门，等走到教学楼应该也花得差不多了。

清大太大了，大到单线的十一路公交车实在无法完成这段路程。

和室友下楼的时候，于真意一眼瞥见宿舍楼外陈觉非的身影，然后在目光所及的视野里，所有的风景都被他这个人所取代。他两手撑着车头，半个身子的力都压在车的前半部分，无处安放的长脚虚虚踮着，低头滑手机。

宿舍楼外有很多等着女朋友下楼的男生，他穿着最简单的黑T恤和黑裤，混迹在那一堆人里，依然是最耀眼的那一个。

大概是等了有一会儿了，手机也玩腻了。他垂头看着地，下巴支在手背上，百无聊赖地踩着地上的碎石。

"那男生好帅。"张薇碰了碰于真意的胳膊，"也不知道是什么专业的。"

于真意："我男朋友，计算机科学与技术系的。"

舍友原本的眼神带着艳羡，在听到"计算机"那几个字后，停顿了一会儿："哦……头发挺多啊……"

于真意知道她的调侃，也幽幽接话："我本来都跟他说了，IT男会秃头，让他学殡仪，他不听呢。"

张薇被她逗笑。

于真意顿了顿，又接着说："你等毕业再看看，他这么多头发没准少一大半呢。"

出了宿舍门，于真意快步向陈觉非跑去，在他面前站定的时候，对方还没把头抬起来。于真意像揪小狗耳朵似的揪着他的耳朵："噔噔！真真闪亮登场！"

陈觉非把手机收起来，揣进兜里，万分配合："哇，好亮。"

他把挂在车头的早餐拿下来，递给于真意。于真意接过，在后座坐下。她咬了一口包子，语气带着稀奇："我还没吃过猪肉莲藕馅的包子呢。"

"我也没有。"

学校路上，都是骑着自行车的学生，于真意头靠着他的背，看着来来往往的小情侣，风吹过参天的树，疏疏光影在水泥地上晃动，坐在后座的女生拿着早餐，伸手递到前头骑车男生的嘴边。

于真意纳闷，这样吃会不会不方便骑车呀？

"陈觉非，你吃早饭了吗？"

"吃——"他瞥了眼来往的学生，"没吃，饿。"

于真意"哦"了声，拿起茶叶蛋在他脑门上敲了两下。

陈觉非："……"

于真意一边剥壳一边问："不会敲笨吧？"

也行，敲完再问，也算一种变相的礼貌吧。

陈觉非："会，已经敲出脑震荡了。"

"这么夸张？"她把蛋壳剥干净，递到他嘴边。

陈觉非一口塞下，含混不清地说："对，你哪位？坐我车后座干吗？"

很好，敲出失忆还不忘先塞下那口茶叶蛋。

于真意双手环过他的腰，脖子伸得老长，脸贴着他的后脖颈，鼻尖在他耳朵后蹭了蹭："我是京北鼎鼎有名的恶霸，你被我看上就完蛋了，我要把你抢回我们寨子里。"

逆风而行，清凉冷调的薄荷味蹿入鼻息，于真意吸了吸。这味道从他身上散发出来真的更好闻了，这到底是为什么？总不该是她滤镜太重了吧。

轻飘飘的声音从前头飘来："那还挺荣幸。"

"小恶霸，我是你看上的第几个？"陈觉非又问。

于真意故作思考："四千八百三十二个，也可能是四千八百三十三个，我男人太多，实在记不清了。"

他有些遗憾地回："来得不够早，都排到这么后面了。"

十五分钟的车程在两人一来一回毫无营养的对话间一晃而过。

于真意从车后座跳下，把最后一个小笼包塞到他嘴里："但是，我决定金盆洗手、改头换面，以后强抢良家夫男这种缺德事就不干了。"

"那前面四千八百三十一个男人怎么办？"

"当然是让他们各回各家啦。"

陈觉非皱眉："总得留一个吧。"

"嗯。"于真意捧起他的脸，在他唇上重重亲了一口，"很糟糕，于寨主决定把最后一个名额留给你。"

大概是因为太阳太热烈，主动献吻这事儿让她心跳热烈。"肇事者"亲完撒腿就跑，一点也不顾身后人的死活。陈觉非没防备地接受了那个吻，一时走神的工夫，于真意就消失在他视野里。他笑着叹气。

这哪里是糟糕？这可太幸运了。

鸟雀清脆的啁啾声都被炎热的夏天耗费殆尽。高中时苦于校纪校规的束缚，于真意只能扎头发，到了大学，自由散漫了些，加上不爱梳头喜欢散发，于真意觉得这头长发实在太烦人了。

国庆的最后一天，她实在忍受不了了，去剪了头发，一头长发剪到了齐肩长度。和陈觉非沿着荷清路回校，感受到自己的头都轻了许多的于真意终于有了点后知后觉的懊悔。

"我以后看见《杀死比尔》里的 Gogo 都要没有亲切感了。"她仰天长叹一声。

等走进食堂，端着面在餐位上坐下，陈觉非都没搞明白这八竿子打不着的亲切感是从哪里来的。

于是他安慰："你现在这头型，看见成濑顺应该会有亲切感。"

两人从小一起长大，追一样的番剧，看一样的电影，读一样的书就是有好处，在对方抛出一个点时总能顺利接上。

"可是她的语言被封印了，不能说话。"

"不说话也可以知道她在想什么。"

闻言，于真意捂住嘴巴，声音闷闷："那我接下来一句话都不会说了，你猜我在想什么？"

陈觉非："你在想——"

于真意噘了噘面，没听到答案，好奇地看他，歪了歪脑袋示意他接着说。

陈觉非淡然自若地往面里加醋，语气神秘："不告诉你。"

他是怎么做到一句话就让自己的好奇心起来的。

"为什么不告诉我？快点告诉我！"餐桌下，膝盖抵着他的膝盖。于真意没忍住，用力晃了下腿。

陈觉非勺子没拿稳，在瓷碗上撞个叮当响，他惊讶："咦，你会说话啊？"

气死了气死了！讨厌陈觉非！

两人吃饭吃到一半，正巧碰上张薇和她的男朋友。关于这个男朋友，张薇在寝室里提起过，只不过上次提起时的说辞是两人还在暧昧阶段，没想到不过半个月就在一起了。

学长去打饭的工夫，于真意悄悄问："这就是那个大四体院的学长吗？"

张薇："对。"

学长过来之后看了陈觉非一眼，心里快速比较着两人的颜值，以及并排坐着是否合适，最后才落座，和张薇面对面。

"丫头，要喝奶茶吗？"学长问。

比张薇的回答先出现的是陈觉非的咳嗽声。他嘴面嘴到咳个不停，红色从脸蔓延到脖颈。于真意坐在他旁边，轻轻拍他背："你吃个面都能呛到？"

陈觉非摆摆手，边咳边笑。于真意根本不知道他在笑什么。

张薇担心地看了眼于真意："你男朋友没事吧？"

于真意觉得有事，她觉得陈觉非快咳过去了。

好不容易缓下来之后，陈觉非喝了两口水："没事。"

张薇这才问："真真，你要喝奶茶吗？"

于真意说"不用了"，张薇说了声"好"，和学长说了句"要一杯三分糖奶绿加冰，加波霸不加珍珠"。

学长起身，走过她边上时掐了掐她的脸："行，臭丫头，要求还挺多。"

陈觉非眼皮不可抑制地又颤了颤，平直的唇角又扬起，拿着筷子的手也因为笑意在发抖。他悄悄扫了两个女生一眼，于真意正和张薇聊天，他这才不着痕迹地猛搓了把自己手臂上的鸡皮疙瘩。

这顿只有陈觉非一个人吃得艰难的饭终于结束了，告别张薇两人之后，于真意和陈觉非沿着学校的操场散步。去操场前，陈觉非去帮于真意买了杯珍珠奶茶，他知道于真意想喝，也知道她不好意思让第一次见面的人买单。

国庆假期还没正式结束，傍晚的操场上都是在散步的没回家的小情侣，抑或在草坪上踢球的学生。

于真意习惯倒着走，又说起张薇和学长："大一和大四，差三年呢。

"我刷新闻的时候经常看到那种年龄差八岁、十岁、十二岁的，感觉和有阅历的男人在一起也很浪漫。刚刚那个学长谈吐之间就有大一新生没有的感觉。"

陈觉非不敢相信自己的耳朵，努力控制着表情好让于真意不觉得他在抬杠。什么"小丫头"，诸如此类的词大概得加入他的人生黑名单了。陈觉非觉得自己得把于真意这个思想扳回来："为什么会觉得年龄差浪漫？

"什么成熟男人的阅历，放在现实生活中，这些成熟男人与成熟大叔的名词前总要加句言简意赅的形容——心怀不轨。至于哪一方心怀不轨，应该是很明显的事情。"

于真意思忖一会儿，想想也是："你说得有道理，那我也想找比我小的了，反正亏的肯定不是我。"

牛。合着于真意这人蹙眉思考半天就得出了这么个结论是吧。

陈觉非冷眼旁观，看着她不知疲倦地说着，仿佛他刚刚那段话打通了她的任督二脉："陈觉非你点醒我了！你说得对啊！男人找比自己小的，肯定心怀鬼胎，那我不像那些男人，把小心思藏着掖着，我就想找比我小的，和弟弟谈恋爱应该也是一种不一样的感觉，小鲜肉和老油条肯定不一样。"

为什么？为什么她的思路突然会蹿到那里去？他说了那么一大堆话，就是让于真意得出这么个可笑的结论吗？

陈觉非发现自己没法再继续冷眼旁观了。他抓着于真意的衣领往自己身前带，夺过她手里的珍珠奶茶。

"不行，不许说。"

于真意仰头看他："为什么？"

陈觉非嘀咕："反正不行。"

那气势大有银瓶乍破水浆迸之感，说话时的浅浅气息回荡在于真意的耳后，她举手投降，语气要多敷衍有多敷衍："知道了知道了，不说了。"

她拿过珍珠奶茶，从陈觉非怀里钻出来，还没往前走两步，就听见陈觉非从后头传来的声音。他双手插回裤兜里，面色复杂，一双如同被春雨洗濯过的黑亮眼睛里带着清晰可见的怨气。

"我气死了，我要气死了！"他揉揉眉心，一脸万念俱灰、未来灰暗人生无望的样子，"好烦啊！"

要命，太可爱了。怎么会有人说"我要气死了"这句话的时候都这么可爱呢。

于真意忍俊不禁，她嗒嗒嗒跑回他身边，把他的两只手都从口袋里拽出来。

"老油条已经一把年纪了，随便动动骨头都要化成灰了，你要支使老油条干什么？"陈觉非丧着张脸。

"帮我拿一下奶茶。"

陈觉非嘴上牢骚不断，手却乖乖接过她的奶茶。下一秒，于真意抬着的两手捂住他的脸，把他的嘴挤成"O"形，踮脚凑上去啵啵啵亲他，边亲边晃他圆溜溜的脑袋："别气了别气了，我都把我那四千八百三十一个男朋友驱逐出寨了，你要是气死，真真就没有男朋友啦。"

语言的魅力终于在于真意的口中发挥到淋漓尽致。陈觉非这气一下子就跑到九霄云外去了。

暮色沉下，两人手拉手不知疲倦地绕着操场走了一圈又一圈。可以咬耳朵呢喃，可以放肆拥抱接吻，可以在染着火烧云的绯红晚霞下牵手散步的大学生活真美好啊。

第2章

"下午有篮球赛，你们去看吗？"张薇问。

十月末，飘零的落叶和厚重柔软云层卷走酷暑夏天，只留下余热。秋日午后的阳光如同被长时间浸泡在橘子罐头中，慵懒落在寝室的每个角落。

张薇说起篮球赛的时候，剩下两个室友坐在地上，长发随意盘起，眼里布满红血丝，火急火燎地赶下周的选修速写作业。和她们争分夺秒的一派紧张景象不同，于真意脚跷得老高，耳朵上夹着支笔，抱着《中外建筑园林史》啃得正欢。

"不去，再不画完我要死了。"室友说。

张薇又把目光落在于真意脸上："真真，我不想一个人去。"

于真意从冗长的《中外建筑园林史》中抬起头："你那个学长呢？他

不陪你去？"

张薇："分手了。"

闻言，其他两个室友也惊奇地看着她："分啦？"

张薇点头，纠结片刻后说："又抠又油，据说同年级的学姐都看不上他。"

于真意又想到陈觉非那句类似于"同龄的为什么不找同龄的？是不好找吗？是不好骗吧"。

哎，想她男朋友了。

于真意把书放下，从衣柜里随手拿了件白色卫衣往头上套。

张薇惊喜："你要去看篮球赛？"

"嗯。"

今天是计算机系对经管系的场，陈觉非会参加，但是十月末这几天正是于真意的生理期，陈觉非没强求她去看，毕竟只是个篮球赛，她想看的话，下次他可以一个人抱着球给她表演一整天。

自从剪了短发后，于真意就再也用不上梳子和发圈了，每天临到出门前随手抓抓就好。出了宿舍后，两人往体育馆走，一路上都是前往体育馆的学生。

"大家都这么喜欢看打篮球的吗？"于真意问。

"对啊，普男打篮球会变帅，帅哥打篮球会帅炸，看高高瘦瘦的男生穿着球服打篮球真是人世间最美妙的事情，没有之一。"张薇把刚买的热奶茶递给于真意，"不对，比看帅哥打篮球更美妙的事情就是这帅哥是你的。"

有道理。

两人到的时候体育馆里已经人声鼎沸，张薇庆幸这个点来还能挤到前排，她拉着于真意在空位上坐下。

左篮球场前，两队男生正在热身，穿黑色球服的是计算机系的，白色为经管系。有男生毫不在意地脱掉外套，露出块块分明的腹肌和流畅的肩颈手臂线条。

体育馆里一阵骚动。

于真意一眼瞥到陈觉非，上身是宽松的黑色球服，下身套了条灰色中分裤，穿着白色运动鞋，跷着二郎腿。旁边的男生在和他说话，他微微偏过头去听，视线却还落在手机上。

她男朋友真好看。于真意一天要念叨百八十次。

张薇还沉浸在一米八男生的幸福海里，于真意手机里弹出一条信息。

TNB："来了吗？"

TBG："来啦。"

她正要说自己就坐在第三排看台，就见他的消息又回了过来："那好好休息，不要喝冰的。"

他和自己好像讲的不是一回事。

一声嘹亮哨声在体育馆前方响起，男生们起身上场。

"那个那个那个！"张薇激动地叫起来，"除了你男朋友，最帅的就是管院那个七号了！"

她打开相机不断放大，镜头对准管院那个七号选手，眯着眼睛琢磨半天后，遗憾说："算了，居然戴着小皮筋。"

于真意："小皮筋怎么了？我们院不是很多男生也扎小辫吗？"

张薇解释："不是，手腕上戴着小皮筋就代表名'草'有主了。"

于真意："还有这个道理？"

张薇："对，没戴的不一定没有女朋友，但是戴了的一定有女朋友！"

大开眼界。天天说陈觉非"土狗"，于真意觉得自己也差不多。

"长得帅的在军训的时候就被挑走了，哪还轮得到现在？"

后头两个女生在议论着。

"可是计算机系那个二十一号好帅。"

"这么帅的怎么可能没女朋友？"

"可是他没戴小皮筋。"

"啊，真的吗？我看看。"

于真意耳朵竖得像兔子，眼睛滴溜滴溜转。原来小皮筋鉴女友是全人类通用的法则呀。她看着二十一号，突然反应过来，二十一号是她男朋友。

那个全场唯一没有戴小皮筋的男生。

偌大体育馆里，运动鞋摩擦橡胶地面发出的声音被无限放大。墨绿色地板上是前一阵刚画上的白漆，有一处没有画好，陈觉非时不时走神盯着那块地方看，像犯了强迫症。

球赛进行到一半，陈觉非揪了揪衣领散热，手撑着膝，不过片刻又起身，目光落在移动的篮球上，一个高弹跳横空截断，而后带球转向投出一个三分。

球砸落在地，沉闷声音和哨声一道响起。全场哗然。

上半场结束。陈觉非抬手抹了把汗，和身边队友前往休息区。

"天哪，你刚那球牛啊。"男生三三两两走在他身边。

陈觉非捋了把被汗浸湿的头发，随手拿起椅子边的水："问你个事。"

郑峰："你说。"

"怎么经管那帮人右手上都戴着皮筋，他们经管系传统？"

郑峰还没说话，旁边一个男生插嘴："小皮筋代表有女朋友了。"他点了点自己的手腕，"哥也有呢。"

陈觉非仰头喝着水，目光落在男生的手腕上，缄默片刻，语气幽幽："是吗？"

郑峰："嘿嘿，咱也有。"

其他几个男生正在位子上休息聊天，听到三人的对话，都凑过来，七嘴八舌。

"我也有，今天右手戴护腕了，我女朋友还非要我戴在左手。"

"我女朋友也是，真烦。"

几个人你一句我一句，像齐聚了五百只鸭子。语气看似埋怨，实则带着炫耀。

陈觉非平静地把那瓶水喝完，捏瘪塑料瓶丢进一边的垃圾袋里。就一根几块钱的小皮筋，有什么好炫耀的。他这样自我开解。可是就一根几块钱的小皮筋，为什么他没有？

想得出神时，肩膀被人从后头一拍，陈觉非回头，于真意出现在他视野里。

"你怎么来了？"陈觉非眼睛微微睁大。

其他人自动让开，站到一边，给于真意腾地方。于真意看见他们那架势，赶紧摆摆手："我不会待很久，说完马上就走。"

"没事没事，还有十分钟才上场，你俩随意腻歪。"男生调侃。

于真意咧着嘴，她看着陈觉非，手在口袋里翻找了好久。

"没有不舒服吗？"陈觉非问。

"什么？"

"不是说生理期？"

于真意笑："没，我说'来啦'的意思是我来看你呀。"

陈觉非："哦，你找什么？"

终于翻到了。

于真意从口袋里拿出一个姜黄色的小太阳发夹。眉眼里是抹不去的笑意，她认真地抓起陈觉非前额那撮头发往后夹。

相距太近，正是视觉盲区，陈觉非不知道她在干什么，只听到周围队友那几声"啧啧"感叹。

"咔嗒"一声。于真意低头看他："我刚刚听说女朋友都会给男朋友一根小皮筋戴在手腕上。"

陈觉非有些郁闷地回："我也听说了。"

于真意一看他那发臭的表情就知道他在想什么，她实在忍不住笑，手在他脑袋上像拍皮球似的按着："别人男朋友有的，我男朋友也得有。不过我没有小皮筋了，给你个小发夹戴戴。"

她边说边打开手机前置相机："好看吗？"

陈觉非目光挪了挪，前置相机里，前额的刘海被夹到了后头，脑袋上顶着个小太阳发夹，头一晃，上头的小太阳像风车似的转，可爱得要命。

周围男生笑得更放肆了。

于真意听着那笑声有些不好意思，紧张兮兮地看了陈觉非一眼："算了算了，好像怪怪的，我还是去给你买根……"

手腕被他抓住，陈觉非镇定自若："好看啊，我喜欢。

"别人都是小皮筋，千篇一律，我就喜欢鹤立鸡群。"

不出意外，此言一出，身边男生挺起胸膛："陈觉非，语言的艺术你是一点儿也没学会吧？一句话得罪一队人，我们要孤立你了。"

陈觉非小幅度摇着她的手："看，他们忌妒你的小发卡，忌妒得都要孤立我了。"

于真意听着他们的对话笑得更开心："下半场快开始了，你打完我们去吃饭，我先回观众台了。"

"好。"

下半场开场，陈觉非依然是一堆人里精神气最足的那一个，顶着一个小太阳发夹走在最边上。

于真意回到观众台，在张薇身边坐下，终于轮到她激动万分地晃张薇的手臂了："你快看我们家陈觉非的发夹！是不是很可爱呀！"

张薇顺势望去，一群大老爷们里挤进一个别着发夹的陈觉非，实在是抓人眼球，说不出的诡异和可爱感。他不知道在和对方队伍的男生说些什么，晃了晃脑袋，下巴朝这边一扬。

哪怕隔着远远的距离和鼎沸的人声，她都能看见陈觉非那因为炫耀而高高扬起的"尾巴"。

张薇又看了眼自己身边那位从开始到现在嘴角就没放下来的人。不由得感叹，可爱鬼和可爱鬼谈恋爱，真是可爱到爆炸。

后面的日子里，两人的课程都很忙，属于是百忙的学习之中抽空谈个恋爱。在大学的第一个学期就这么一晃而过。

一月中旬，于真意和陈觉非回到了鸳鸯巷。彼时林雪和陈江也已回来，伴着年关将近，回家的人越来越多，石子路上都是行李箱推过的声音，整条小巷越来越热闹。

今年冬天很特别，南方城市一贯积不起雪，今年却下了好大的一场雪，今天在地上积起了薄薄的一层，虽然不多时就化成灰色的脏水，却还是令人短暂体验了一下北方人的快乐。

刚回家不过半天，薛理科一通电话打了过来，美其名曰"好久没见，聚一聚"。陈觉非简单洗了个澡后，正准备翻栏杆去于真意房间，就听见钱敏和于真意的谈话声，估计是钱敏在帮她收拾行李。

陈觉非刚要转身，就听见钱敏神神秘秘又压得有些低的声音："你们学校有没有你喜欢的男生？"

于真意盘腿坐在床上，边叠衣服边说："有。"

钱敏激动："那你追到了吗？"

于真意："他追的我。"

钱敏："改天带回家给妈看看。"

于真意笑："妈，你一定会喜欢他的。"

钱敏也笑，过了一会儿，她又问："那陈陈恋爱了吗？"

于真意搓了搓鼻子，掩盖自己的笑意："当然啦！"

"哇！妈我跟你说！"于真意一本正经地补充，"他女朋友的颜值比我男朋友的颜值高多了！我看见他女朋友的时候我眼珠子都放光，陈觉非何德何能找到这么优秀的女朋友啊！"

听见这番话，钱敏都有些好奇："那我真有点期待陈陈女朋友了。"

钱敏走后，于真意换了套宽松些的衣服，又把围巾戴上，她在镜子前看了几眼，嘴里轻哼："陈觉非女朋友也太漂亮了吧。"

薛理科和陈觉非约了在鸳鸯巷附近的露天篮球场打球，两人走到篮球场的时候，张恩仪正坐在地上玩手机，薛理科坐在球上，一脸无聊样。

"科科坐在篮球上，就像柯基跷二郎腿，显得腿好短。"于真意如实说。

陈觉非："……"

一句话得罪一类人，又得罪一种狗。于真意可真行。

"你——"

陈觉非话未说完，于真意毫不犹豫地丢下他，快步跑向张恩仪，一把搂住她："宝贝！好久不见！"

宝贝？于真意还没这么叫过他呢。陈觉非有点不爽。

小姐妹抱在一起原地转圈圈，两道笑声汇聚在一起像烧开了的热水壶。薛理科坐在篮球上，目光像陀螺一样跟着两人转。他搞不懂这是哪个部落的欢迎仪式。

薛理科看见跟在后头的陈觉非，也从篮球上蹦跶起来，张开双手，笑得像獾："陈觉非，我们要不要也抱着原地转圈圈？"

陈觉非捡起地上的篮球，一拍他的肩，带着他往篮球场走："科科，正常点。"

两个男生在篮球场打球，于真意和张恩仪坐在一边。有了姐妹，手机就不再是必需品了。张恩仪给于真意带了家附近的可颂和热牛奶。牛奶在冬日个位数的温度下冷得极快，于真意拿到手的时候已经变温了。

两人叽叽喳喳地说着大学里的新奇事，最后讲到恋爱。

张恩仪："光明正大谈恋爱的感觉怎么样？"

于真意："超好超开心，不过感觉和以前也没什么差别。"

她把早已温凉的牛奶瓶身贴着脸颊："我和陈觉非从小到大都待在一起，跟连体婴儿一样，情侣该去的地方、该玩的游戏，我们早就一起去过、做过了。"

张恩仪表情意味不明。

于真意看她的眼神，手一抖，可颂噎在喉咙里，连连喝了两口牛奶："你什么眼神？"就算已经认识这么多年，可是两人光明正大的恋爱时长，满打满算不过一个学期。

"这才多久？这都多久了！"张恩仪一惊一乍。

于真意还要说话，张恩仪反手从小挎包里拿出一个东西往于真意的外套口袋里塞："先备着，以防气氛和情绪到了。"

于真意脸红成血，拍了拍手上的可颂屑，把手揣进口袋里，摸着盒凉凉的东西，更是烫手。她磕磕巴巴回："为什么你会有这个？"

张恩仪坦然："万一哪天走路的时候就碰到我的真命天子了呢。"

这个话题很快过去，张恩仪又开始和于真意东拉西扯其他的事情，从最近追的剧到娱乐圈又出了哪些小帅哥，再到她们学校的男生都好丑，女生都好漂亮，话题一轮接一轮，两人聊的话题层出不穷。等聊累了，两个人也走到篮球场，嚷嚷着要打球。

"我想扣篮。"于真意说。

"你？"薛理科笑，"那不得给你搬张桌子过来。"

居然嘲笑她。于真意看着陈觉非，重复："我想扣篮。"

陈觉非蹲下，拍了拍自己的肩："坐上来让你扣。"

于真意得意洋洋地冲薛理科做了个鬼脸，却在面向陈觉非时有一些担忧。她一手抓着陈觉非一侧的肩膀，小心翼翼地坐上去："你抱得动我吗？"

陈觉非目光奇怪地看着她："抱不动你，我也太废物了吧。"

他抓紧她的大腿，毫不费力地站起来，头侧了侧，对薛理科说："球。"

薛理科把球递过去，于真意抓着球，完成了人生中的第一次扣篮。她低头看着陈觉非："非非，你真棒！爱死你了！"

陈觉非有点蒙，他眨了眨眼，回味着刚才的那句话，而后又仰头看她，眼里带着得意的笑："还玩吗？"

"不用了，怕你累。"

"不累，要再投吗？"

"真不用啦，投一个过过瘾就够了，你放我下来吧。"

"好。"

于真意小跑到张恩仪面前，整个人乐得不行："扣篮好好玩哦。"

好玩的哪是扣篮啊？张恩仪也不戳穿她，用气声道："别蹦了，口袋这么浅，小心那玩意儿从你口袋里掉出来。"

于真意立刻噤声，像罚站一样一动不动。

张恩仪双手环胸，冷眼看薛理科。薛理科心里生起不好的预感："张恩仪，你不会也要吧？不行的，我是废物……"

怎么会有人说自己是废物的时候都说得那么骄傲？

张恩仪："没见过这么令人无语的男人。"

薛理科一步一步凑到陈觉非身边，压低声音："求你了哥，让我出点风头行不行？"

陈觉非指尖随意转着球，脸上表现出风轻云淡的神色，余光时不时瞥向于真意，心里循环播放着于真意说那句"爱死你了"时的语气和神情。

他言辞决绝："不行，我要让于真意爱死我。"

薛理科瞳孔地震，他不敢相信这是陈觉非说出来的话。

果然，恋爱真的能让人变态。

城市被日落按下开关键，跌入夜色。

告别张恩仪和薛理科后，于真意又收到钱敏的信息，说是爷爷的朋友去世了，赶去外省参加葬礼，陈觉非家里断电了，林雪和陈江在家闲着无聊，于是一起搭伙去棋牌室。钱敏让两人晚上随便吃点。

两人坐在面馆，等面的工夫有一搭没一搭地说着话。

于真意："你家断电了。"

陈觉非："哦。"

于真意："这么平静？"

陈觉非："估计也就是简单的电路问题，他们懒得修，只是想找个理由去打牌罢了。"

于真意一琢磨，根据这四个人的脾性，没准还真有这可能。

回家的那一刻，又落起了飘零的雪花，雪花落在黑色的伞面上。于真意站在家门口，看着陈觉非打开手机的手电筒功能："你不来我家吗？"

陈觉非摇头，目光落在搜索引擎界面上："我研究一下怎么修。"

伞微微移开了，雪花落在他的头发上，又落在黑色外套上，很快化开，洇成点点水渍。他的挺拔身影融在雪夜里，手里屏幕上的灯光映在他脸上。

于真意倚在墙边，声音裹着潮湿水汽："可是我一个人在家有点害怕。"面色平静到极点地说着"害怕"二字。

陈觉非心一缩，佯装镇定地转着手机，然后揣进兜里："研究了一下，发现不会修。"

于真意开心了，捏着他的手："快快快，我今天想看恐怖片，你陪我一起看。"

陈觉非被她拽着走，听着她说的话，嘴角刚扬起弧度，还没来得及聚成一个完整的笑容，又垂下。

看电影？谁吃饱了撑的是要来看电影的啊？不如放他回去继续研究一下怎么修电路吧。

陈觉非实在不明白，自己是怎么同意和于真意看这部本年度最烂恐怖片的。毫无任何恐怖镜头，只有主角疑神疑鬼的尖叫声，偏偏旁边这人看得正起劲。

他毫不掩饰地叹了口气。于真意没动，认真地看着大屏幕。他加重了叹气声。于真意还是一动不动，一个眼神也没有分过来。

陈觉非认命："好看吗？"

于真意如实回答："不好看。"

不好看还这么起劲？

"哎呀，都看了一半了，就把它看完吧。"

屏幕上，女人伸出颤颤巍巍的手，去拉开眼前的那扇门，各种诡异音乐响起。于真意抽过陈觉非背后的枕头，挡在眼前，一个猝不及防，陈觉非后脑勺撞到床板。他揉了揉后脑勺。这下应该真有脑震荡了。

女人马上就要推开那扇门了。于真意不停地碎碎念："别开别开别开……"

陈觉非幽怨出声："我把电视关了，你就看不到她开门了。"

女人手握在门把手上的那一刻，"咔嗒"一声，屏幕一暗，伴随而来的是床头两盏幽黄的壁灯一起暗下。

于真意愣了两三秒，在乌漆墨黑的房间里转头看着陈觉非："你关的？"

陈觉非："……你说呢？"

他起身披上外套："断电了吧。"搞了半天还得他去修。

于真意拉住他："别修了，你一修电脑的去修电路，万一你触电死了怎么办？"

陈觉非："首先，我不是修电脑的。其次，你能想着我点好吗？"

"别去！我不要一个人在房间里！你就等我爸妈他们回来不行吗？"

"可是我手机没电了，不修好我没法充电，很无聊。"

于真意"啊"了声："那我们打牌吧。"

"我们两个？"

于真意把自己手机的手电筒打开，翻箱倒柜好一阵后，拿出一副全新的牌："两个人也可以玩呀，我们可以玩二十四点或者跑得快。"

原来比看毫不恐怖的恐怖电影更无聊的事情就是玩二十四点。手机竖在床正中间，勉勉强强照得清床上的牌。陈觉非两腿盘起，手撑着下巴，眼里无神地看着床上的牌。

"你怎么不算呀？"于真意和他面对面坐着。

陈觉非缄默片刻，实在心累："算不出。"

"4、6、7、7，你算不出来啊？你是小学生啊？"

他没半点否认的意思。

稀薄月光从没有拉窗帘的阳台上洒进来，于真意借着月光，看见他百无聊赖的神情，柔软的头发随意耷拉着。坏心思在夜里肆意发酵。

于真意爬到他面前，两手撑在他膝盖上，两人距离不过寥寥，连相触的呼吸都带上了冬夜的缠绵。她昂起头，说话时深深浅浅的气息喷洒在他下巴上，清亮的眼眸在夜色的遮蔽下闪过狡黠。

"陈觉非，输一局，脱一件，玩不玩？"

第3章

声音轻如羽毛滑过湖面，却让陈觉非短暂耳鸣。

喉结压抑地滚了滚，好半晌才出声："玩。"

于真意坐回原位，也学他的样子双腿盘起，她洗着手里的牌："你刚说二十四点没意思，那我们玩跑得快吧？"

"不！"陈觉非刚开口就觉得自己的声音有些大。为了掩饰尴尬，他摸了摸鼻子，平静回答，"没关系的，玩二十四点好了。"

一局跑得快的时长能玩很多很多局二十四点了，能脱……很多很多件衣服。

于真意："好。"

她刚把四张牌摊在床上，还没等她仔细看那四张牌，陈觉非立刻说出答案。陈觉非身体往后仰了仰，手肘撑着床沿，目光凝在她身上，一副好整以暇等待的模样。

于真意把那四张牌收起丢到他那边，又取了四张。

陈觉非直起身子，委屈巴巴："刚刚……刚刚是我先算出来的……"眉峰拧着，整张脸上面色沉重，似乎在怪她不守信用。

于真意："我知道啊，一副牌轮完算一局。"

这一刻，陈觉非宁愿自己听不懂中文，这普普通通的文字所组成的事实竟如此残酷。除去大小王还剩五十二张牌，四张一轮，十三轮居然才算一局？这还不如跑得快呢！

漫长的一局终于结束，陈觉非捏着自己身边厚厚的那沓牌，数也不想数："我多，我赢了。"

于真意把外套脱了放在一边："下把让我赢好不好？"

陈觉非："你觉得好不好？"

于真意挪到他身边："可是我这件卫衣里没别的衣服了，非非，下把让我赢行不行呀？"

这样的低耳呢喃，换作平时，陈觉非一定会答应。可惜这个场合下，他的神志十分清醒，他冷静地指出："你还有裤子。"

"陈觉非，你是人吗？"

陈觉非回得也快："不是，我是狗，这不是你说的吗？"

两方商量失败，于真意冷笑一声："上局我让着你的，这局你看好了。"

陈觉非挑眉。他会好好看的。

又是新的一局，结果依然是陈觉非赢。于真意看着他那张脸，实在觉得无语，正要说些什么，手机手电筒的光自动关闭。她好奇地去看，滑了两下屏幕都没有反应。

"没电了？没电了！太好了！"于真意雀跃，"你回家吧，我想睡觉了。"

陈觉非不由得提高音量："你这人怎么这样？"

"我怎么样？"

陈觉非怒气冲冲地看着天花板，好半天才吐出四个字："不守承诺！"

于真意把他拉起来，语气带笑："好啦好啦，那不是因为断电了很无

276

聊嘛。"

饶是再不想动，他还是被不情不愿地拉起，嘴里嘀咕不断："我说了要去修电路，你跟我说一个人在家害怕，非让我进来。然后又不让我走，不让我走就算了，还说什么玩纸牌，说好了谁输谁脱，可是你输了又不脱，你怎么能欺骗我感情呢？早知道你要耍赖，我就不该进你家的门，我就是个修电路的命。"

于真意笑岔了气，她这辈子都没听陈觉非一次性说过那么多话。

"别笑了，我想哭。"他在床上静坐几秒，又摆烂似的倒下去，语气里带着显而易见的怨气。

于真意跪坐在他边上，俯身，唇贴着他的，含混不清道："别气了，亲亲你。"

陈觉非把脑袋挪开，她的唇擦过唇角，落到侧脸。

"不想亲。"

"我不说第二遍的哦。"

"……想亲的。"

起先，只是浅尝辄止，后来不知怎的，也不知是谁先沉溺在了这个吻里，两人的眼睛都有些失焦。寂静的一方天地，只有唇齿相缠的声音。

后腰突然传来一阵冰凉的触感，像刚捏过冰块的手，带着外头的寒气贴着她的腰，两种截然不同的温度触碰在一起，激得于真意的心一颤，她抬头，和他拉开些许距离："你的手好冷。"

她还要说话，腰上冰凉的触感不再。黑暗中，视觉变钝，其他的感官恰逢其时地放大，然后变得敏感。于真意觉得自己变得有些奇怪。若真要细细比较起来，这个吻和以往的吻并无任何不同，可是大概是因为地点和时间太过巧合，滋生出不一样的氛围。

"要我走吗？现在？"他问。

这个问题，她该怎么回答？

"不要"二字，说不出口。而另一个相反的答案，太违心了。

没等到她的回答，陈觉非把手放开，于真意愣愣坐在床上，嘴巴比大脑更快："我……我没想让你走。真的，我没想让你走。"

一句不够，她重复。

陈觉非身形一顿，他回头，即使在黑暗中，于真意也能看见他怎么都遮不住的笑意："我没说要走。"

坏蛋！

他居高临下地望她，两手托着她的下巴，迫使她仰着头："既然是你说不想让我走的，那我就不走了。"

于真意小心地捏着他的衣摆。

"于真意。"他叫她的名字。

"到！"紧张情绪让她条件反射地像小学生一样喊道。

陈觉非贴近她的脸，吻比今夜的雪还要汹汹几分。

有点缺氧。太缺氧了，他像是要掠夺殆尽自己所有的氧气。

抓着他衣摆的手不再是小心翼翼的，无意识地加重了力道，皱皱的棉质布料几乎都要在掌心镶嵌，镌印下一道明显痕迹。明明是近在咫尺的距离，他的声音却像是被绵软厚重的棉花堵塞住，实在发闷。这次拥抱让体温透过薄薄的衣衫，交换相融。

狭窄昏暗视野中，于真意看见窗外皎洁月光。

她突然想到，雪天看见月亮的概率和雨天看见太阳的概率一样，那今天可真是个足够特别的日子。飘雪和潮湿雨水混杂在一起，纷纷下落，迷蒙了视野。

寂静夜里，除了楼下路人经过，厚重雪地靴踩在柔软的雪和树枝上发出咔嗒声响，再无任何嘈杂声音。

第4章

汹涌之后，房间里陷入短暂又诡异的安静。在这安静中，于真意听见楼下大门打开的声音，像无波无澜的湖面中突然扔下一块巨石，四人欢声笑语声如溅起的水浪传入于真意的耳畔。

她推了推陈觉非："我妈他们好像到家了。"

陈觉非不为所动。

"真真和陈陈还没回来吗？"于真意听见钱敏说。

"这么晚了，该回来了吧。"

"那灯都关着。"

"因为停电了啊老婆。"

"哦对对对——"钱敏反应过来,冲着楼上喊了声,"于真意,回来了吗?"

于真意骑虎难下。

偏偏这人还不知疲惫地拱火:"钱姨问你呢,回来了吗?"

她冲着楼下喊:"妈,我、我回来了。"

"那陈陈怎么不在家?"是林雪的声音。

于真意无力地闭了闭眼。他当然不在家。

陈觉非埋在她肩头笑:"我妈也问你呢。"

很好,烂摊子都给她收拾。

于真意:"他找他女朋友去了,今晚应该不回家。"

话音落下的瞬间,于真意感觉到陈觉非一顿,看不太清他的神情,只听到他没来由地哼笑,伴着低低的一句:"我真的谢谢你。"

楼下和楼上一样,也陷入了短暂的沉默。

钱敏干笑了两声:"孩子长大了,这有什么呀?"

于岳民也转移话题:"这个点电路修理工应该下班了,明天再找吧。"

家长们又交谈了几句,才在门口道别。

于真意竖起耳朵,一心两用听着,然后交上最新的情报:"他们应该都回家了,那你什么时候回去?"

"不回。"

"啊?"

陈觉非:"我找我那个超级漂亮的女朋友去了,今晚不回家。"

于真意语塞。原来这就是挖坑给自己跳。

她嘴硬:"可是你睡觉会踢被子。"

陈觉非:"今天不会了。"

她又说:"那那那……我睡相也不好……"

"我不介意。"说罢,他一副不想和她多费口舌的样了,从背后把她整个人拥在怀里。

他的手反捏着她的手,十指相握,安安静静地放在一边。

于真意:"我要睡觉了。"

"嗯。"

"你不要趁我睡着的时候动手动脚哦。"

"我是这种人吗?"

今天之前她也觉得不是，今天之后就不知道了。于真意没回答："你给我讲故事吧，讲陈觉非是怎么喜欢上于真意的故事。"

热气呼在她的肩头："陈觉非喜欢于真意，因为……"

真的太困了，是真的太累了。于真意几乎在说完这句话之后呼吸就变得平稳，陷入了沉睡。

"哪有什么理由。因为我们于真意值得喜欢啊……"

早晨六点是爷爷出门散步后回来的时间，陈觉非掐着点醒来，看了眼床头的钟，离六点还有十分钟，他又想起爷爷去了外省。揉揉眼，窗外的天空还是灰蓝色的，独属于冬季的早晨。

陈觉非小心翼翼地把手从于真意的脖子下抽出来，动静和幅度都很小，却还是让她的脑袋动了动。

他在于真意额头上落下一吻："我先回家了。"

于真意眼睛都没睁开，手拉着被子往自己的怀里带："吵死了！滚滚滚！"

"……"

他怎么就只得到了一个"滚"字？

于真意醒过一次，大概就是在陈觉非走的时候。昨晚实在太累了，她困得眼皮子打架，好不容易可以睡觉，她还幻想着睡到自然醒，结果就听见他窸窸窣窣穿衣服的声音，穿完之后又贴着自己亲，真的好烦。

听见他的脚步声消失在阳台，于真意昏昏沉沉睡了过去，等她再醒来，是阿姨上来叫她吃午饭了。于真意迷迷糊糊地应了声，过了一会儿才反应过来，都已经睡到吃午饭的点了。

她随意洗了个澡，穿上高领毛衣，把自己捂得严严实实才开门。她一打开门就看见陈觉非站在门口。她下意识后退，语气带警告："我刚洗过澡。"

话音一落，两人都是一愣。这算什么？

陈觉非笑："我是来叫你吃饭啊。"

"哦。"她讪讪地回。

陈觉非应该也是刚洗完澡，头发上带着潮湿，随意套了白色卫衣、灰色运动裤。

"我说——"陈觉非敲敲她脑门，"于真意，你这眼神倒也不用这么直白。"

于真意揪着他腰的手转而去抓他的衣摆，耳根越来越红，嘴里也不停咕哝着："烦死了，我讨厌你。"

陈觉非一顿，侧过头去看她："那我以后家门钥匙还得备一把给你。"

"为什么？"

下楼，走到拐角处，正是视觉死角。于真意听见了家长们的聊天声和电视机里的声音。于岳民疑惑于真意怎么还不下楼，钱敏让阿姨再来叫她。阿姨说了声"好"，就往这边走。

绛红色的地板上，于真意几乎都能看见阿姨的影子由远及近。

陈觉非轻挠她脖子，低头去找她的眼睛。于真意听着逐渐接近的脚步声，心也跟着怦怦作响，想挣脱又挣脱不开："你放开我呀，待会儿被看见了！"

陈觉非的唇在她鼻尖上落下一吻，清爽的气息撞入她的鼻间，继续回答她刚刚那个问题："因为怕你以后晚上哭唧唧地跑过来找我。"

在阿姨走过拐角时，陈觉非放开她，往后退了一步。对上阿姨的眼睛，他笑得自然："阿姨，我们下来了。"

于真意慢吞吞地跟在身后，看着他自然地落座和钱敏他们聊天，于真意抓抓头发，企图让短发遮住自己发红的耳根。

她气急败坏，怎么会有这样的人啊？！

旋即又推翻上一刻的想法，不过这样的人是属于她的，那还挺有意思。

临近过年，快递的发货速度越来越慢，于真意成天看着手机里的物流信息犯愁，她下单的一堆新衣服都没有到。没有新衣服的年，那还算什么新年？

听到她这说辞，陈觉非也搞不懂，她衣柜里全是一堆他从来没见过的衣服，买回来不穿，也不知道买它们的目的是什么。

于真意的手在键盘上马不停蹄地敲着，她突然说："亲亲。"

陈觉非立刻抛开游戏中薛理科濒死的角色，任他血条急速下降，眼巴巴地凑过去。刚靠近她，于真意便一拍桌子，怒气冲冲地起身，连连跺脚："说好四十八小时内发货，延迟了那么久不发货就算了，居然连春装都上了？就这效率还敢叫我'亲亲'？无语无语无语！"

她翻了个白眼，又察觉陈觉非离她极近，疑惑："你凑我这么近干什么？"

短暂又漫长的十八年人生中，陈觉非没这么尴尬过。他摸了摸脖子：

"没事。"而后急速转移话题，"快过年了，快递发得慢，如果很急的话，去商场看看有没有吧。"

于真意"嗯"了声，她又问："对了，你喜欢黑丝吗？"

陈觉非又开了一局新的游戏，蓝牙耳机里传来薛理科幽怨的咒骂和口腔中咀嚼饼干的声音。陈觉非把耳机摘了，揉了揉耳朵，又痛苦地戴上："不喜欢。"

"那就算了，反正快递也卡在那里了。"

陈觉非呆呆傻傻地望向她，耳机里薛理科的声音实在聒噪，他再一次摘下耳机，屁股往于真意坐的地方挪："我……我可以试着喜欢……"

于真意没回，像是没听见那句话，注意力继续集中在手机屏幕上和各个店铺的客服"混战"。

陈觉非晃晃她的肩膀，讨好地问："要不要去催催快递呀？"

于真意叹气："算了，随他吧。"

这怎么能算了？！

陈觉非躺回床头，耷拉着嘴角继续游戏。一天的好心情，没了。

2018年的情人节、除夕、春节正好赶在了一起。于真意发现这件事的时候，正在和张恩仪打语音电话，听着电话那头张恩仪的长吁短叹："各种节假日将至，我的快乐源泉又来了。"

于真意不解："什么？"

"论坛里一定会有很多女生分享节假日里她们抠搜男友送的礼物，每到这个时候，你就会发现，男人真的很容易死。"

"为什么？"

"因为不仅彩礼能要了他们的命，而且每逢节假日那些一两百块的礼物也能要了他们的命。"

于真意被逗笑："说起情人节，我爸这几天接了个很大的会展项目，展期就在过完年后一周，所以他要在除夕前把项目做完，那他就没办法陪我妈过情人节。他俩过不了情人节，也就意味着我也不能偷偷溜出去和陈觉非过了。你说陈觉非会不会生气啊？我要买什么礼物才能让他开心呀？"

那头张恩仪沉默了足足半分钟。

"——，你那边网不好吗？"

彼时张恩仪双腿盘起。她舔舔唇："真真，我有一个很好很好很好很好的想法，你想不想听呀？"

林雪和陈江两人闲着也是闲着，出门过情人节去了。于真意在家陪钱敏看电影，看到一半的时候陈觉非进来了。

于真意依偎在钱敏身边，看了他一眼，他乌发和外套上都有水珠。

"下雨了啊？"她直起身子，拿过桌上的抽纸正要给他擦头发，钱敏打掉她的手，直接把纸递给陈觉非。

于真意疑惑看她。

钱敏用气声道："人家有女朋友，你现在也有男朋友，你俩就算一起长大也要注意一点分寸。"

于真意语塞。

钱敏又问陈觉非："陈陈，你不陪你女朋友过情人节啊？"

陈觉非随意擦了擦头发："她忙着呢。"他在于真意身边坐下，于真意给他递了颗草莓，在钱敏的视觉盲区里，他没伸手去接，反而低头咬住草莓，与此同时牙齿很轻地咬了下于真意的手指。

"对了真真。"

于真意一惊，本来就做贼心虚，条件反射地缩手，半颗草莓掉在地上。

"你怎么连草莓都拿不稳。"钱敏埋怨。

"怎么连草莓都拿不稳？"陈觉非跟着重复。

于真意瞪他。真是个有毛病的男人。

"妈，你要说什么？"于真意赶紧转移话题。

钱敏："你那个男朋友情人节不给你送礼物啊？"

于真意噎住。这道题没法回答。

钱敏上下瞧了她一眼，脸色变得严肃："于真意，我们家不穷，也不用你找个多有钱的男朋友，学生没钱很正常，但是心意一定要有，我们家可不收抠男。"

于真意磕磕巴巴应了两声，不只是钱敏好奇，于真意也想问问身边这个装模作样的狗男人准备了什么东西。她暗自打字。

TBG："你准备送我什么？"

TNB："很俗。"

TBG："很俗啊，那就跟你的人一样。"

TNB："是呢是呢，俗死了。"

两人暗度陈仓发着消息时，门铃响了，于真意起身去开门。门外站着一个穿蓝色工作服的小哥，肩膀处被雨水浸湿，看样子外面的雨的确下得很大。

小哥问："请问于女士住这里吗？"

于真意："嗯。"

小哥："您的玫瑰花，请签收。"

于真意看着那一大簇玫瑰花，水珠凝在娇媚红艳的花瓣上，又随轻微的晃动而滚落。于真意在签收单上写下钱敏的名字。然后接过花往里头走，边走边感叹，她爸这一把年纪还真是会玩浪漫，忙着加班还不忘送礼物给她妈。

不对呀。那不应该是钱女士吗？怎么会是于女士？

"这么大束玫瑰花？"钱敏起身，嘴上是埋怨的口吻，脸上却收敛不住笑意，"你爸买的花真是一年比一年大。"

"妈，这个好像是——"

没等她说完，钱敏拿出藏在玫瑰花中的卡片，白色卡片背面被雨水打湿了一个角，正面没有被雨水浸湿，金色墨水镌刻的意大利斜体英文印在卡片上。

落款：Your puppy.

钱敏望向于真意，颇有些一言难尽的神色在脸上："真真，你和你男朋友……就是这么称呼对方的？"

于真意脸涨得通红，对上后头正坐在沙发上双肘撑膝像在看戏的那位，一时不知如何回话。

"我们……嗯……也不算啦……"于真意支支吾吾，半天凑不出一句完整的句子。

钱敏又去看那玫瑰花，她摆弄了几下，上头是玫瑰，拿出几枝之后，下面全是粉红色纸钞卷成的假花。

假花堆叠的中间，安安静静地放置着一个白金色的丝绒盒。

钱敏对这个一向敏感，她骂了句脏话："你男朋友真是心大啊，把这个放在底下，也不怕别人没看到最后直接扔了？"

于真意把盒子捏在手里，攥得紧紧的，她又一次看向陈觉非。他连坐姿都没换，眼里带着笑意，对上她的眼睛，似乎在问："喜不喜欢这个俗气的礼物？"

"好了好了妈，我们把花插进花瓶里吧。"于真意赶紧转移话题，弯身把上头铺着的一层玫瑰花拿下来，她又看着那一圈圈粉色纸钞——这里面得有多少钱啊……

太俗了，太喜欢了。

钱敏"嗯"了声："不过你这小男朋友也是稀奇，单独把戒指送给你，他不知道戒指是要他亲手戴的吗？"

陈觉非拿草莓的手茫然停在半空，表情终于有了些变化。

是吗？他还真不知道，他以为除了结婚戒指，其他谁戴都没差。

母女俩把花枝用绸带捆起来，插进餐桌和茶几上的花瓶中，两人又坐回沙发上，和陈觉非一起把剩下的电影看完。

于真意瞥了一眼钱敏，她正认真地看着电影。于真意拿出手机，继续悄悄打字："发1，真真今晚来找你。"

旁边的手机发出消息提示音。陈觉非拿起手机看了眼，毫不犹豫："1111111。"

夜晚十一点，于真意坐立难安，克服巨大的心理障碍后，她蹑手蹑脚往家门口走，也不打伞，两手牢牢捂住裙摆，寒风吹得她两腿鸡皮疙瘩直起。她轻车熟路地按下陈觉非家的密码，然后快速上楼。

"冻死我了冻死我了！"于真意说。

陈觉非皱眉，把室内空调温度开高了几摄氏度："二月的天，你穿裙子啊？"

于真意："冻死了，要抱。"

陈觉非将她拦腰抱起，裙摆在空中忽起忽落，像雨夜中撑开的小伞又立刻阖上。

于真意的手搭在陈觉非肩膀上："真的好冷好冷。"

陈觉非刚刚关阳台时关得太过随意，门没有关严实，外头小巷的景致被瓢泼大雨汇成的雨雾扭曲，斜风带着雨一起飘进来，裙摆又一次扬起。

第5章

于真意不敢看他的眼睛，她移开视线，盯着他的耳垂，看着他的耳垂逐渐也变得通红，又断断续续蔓延到脖颈间。

陈觉非抱着她，腰间突然硌到一个东西。于真意从裙子口袋里拿出那个戒指盒，有些不好意思："我顺便拿过来让你帮我戴上。"

于真意觉得这事儿就是陈觉非做得不靠谱。那一般不都是在隆重准备下，招呼一帮人，给她一个神秘惊喜吗？哪有这样的，戒指让快递小哥送过来，又要她自己拿着这戒指屁颠屁颠过来，让他帮自己戴上。

"嗯，等会儿，这不重要。"

"不重要？！"她忍不住提高音量。

原来给人戴戒指这事儿不重要吗？

陈觉非"啊"了声，单手抱着她，腾出的一只手把那盒子放在床头柜上："就是普普通通的戒指，是不太重要的吧……"

"你不知道别人都是用这个戒指来当……"当订婚对戒的吗……

"来当什么？"陈觉非问。

陈觉非只知道给于真意买东西不能买便宜的，所以挑了个贵的，至于那戒指有什么含义，他真的不知道。反正贵的总是比便宜的好。

"用来让自己擦屁股的手变得更金贵。"她有气无力地回。

说完这句，陈觉非没再搭话。这样的寂静，有些熟悉。

于真意凑近了他的耳朵，气息像各种音符组成的五线谱，在他耳郭边回绕。

头顶的大灯被关上，只留下两盏幽暗的壁灯，亮度调到了最低。

昏黄壁灯打在他脸上，影影绰绰。

陈觉非伸手，拿过浅白丝绒盒，单手打开："手。"

于真意伸出手，那枚白陶瓷戒指套入她的无名指。

"我记得这款是黑白陶瓷对戒，你的呢？"于真意问。

陈觉非："我要是一戴，那不就被他们发现了。"

"那你的就这么放着积灰？"

陈觉非仰头看着她："没，我戴着。"

衣摆掀开，那枚黑色陶瓷戒用银链串着，做成项链模样，和玉佩一起挂在胸前。

"还……挺好看。"她嘀咕。

陈觉非也低头看了眼："好看吗？可惜它跟他的主人一样，拿不出手，只能暗暗藏在里面。"

在某一刻，于真意短暂地认为，情侣分分合合很正常，但是她和陈觉非不一样，他们两个在一起意味着两家亲上加亲，可是同样，如果他们分手后，父母间的相处也会产生微妙的变化，这种变化都无须搬到台面上来明说，它会在时间的流逝中打磨出显而易见的缝隙。所以她不想告诉父母，也无须仔仔细细地告诉陈觉非自己心里的想法，因为他太了解自己了，只要一句话、一个眼神，他就能洞察自己的想法。

可是此时此刻，她想的是，被发现了更好。她真想向全世界昭告，看啊，这样好的人，是属于她的。

"我好爱你啊，陈觉非。"她搂紧他的脖子，在他耳畔一遍一遍地低语。

她常常把喜欢挂在嘴边，却从来没有提过"爱"这个字，就连仅有的一次也只是以玩笑话说出口的。只有这一次，这句话里的真挚情感，有着厚重的、任谁都承载不住的浓烈情感。

陈觉非难得语塞，除了以同样的爱回应她，再别无他法。

屋檐终于承载不住瓢泼的雨，雨珠顷刻坠落，砸在水泥地上，势头正猛。

皑皑白雪相融，燃起的火焰让它在寒冷的冬天升腾。

寒冬早晨的风着实有些疯狂，吹得阳台的玻璃门呼呼作响。陈觉非被吵醒的时候往窗外看了一眼，透过窗帘偶尔扬起的空隙，看到外面的天还是雾蒙蒙的阴蓝。他睡眼蒙眬地抓起手机，瞥了眼时间，才不过五点。这算是醒得越来越早了。

左侧身子被人压住，麻透了。他低头看了眼，于真意趴在他身上，像一只放大版的猫咪。大概是因为手机的光线太过扰人，她皱了皱眉，又扭头转向另一边。

陈觉非有点纳闷，这样睡觉压着胸口不痛苦吗？反正对于他来说，这真是一种幸福的折磨。

"太亮了，我讨厌你。"于真意半梦半醒地嘀咕。

好没道理，怎么就又讨厌他了啊？陈觉非的手指穿过她的长发，揉着她的脑袋："关了关了。"

"嗯……几点了……"声音实在困倦。

"五点零三，接着睡吧。"

她乖乖应了声"好"。

过了一会儿，于真意像回光返照一般突然爬起来，手肘撑在他胸口，陈觉非全然没防备，被她这么一压，发出低低的一声闷哼。

于真意这下是彻底清醒了，赶紧手忙脚乱地挪开："你没事吧？"

陈觉非："有事。"

他眉头皱得紧紧的："被你压死了，你没有男朋友了。"

于真意听出了他语气里的玩笑，那股担忧旋即消失，假模假样地问："那可怎么办呢？"

陈觉非看着她，重新把她压回怀里："给我抱抱就好了。"

他的手太不安分，于真意被陈觉非折磨得实在烦了。

"你别挠我呀陈觉非！"于真意红着耳根咒骂他。

于真意懒得和他纠缠，准备趁着天还没亮赶紧回家。她爬起来，陈觉非就仰头靠在床头，被子滑到腰侧，他眼睛一眨不眨地盯着于真意在那里低头找着些什么。

于真意又问："我怎么回去？"

陈觉非突然起了坏意，语气散漫又吊儿郎当："怎么来的就怎么回。"

这人怎么可以这么坏啊。

于真意："你这人怎么这么缺德啊。"

陈觉非觉得好笑："哪里缺德？"

于真意一不做，二不休，抱着自己的膝盖蹲在角落，大有要在那里生根发芽的念头。

陈觉非被她这委屈巴巴的模样逗笑，他起身，虚虚捏着于真意的脖子，像拎着一只猫一般把她塞回被窝里。

于真意把被子拉到脸上，只露出两只眼睛，滴溜滴溜地转："你干吗啊陈觉非？"

陈觉非哼笑："小姐，您没事儿吧？我是觉得地上冷，让你别坐地上。"

于真意恍然"哦"了声："我以为……"

陈觉非接话："你以为什么？"

于真意低头看着他——那谁知道呢？

于真意打开阳台的门，娴熟地翻栏杆回到自己房间。

两个小时后两人坐在同一辆车里。车缓缓地驶向宗月岛，已是除夕，高速路上车辆稀少，城市的年味也随人潮的散去而变得稀薄。

两人这会儿工夫在车上已经困得要命了。于真意看着车窗外飞过的景致，困意袭来。脑袋有一下没一下地左右摇晃，最后靠到陈觉非肩膀上："我睡会儿，到了叫我。"

"嗯。"陈觉非也是兴致不高的样子。

钱敏往后看了一眼，两个人都闭着眼睛，面色上是同样的困倦。她想叫于真意起来，又被正在开车的于岳民低声制止。

于岳民："你干什么？"

钱敏压低了声音："一个有男朋友，男朋友前一天还给她送了戒指；另一个有女朋友，还已经到了跑出去过夜的程度。这两个人现在抱在一起睡觉，你不觉得不合适吗？"

于岳民："你说的也是，那你把他们叫醒。"

钱敏："总是我做坏人。"

钱敏扭头，伸长了手，拍拍于真意："真真。"

于真意没动，只迷迷糊糊地"嗯"了声。

"真真。"钱敏又叫她。

于真意这才挣扎着睁开眼睛："怎么了啊妈妈？"

"别靠着陈陈。"

"为什么——"话才说出口三个字，于真意反应过来，她赶紧闭嘴，点点头，把头往另一边靠。

等钱敏转过头去后，于真意又扭头看陈觉非。他把卫衣的帽子罩着头顶，只露出前额的一截碎发也被揉得乱糟糟的，侧面看更显得鼻梁高挺，低垂的睫毛长而直。他两手交叉缩在袖口里，大概是真的困了，这样的动静都没有吵醒他。

于真意原本搭在车座上的手又不安分地往他那边挪，才挪了没多远距离，恰好在前视镜里对上于岳民的眼神。

尴尬又窒息。应该没有看见。

于真意先发制人："爸，你长得真丑。"

于岳民："……你也没好看到哪里去。"

车驶到宗月岛民宿，于真意推推陈觉非的肩膀，在他耳边轻声嘀咕："到你家了。"

陈觉非半睁着眼，脑子还属于重启状态："什么？"

于真意："猪猪屠宰场到了。"

就算意识不清，他还是反手搂过她，在她脸上喔了一口："谁是猪？"

还好钱敏和于岳民先下了车，不然这形势真的很难解释。

于真意笑嘻嘻："你咯。"

她回吻上去，手还掐着他的胳膊。蜻蜓点水的一吻结束，她笑着看向窗外准备开门，和站在车后座外正往里探头探脑看的小女生眼神对上，笑容僵在脸上。

"这这这、这是小樱桃还是小皮球还是小桑葚啊？"于真意动作停在原地，进退两难，说话直结巴。

比起于真意这做贼心虚的模样，陈觉非显然淡定很多，一副坏事做多已然做出经验的模样。他拍拍于真意的肩："她看不见里面，走，下车。"

于真意胆战心惊地看他："真的吗？"

陈觉非："嗯。"

于真意又恢复了正常，她故作高冷地下车，正要和小樱桃、小皮球打招呼，岂料小樱桃歪着脑袋看她："姐姐，你刚刚和哥哥在车车里亲亲。"

陈觉非觉得自己脸生疼。他扭头仔仔细细地打量于岳民这车，最后得出结论，这居然不是单面玻璃。他双手环胸，边想边摇头感叹："我们以后得装单面玻璃。"

于真意狠狠瞪他一眼，这神经病能不能别在这种场合想一些好久之后才会发生的事情？

她蹲下身，看着小樱桃，开始胡编乱造："不是呀，我们没有在亲亲，这怎么能算亲亲呢，你看错啦。"

小樱桃摇头："我没有看错，哥哥还打了你的屁屁。"

于真意：她迟早要杀了陈觉非。

陈觉非拉了拉裤脚，也蹲到于真意身边，他看着小樱桃："樱桃，你和你哥哥是不是也经常抱在一起？"

小樱桃想了想："对。"

陈觉非："那哥哥和真真姐姐偶尔也抱一抱是不是很正常？"

小樱桃："不对。"

陈觉非："……为什么不对？"

小樱桃："我和哥哥是同一个妈妈生出来的，你们不是。"

于真意笑出了声，她白了陈觉非一眼："你接着说啊陈老师。"

陈觉非："那你爸爸和妈妈是不是经常亲在一起呀？"

小樱桃："是。"

陈觉非："那哥哥和姐姐亲一亲是不是也很正常？"

小樱桃迷茫了。

正常吗？好像是正常的，又好像不太正常。

陈觉非乘胜追击，他揉了揉鼻梁："你爸爸妈妈是不是不允许你和别人说他们会亲亲？"

小樱桃："嗯。"

陈觉非："那哥哥和姐姐亲亲的事情，你能不能也不要告诉别人？"

小樱桃疑惑地"啊"了声："可是你们已经知道我爸爸妈妈会亲亲了。"

于真意在一边捂着肚子笑到不能自已。

陈觉非闭了闭眼，有些难搞："但是你爸爸妈妈会亲亲这件事是哥哥自己猜出来的，不是你告诉我的。所以，你也不要告诉别人，就让他们自己去猜，好不好？"

小樱桃好像听懂了又好像没听懂，最后她才蒙蒙地点点头。

陈觉非："拉钩。"

小樱桃："不拉。"

"为什么？"陈觉非差点被气得走音。

小樱桃如实回答："万一我忍不住告诉别人了，拉完钩我会被天雷劈劈的。"

陈觉非有气无力地点点头，一副妥协模样："行行行，不拉就不拉。"

于真意已经笑疯了，对上陈觉非那幽怨的表情，她更是笑到停不下来。

小孩子忘性大，一会儿工夫就忘了这件事。小樱桃和小皮球兴冲冲地拉着两人去看他们新养的小奶猫。

陈觉非和于真意走在后面，他愤愤然道："我们以后玻璃得贴膜。"

于真意："……"

她以为陈觉非这思考了半天的模样是准备说出什么惊天动地的话呢，万变不离其宗，还是那该死的车玻璃。

小樱桃口中的小奶猫的确很可爱，就手掌大点的模样，连猫抓板都不会用。小樱桃和小皮球才陪猫猫玩了一会儿就被妈妈叫去了。留下于真意和陈觉非逗小奶猫玩。

两人蹲在地上，一起歪着脑袋看猫猫，猫猫也歪着脑袋注视着两人。它的两只粉色的小爪子按着猫抓板却一动也不动。

于真意："它是不是还不会用猫抓板？"

陈觉非："不知道。"

于真意："那你教教它。"

陈觉非一脸复杂："我是狗……不是，我是人，我怎么教它。"

于真意伸手挠了挠他的下巴："好的我的狗，现在教教小猫猫怎么用猫抓板吧。"

无语无语无语。

陈觉非蹲在小猫的对面，他伸出两手也按在猫爪板上。小猫又向另一个方向歪脑袋，目光还落在他身上。

陈觉非："看好了，就教你一次。"

小奶猫："喵——"

于真意：……真是稀奇，猫和狗还真对上话了。

陈觉非指腹在猫抓板上来回摩挲了几下，然后恭恭敬敬地做了个"请"的手势："到你了。"

小奶猫漂亮如黑宝石般的眼睛随他的手而动，爪子却不动："喵——"

陈觉非又做了一遍同样的动作："你试试啊。"

小奶猫："喵喵——"

陈觉非："别光'喵'，你动一动。"

小奶猫："喵喵喵喵——"

陈觉非可怜兮兮地看着于真意："我教不来。"

太可爱了。于真意感叹。

陈觉非眼睛一亮，他蹲在原地的模样就像一条大型犬，随她刚刚说出口的那几个字而热切地摇晃"尾巴"："说我吗？"

他哪里可爱了？

于真意："说猫。"

"尾巴"低了下去。

"哦。"

于真意捏捏他的脸，十分不走心地安慰："你也可爱，你最可爱了。"

这句话显然让陈觉非心情大好，好到眼角和唇角都是藏不住的溢出的笑意。

猫猫奇怪地看着两人——他们好像都不管自己了呢。于是猫猫摇晃着小屁股，歪歪扭扭地抬脚躺进猫砂里。

唯一的小电灯泡也走了，陈觉非揽过她的脸，正要亲下去，于真意躲开，她的注意力全然被猫吸引："它是不是要拉屎了？"

近在咫尺的吻就这么飞了，陈觉非脸臭到不行："于真意，这到底关你什么事啊？"

"我在网上看到过视频，猫猫便秘的时候会立起来。"

"……所以呢？"

"所以我想看看它会不会立起来。"

于真意下巴撑着膝盖，和眼前的小猫四目相对，最后如发现新大陆一般："它不会站起来哎。"

陈觉非要死不活地应："嗯，它蹲稀，行了吧。"他也不管地上脏就随意地盘腿坐在地上，黑色加绒卫衣后头的帽子又被他继续套回脑袋上，两手随意地甩着抽绳，嘴里叼着片刚刚随手拿的切片面包，百无聊赖地盯着那只猫猫看，脸上颓然丧气一览无余。

于真意目光对上他："太可爱了。"

陈觉非："又是说猫？"

于真意笑得实在放肆："不，这次是说你了。"

从宗月岛回来之后，时间过得飞快。

清大的寒假时间总共六周，准备回学校的前一天晚上，于真意收拾好行李，跑到父母的房间，嚷嚷着要和钱敏一起睡觉。

于岳民摇头吹了吹茶。

于真意："爸，你是在吹茶还是在摇头？"

于岳民慢悠悠呷了口茶："真真啊，你都长这么大了，你要学会——"

话到一半，枕头从后头扔来，钱敏贴着面膜，颐指气使："拿着你的枕头出去。"

于岳民：……老婆很凶，女儿很烦，做人很难。

他看着于真意嗫嚅的那张脸，说："你男朋友不太行。"

于真意像被踩中尾巴的小狗，突然狂吠："爸你又没见过他，干吗不喜欢他啊！"

于岳民抱着枕头，不想回答。他能说什么？总不能说就因为情人节那天自己送钱敏的花没有女儿男朋友送的花漂亮，礼物没有女儿男朋友送的有特点，于是钱敏闷闷不乐了好几天，还把气撒在他身上吧？

小狗崽子才在一起四个月就给于真意送戒指，心里想的什么阴招于岳民会不清楚？

"还好你们俩在京北读书，不然我见到他得好好教育一下他。"教育他送到家里的礼物得把握一下分寸。

于真意不知道于岳民脑子里在想什么，只知道他上一句话是"男朋友不行"，下一句话是"教育一下她男朋友"。

于真意梗着脖子："我男朋友可好了，超级超级好，你以后别想欺负他！不然我就……"她瞟了一眼，"我往你茶里吐口水！"

于岳民："……你？"

钱敏"啧"了声，实在觉得两人吵，于岳民脖子一缩："我睡觉去了。"

于真意蹦跶到床上，掀开被子就往钱敏身边拱："妈，你在喝什么？"

"胶原蛋白。"

于真意嘴巴贱兮兮："妈，这玩意儿没用，年轻的秘诀就是远离家务和烦心事，保持开心。"

钱敏睨了她一眼："是的，所以你妈坚持打麻将。"

……她倒也不是那个意思。

卧室的主灯被关上，只留下一盏台灯，朦胧晕开的光散布在房间里。

于真意翻了个身："妈，你想不想知道我男朋友长什么样？"

钱敏按着遥控器挑选心仪的剧："你不是不愿意告诉我吗？"

"我哪里不愿意？"

于真意纳闷，就算没有告诉他们陈觉非是自己的男朋友，可是她也从来没有在妈妈面前表现出藏着掖着的架势。

钱敏选了一部家长里短狗血剧："从小到大，你都是报喜不报忧，哪次占了点便宜不是嘚瑟地跑过来炫耀？这次连男朋友的照片都不给我和你爸看，要么是不够喜欢，要么就是拿不出手。不过我觉得按照你的审美，你不会找拿不出手的男生，而且我们真真也不是会委屈自己的人，肯定不会和不喜欢的男生勉强在一起，所以这件事还挺奇怪。"

于真意装模作样地理头发，遮住自己的耳根。

不是不够喜欢，是太喜欢了，所以所有和他有关的决定都要斟字酌句寻得一个最佳的方法和时机。

于真意："我怕我们会分手，虽然分手很正常，但是……"后面的话她实在不知道怎么开口，因为随便一个理由都能露出破绽。

钱敏笑着："好了好了，没什么'但是'，我又没生气。你做什么决定妈妈都同意。"

于真意腿蹬着床板，话题飞的跨度极其大："那妈妈也要帮我做一辈子决定！以后我棺材板的颜色也要妈妈挑！"

"我还以为你会选择火化。"

于真意凑近钱敏，整个人贴着她："我不想火化。妈妈，其实我想捐赠遗体哎，我觉得这些都是身外之物，我这辈子已经这么幸福了，有爸爸妈妈有陈……有一个超级无敌螺旋爆炸可爱的男朋友，还有好多好朋友，林姨和陈叔也拿我当女儿养。有些孩子一出生就被丢掉，而我这么幸运，一个人就有两个妈妈、两个爸爸，大家都无条件地对我好，这个世上真的没有比我更幸福的人了。

"但是幸福这件事，刚刚好就行了，超标了也没有必要，所以我希望我死了以后也能让别人幸福。"

很久以前，她想当然地觉得这些都是自己应该得到的，可是长大后才明白，能健康地从母胎中出来，没有任何先天性疾病，已经战胜了很多很多的孩子。她太幸运了，幸运到人生路上遇见的每一个人都那么好，带给她成倍的幸福。

钱敏揉着她的脑袋："都可以。你要走什么路，怎么走，都是你自己的选择。爸爸妈妈支持你。"

"妈妈，你真好。"于真意蹭了蹭钱敏的肩膀，"你真是全世界最好的妈妈。"

"哎呀痒死了。"

于真意才不管，继续蹭她："我一点儿也不想离开妈妈，离开妈妈我就像鱼离开水。"

钱敏："那你爸呢？"

于真意"嘻嘻"笑了两声："我离开爸爸就像鱼离开自行车。"

钱敏没有听过这个热梗，两人笑成一团。

"你读高中的时候都是陈陈载你，自行车确实没什么用。"

"哈哈哈哈哈哈妈妈你小心被爸爸听见。"

"一般都是我揍他，他敢骂我，我就把他车轮子卸了。"

"……"

房门不合时宜地被敲了两下。

于岳民推门而入，语气幽怨："抱歉，本人实在无意打扰母女谈心，我只是发现客房没有被子来拿一床被子，结果听到这么一段话。"

他纳闷："于真意，你把你爹赶走，抢你爹的被窝，年纪轻轻一小姑娘现在还要讲什么死来死去的话，我说是不是有点早啊？"

钱敏压低声音："看，你爸的共情能力就是为零。"

于岳民抱着被子："行，自行车走了，鱼和水自己过吧。"

钱敏："你把门关上，一开一关的工夫，房间里的暖气都跑了。"

于真意躲在钱敏怀里，咯咯咯的笑声堪比小母鸡下蛋。

于岳民有些无奈地回头看着两人，要不是双手抱着被子，他真想给她们鼓个掌。

第6章

于真意在大三下学期快要结束时才决定考研考本校，其他人都已经复习过一轮专业课，就等着暑假开始着手政治时，于真意的资料才姗姗来迟地到了驿站。于真意在背书的时候常常会产生一种奇怪的想法——如果让高三毕业时的她来考研，说不定也能成。

保研上岸的陈觉非拿过她放在一旁的政治题，这些熟悉又陌生的题让他赞同地点点头。

大四上学期，实习、考研、论文等，一堆事情凑到了一起。寝室四人各有各的规划与目标，考研的考研，考编的考编，想要出国的在准备各类资料。

考研时间总是被安排在圣诞节。最后一门结束的那个傍晚，于真意看着门口灿灿发亮的圣诞树和昏沉沉的天发誓，她一定要一次上岸。

考研成绩是在过年后的那一周出的，出成绩之后，于真意又忙着准备复试，大四下学期的事情显然比上学期要多得多，初试赶上了提交各种论文，复试又赶上了环艺的毕设。毕设主题围绕城市公园景观设计，于真意一个头三个大。

复试成绩是在一周后出来的，于真意的综合分加起来位列第三，稳稳上岸。官网公布出上岸名单的时候，于真意恰巧和陈觉非待在一起，两个人没个正经样地躺在沙发上看电影。

考研那会儿，图书馆总是早早地被占满，在寝室学习也太过缺德，陈觉非就在学校附近租了个公寓供她学习，等到了晚上再送她回学校。

至于为什么不过夜？

当时的于真意神经兮兮地道："我们这算不算同居，我怕被警察叔叔抓。"

陈觉非翻看着上岸名单，笑着问："这么开心？"

于真意回："复试开头用英文自我介绍的时候我太紧张了，说话很不自信。我这几天一想到要是没考上就要二战，想想都后怕。"

考研是场时间拉锯战，考前最后一周她的身心都被浸泡在炼狱中，被翻来覆去、搓圆捏扁地折磨，于真意天天幻想着如果研招网出消息说延后一周，那以她的心理素质，她绝对会仰天长啸然后崩溃。

"我的头发又长得好长好长了，你说我的头发为什么会长得那么快？"

"年轻，新陈代谢快。"

他回得真是敷衍，于真意埋怨："可是我不想剪头发。"

陈觉非环过她的肩膀，眼睛落在平板上："那就别剪了。"

于真意："可是你老是压到我头发，早晚有一天，我会被你压秃的。"

果然什么事情都可以怪到陈觉非身上。

陈觉非好笑地看着她，对这控诉表示不服："哪有老是？你第一次喊疼的时候我不是立刻放开了？"

于真意开始她一贯的强词夺理了："我不管，就是那一次，都疼得我有心理阴影了。"

"……是吗？那我也没见你睡过地板。"

"你要让我睡地板，你完了。"

两人黏在一起看完了一部夏日气息很浓重的电影。广角镜头中，柔软的沙滩、碧波海浪，那湿咸的海风似乎透过屏幕轻轻拂过她的脸。

这部电影看得于真意兴致大起。她总是想一出是一出："我的暑假很闲哎，不需要找工作也不需要上班，要不我们去海边玩吧？"

陈觉非应声："好。"

隔了一周多，于真意研究完旅游目的地和旅游攻略后，在群里连发了无数条消息，最后老生常谈地附上一句："去的举手。"

薛理科最先冒头："1。"

其他人紧随其后，满屏占满了"11111111"。

于真意在手机里打下"啧，好敷衍啊"这几个字，然后发送。

张恩仪："天哪！居然是海边哎！这可是——最喜欢的海边啊！"

薛理科："好用心的旅游攻略啊，我何德何能可以和我们清大硕士生一起旅游！祖上积德了，我得回家拜拜！"

蒋英语"圈"顾卓航："不去不是人。"

顾卓航："嗯。"

薛理科："于真意你看，全群里最敷衍的就数顾卓航了。"

顾卓航："去去去去。"

蒋英语："现在最敷衍的就只有陈觉非。"

TBG："你提醒我了，我待会儿就去狠狠惩罚这狗。"

那时候陈觉非和同门师兄弟正在教授的办公室，他出门的时候随意扫了眼手机，就两个小时没看手机的工夫，所谓的钢铁联盟不复存在，群名改成了"受死吧陈觉非"，群里满屏都是几个人东一句西一句对他的控诉。

陈觉非：……这群里都是一帮什么妖魔鬼怪？

饶是这么想着，他还是回："陈觉非来受死了。"

于真意抱着手机，在只有她自己的房间里自顾自地笑，像个小傻子。

她实在觉得开心。现在他们不比高中时的一帮幼稚鬼，可是这些朋友却还是愿意心甘情愿地逗她，同她像高中时代那样插科打诨，你来我往地玩着幼稚到不行的游戏。

真好。

于真意手里拿着支冰淇淋，在躺椅上晒着暖烘烘的太阳，伤春悲秋地感叹时光飞逝的时刻还没过去多久，她就听到公寓门被打开的声音，不出意外的话，陈觉非回来了。

脚步声逐渐加快加重。还没等到于真意回头，下一秒，她被人拦腰抱起。她下意识搂住陈觉非的脖子。

于真意："你回来啦。"

陈觉非："嗯，听到有人要惩罚我，火急火燎赶来了。"

这个尾调上扬的语气用"荣幸之至"来形容都不为过，像是期待已久的，兴冲冲觍着脸甩着尾巴来接受惩罚的大狗狗。

群里几个人你一句我一句，热火朝天地讨论着要不要来一顿海滩烧烤，却没人察觉到那位夏日海滩旅行的发起人就这样悄悄消失了。

六月毕业季，整个学校陷入短暂的欢腾。

毕业典礼刚结束，于真意拉着陈觉非，让他给自己和三个室友拍照。于真意手里捧着学位证书，梗着脖子在人群中寻找张薇。

室友小杨说："她去给她新男朋友送个东西。"

于真意："什么东西这么急呀？"

另一室友瑶瑶语气带着玩笑似的嫌弃："没什么，就是单纯恋爱脑而已。"

于真意"哦"了声，怕陈觉非待在一帮不熟的人之间无聊，走到他旁边，两人玩起了自拍。

另一边，张薇告别自己的新男朋友，往美院那边的方向走。这条路上有家长有学生，沸反盈天，她腾不开手打字，直接在寝室群里发了条语音消息："我已经在来的路上了。"

瑶瑶·"不急不急，等到你和你男朋友的孩子出生打酱油后再来和我们合照也赶得及。"

张薇听出了埋怨的意思，边讨好赔笑边发语音："就你急，怎么杨露和于真意都不催我？"

"于真意？"身边有人问了一句。

张薇脚步一顿，侧头看见四个家长模样的人："怎么了？"

"是美院的于真意吗？"

"对。"

钱敏笑着："我是她妈妈，这是她爸，我们来找她。"

张薇："叔叔阿姨好，我带你们去吧，我们学校太大了，你们第一次来肯定找不到。"

钱敏和于岳民点头。

林雪："那我还是给我们陈觉非打个电话吧。"

张薇又一次侧头："陈觉非？"

她认认真真地上下打量了眼四人，这四个人像是一起来的。张薇不由得在心里感慨，四年不分手是个奇迹，不分手还相互见了家长更是个天大的奇迹了。

张薇一副做东道主的样子领着四位家长往前走，边走边侃侃而谈："说起于真意和陈觉非啊，那真是我们学校的顶配情侣了，两个人都长得那么好看还那么般配——"

"情侣？"

四道声音汇聚在一起震得张薇一颤，她眼皮微颤："怎、怎么了……"

"他俩是情侣？是那种……"于岳民面色复杂，回头看着同样五官地震的三人，"是那种抱在一起亲嘴的情侣？"

张薇又一次语塞。不亲嘴不拥抱那叫什么情侣？

钱敏："他们在一起多久了？"

张薇眼见面前四位家长好像什么都不知道的样子，她细细思忖后说："他们是上大学之后才在一起的。"

钱敏恍然，拖着长调"哦"了声："好的，你带我们去找他们吧。"

四个人里，其他三人很快恢复正常，只有于岳民一个人丧着张脸。既然四年前就在一起了，那么……

于岳民和钱敏走在前头，林雪和陈江跟在后面，林雪脚步没停，脑子也没有停。她在心里快速估算着，而后碰了碰陈江："你赚的钱多还是老于赚的多？"

陈江："啊？"

林雪："你看老于这个背影，看着好像不是很开心。"

陈江："没吧，老于很喜欢我们陈陈，当亲儿子养的。"

林雪："可是我觉得他整个人阴恻恻的。"

陈江："真真和陈陈在一起，你开不开心？"

林雪："我当然开心啊！"

陈江："那不就好了，钱敏看着也很开心。"

林雪："钱敏是挺开心的，可是老于好像真的不开心啊！"

陈江："你能不能别瞎想了。"

"瑶瑶，给我和陈觉非拍两张。"于真意把相机给瑶瑶。

她整个人挂在陈觉非身上，两手揪着他的耳朵。她每摸一次陈觉非的耳朵都得感叹一次，他的耳朵这么硬，却这么听话，这反差实在是太可爱了。

瑶瑶招呼杨露来看照片，边看边感叹："帅哥和美女在一起真的太养眼了。"

那边的两个女孩在忘我地看着相机里的照片，这头的两个人又在炎炎夏日里腻腻歪歪。

"于真意——"

于真意一愣，以为是张薇，头也没回还开玩笑地感叹："张薇这声音喊得跟我妈一样。"

陈觉非抬头看向前方，缄默几秒："我妈来了。"

"啊？"

"你妈也来了。"

于真意回头看去，四个家长前后走着，她这颗炽热的心在酷暑夏日里瞬间拔凉拔凉。她倒是不介意把和陈觉非的关系公之于世，只是这一刻的她一点儿准备都没有。

"真真！"林雪笑得花枝乱颤，走过来搂住她，"姨听你室友说了，别藏着掖着了。"

于真意蒙蒙地看向张薇，张薇讪讪地点点头。

她的十指还和陈觉非的十指相扣在一起，林雪低头看了眼，嘴上的弧度扩得更大。

"妈、爸、林姨、陈叔……"于真意依次叫人，突然有些不好意思。

原来这一刻真的到来的时候，她也能坦然自若地面对。这好像并不是一件多么严重可怕的事情。

钱敏也走过来："你早说呀，你看我们像不同意的样子吗？"

于岳民："喀喀！"

林雪："就是呀，姨可喜欢你了呢真真！"

于岳民："喀喀喀喀！"他都快咳死了，怎么没人搭理他？

那边，几个人调侃着清大的学士服好看，嚷嚷着继续拍照。于岳民走在最后，陈觉非适时放慢脚步跟在他身边。

"于叔。"他郑重地喊了声。

于岳民看了他一眼，突然意识到自己的表情也许太过严肃，他钩过陈觉非的肩膀："别吓着。"

陈觉非淡定从容地"嗯"了声，他没有吓到，但是他的确是来讨好于岳民的。

于岳民："你叔也是见过大风大浪的人，现在谁还干这种拆散小情侣的缺德事情啊对不对？"

陈觉非又低低"嗯"着。

"只是吧……"

陈觉非的心突然一悬，有些紧张，这个转折后面的话对于他来说非常重要："您说。"

于岳民似乎有些难以启齿，停顿了几秒："我不介意你送真真什么贵重礼物。我们真真这么好一小姑娘，她就是值得好东西。"

没必要说什么"礼物太贵重了"的虚伪话，谁家孩子还不是个宝呢？做父母的实在没必要贬低自家孩子的身价。在于岳民的准则里，女孩子就是要富养的，富养才能有更高的眼界，才不至于因男人的一点蝇头小利而感恩戴德，嚷嚷着非他不嫁。这个社会里，女人的道德感太高，高到只是受了点男方的小恩小惠就自我感动。所以于岳民从不这么教于真意，他给于真意最好的东西，言传身教地告诉她，如果她的男朋友连她的父亲所能给予的东西都无法满足的话，这个恋爱着实没有意思。

陈觉非明白他的言下之意。给于真意最好的东西，是于岳民作为父亲的准则，也是陈觉非的人生信条。

"只是，你下次要送真真礼物的时候就别把礼物寄到家里来了，你送一次，你钱姨就要跟我闹一次。贵的东西我也送得起，可是我不像你们小年轻，我已经没有创意了。"

说完，他又好面子地补充："你送的东西，叔年轻的时候已经玩过了。"

陈觉非立刻反应过来，当下认真地点头："好的。"

于岳民拍拍他的肩："去和朋友们玩吧。毕业快乐，陈陈。"

他看着陈觉非走到于真意身边，两人相视一笑，娴熟地握住她的手腕，两人十指相扣。

于岳民又喊："真真。"

于真意回头，眼里藏进灿然光点，刚刚因为牵手而漾起的肆意笑容挂在脸颊边："怎么了呀爸爸？"

于岳民突然心头一滞，眼眶跟着泛上点热意："于真意，毕业快乐。"

匆匆四年弹指过，一句熟悉又陌生的"毕业快乐"，穿过时光的甬道，穿过交叠的四季，再次落入她的耳畔。

又是一程山水的结束。

于真意，陈觉非，祝你们毕业快乐。

那个时候正流行海绵宝宝说的那句"我要和我最好的朋友去海边玩"，于真意兴致大发想要录个 vlog，为此还大动干戈特地带了两个相机。

她把毕业旅行的地点选到了海城，计划了长达整整一周的旅途。旅行的最后一天，他们临时决定去西葵岛。

这是一座还未完全开发的小岛，保留着较原始的渔村模样，所以在一开始时于真意并没有将它列入自己的旅途中，这完全是一场临时起意的行动。

六人出了机场后打车到码头，然后坐游轮上这个岛。于真意嘴里嚼着泡泡糖，伸了个懒腰，眯着眼睛仰头看着远处圆得像鸡蛋似的太阳，迎面扑来的海风回荡在鼻间，夹杂着咸湿的味道。

正午的光落在海面上，像成堆成堆的橘子榨汁浇灌而下，晕出鲜艳的橙黄色。远处葱郁山峦的景象在视野里渐渐放大，泡泡糖在嘴里嚼得没了味。

于真意手肘戳戳张恩仪，下巴一扬："快到了。"

张恩仪"嗯"了声，满目嫌弃地看着靠在顾卓航肩头的薛理科，前者同样一脸嫌弃。

张恩仪和顾卓航说"快到了"。顾卓航终于有了种得以解放的释然，他耸动了一下肩膀："薛理科，还有气吗？别死船上。"

薛理科娇滴滴抱怨："我讨厌坐船，永远讨厌。"

陈觉非揉揉眉心，听他抱怨听得脑袋疼："那回去的时候，你只能游回去了。"

要不说夏天和海边的适配度堪称百分之百呢，满目椰林树影，女生皆穿吊带短裙。青石砖垒砌的老旧墙面上趴着长势正青绿的藤蔓。来来往往的摩托车行驶在燥热的柏油马路上，引擎发动的声音轰鸣，令人震颤。

六个人在酒店放好行李后，出来的第一件事情就是去租电瓶车。

租电瓶车的阿婶说电瓶车三十元可租用一个小时，蒋英语的小眼睛在听到这个价格的时候瞪得老大，等看到六个人租了四辆电瓶车后，蒋英语更心疼那两百块钱了。

他看着顾卓航："哥，你不和我一起吗？"

顾卓航缄默稍许："我们两个一起的话……还挺为难你的。"

于真意看着顾卓航欲言又止的表情笑了，她抱着椰子，喝了一口后，陈觉非凑上来非要和她用同一根吸管，于真意立刻把手挪开。

陈觉非满脸不高兴，语气加重："以前都不是这样的！"

于真意说："——买了青柠汁，我要和她交换着喝。"

陈觉非觉得交流真是费劲："那她买两瓶不就好了吗？薛理科又不是没钱。"

正说着，张恩仪从后头奔过来，一把搂住于真意："我想喝你的！"

于真意递给她："这个椰子汁好淡哦。"

张恩仪说："那你喝我的。"

两人都穿着色系相近的碎花露脐吊带和超短裤，一旁有海鲜馆的阿姨端着刚出锅的海鲜路过，用着生疏的普通话赞叹："好有元气哦！"

于真意和张恩仪对视一笑，脸上开出灿烂的小太阳花。

旁边那位一点动静都没有，想想就知道在生闷气。于真意看了看陈觉非，用鞋尖踢踢他的小腿："你也多点元气呀。"

陈觉非愤愤地往嘴里灌了口冰凉的青柠汁。他哪来的什么鬼元气，他就只剩怨气了。陈觉非往后头扫了眼："科科，你能不能走快点？"快点把张恩仪拉走，真烦。

薛理科费力地走在后面:"我好累啊哥哥姐姐们。"

于真意有些担忧地喃喃:"他好像很虚。"

张恩仪赞同:"虚是虚了点,应该不至于死在岛上吧。"

陈觉非:……真是好惨啊薛理科。

于真意坐在陈觉非车后头,张恩仪坐在薛理科车后头。

于真意举着相机:"一一,我给你拍照吧。"

说完,她又神神道道地嘱咐陈觉非,说是要和薛理科保持一样的车速,可以稍稍慢一点,也可以稍稍快一点,但不能慢很多,也不能快很多,不然会……

她说到一半就被陈觉非打断,他两条长腿支着地,八风不动地坐着,双手环胸,一副老大爷样:"你为什么不让科科跟我的车速来?"

于真意想了想,凑他近了些,贴着他的耳朵:"科科哪有我的非非聪明哦!我的非非一讲就通了。"

从高中到大学毕业,陈觉非还是对"非非"这个称呼毫无招架之力:"那当然了。"

于真意笑着,帮他把墨镜卡到脑袋上。她上下打量了陈觉非一眼。陈觉非这一身是于真意给他搭的。因为从来没见过陈觉非穿五花八门的衣服,她特地买了件色彩碰撞鲜明的橘色印花衬衫,勒令他穿上。

彼时陈觉非委屈巴巴地问,他能不穿吗?

于真意美其名曰"我有一件橙色的小吊带,到时候我们两个可以穿情侣装",陈觉非这才答应。结果出来玩第一天,他就发现不对劲,于真意的行李箱里根本就没有那件吊带。什么情侣装,她的衣服都是和张恩仪配好的!

"你这样穿好帅哦,靓仔。"于真意调侃。

陈觉非:"可是你没有和我穿情侣装。"

于真意晃了晃橙黄色的圆形耳环:"我的耳环是橙子呀。"

"那又怎么样——"

于真意压低声音,整张脸上写满了神秘兮兮的六个大字:"我的内衣也是。"

这下轮到陈觉非不说话了。

于真意膝盖贴着后座座椅,一只手拿着相机,另一只手紧紧抓着陈觉非的肩膀。

陈觉非无奈："你小心一点啊于真意。"

"知道了知道了。"她敷衍地应着，拿着相机一一掠过眼前的场景。

"顾卓航看我。

"蒋胖儿，看我。

"科科！"

陈觉非在前面开着车，把墨镜拉下来遮住眼睛，斑驳的光影落在他的脸上："祖宗，这个岛上所有的人大概都在看你了。"

电瓶车绕着整个岛开了一圈，几个人中途看到什么新鲜玩意儿都要下车去溜达看一圈。一程下来，于真意的手腕上多了两串手链，脖子上还挂了条各色贝壳串成的项链。

于真意问陈觉非好看吗。

陈觉非："好看。"

于真意："有多好看？"

陈觉非思考片刻："五颜六色，很好看。"

顾卓航："五彩缤纷。"

张恩仪："五光十色。"

他们这圈人分开行走时都是腼腆内向的老实人，聚在一起后就像路人眼里的神经病。就连聚在一起时的磁场和笑点都会变得很奇怪，说出来的话也可以前言不搭后语。就像现在，毫无缘由地开始玩起了幼稚的游戏。可惜游戏在薛理科那儿就断了。

蒋英语："五花八门！"

张恩仪："五大三粗！"

薛理科："五菱宏光。"

于真意倚着陈觉非，笑得无法停止："你们是不是都有毛病啊？"

太阳不知何时跌入海平面以下，天边的云层被绯红晚霞晕染，像层层叠叠的鱼鳞。天穹幕布落上了黑夜的印记。

几个人选了一家露天的海鲜馆，餐厅外头里头几乎都坐满了人，他们来得早，挑了最外头的位子坐下。

老板娘吆喝着上菜。墨鱼饼搭甜辣海鲜酱、铁板海参、爆炒蛏子、菠萝虾仁炒饭……

等菜上齐，于真意突然想起陈觉非不能吃海鲜。

陈觉非："怎么了？"

于真意："你不能吃海鲜，那你吃什么？"

陈觉非："就这一顿不吃，没事。"

于真意："不行！"

她翻遍菜单，最后又点了烤鸽子、腌黄瓜等，把所有不涵盖海鲜的菜都给他点了一遍，还让老板娘特地摆在他面前。蒋英语几次想吃那烤鸽子，被于真意一掌拍开。

吃饱喝足玩过瘾之后，六个人没个正经样地躺在躺椅上，躺椅和躺椅之间有小桌子，上面摆着各种饮料。

于真意跷着二郎腿，一脸精疲力尽的模样，看着眼前涨起又退下的海浪，听着海浪扑起时的白噪声。

于真意咬着吸管："我不想动了。"

张恩仪："我也是，我要累死了。"

远处，有一对情侣拥抱在一起接吻，旁边有个女生在找各种姿势拍照。

"海边真是能让浪漫变得更浪漫。"于真意感叹。

顾卓航闻言，也望去，然后又把视线收回来："那两个刚刚就坐我们邻桌。"

薛理科接话："我也听到了。好像父母都认识，他们爹妈还在那边喝酒吹牛，他们在这边接吻，刺激啊。"

蒋英语："腻歪哦。"

于真意直起身："怎么了啊蒋胖儿？"说罢，她拉拉陈觉非的衣摆，一副让他给自己撑腰的模样。

陈觉非动也没动："没事，让他说。等我们胖儿晚上睡死过去了我就……"

于真意　直在等他开口。就……就什么？

剩下五个人都看着他。

陈觉非悠哉地喝了口果汁，语气有些欠："说话要学会留白懂不懂？"

于真意轻哼一声："我爱。"

陈觉非："嗯？"

于真意："说话要学会留白懂不懂？"

陈觉非不高兴了，开始还要装矜持，后来不装了，硬和她挤到一个躺椅上，夺过她手里的椰子："爱什么？"

"你不知道啊？"

"不知道。"

"那你的留白是什么？"

"等蒋胖儿睡死过去了拿麻袋套他脑袋，连人带床扔海里。"

话音刚落，于真意笑嘻嘻答："我爱你。"

"哕——

"救救我，我在船上就想吐了，感谢你们俩，我感觉现在差不多可以吐出来了。"

蒋英语："你们的爱情还要拉一个无辜的人殉情是吧？"

张恩仪："标题我都想好了，《西葵岛小胖墩溺死案》。"

薛理科随手捡了根树枝，在沙滩上画了九九八十一个格子，拉着顾卓航和蒋英语玩数独。

张恩仪冷嘲热讽："这要是一个浪打过来我看你怎么办。"

那边几个人七嘴八舌地说着这个格子该填什么数字，那个格子该填什么数字。这边是和那边完全不一样的景象。

两人在海浪声中接了一个长久的吻。

远处又换了一批人，有成群成群的小孩，裤子卷得老高，低头仔仔细细地捡着小螃蟹和贝壳，稚嫩童声一阵一阵地传来。

张恩仪玩腻了这丢人的沙滩数独，起身拍拍屁股后的沙子："真真，我们也去捡贝壳吧！"

于真意也起身："走。"她又偏头去看陈觉非。

陈觉非摇摇头："我待会儿过来。"

"好。"

顾卓航玩到一半，看到只剩陈觉非一个人，他随意地说："你们玩吧。"

他拍了拍沙子，坐到陈觉非边上，拿起桌上的啤酒，碰了碰陈觉非面前的那杯饮料："你保研清大了？"

陈觉非："嗯。"

过了会儿，他问："你呢？"

"Gap 一年，然后出国留学吧。"

"哦，你这是体验一下社会，体验完就跑。"陈觉非笑。

顾卓航也笑。之后是一段沉默。

而后是顾卓航先开口："结婚记得请我。不会这么小气吧？"

"结婚还早吧。"

"还早的话……"顾卓航开玩笑。

陈觉非睨他："还早的意思就是，可以多玩几年，没必要这么早结婚。万一我们家于真意和我谈到一半腻了，也来得及及时止损。"

他说这话的时候神情认真得不行，顾卓航都没办法分辨出他是认真的还是开玩笑。

陈觉非："我们真真开心最重要了。"

顾卓航："那也恭喜你们。"

陈觉非："知道你不是真心的，但是我依然和你说声'谢谢'。"

诚然，如陈觉非所说，他的确做不到真心实意地祝福他们两个在一起，但是陈觉非可以，因为他的宗旨是，只要于真意开心就可以了。顾卓航知道，这就是他和陈觉非最大的区别。

陈觉非看了顾卓航几秒，起身开了瓶新的啤酒，重新用啤酒瓶碰了碰他的，当作干杯。

顾卓航："你不会喝酒吧？"

陈觉非"嗯"了声，不知道想到什么又忍不住笑笑："但是喝醉了，有很多意想不到的好处。"是他今天以前没有发现的好处。可以试一次。

他刚喝一口，那头扬起的女声打断两人的对话。

"陈觉非！"于真意回头，扬着下巴，声音喊得好高，使唤他，"过来给我拍照。"

陈觉非把酒放下，看着顾卓航："走不走？"

顾卓航："走。"

陈觉非用脚踢了踢薛理科的屁股，看向皱眉苦思冥想的两位："别算了，第一排那两个数字都填错了。"

薛理科："天哪，蒋胖我就不该听你的。"

蒋英语："第一排那两个数字是你自己填的。"

于真意和张恩仪在那边玩水，看着陈觉非几个人围在一起不知道干什么，好半天都没有过来，她又不耐烦地催促："陈觉非，快点呀！"

"来了！"

夏天的暴雨来得急，豆大的雨点敲落下来，模糊了视野。餐馆的工作人员喊了一声，里头又匆忙跑出来好几个服务生，一起手忙脚乱地收拾户外的露天餐桌，大人们火急火燎地找到小孩子，让他们赶紧进去躲雨。

孩子们不愿意，他们指着那边那群少年的方向："那些哥哥姐姐都没有进去，我也不想进去！"

大人们循着手指的方向看去。

不远处，暴雨噼里啪啦砸在沙滩和海浪上，眼前是氤氲起的白茫茫的一片水雾，雨点浇在他们身上。几个人相互泼水打闹，头发湿漉漉地贴着脸颊和肩颈。这场倾盆暴雨中，没有一个人有停止玩闹的念头。

"啊啊啊啊陈觉非，蒋英语刚刚打我！他肯定是报复我！"

"我没有！我没有！推你的是薛理科！"

"我服啦，这雨就是为我下的吧？我冤死了，顾卓航你说是不是？"

"我不知道，我瞎好多年了。"

"……"

餐厅外边已经收拾干净，圆桌上积满了水珠，在黑夜中澄澈如镜。放眼望去，整个海滩只剩下他们这一拨人。

服务员躲在里面擦头发，忘记关音乐了，餐厅外的音响恰巧切换到《千千阙歌》。粤语歌回响在雨雾之间，徒徒增添上一丝朦胧。

"来日纵使千千阙歌，飘于远方我路上。

"来日纵使千千晚星，亮过今晚月亮。

"都比不起这宵美丽，亦绝不可使我更欣赏。"

海风卷起少年青春与笑语。

十八岁的夏天永不落幕，二十二岁的夏天扬帆起航啦！

• REC

04

在
一
起
吧

于真意 × 陈觉非

第1章

下午两点三十五分，距离下课还有五分钟，教室也随逐渐升高的温度开始躁动。转角处有篮球拍动在台阶上的声音，混杂着男生叁伍错综的谈笑声。

于真意托着腮，百无聊赖地听着老师在讲台上讲课。教室里前后八扇窗户都拉得严严实实，唯有于真意这边的这一扇被她拉开一丝缝隙，热风灌进，天蓝色窗帘时不时飘起。

她手指转着刚从头发上摘下的黑色发圈，嚼着泡泡糖，在老师转身往黑板上写字的瞬间吐出一个大大的泡泡。

窗帘在这一刻飘到最高，又悠悠落下。她揉揉眼，窗帘落下的速度仿佛都被刻意放慢，视野尽头，是一抹颀长挺拔的身影。

男生颠着球，旁边男生个子较矮，使得他不得不微低着头听那人说话。手指突然脱力，黑色发圈在空中划出一道圆弧，越过窗沿，恰巧落到他怀里。嘴边刚吹起的泡泡糖像夏日里咕嘟咕嘟冒泡的气泡水，在与他四目相对的瞬间，气泡耗尽，破了。

"你的发圈。"刺耳的铃声和他清冽的声线一齐传入耳中，他把发圈放在窗沿。

清醒感悄然而至，于真意突然起身，上半个身子越过窗台，看着他的背影："陈觉非！"说出口的瞬间，她都想咬舌——怎么可以把一个陌生人的名字喊得那么熟稔。

午后的阳光投射在走廊上，拉得他身影极长。刚下课的走廊有些寂静，所以她的声音太明显。走在他身边的男生纷纷回头，只有他伫立在原地，过了好一会儿才慢吞吞转身。

"你是叫陈觉非吧？"于真意说。

陈觉非眼里透出些诧异，缓慢点头。

于真意："没事，就叫叫你，回去上课吧。"

他不好奇一个陌生女同学突然叫他的名字，也不疑惑对方叫他何事，只是点头，转身进了班级。真像一个闷葫芦。

这是于真意两天内第三次看见他。

第一次是昨天吃过饭后，她拿着杯柠檬红茶走在走廊上，他正在拖教室门口的包干场所。于真意原想避开他已经拖过的地方，他低着头拖地，完全没有注意到她，饶是这样，于真意的鞋子还是正好踩在了他的湿拖把上。于真意连声说"抱歉"，对方看也没看她，只轻描淡写说了句"没事"。

第二次是昨天下午放学前，汉语言老师让身为课代表的她去催班里的学生交作业，得知那学生在篮球场打球她便跟了过去。她站在铁丝网外，伸长脖子找人。猝不及防，篮球飞来，即使有一层铁丝网围栏，她还是下意识抱头闭上了眼睛。

有人飞奔过来，伸长手臂，用掌心挡住球，那不小的冲击让他的手掌撞上了铁丝网。眼前虚朦，于真意睁开眼睛，看见他一手揽着球，垂下的手背上骨节处晕开一大片交叉的红痕。他声音有些急，又带着青春期的朝气："不好意思。"

于真意赶紧摇头："没事没事，其实有铁丝网，你不用跑过来，这球本来也砸不到我。"

他好像冷静下来了，回："条件反射。"

第三次就是刚刚。

好奇怪啊于真意，她在心里想。在大学的整整一学年里，都没有见过这个人。可是只要见过了一次，视线就再也无法移开了。心里那株野草疯狂向上生长，怎么剜除都除不去。

于真意坐回位子上，看着全班扫来的好奇又揶揄的目光，她拿过窗沿上的那根发圈，镇定自若："我要追他，看不出来啊？"

于真意把高数课代表交作业的活也一并揽了下来。

高数课代表对此表示感激之余还有几分不解："这是你主动帮我去交作业的，我可不会主动帮你的啊。"

于真意抱着那沓作业，听着高数课代表的话，不住摇头。

奇奇怪怪的小心眼男人。也不知道陈觉非是不是这样的人。

于真意抱着高数作业本路过四班门口时并没有看见陈觉非。眉目一晃，她看见那个熟悉的篮球安静地放置在第二排第四组的座位下方。

哦，应该是这个位子了。

第四面了，两天之内的第四次见面。

在高数老师的办公室。于真意进门的时候还在为下一步计划而走神，高高摞起的作业本挡住了她一半的视野，一个恍惚，撞到刚从办公室转角走出来的人。她没拿稳，本子哗哗落在地上。眼前的视野一下子变得清晰。

是陈觉非。

"抱歉。"陈觉非蹲下身子，替她捡作业本。

他们的每一次相遇都是一方说"抱歉"，另一方说"没事"。带着些戏剧性的好笑。

于真意抱着剩下的那一沓作业，低头看着他的头顶。头发蓬松又柔软，阳光斜斜射下来，发丝间的光点像跃动的翩舞精灵。他边捡作业本边把它们摆齐，脑袋随动作轻微地一晃。

怎么会有人的后脑勺这么圆，又这么完美。

于真意忍住想去摸摸那脑袋的冲动想法，她后知后觉地说了声"没关系"。

陈觉非起身把作业放到她的手中，侧过身子，大概是想让她先进去。

她又说了声"谢谢"。

于真意抱着作业本进了办公室，把作业放在办公桌上时才发现最上面一本姓名栏处写着"陈觉非"三个字。她想起，撞到陈觉非时，他正拿着自己的作业往外走，应该是顺手将自己的作业也一起递给了她。

机会果然是需要靠自作聪明的人类主动创造的。如果她今天没有帮那个小心眼的高数课代表来交作业，那就碰不见陈觉非了。

于真意拿着作业本回到了班级，路过四班时，陈觉非果然坐在那个位子上，埋头写着作业，一点儿也没有注意到自己的作业本不见了。

教室里没有开空调，只有顶上的风扇在转。他前额的碎发有些湿漉漉的，些许贴着额头。嘴上咬着一袋光明纯牛奶，一米八八的个子，微弓着背，被夹在那方角落里，边做题边喝牛奶，配上这自带着点疏离感的侧脸，让偷窥者轻而易举地察觉到那份可爱得令人心动的落差感。

好像一种动物。于真意一时没想起来，她指尖转着那本作业本，心里设想着自己的大计，嘴角微微勾起。

会有人像她一样，仔仔细细、一厘一毫地观察着他吗？

于真意在思考什么时候将这本作业本还回去合适，是在课间他们班全体学生都在走廊上时大刺刺地叫他的名字，然后故意装出羞涩表情递给他呢？还是等他一个人在走廊上拖地的时候佯装不在意地塞到他怀里呢？

还没等她在这两个想法里择出最佳答案，门口就站了一帮人。于真意出门上厕所的时候正巧看到高数老师在批评他们。

听了一会儿工夫，她大概琢磨明白了。

班里一帮调皮的男生都没有写作业，高数老师忍无可忍，叱责他们全部在外头罚站。虽然高数老师不相信陈觉非没有做题，但他的确找不出那本作业本。

于真意觉得有些不好意思。她在这边为自己的小情小爱纠结着一个良方，却不想对方被迫受到了处罚。

于真意从课桌里拿出那本作业本，又翻箱倒柜找出一盒比利时黑巧。同桌立刻凑过来想要拿一颗，于真意拍开她的手。

她拿着作业本和巧克力，还没踏入四班，就感受到外面罚站的那群男生投过来的好奇眼神。这帮男生是昨天打篮球回来，于真意叫住陈觉非时跟在他身边的那群朋友。

陈觉非低头看着鞋尖，用手抓了抓头发，于真意觉得像他这样的人此刻应该在想类似卡伦·西曼吉克方程那样的高深东西。因为即使周围的人状似玩笑地碰碰他的手肘和肩膀，他都不为所动，像陷入某种思考。

于真意走到他面前，鞋尖抵着他的鞋尖："陈觉非。"

他好像回过神来了，抬头，眼里带着疑惑。

于真意抿唇，把作业本和巧克力一起递到他怀中："我捡到了你的作业本，但是我忘记还给你了，害得你被误会。

"这盒是巧克力，算作赔礼。"

这个巧克力应该是送人的礼盒装，咖色盒子外黑色丝绸带乱七八糟地捆在一起，足以见得面前这个女生的手并不巧。

陈觉非慢半拍地接过巧克力．"我不吃巧克力。"

于真意"啊"了声，又问："那你想吃什么？"

陈觉非也是脑子没有转过弯来，流畅地回答："牛奶。"

两人一问一答间，才齐齐意识到刚刚的对话有多诡异。

但这个问题是她问出来的，她自然喜悦无意之间又得到了一个可以继续和他接触的机会。她笑得粲然："那我明天中午来给你送牛奶。"

大概是怕他拒绝，于真意说完这些话后立刻转身往一班教室走，走到一半又回过头，漂亮的眼睛和唇弯成了一样的弧度："我这次不会忘记啦。"

于真意一遍遍地回想着他的眼睛，因为太过黑亮，像蒙了一层湿湿水雾，和别人对话时会不自觉地垂着眼睛。他的身上好像有一股清凉的薄荷味，又夹杂了点甘冽的橘子香，即使是夏季的暖风吹过，也不觉得这味道腻人想吐。相反，像是掠过海洋上空的风，卷起潮湿，蹿入她的鼻息。

这个男生，很有意思。怎么会这么巧，从长相到声音，再到身上的味道，都在她的取向狙击点上尽情跳跃。

看来岑柯这次真的很生气，班里的男生被训斥了一顿。

陈觉非拿着那盒巧克力和作业本，听着身边的同学念叨："人和人的差距果然比人和猪的差距都大，怎么长得帅的被训斥的工夫都能收到巧克力啊？"

他偏头去看另一个方向。

毫无意外——正是上课时间，哪来的什么人？他忍不住捏紧了作业本的一角，那纸张被捏得皱巴巴的。

走进教室前，陈觉非脑中只有一个想法。

他刚刚装得像吗？或者说，这两天来，他装得像不像呢？

他们所在的大学，校规是出了名的严格，其程度和高中有得一拼。新的一学期，陈觉非的值日任务变成了拖教室外侧的地。这个包干任务是所有同学都最讨厌的一项，因为拖地本就是要最后一个完成的任务，偏偏走廊上人来人往，湿漉漉的拖把拖过地面，被经过的人一踩，地面又变得比拖之前更脏。

陈觉非主动包下了这个任务。

中午吃完饭后，他会借着上厕所和洗拖把的缘由，一遍一遍地经过一班。这个拖把一洗就是十分钟、十五分钟，他的确有为自己浪费水资源而感到抱歉。

他边洗拖把边注意一班的教室，知道她还没有进教室，他就会拿着拖把回到自己的班级前一遍一遍地拖地。负责扫走廊地面的女生提醒他要先扫地再拖地，他原想让女生开始扫地，女生摆摆手，敷衍地说"再等等好了"。

陈觉非拿过扫把，决心以后扫地和拖地都由自己完成。

女生的朋友们围在一起，小声议论着陈觉非该不会是喜欢她吧?

陈觉非无暇听这些，因为他听到了来自楼梯转角处于真意的声音。

"真真，巧巧姐找我，我先去办公室，你一个人回教室吧。"

"好。"

有些紧张，心跳得飞快。他要怎么样才可以无比正常地引起她的注意呢?

这个念头才一起一秒又消散。算了，他不敢。主动揽下拖地的活儿也不过是为了可以借着洗拖把的名义经过一班看看她，可以边拖地边看她倚靠着墙和朋友聊天就是一种极大的满足，没必要在她面前刷存在感。

他把头埋得有些低，喉结紧张地滚动，那股淡淡的橙子香的靠近同样昭示着其主人的靠近。应该是要往左边走的，所以他把拖把挪向右边企图为她让道，没想到预判失败，她崭新的白色帆布鞋恰好踩在了拖把上，踩出一摊脏水，溅到了鞋子的侧面。

语言系统有些紊乱，他想说"抱歉"，却不想对方先开了口，抢走了原本属于他的那句台词，她的声音因为惊讶无措而有些上扬。

陈觉非不敢抬头，埋在短发里的耳朵逐渐在正午太阳的照耀下变得滚烫。脑子一抽，他说道："没事。"

即使没有看她，陈觉非还是察觉到她的视线此刻仍然停在自己的脸上，应该是觉得奇怪吧，怎么会有人连看都不敢看她呢。

她走了。

陈觉非有些懊悔，应该多说几句的。

第二次见面是在当天下午的篮球场。

从大一那年的运动会之后，他就练就了一项特殊技能，能在隔着好远的茫茫人海中，立刻找到于真意，无论是正面或是背影。她站在铁丝栏外头，伸长脖子不知道是在找谁。

自从她出现在自己的视野之中，陈觉非再也没办法认真打球，他混在人群中，从主力变成了浑水摸鱼的那一个。

"你打这么猛找死啊——"

男生大喊间，陈觉非回神，看着球往她站的那边砸去，他根本没有意识到有铁丝网的存在，球砸不到于真意，他飞奔向她，在球碰到铁丝栏前伸长了手，挡住那该死的球。

手背和铁丝网狠狠撞击，撞得他手背的经脉、骨骼发麻，神经麻木地跳动着。比疼痛来得更快的感知是害怕，害怕她被球砸到。他倒吸一口气，还没等疼痛缓去，慌乱无主地和她道歉："不好意思。"

她摇摇头："没事没事，其实有铁丝网，你不用跑过来，这球本来也砸不到我。"

太明显了。陈觉非，真的太明显了。

他抓了抓头发，掩饰自己的无措："条件反射。"

第三次是在打完球回教室的路上，他怎么也想不到，那根发圈会落到自己的怀中，窗帘一扬一落，她姣好的五官落在他眼里。柔顺的长发披散在肩头，对上自己眼神的时候，漂亮的长睫颤动，像扇动翅膀的蝴蝶，卷起他心里的狂潮。

那隐隐的紧张情绪，在两天之内徒徒发酵了三次，盘踞在神经末梢的躁动放肆地叫嚣着，快要爆炸了。

"你的发圈。"他只能再次装作镇定的样子，把发圈放在窗沿上。

走了没多久，身后突然有人叫他的名字。

是她，她居然知道自己的名字。天大的荣幸，他何德何能可以被她记住名字。为什么要突然叫他的名字呢，有缘故吗？自然是有的。不然她为什么不叫他身边这帮歪瓜裂枣的名字，偏偏要叫自己的名字。

因为她注意到了自己。

回忆回溯到短暂的三分钟之前，掉落在自己怀里的仅仅是一根发圈吗?

不是，更像是束缚住他的牵引绳。上天凭空抛下这根牵引绳，然后告诉他，陈觉非，别再犹豫了，主动出击吧。

你终于，要拥有一个主人了。

第2章

最后一袋光明牛奶被于真意拿到了。好友张恩仪奇怪她不是从来不喝牛奶的吗？

于真意"嗯"了声，回答她的话文不对题："——，我最近有点想……"

"什么？"

昨晚做作业的时候，英语试卷上密密麻麻的字母被无端端打乱，重新排列组合，汇成了"陈觉非"三个字。

她终于想起陈觉非像什么动物了。那湿漉漉的眼神，顺毛，还有偶尔埋在短发里的耳朵，总让人觉得那个耳朵应该是红的，这么高的个子，无端端生起令人心动的感觉。无论做什么事，都像是在摇晃着蓬松又毛茸茸的大尾巴。而且，他不爱吃巧克力。

"我最近有点想养一只狗。"

于真意没回教室，她在位子上坐了一会儿后，拿着牛奶起身朝四班的方向走。陈觉非果然在外面拖地，他穿着校服，白色 T 恤下的身体被穿堂风一吹，勾勒出清薄又带着力量感的轮廓。

他的手很漂亮，手指很长，握着那个有点脏的拖把长柄时更像是在握着什么金贵的艺术品。手背上的淡青色经脉比春日树叶上的经脉还要有朝气，指骨处一抹不太明显的红，大概是前天替她挡球时留下的痕迹，还没有完全消散。

原来她还欠他一个创可贴。

奇怪，她就这样看人拖地看了这么久，所以她没有注意到对方有些麻木地把地从前拖到后，又从后拖到前，有些愚蠢地拖了一遍又一遍。

"陈觉非，给你的牛奶。"

陈觉非觉得自己的名字和普通人的一样，可是从她嘴里念出来，平仄分明，抑扬顿挫。握着拖把柄的手心里出了一层湿汗，他抬起头："其实我只是随口一说的。"

他装模作样地回应。

他自己都觉得虚伪。原来好不容易鼓起的勇气在见到她的那一刻依然会没骨气地溜走。

"也没事。"于真意想，高岭之花嘛，应该都是这样的，"但我是真心诚意想要给你的。"

陈觉非接过牛奶："谢谢。"

于真意也不走，站在他旁边："你明天还想喝吗？"

他想喝，可是他该怎么说呢？

"我习惯每天喝一袋牛奶。"他答。

这个答案应该正好拿捏着分寸吧？没有显山露水地摆出他的想法，又含蓄地表明她明天依然可以送。

于真意点点头："那我以后都给你送吧。"

说罢，她也不再打扰他，摆摆手："你慢慢拖地吧，我走了。"

"我拖好了，要去洗拖把。"他连忙说。

"这么快啊。"

快吗？他已经快要将瓷砖地拖成镜子了。

两人并肩而行，中间隔着不远不近的距离，像认识的朋友一起走在路上，也像陌生人碰巧行到了一路上。

她的长发有一缕贴过他的肩膀，一如昨天在办公室门口，她的肩膀贴过他的手臂时，那里猝然生起火星，张牙舞爪地叫嚣："看啊，和她有身体接触了，开心吗？"

有些糟糕，他不动声色地往外迈一步。

于真意扭头看他："也不用离我这么远吧？"

这个年纪的少男少女有一种约定俗成的想法。他们总是习惯否定对方喜欢自己的想法，陈觉非不然，他反而觉得，于真意喜欢他。可是这种喜欢，仿佛是他失去了这张好看皮囊后就会荡然无存的喜欢。

喜欢才会小心翼翼，而这样大大方方的，到底是喜欢还是短暂的兴趣，不得而知。就像此刻，她把那点距离下涵盖的秘密大刺刺地公开，却没有发现陈觉非逐渐变红的耳朵。

他从口袋里拿出一盒巧克力奶递给她，硬生生地略过刚刚的话题："礼尚往来。"

于真意接过巧克力奶。还有这种礼尚往来呢？

"那我以后给你送牛奶，你给我送巧克力奶，怎么样？"

"好。"

于真意为自己的这个想法感到窃喜，却根本没思考陈觉非为什么会随身带着这盒巧克力奶。

中午拿着一袋光明牛奶出去，少顷又带着盒巧克力奶回来，已经成了于真意的常态。

"除此之外的进展呢？"体育课，女生们在跑完惯例的八百米后，围坐在树荫下乘凉。

女生围坐在于真意身边，七嘴八舌地问着。

于真意："没了。"

"古代人谈恋爱都没你们这么慢。"

于真意："可是我每次路过他们班的时候，他都在做作业，我怕影响他成绩。"

张恩仪："那你就借着问他题目的由头去找他呀。你拿高数压轴题去问他，他万一也不会，就可以边研究边教你题。"

江漪："哇，变相的共同进步，新时代青年应该拥有的一场恋爱哎！"

"……"

于真意愣愣"啊"了声。还可以这样啊？

于真意的行动力一向很强，她走过他们班门口时看到了黑板最外侧的那一列当日课表，粗略一看，下午只有一节体育课，没有自习课。

于真意等到了陈觉非来上厕所的时候，她站在男厕和女厕的中间，一看到陈觉非出来就喊："陈觉非！"

陈觉非吓得眼睛微睁，往后退了一步。

"吓到你啦？"她愣愣。

刚上完厕所，突然有人在门口喊自己名字，是个人都会被吓到吧。就算这么想着，他还是佯装镇定地摇头。

"陈觉非，我有一道高数题不会，你今天下午的体育课很忙吗？如果你们不用长跑小测的话，可不可以来教我题目啊？"

她语速有点快，陈觉非反应了几秒："好。"

他点头的时候太乖了，不知道为什么，还透着点反差的蠢样。

"你们上体育课的那节课我们班正好自习，你结束了可以来叫我，我会把窗帘拉开的。"

"好。"

于真意满意地点点头，似乎奇怪他还站在这里干吗："不走？"

陈觉非有些难以启齿："我……还没洗手……"

于真意看着他垂在裤腿两侧的手，她红了脸："那你洗吧，我走了……"

自习课上到一半，于真意撑着脑袋的手被人点了点。她从困倦中抬起头，看到他，立刻直起身子，随意拿了桌上的高数试卷和黑笔就想要翻窗台跳出去。

"又不是偷情，为什么不走正门？"张恩仪在旁边纳闷地低声呢喃。

于真意半蹲在窗台处，对上陈觉非同样震颤的眼神："这周是我擦窗台，我待会儿会擦干净的。"

陈觉非语塞，他不是这个意思。他无措地抬起手，怕她摔着，又不知道自己的手该放到何处，一时僵在原地。

"扶我一把。"于真意说。

陈觉非握握拳又松开，两手都捏着她的手臂："你小心。"

她跳下来的时候一个冲力，飘扬的长发溜进他的衣领，脸蹭过他的下巴，差点扑到他怀里。

"你小心。"他重复，只是这次语气里带着些许紧张。

于真意还和他保持着那样近的距离，眼里透出狐狸样的狡黠，意味深长道："你才应该小心。"

因为她是故意的，所以陈觉非，你才应该小心。

教室里没有别人，于真意坐在陈觉非身边，拿出一沓练习册，正准备随便指几个不会的题，然后借着讲题的契机拉近两人的关系。她的表情在下一秒变得僵滞，因为她看见陈觉非从课桌里拿出两瓶六个核桃，递到她面前。

嗯？嗯嗯？这人什么意思？

"你什么意思？"于真意问。

"做高数很耗脑细胞。"陈觉非边解释边拿过她的试卷，看向那些错题。

原来如此，还挺贴心。

于真意："你是不是做高数的时候也会备六个核桃啊？"

陈觉非把相同类型的题圈出来，随口答："不是，我高数挺好的。"

于真意明白了，她幽幽"啊"了声，辨不清情绪："所以是我脑子笨，你特地给我买的是吧？"

"嗯。"

于真意想这个时候有点脑子、有点情商的人应该都应不出这句话，她不敢置信："你居然说'嗯'？"

陈觉非把解题思路写在草稿纸上："嗯，我特地给你买的。"

322

于真意眨眨眼，他突然这么说，她都无法回答了。

"是因为我脑子笨才给我买的吗？"

驴唇不对马嘴的对话终于接上了正确的轨道。

陈觉非终于抬起头来，用一种很怪异的眼神看她："你不笨。"

显然，他并没有听到她刚刚的话，甚至把这句话当成了于真意的自我苦恼。于是，他认真地说："你真的不笨，很聪明、很优秀，谁说你笨？"

那个架势，仿佛于真意如果真的说出那个名字，他会起身去找人干架。他眉头拧成"川"字形，连本来握着笔写字的手都不动了，像热切摇着尾巴安慰她的毫无攻击性的毛茸茸大狗，下一秒就要蹭上来，用柔软的毛发让她发痒、逗她开心到自在地笑出来。

心口突然被撬动，然后一松，有什么滚烫的东西顺着灌了进去。

没人说于真意笨，于真意也没妄自菲薄到觉得自己笨，她甚至觉得自己是全天下最可爱、最优秀的人，没心没肺的最大好处大概就在于此。只是，此情此景，眼前这个人用一种极其认真的表情和语气说——你很聪明、很优秀。

莫名的心绪在胸口膨胀起来。

可是她目的不是真的来问题，只是想多和他说会儿话。这个时刻，听着他说这些真挚的话，她突然有些不好意思了。

"没人说，我瞎说的。你还是教我题吧。"于真意转移话题。

陈觉非又看了她一眼，才说"好"。

下课铃打响，有学生陆陆续续进门，篮球撞地的声音回荡在走廊上。于真意想起这些男生应该都会在体育课时打篮球，那她岂不是破坏了陈觉非原本的计划。她怎么又开始不好意思了。

于真意："你今天本来是准备打球的吗？"

陈觉非："不打也没事。"

所以言下之意就是——的确是准备打球的。

她抿唇把试卷收拾好，和他道别，准备回教室，刚走出没几步又走回来，正巧听见回来的三五成群的男生和陈觉非的对话。

"不打球，专门来教人家做高数题啊？"

"嗯。"是陈觉非的声音。

"嗯？嗯！你还'嗯'啊。"

懵懂慌乱的青春期，没人会把真实想法明明晃晃地宣之于口。可是陈觉非却如实回答道："可是比起打球，我的确想教她做题。"

于真意的这份不好意思终于在陈觉非说完这句话之后发酵到了最大。

看，人家放弃了打球的大好时间来教你做题，可是你全程只顾着看人家的脸，方法和解题思路没听进去一星半点，倒是把他眼睫毛很长，鼻梁很挺，耳垂后有一颗棕色小痣，脖子上挂着一块玉佩等细节看了个遍。

于真意决定，回家之后一定要把这些题搞懂，搞不懂也要搞懂，不然的话，她不仅浪费了自己一节课的自习时间，还白费了陈觉非的时间。

可惜，高数题这种东西，不是你想解就能解开的。于真意实在不好意思再去问一遍陈觉非了，昨天他才这么认真地说她不笨。她心里那点好强心理起来，拿着作业走到高数课代表前。

对方一脸疑惑。

于真意："能不能教我一下这道题？"

时针已过十二，陈觉非反复看着时钟，又看向走廊外，没有她的身影。那盒冰过的巧克力奶快要在他手心里焐成温热了。他起身往一班教室走。

一班没有拉窗帘，有些人在午睡，有些人在做题，于真意是后者。她坐在那个男生旁边，眉头紧紧蹙着。即使隔着一层没有阖紧的窗户，他好像都能捕捉到于真意说的话。

"那 s 与 t 的函数关系图像大概是什么样的啊？

"甲乙两地在纬度圈上的劣弧长和它们在地球表面的球面距离之比是根号二比根号三吗？"

"……"

这些题，都是他昨天给于真意讲的题，她怎么又去问别人了。而且……

陈觉非看向那个四眼仔高数课代表，于真意问的每一个问题，他都要思考好久才能勉强回答出来。

心里泛起滔天波浪般的失落。

陈觉非把巧克力奶放到她的桌上。他发誓，自己绝对没有发脾气的意思，只是他也不知道为什么，自己放牛奶的时候那本本就在桌子边缘的岌岌可危的英语书就这么掉了下去。

全班人，无论是午睡还是没有午睡的，都齐齐抬头往这边看，这些人里包括于真意。陈觉非这辈子没这么尴尬过。

于真意站起身，走出门，走到他面前："你怎么来了？"

陈觉非："没等到我的牛奶，我自己来讨了。"

于真意恍然大悟："我忘了。"

她越过窗台，弯腰在桌肚里翻找，拿出一袋牛奶："给。"

陈觉非接过。

于真意见他接过："那我进去啦。"

只是，刚走一步，手腕突然被他从后方扣住，滚烫的掌心体温顺着传到她的手腕。于真意好奇地回过头。

他好像一点儿都憋不住。

"为什么不来问我，要去问他？"陈觉非认真地问，语气里是一览无余的疑惑和那点快要冲上脑门的委屈，"我是年级最高分。"

他口不择言地强调，话语中重复累赘的词句太多了，像在竭力证明着什么："我是年级最高分，次次都是年级最高分，高数更是，你为什么不来问我？"

第3章

走廊上的光明亮到了极点，印在他的五官上，再配合这段意味不明又夹杂挣扎情绪的话，惹得于真意一愣。

是她在追他吧？没有搞错对象吧？

"唰"的一声，窗户阖紧，窗帘彻底拉上前，张恩仪露出一个十分贴心的微笑，似乎在说："窗帘给你拉上了，随你俩干什么。"

怎么办？为什么会有愧疚情绪？她只是随便问了问别人题目，此情此景之下更像是偷腥被抓包现场。

他这样认真又带着幽怨的神情也令她紧张了些，她咽了咽口水，心虚的模样仿佛要把自己偷腥的罪名坐实："你昨天给我讲的题，其实我没有听懂。"声音轻不可闻，"但是如果问你第二遍的话，我有点不好意思，怕你嫌烦……"

原来是这样，只是因为不好意思去麻烦他。看来是他们两人还不够熟，不够熟到可以随意差遣他。这的确是陈觉非该反思的。

是不是自己这几天的姿态太过拿乔让她产生了距离感呢？

他想了想，语气诚恳："是我的错，我只擅长自己做题，不擅长给别人讲题。"他忙不迭地接话，"你下次可以直接来问我，不用不好意思。"

好奇怪的角色互换。得寸进尺是于真意的人生信条："那什么都可以不用不好意思吗？"

他重重点头："嗯！"

于真意笑了："那我可以好意思地让你和我一起回家吗？"

说完，她觉得自己的措辞不够妥当，又补充："你是住在锦阳路吗？我和你顺路，我们一起回家吧。"

陈觉非再一次点头，僵硬地转身回班级。在神情脱离开她视线的那一瞬，他没忍住笑了出来。笑完又怕自己的声音太大吓到她，他偷偷回头，却看见走廊上早就没了她的身影。

也不知道在装模作样地冷静些什么，别装了。他对自己说，笑意越展越大。

他获得了一个可以和她一起回家的机会。

傍晚六点的地铁正在晚高峰时期，沙丁鱼罐头似的地铁里挤满了下班的人，每个上班族都因上了一天的班，脸上出现困倦，无人欣赏这粉橘色的晚霞。而在矜持外表下埋藏着各种心思的于真意和陈觉非两人挤在这群人中，尤为格格不入。

一个中转站到了，大批人下车厢，又大批人上车。于真意坐到了最边上的位子上，陈觉非就站在她面前。

地铁寂静，车厢外的轨道漆黑一片，地铁行进过程中摩擦空气的声音像呼呼风声中夹杂着的野兽的嘶吼。

于真意低头看着自己的膝盖，她看到自己的膝盖正好碰上他的腿，随着车厢的晃动，仅有的那点小面积的肢体接触像有摩擦产生的火焰。

理智快要倾覆。

她抬头看陈觉非的时候，他正盯着车厢里的那个电视广告看，他的手握着她脸侧的扶手，和脸颊不过寥寥距离。

这一站到下一站的行驶时长只有三分钟，她知道下一站会下去很多人，但上来的人不多，他马上就会有位子，不会站在自己面前了。所以，她要开始做坏事了。

心猿意马的少年总会因为一些小小的，在旁观者看来不足为道的肢体接触而面红心跳不止。比如现在，陈觉非觉得自己的腿有点麻，这种一会儿相交，又一会儿脱离的接触比钝刀割肉还要痛苦，可矛盾的是，他更想长久享受这种痛苦。

他强装镇定地把头看向那个无聊的广告，然后，手背上带起一阵突如其来的，和膝盖上一样的触感。他低头看见于真意睡着了，她的脸颊贴着他的手背，披散的长发遮住了她一半的五官。

贴在手背上一定不舒服吧。陈觉非这么想着，小心翼翼地将手转了个向，用手心贴着她的脸颊。

她的脸颊因为挤着，肉有些软。即使地铁上开了空调，她的脸还是很烫，是夏夜也无法消磨的热意。

"下一站，锦阳路——"车厢里播报的女声像突如其来的瓢泼大雨，洗涤完当下的所有暧昧。

陈觉非回神，他伸出手，想要点她脑袋，觉得不妥。又想碰她肩膀，好像也不妥。

他此刻认为，和喜欢的女孩子肢体接触，好像本就是一件不妥的事情。所以他只能借着叫醒她的名义动了动那被她压着的手，蜷曲的指尖自然地触碰过她的脸颊，像捧着她的脸。

于真意动了动脑袋，她抬起头看着陈觉非："到了？"

陈觉非把手背到后头："到了。"

出了地铁，两人回家的方向并不同，陈觉非坚持说晚上回家不安全，要把她送到小区门口，自己再回家。

告别陈觉非，于真意没有立刻进小区门，她探头探脑地往外看，看到陈觉非站在路灯下，脊背挺直，不知道在想些什么，想到出神。

她捏了捏自己的脸，上面余温未消。

今夜，谁是心怀鬼胎的那一个？

今年运动会因为一场长久的暴雨延期半个月，所以期中考试安排在了运动会之前。本次期中考试的座位表并不按照上学期的期末考试来排，全部打乱重排。

考试座位表被辅导员贴在了后头，于真意去看的时候突然发现自己的名字前写着"陈觉非"三个字。

这么巧啊，这场考试他坐在她的前桌。

于真意坐在位子上，边托腮边转笔，目光落在教室门口。终于，她等到了陈觉非。她抬手，像招财猫那样晃了晃："好巧哦。"

陈觉非在她前面坐下："好巧。"

专业课考试时长两个半小时，于真意做完整套试卷后还剩半个小时，她趴在桌上，看着陈觉非的背影发呆。

专业课考试是剩下时长最多的科目，大家都提早做完了，他怎么还没结束？

盯着盯着，有些无聊，困意也跟着上来，她伸直手臂，以手臂做靠枕，枕着睡觉。

等陈觉非做完卷子又检查一遍之后，还有十分钟。他揉了揉脖子，余光瞥见于真意伸直的手臂。

教室里的每一个人都在睡觉，监考老师起先在教室里一排一排地巡逻，后来就坐到了讲台上开始翻阅讲台上的书。陈觉非的心像秋千晃个不停，也像铁锤重重砸到海绵上却渗出前所未有的无力感。

尖锐的铃声响起，每排的最后一个学生起身收试卷，椅子脚滑过瓷砖发出的声音比铃声还要刺耳，让人心躁。

于真意也在这喧闹声音中醒来，她边环顾四周边打了个大大的哈欠，眼尾泛出生理性的泪花，脸被挤压出印子，如同染上了红晕，眼里带着刚醒的迷蒙。她继续趴回桌子上，刚睡醒时的声音低低的，模糊得如从深海里冒出来，像撒娇，又像抱怨："怎么这么快就结束了呀。"

声音像汹涌的海波打在他的耳畔。陈觉非回头看她的时候，正好对上她还未完全清醒的蒙眬双眼。恍惚间，他觉得在梦里见过这个眼神。他尤其记得她的眼神，比梦中那月色还要动人。

就是这个眼神。明明一切都是在朝着结束前进，可是那朝自己无意瞥过来的一眼，却像在邀请他。

于真意歪歪脑袋，看他出神得厉害，于是敲了敲桌子，瓮声瓮气道："你一直看我干什么啊？"

"……"

第4章

"没什么。"

想和做当然是完全不一样的事情，所以陈觉非又娴熟地摆出了那副他最擅长的样子。他拿好笔袋，神色如常地和于真意说他先走了。

于真意叫住他："你运动会报什么？"

陈觉非："不报。"

于真意"哦"了声："那太好了，我报了三千，你记得来给我送水。"

这本就是她的班级她的位子，她跷着二郎腿，从桌肚里拿出一袋牛奶塞到他怀里："我跑三千可是非常厉害的，去年就是第一呢。"

陈觉非动作停了一下，声音低到像喃喃自语："我知道你是第一。"

"什么？"

他回神："没什么，我会来给你送水的。"

夏季运动会被这场暴雨活生生拖成了秋季运动会。

主席台前大喇叭正在播报女子三千米比赛。于真意把长发扎得紧紧的，在跑道边拉伸。

张恩仪给她捏捏肩，那千叮咛，万嘱咐的模样活像她妈："不要看到别人跑得比你快你就心急，要按照自己的节奏来。"

于真意点头："我知道。"

"还有！"张恩仪双手环胸，走到她正对面，"这次冲刺的时候稍微注意一点，看清楚我在哪里，去年的尴尬别再发生了行吗？我真的很丢脸。"

于真意满脸不耐烦地"哎呀"了一声："我去年是汗水滴进眼睛里，太难受了，实在看不清路，这次不会了。"过了一会儿，她又奇怪地说，"再说了，丢脸的是我好吧。"

"少胡说八道，你当时知道什么啊。"

于真意在和别人的口舌之争中从来不落下风，她撑着腰，理不直气也壮地要继续和张恩仪争辩一番时，休育委员来催她和另一名一起参加比赛的女生前去检录。

录入完后，她站在起跑线上，左顾右盼终于看到了陈觉非，她冲他招招手。

哨声响起，于真意不管别人的战略，只按照自己的节奏来，头几圈都跑在了中上段。不知道过了多久，裁判拿着大喇叭喊"最后一圈"。

最后的冲刺阶段，于真意加快脚步向终点跑。睫毛上挂满了汗珠，让她眼里发涩到想流泪。毫无意外，她依然是第一个冲线的，腿发软地跌进张恩仪怀里。

"一一，我要死掉了。"她搂着张恩仪的脖子，整个人挂在她身上，上气不接下气，一句完整的话都说不出，"我、下学期、不想、再报名了。"

张恩仪："女壮士，清醒一点，这是我们最后一届运动会。"

于真意："跑得我脑子都成糨糊了。"

"于真意，喝水。"旁边有男生给她递水。

于真意刚要接，突然停住，她费力地跺了跺脚，伸长脖子往人群中看，却没找到陈觉非的身影。

肩膀被人从后方点了点，她回头，看到陈觉非站在自己后面。

"你怎么站在这里呀？"

陈觉非意有所指地答："离你近一点，就可以第一个给你送水了。"

于真意笑着拿过他手里的水，又对一旁的男生说："不用啦，我有水了。"

跑道这里不能聚集人，一帮堵在这里的学生被体育老师和志愿者清散开。于真意和陈觉非往一班的场地走去。

于真意体力和精力都恢复得快，她走在前面，低头踩着自己的影子："我又是第一，我太厉害了。"

陈觉非跟在后面："嗯，你真厉害。"

"你跑过三千米吗？"

"没有。"

"跑完跟要死掉了一样。"

陈觉非："我知道。"

于真意："你没跑过，怎么知道？"

他当然知道。他刚才就站在张恩仪身边，所以听到了于真意和她的所有对话。他有些惊讶又有些好笑地发现，即使过去了一年，她跑完步依然会说同样的一段话。

时间回到大一运动会的三千米长跑比赛，陈觉非和几个男生被岑柯安排站在终点线处给自己班的女生送水。

旁边有三五个女生也拿着水在聊天。其中一个女生又是捶脖子又是压腿，另一个女生打趣："张恩仪，你又不用跑步，你热什么身？"

那个叫张恩仪的女生回："因为我有前车之鉴。"

"什么意思？"

"之前所有的运动会，于真意每次跑完三千都往我怀里扑，你们没有体验过的人是不会知道她冲刺时候那个力道的，看着瘦瘦小小，但能把我撞飞。"

陈觉非站在一边，听着左边几个男生七嘴八舌地谈论哪个女生长得好看，又听着右边的女生叽叽喳喳地讲话，他低头转着自己手里的矿泉水瓶，只觉得好吵。

"最后一圈最后一圈！"旁边有人说完后，整个操场霎时响起震耳欲聋的加油声，陈觉非站在最旁边，身边的男生齐齐回头看他。

他不明所以："干吗？"

男生："她肯定想喝你送的水，你站到最前面来。"

这个"她"，指的是一班参赛的那个女生，陈觉非也不瞎，大概能猜测出对方对自己的意思。

陈觉非："这样不太好。"

男生："什么不太好，人家在为班级荣誉争光，你不要扭扭捏捏的啊。"

陈觉非："我没有扭捏，我只是觉得谁送的水都一样。"

男生："那我们都不送了。"

陈觉非觉得无语，他有些烦躁地"啧"了声，站到最前面的冲线处边上，等着冲刺的女生。只是，还没等他反应过来，一个柔软的身影扑进了他的怀里。他毫无准备，直直往后退了两步。

操场周围的欢呼加油声、哨声、并发的枪声，还有恼人的闲聊声，那些原本汇聚在一起的，几乎可以用"嘈杂"来形容的声音立刻消失不见了，像一张密不透风的大网全然压制住它。取而代之，他听见自己怦怦作响的心，即使没有经历过剧烈运动，他还是感觉到了这可怕的动静。

他从未发现，自己这具身体的承受阈值竟然如此小。从头到脚的麻意也跟着两道混在一起的一点儿都不和谐的心跳声而上升。

女生钩住他的脖子，脸贴着他的胸口，头转了好几圈，像刚洗完澡的小狗甩毛一样，把额头上的湿汗都蹭到他衣服上："一一，我要累死了……我真的要累死了。我发誓，明年绝对不报三千了！！！"

她气息不匀，手在他脖子上乱摸，摸到那个挂着玉佩的红绳结："咦，你怎么——"

还没说完，有人从后面拽住她的手，一个猛力将她从陈觉非怀里拉出来："太丢人了于真意！"

于真意被她抓到踉跄着走，陈觉非下意识想拉她的手腕怕她摔倒："小心——"

话音刚落，有些破音，再加上这句"小心"说得实在小声，很快湮没在张恩仪如大喇叭般的嗓门里。

她的手腕太细了，细到陈觉非不敢用力，只能看着她的手从自己的掌心中脱开，像短暂停留又立刻离开的蝴蝶。

"啊，那我刚刚抱的是——"

于真意彻底傻了，转头想去看看，头才转到一半又被张恩仪硬扳回来："别看了别看了，太丢脸了，赶紧走！"

可能于真意也觉得丢脸吧，她缩着脖子，躲在张恩仪怀里："我说呢，你胸怎么突然缩水了。"

张恩仪："于真意，你是流氓吧你？你别是故意抱错的？"

于真意："什么呀？我闭着眼睛根本看不清跑道，你自己不在终点线迎接你的真真大人，还有理了。"

张恩仪："你怎么倒打一耙——"

于真意："别说了，走走走！"

其他人目瞪口呆地围观了这场不过半分钟的闹剧，又随着下一场比赛的到来而四散开。只有陈觉非依然站在原地。

这一刻，他终于明白什么叫作相对静止。对于别人来说只是那么一瞬的工夫，像流星划过天际，于他而言却像经历了一个漫长的世纪，漫长到这从头到脚的触感仍然顽固地停留在灼热的肌肤上。

他从来……从来没有和女生有过如此近的接触。跃腾的神经让他得出了一个未经证实的结论——这种感觉，些许上瘾。

酷暑中"恶毒"的紫外线将他的理智剥除了个彻底，他的大脑被外来者侵袭，所有防御系统自动报废，毫不犹豫地背叛了他。所以，即使是站在厕所的洗手台前，用冰冷的自来水扑在自己的脸上，这股莫名其妙的冲动还是没有消失。

镜子里的自己，脸红耳朵红，脖子也红。幸好太阳毒辣，可以成为他自己脸红的缘由。他手撑着洗手台，低头任由头发上的水珠往下滴。

"于真意，就你这件事我可以嘲笑你一整年。"隔壁女厕所里，传来几道女声。

"行了啊张恩仪，说一遍就够了，说那么多遍干什么。"

于真意率先走出来，她走出来的那一刻，陈觉非立刻低下头，打开水龙头捧着水搓脸以捂住自己的五官。

明明是她自己跑到他的怀里的，心虚的那个人却是他。怎么会有这样没道理的事情？

"都怪你，我都没机会看清那个男生长什么样。"于真意洗了手之后，连一个眼神都没有分给他，她甚至没有注意到他，又立刻往厕所里走。

张恩仪："要看清干什么？四目相对的时候难道不会很尴尬吗？"

于真意想想也是："可是我这辈子还没和男人抱过，万一那是个丑男人怎么办？"

张恩仪："抱了就抱了。"

……

陈觉非没等到他们两个人出来就回到了教室。教室里空无一人，只有他拿着笔盯着面前的作业，说是做作业却一个字也写不出来。密密麻麻的公式让他觉得有点头晕。摸摸脑袋，发烫得厉害。

医务室里都是脚崴或者是扭伤的病患，他站在一群人中间，看着自己面前的体温计——37.7℃。

校医叮嘱："换季时节，冷热交替，发烧感冒都是常事，这段时间注意保暖，多喝热水。"

陈觉非拿着那两盒药回到教室，严格遵守校医的叮嘱，去灌了满满一大杯的水。

于真意的所有比赛项目都已经比完了，她没再回操场，而是趴在位子上，校服外套盖在脑袋顶上，正大光明地拿出手机追剧。

陈觉非从来都不觉得自己有病，除了这一刻。

为了能多看她一眼，他回到教室后，又开始频繁喝水，然后频繁地上厕所。

等他第三次从厕所出来，于真意睡着了，原本盖在头顶的衣服掉在了地上，阳光从走廊一侧的窗台洒进来，天边散着的光晕连陈觉非都觉得实在刺眼，更不说此刻睡梦中正紧皱着眉头的她。

鬼使神差地，陈觉非站到那个窗口前，微微侧身。他的阴影被阳光拉得很长，恰好落在她的脸上，遮住了斜射下来的阳光。

那是他进入学校一个多月以来度过的最有意义的下午，尽管，他只是像个被点穴成功的蠢货站在原地，任太阳落在他的后脑勺和后脖颈上，让本就发烫的身体烧得更加热了起来。他像个偶然经过蜿蜒逶迤的小路，却不小心窥见珍宝的盗窃贼。

楼梯转角处，有三五成群的男生女生的脚步声。陈觉非压制住慌乱的心跳，镇定地转身朝自己的班级走。只是，走廊上像被按了零点五倍速的影子运动速度出卖了他的心绪。

那些人走进教室的动静太大，吵醒了于真意。

江漪唰地将窗帘拉上："你睡觉前倒是把窗帘拉上啊，这都能睡得着，神人。"

于真意揉揉眼睛，把掉在地上的校服外套捡起。

在声音彻底被距离隔断之前，陈觉非听见于真意迷迷糊糊的声音。

"哪有太阳，我觉得今天睡得可舒服了。"

那就好。陈觉非想。

第5章

陈觉非坐在别的班场地中时，显得有些格格不入。他手肘撑着膝盖，低头盯着水泥地上的蚂蚁发呆，于真意就坐在他旁边，两人一时无话，和谐地坐着。

偏偏陈觉非一点儿也没觉得无话可说会显得很尴尬，相反地，他太喜欢，也太享受这种和她肩贴肩的感觉了。只是，这种舒适感所圈住的领地似乎被人盯上了，不识趣的愚蠢人类正试图踏过那条分明的界限。

"真真，冰淇淋吃不吃？"一个男生点了点于真意的右侧肩膀，于真意看向右边，没人，再条件反射地往左边看，一个冰淇淋离得她有些近，雪糕点到了她的鼻尖。

于真意往后挪了一点距离，胡乱抹了抹鼻子："幼不幼稚啊你？"

男生笑："那你还不是照样上当？"

于真意："我那是刚跑完步脑子'宕机'了。"

男生又说："哎，胖儿也来了，斗地主三缺一呢！"

他扬手指了指后头。

于真意往回看，正要起身，又转头看着陈觉非："你要去玩吗？"

陈觉非从听到"真真"那两个字开始心情就算不上好，他实在搞不明白，为什么同学和同学之间一定要用这么亲昵的叫法，字正腔圆地叫对方大名不行吗？奇奇怪怪的。

三缺一，那缺的就是于真意。自己的眼前摆明了只剩下一个答案。饶是心里有说不出的郁闷，他也只是说："不去了，你们玩吧。"

于真意："那你待在我们班很无聊吧。"

陈觉非刚想说他可以回自己班级，对上于真意那清澈的大眼睛，脑子里的想法陡然转了个弯："没关系的，虽然我都不认识他们，他们也不和我说话，但是我可以自己玩。

"我觉得看蚂蚁搬家也挺有意思的。"

在于真意开口前，他用那发闷的声音说："你去玩吧，不用管我。"

那双眼睛里好像很明显地透露出郁闷的意味，继而这股郁闷又跟着散发到全身上下各处，明显到人轻而易举就能发现。脑子里的一根弦突然被拉紧。

真像只没人要的小狗。

于真意的脑海里突然冒出这个想法，她吓了一跳。究竟是谁发明的"色令智昏"这四个字，竟然如此恰到好处地形容出了她的心绪。所以她难得也想昏庸一次，只是做了个转头的动作，敷衍地摆摆手支开旁边的男生，视线却依然盯着陈觉非："你去玩吧，我不玩了。"

"薛理科你是爬过去的吗？于真意就坐在前面，你怎么去了这半天？"张恩仪盘腿坐在地上，手里捏着副牌，"你再不回来我都要和胖儿玩跑得快了。"

薛理科拉了拉裤脚，蹲下，有些纳闷地说："坐在真真旁边的那个男生，是四班那个学霸吗？"

张恩仪："是。"

薛理科恍然大悟地"哦"了声。

蒋英语："怎么了？"

薛理科脸上无不得意："哎，我觉得这个学霸好像有点忌妒我。"

张恩仪和蒋英语对视了一眼，又冷静地回看向薛理科，露出一个灿烂的微笑："是吗科科？为什么呢？"

薛理科认真地分析："他看我的眼神里有一种由内而外的敌意，我觉得可能是因为我长太帅了，或者他可能曾经就听说过本人的名讳，然后在见到本人真身的时候自惭形秽，他对长得比他帅的男人有危机感！而且他对我的敌意很深，我感觉他想杀了我。"

张恩仪夸张："哦，我的上帝啊！那你还能活着回来可太不容易了！"

薛理科："从我说第一句话开始，他可能就恨上了我，发现我这人不仅长得帅，说话的声音也是性感的'低音炮'。哎，他都这么优秀了，还要忌妒我，我薛理科得优秀成啥样啊。"

张恩仪没工夫陪他演戏了，她把洗好的牌重新打乱："胖儿，就你一个正常人了，我们还是玩跑得快吧。"

于真意的手机藏在了教室里，她想回去玩会儿手机，于是和陈觉非两人一起回了教室。陈觉非走在她左侧，刚刚的场景仍然在他脑海里乱窜。

所以，近乎赌气地，他也抬起手戳了戳于真意右侧的肩膀，于真意没有意料中地朝右侧扭头，而是面无表情地对上陈觉非的视线："你干什么？"

陈觉非看着她，眼里突然流露出一种忍不住的失落："你怎么朝我这边看了？"

她怎么不陪他玩呢？

于真意："这条楼梯上只有我们两个啊。"

他还是有点小失落："哦。"

于真意觉得他此刻特别像叼着飞盘摇着尾巴奔到主人面前的大狗，结果因为主人拒绝陪他玩而失落地低下尾巴。

于真意眼里的算计快要溢出，她自然地转换了话题："我玩超级玛丽可厉害了，你要看我玩吗？"

教室里空无一人，陈觉非坐在了张恩仪的位子上。他好像还是闷闷不乐，但是并没有表现出来："好。"

她是真的没有看出来，还是看出来了但是懒得搭理自己呢？这个问题大概可以折磨他一个下午了。

指针不知不觉掠过二，不务正业的陈觉非终于想起下午有男子组的长跑，体育老师指派体委计分，体委下午正巧有比赛，纵观全班，靠谱的男生只剩下他了，所以体委十分信任地把任务交给了他。

陈觉非觉得于真意身上有一种特别的魔力，就是不管怎么样，只要坐到了她的身边，只要那段物理距离无限次地拉近，他就无法全身而退。所以他又浪费了五分钟的时间，才缓缓说自己要下去计分数。

于真意对此倒是没表现出什么大情绪，她"嗯"了声，头也没抬："你快去吧。"

陈觉非看着她柔软头顶上的发旋，又扫了眼她的手机屏幕。

这该死的……马里奥……

"那我走了。"他依依不舍地说。

"嗯。"

陈觉非走出教室，走到和她座位平行的窗口边上时正好看见辅导员从教室门口出来，正朝这边走过来。

他蹙眉，小声叫她："辅导员来了。"

于真意条件反射地把手机往课桌里丢，又立刻做贼心虚地蹲下，紧紧贴着墙。

"陈觉非，你在这里干什么？"辅导员好奇。

陈觉非："我……"

他不太擅长撒谎，因为心虚，余光瞥见于真意稍稍露出窗沿的正在晃来晃去的脑袋，他自然地把手背在后头，掌心按着她的头顶，把她往下按。这个动作有些冒犯，所以他决定等辅导员走后得给她道个歉。

"问你呢。"辅导员没得到回答，又说。

终于憋出了一个理由。

陈觉非："我们班有人身体不舒服，我上来拿药。"

可能是怕辅导员不信，他说得非常认真，还郑重其事地补充："这个天太热了，每个班都没有配备遮阳伞，很容易中暑，我建议——"

话到此处突然停止。

辅导员疑惑地看他。

陈觉非感觉方才按在她头顶的手被她抓住，翻来覆去地看，他甚至能夸张地感受到于真意轻轻的气息喷在他的手腕上。

再然后，是他掌心的触感。他能想象到，她手腕上戴着的冰凉的手链擦过他的手腕，两个人的手紧紧贴在一起，女生比他小约莫两圈的手掌心贴着他的手掌心。他不知道于真意在搞什么名堂，他只知道现在真的有人不舒服了。

其实这只是一次简单的手部接触，用"亲密"二字来形容都会显出他这不知道从哪个朝代带来的封建感，可是他的心就在为这若有似无的如电流般的触感而跃动。

难道每年运动会，他都要发一次烧吗？

于真意蹲在地上，仔仔细细地研究着他的手。她算不上手控，只是实在对他的手好奇得紧。手指很长，手掌又大，手背上的淡青色经脉比春日飘下来的树叶所呈现出的脉络还要有朝气，透着莫名的性感。

她以一种怪异的姿势将自己的右手和他的右手贴在一起。得出结论，他的手比自己大了得有整整两圈呢。

他可能是不习惯这种在他看来如此亲密的接触，手指不住地紧张蜷曲，蜷曲的那一瞬，像两人十指交扣在一起。所以于真意顺理成章地，也将自己的手指插进他的指间，这样就变成了十指紧扣。

"我建议……"陈觉非喉结滚动，艰难地开口，"明天开始每个班的场地都可以挪到操场左侧的阶梯台阶上。"

辅导员点点头："你说得有道理，我去安排——"

嗯？怎么听着怪怪的？

辅导员莫名觉得被学生带着走有些丢脸，没再多问，他推推眼镜："行了，那你快去拿药吧。"说完他继续往楼下巡逻。

陈觉非还是僵在那里，看着前方，整个人像被定住，动弹不得。直到手上的触感消失，他的手指凭空抓了两下，只触碰到空气，除此之外再无他物。

右侧肩膀被人一碰。陈觉非终于回神，回头的时候，视野中没有人，左边肩膀又被点了点，他下意识往左看，于真意的脸离他极其近，他的鼻尖擦过她的侧脸的一瞬，从头到脚的血液正噼里啪啦沸腾。眼睛瞬间失

338

焦，失焦的后果就是脸颊和耳朵跟着失控地烧起来。

真糟糕。

于真意手撑着窗沿，头微微往他那边靠，她的声音飘散在被热风铺满的空气中，又准确无误地落到陈觉非的耳畔。

"陪你玩过一次咯。"

第 6 章

陪你玩过一次咯。

怎么会有人可以如此轻易地拿捏他的情绪呢?

也许，她只要弯下身子，轻轻地在他耳边唤一声他的名字，她只要……她只需要随便的一个举动，所有的羞耻就可以跟着已经停歇的蝉鸣声一起死在这个夏木。所有的热度亦能融化冬日的皑皑白雪，然后紧接着喷涌出来。

更糟糕又更完美的事情就会通通发生，朝着他幻想已久的路途驶去。

于真意:"你不是要下去计分数吗? 还不走吗? "

陈觉非:"现在走。"

于真意歪着脑袋，随手拿起放在窗台内侧的奶茶，牙齿下意识咬着吸管:"嗯，那明天见。"

于真意最近实在有些郁闷。

怎么就等不来陈觉非的主动示好呢? 相反，他离得越来越远，路上看见自己时总会低头装没看见，也不再频繁地经过一班的教室门口。

于真意盯着黑板上写得密密麻麻的高数题，心里有些发闷。讨厌的陈觉非，竟然可以让自己一整天的心情都不平静。

更郁闷的事情终于在期中考试成绩出来后发生了。

她不敢置信地看着自己的成绩，努力了这么久的结果就是这成绩居然和上学期的差不多，没有退步却也没有进步。这个烦乱心焦的情绪持续到次日的活动，她郁闷地跟在队伍后面，整理队列的时候她一眼就看见了陈觉非，对方恰巧站在第一列，个高腿长，身姿挺拔，让人一眼就注意到了他。

四目相对的瞬间，于真意怒从心中来，她冷哼一声，也不知道是在和谁较着劲，把头挪向另一边，看着正在和张恩仪说话的薛理科，突然用鞋踢了踢他的脚。

薛理科回头："怎么了？"

于真意也不知道怎么了，没好气地回："科科，搂着我。"

意料之中，薛理科这个神经病大惊失色，双手捂住胸口："你别想占我便宜。"

张恩仪也同样担忧地看着于真意："怎么了我的真真？没追到陈觉非不至于审美降级到这个地步吧。"

薛理科："……你就是怎么都要骂我一下才舒服是吧？"

于真意："哎呀，你快点搂着我嘛。"

薛理科把手虚虚搭在她肩上，远远望去，的确像是一对亲密无间的小情侣。

于真意又问张恩仪："陈觉非有没有在看我？"

张恩仪正要回答，于真意又补充："你看的时候小心一点，不要被他发现我们这么刻意的样子。"

张恩仪冷笑："发现什么呀？他眼睛都长你身上了，一动都不动，哪注意得到别人哦。"

于真意问："真的吗？"

张恩仪点头，又一脸慈爱地看着薛理科，阴阳怪气道："顺便说一句，我的科科，我感觉学霸可能真的要杀了你呢。"

薛理科："……优秀的人就是命苦。"

跑操的音乐响起，于真意跟在队伍的最后，一点跑步的意思都没有。

烦人烦人烦人，讨厌鬼陈觉非，讨厌死了。

到底为什么突然不理她啊？

如果这是拒绝的潜台词，那为什么运动会的时候要给她送水，为什么要摆出那副委屈巴巴的样子，为什么在自己和他十指相扣的时候不拒绝，为什么和他离得如此近时他从来不往后退呢？为什么这个人的心思也这么难猜？

正想得出神时，侧面的视野突然被一道阴影覆盖，有人跑到了她的旁边。

于真意好奇地扭头去看，就看到这个整整一天没有理她的人此刻正和自己迈着相同速率的步伐，几乎和自己平行。

于真意才不想理他，她往右挪了一步，岂料陈觉非也往右挪靠近她一点，她又一次往右挪，对方也还是往右挪。

"你是不是有病？"她愠怒。

陈觉非发现她生气的样子都称得上可爱，他抿抿唇："可能真的有。"

陈觉非认为自己需要一个漫长的冷静期，好好地想想接下来该怎么办。可是时间好像不等人，至少没有在等他。

当看见那个男生把手臂搭在她身上时，所有的忌妒如潮水一般涌上来，快要把他脑子里仅存不多的理智消磨殆尽。他不需要这冷静期了，完全不需要冷静。他可以靠伪装度日，就像过去一年里那样伪装。所以，完成自我调节之后他又来了。

陈觉非问："你想不想吃冰淇淋？我请你吃。"

哼，现在要拿冰淇淋来贿赂她了吗？想得美。

于真意昂着小脑袋，继续不搭理，只顾着往前跑。

他疏远了她整整一天，她会生气是理所当然的。陈觉非缄默片刻，拉住她的手臂让她被迫停下。

"你干吗——"

话还没说完，于真意惊讶地看着他弯下身子，蹲在自己面前，然后干脆利落却又笨拙地把她的两根鞋带都解了。

陈觉非站起身，大概是因为第一次做这种类似戏弄女生的事情让他非常不好意思，他尴尬地摸摸后脑勺："你的……你的鞋带松了，所以别跑了。"

于真意不敢置信地看看自己的鞋带，又看看对面这人，满脸是因为做了坏事的愧疚和一点点莫名其妙的透着愚蠢的得意。

两人就这样面对面对峙着。

陈觉非想，现在他们应该可以正常对话了吧。所以他又问了一遍："你现在想吃冰淇淋了吗？"

"为什么请我吃冰淇淋？"

陈觉非又沉默了。

闷葫芦，没劲透了！难道说一点让她开心的话，这个地球就会爆炸吗？

陈觉非拉住她的手腕："你生气了，我想哄哄你，可是我不知道怎么让你开心。"

他小心翼翼地问："请你吃冰淇淋可以哄好你吗？"

怎么会有人来问当事人应该怎么哄人啊？

于真意大概是真要被他逗笑了，一瞬间所有的怒意都没了，她晃了晃小腿："鞋带都松了，我还怎么走路。"

"我给你系上。"他赶忙接话，又蹲在她旁边，低头认真地给她系鞋带，"你想要蝴蝶结吗？"

于真意："我想要中国结。"

陈觉非仰头看她，面露难色："……那有一点点为难我。"

一支香草味的冰淇淋完美化解了时长二十四小时的危机。

拿着冰淇淋走在回教室的路上，于真意问他："你下午上体育课吗？"

陈觉非："你要来找我的话，我就不去上了。"

嗯？现在突然这么会说话了啊？

于真意："那你就不要去上了。"

陈觉非："那你来找我吗？"

两道声音同时发出，撞在了一起。

两人都是一愣，最后是陈觉非率先反应过来，他抓了抓头发，想要缓解一些尴尬："那我下午给你讲题。"

于真意没回答，只是故作冷静地点点头，如施舍般的语气里涵盖了点没憋住的笑意："既然你要给我讲题，那我下午就过来看看你好了。"

陈觉非换到了最里侧的位子，于真意不习惯坐外面，就坐在他里侧的位子。她一脚踩着他椅子下的横杠，有一搭没一搭地听着，听着听着，她起身坐在桌子上，歪着脑袋随心所欲地听他讲题。

他讲题的时候垂着眼睛，露出的侧脸线条堪称完美到勾人，从他嘴里说出的物理公式变成了一首首美妙绝伦、勾人心魄的乐诗。

用"温柔"这个词来形容他这张带着点疏离感的脸似乎不太妥，可又是那么妥当，温柔得能让人融化进甜腻的巧克力里。

于真意的思绪比天上游动的白云还要飘得远。

她开始幻想，他的另一面会是如何的？也会是这样的吗？还是会有与平时的相处中截然不同的强制与掠夺感？

会吗？他会吗？

"你这样坐看得见题吗？"陈觉非问。

于真意回神，搓了搓有些红的脸："看得见。"

陈觉非："还是坐下来吧。"

于真意："那你站起来给我讲。"

陈觉非想了想，还是拿着试卷起身，站到她面前："小球运动的——"

话说到一半，试卷被于真意抽走，随手放在前桌的位子上。

陈觉非愣愣的："怎么了？"

他手里还拿着一支笔，于真意又抽过笔，左看右看最后夹到了他的耳朵上，双手撑着窗台，身体微微向后仰。

窗户不知被谁打开了一半，这样的动作属实有些危险。

陈觉非不自觉地抓着她的手臂，担忧提醒："你不要往后靠。"

有风吹过，吹起浅蓝色窗帘，她扬手拉起窗帘，浅蓝色的布料像凭空展开的一把大伞，完美地将两个人包裹在一个封闭又秘密的空间里。

于真意的脸凑近了他的眼睛。

让人无所遁形的目光让陈觉非觉得如同在上刑。他紧张地吞咽了一下："怎么了？"

下一秒，他想象了无数次的话从她嘴里吐露出来，一张一合间，汇成一句完整的话，然后落进他的耳朵里。

"陈觉非，你想和我接吻吗？"

很好，他终于上了断头台。刽子手手起刀还未落，他脑内的理智也如山洪暴发，稻草所建成的小破屋一下子就倾覆在暴雨之中。

这明明是一个疑问句，是她礼貌又矜持的问询，可怎么办呢？他偏偏就是从这句话中读出了十足十的邀请之意，他自然知道她想要什么答案。

可是现在，真的合适吗？会不会太早了？

"你知道不说话就是默认的意思吧。"于真意又离他近了些，近到吞吐间的气息和她身上的果香一起弥漫在他的鼻间。

一定是被下了盅。她的鼻尖已经碰到了陈觉非的鼻尖，唇瓣只在咫尺之距。马上，她就要亲到他了。

"啪嗒"，一声并不剧烈的响声突兀地出现在这间安静的教室时却也能夸张到让人心头一颤。

丁真意应该也没有表面上那么镇定，因为在那拖把倒地之后，她发出一声近乎小猫呜咽的低低呼声，然后埋头躲进他的怀里，连声线都带着颤抖："谁……谁进来了？"

陈觉非的心跳同样剧烈，他转头拉开窗帘，拖把安静地躺在后方。

"是拖把。"说出口的瞬间，他发现自己的声音有些许哑。

气氛全然被破坏。

于真意抬起头，手抓着他的手臂："那我们要继续……"

继续吗？她没有想象中那么大胆，所有的镇定都是她鼓起勇气，为自己打了一剂"强心剂"之后所带来的后果，现在药效过去，她也成了一个胆小鬼。

陈觉非捏着拳，手指紧紧掐着自己的掌心，好让自己有片刻清醒："是不是太快了？"

滔天巨浪般的羞耻在那阵顽强的药效之后纷至沓来。原来即使心知肚明的秘密被撕开一道口子也还是会令当事人羞耻的啊。

她是被拒绝了吗？她是被拒绝了。

强烈的自尊心告诉于真意，此刻不甚在意地摆摆手，然后故作轻松地说一句"哦？是吗？那再等等好了"才是最佳方案。

她是这么想的，也是这么做的，可是在说到那句"那再等等好了"时，声线不自觉地带了点颤。她不相信陈觉非不喜欢自己，不然他为什么要买冰淇淋哄她？为什么要说那么似是而非的话？

他真是个坏人，一个玩弄她心思的坏蛋。

于真意有些想哭，原来他只是喜欢这几天以来的亲昵，却不喜欢一个落到实处的关系。既然如此，那就算了。她推开他的肩膀："那你自己慢慢来吧。我走了。"

而且也许再也不会来了。

陈觉非清楚地看见她眼角处涌起的泪，不够明显，又太明显，灼得他胸口疼。他立刻意识到他错了。所以陈觉非急忙追上去，想要抓她的手腕，却抓了个空。

"我只给你一次机会。"她转身，面无表情地和他说，"不许跟着我。"

陈觉非束手无策地站在原地，看着她的背影彻底消失在自己的视野里。

从那天体育课后，她的发圈落到自己怀里的那一刻开始，他陷入自我忏悔的次数越来越多了，多到让人觉得可怕。

他看着掉在地上的拖把，赌气似的狠狠一踹，过了一会儿又自作自受地捡起来放回角落里。他自然不能将错归结于这拖把，因为即使没有它砸在地上打破这片静谧，他也许还是会拒绝。

他还缺少一点勇气，一点最重要的勇气。

"陈觉非怎么又来上厕所了，他是不是肾不好？"张恩仪戳戳于真意的胳膊肘。

于真意头也不抬："可能是吧。"

在陈觉非第三次经过时，于真意忍无可忍，起身当着他的面干脆利落地把窗帘拉上。

张恩仪直觉这两人最近的状态不对，她问："吵架了？"

于真意翻开作业本："没有啊。"

张恩仪也不再多问，只是定定地看着她，不出意外的话，过一会儿于真意就会因为忍不住而主动开口。

"——，问你个事情。"

猜测成功，张恩仪忍笑："问。"

于真意："你和薛理科吵架的时候，如果你让他不要跟上来，他是会继续跑到你面前和你道歉呢，还是真的听你的话就站在原地不过来？"

张恩仪："当然是凑到我耳边和我道歉啊，他那个撒泼打滚的架势有一种如果我不听他解释，他就壮烈地死在我面前的感觉。"

于真意更郁闷了。

薛理科这样的傻子都知道要马不停蹄地道歉，陈觉非怎么就站在原地不动呢？

天知道走出教室的时候她走得有多慢，就是为了让陈觉非跟上来，结果呢？她等了那么久，陈觉非就算是只王八都该爬出来了。

这个人的脑子里到底在想些什么东西啊？

次日，学校举办了一场校园讲座。于真意、张恩仪、薛理科跟随着人流走进笃学大礼堂的时候，正好看到了陈觉非。他要管好这块范围内的纪律。

于真意装作没看见他的样子，想要往里走，一班那一排区域只剩下了最旁边的三个位子。

张恩仪："我坐里面，这样你就可以——"

于真意立刻拒绝："不要，我不想看见他。"

张恩仪的视线在于真意和陈觉非之间梭巡，最后把目光落到薛理科身上。

薛理科往后退一步："你要干吗……"

张恩仪："——坐最里面，科科坐中间，真真坐最旁边，怎么样呢？"

薛理科摇头："科科不想这样。"

于真意也摇头："真真也不想这样。"

张恩仪哼笑："——再问一遍，真真和科科想这样坐吗？"

"……想。"

陈觉非看着于真意自然地坐在了薛理科的旁边，她全程没有分给自己一个眼神。

最前方是校方请来的教授在做演讲，陈觉非心不在焉地听着，占据他全部心思的还是身边的于真意，她正在和张恩仪说悄悄话，可是因为座位，于真意只能微微偏着头，越过薛理科去和张恩仪说话，她的长发发尾快要碰到薛理科的手臂。

陈觉非看着自己手里的本子，手自然地松开，任那本子掉到地上，发出一声不轻不重的响声。

于真意条件反射地回头去看，陈觉非蹲下把本子捡起来，冰凉的手背无意之间擦过她的脚踝。

"对不起。"陈觉非立刻说。

她浑身一滞，把脚往里缩了缩，装作没听到的样子，继续侧过头和张恩仪说着话，但是这次聊天聊得心不在焉，她开始频繁注意身边那个讨厌鬼的动静，连余光都时不时落在他的身上。其间，薛理科不知道讲到什么好笑的事情，惹得两个女生捂嘴偷笑。

好忌妒。

陈觉非又一次手滑，黑笔掉到了地上，骨碌骨碌滚到了于真意的脚边。陈觉非蹲下身子，单膝跪在地上，他拉了拉于真意的袖口，声音闷得有些委屈："我的笔被你踩到了。"

于真意低头，果然看到那支被自己踩住的笔，她弯腰把笔捡起来递给陈觉非。

陈觉非没有接过笔，依然保持着那个姿势。他仰头看着于真意："我错了。"

于真意晃晃笔，直接忽略他的话："你的笔。"

陈觉非抓住她的手腕，有些迫不及待："真真，我错了，你能原谅我吗？"

他居然叫自己"真真"。于真意的心一颤，脑子又成了一片空白，谁允许他这么叫自己的？

于真意钩着他的玉佩，把他往前一拽，低头凑近他，地灯幽暗的光从两人唇瓣的间隔空隙中掠过。

耳里原本被灌满了杂音，但此刻只随着于真意的靠近而不断降噪。陈觉非紧张地吞咽了一下口水，期待远远超过了慌乱。

这个动作维持了许久，久到他扬起的脖子有些酸胀，却还是没有迎来那个吻。因为于真意松开了他，笔插到了他的衣领领口处。

期待和兴奋戛然而止，呼吸氧气竟也可以成为一种煎熬。

怎么办啊？他做错了，犯了一个很大很大的错误。到底怎么样才可以弥补这个错误呢？

中午吃过饭后，陈觉非掐着点来到小卖部门口，果然看到了张恩仪，只有她一个人。他环顾四周没有发现于真意的身影，于是走到张恩仪旁边说明来意。

张恩仪边走边挑薯片，还不住摇摇头："哎，你还不够了解我们于真意。"

陈觉非没说话，决心只输入不输出。

张恩仪绕过第二排零食柜，开始挑棒棒糖："她生气的时候最喜欢说反话了。不对，其实大部分女生生气的时候都习惯说反话。她让你别跟着，就意味着你要赶紧跟上去。她说不想听，就意味着你得掰开她捂着耳朵的手，死皮赖脸地凑到她面前把所有的话都讲清楚。"

"懂了吗？"张恩仪问。

陈觉非点点头。

张恩仪颐指气使："嗯，那行，帮我结账吧。"

陈觉非："她就吃这么点就够了吗？要不要再买一点？"

张恩仪扭头，面色复杂地看他："陈同学，这是本人要吃的。"

陈觉非愣愣"哦"了声，刷校园卡的时候，又想起自己还差一个问题没有问。他又扭头看张恩仪："她最近有什么特别想要的东西吗？"

又是新的一周，陈觉非来得比以往还要早。门卫大叔感叹他再早来半个小时就可以接上一个值夜班的门卫大叔的班了。

陈觉非笑着回应，他把背在后头的包放下："叔叔，这个可以在你这里寄放一天吗？"

大叔的神情愣了一下："这个……"

陈觉非拉开书包的拉链："叔叔，可以吗？"

自己办不成的事情，就让它来办吧。

意料之中，大叔的心被融化："可以可以。"

下午放学后，陈觉非连书包都没拿就直奔门卫室，他开门和门卫大叔连声道谢。

大叔笑着答："没事没事，它很乖，没造成什么麻烦。"

陈觉非回："那就好。"

他打开太空舱，小金毛的脑袋一下从里面钻出来，左摇摇右晃晃，最后好奇地看着他。他摸摸小金毛的脑袋，低声道："我带你去找她。"

他刚关上太空舱就听见门卫室外传来一个熟悉的声音。

是于真意和那个男生。

"科科，你能不能催催——啊，她怎么每天都这么慢。"这句话是于真意说的。

"你别为难我行不行。我能有什么办法，你看我敢和她大声说话吗？"薛理科理直气壮地回。

科科？于真意为什么要这么亲昵地叫那个男生"科科"，她都没有叫过自己"非非"。他的心情就因为这个可笑的昵称而毫无缘由地失落了起来。

她怎么老是和那个男生走在一起，他有自己好吗？他比自己优秀吗？陈觉非想，显然答案是否定的。

正是放学的晚高峰时间，几个门卫大叔已经走出去维持校门外的秩序，保安室里瞬间就只剩下了陈觉非和他的这只小金毛。

思索再三，他又打开太空舱，把小金毛抱在手中，低头煞有介事地询问："你觉得那个男的好还是我好？"

小金毛自然听不懂他说的话，继续歪了歪脑袋，伸出舌头吐着热气。

陈觉非说："你叫一声，就是他好，叫两声，就是我好。"

小金毛叫了一声，清脆又响亮。

没……没了？这就没了吗？

陈觉非皱眉，他把小金毛放下，继而蹲在它面前："再叫一声。"

可是任凭他怎么大费口舌，小金毛都无动于衷，它嘤嘤地撒着娇，想要走开又被陈觉非拎着脖子抓回来，它只能在那被限制的一亩三分地里打转。

陈觉非双手合十，朝它虚虚拜了拜："再叫一声啊，我求你了。"

小金毛歪着脑袋，像黑葡萄一样亮晶晶的眼睛盯着他，最后施舍般地叫了一声，满是不情不愿的意味。

人类和狗的悲欢并不相通。

陈觉非为自己找到"同盟者"而大喜："我也觉得我比他好，那我们去吧。"

他没有把小金毛放回太空舱，而是把太空舱背在后头，抱起小金毛，鼓起勇气往真意的方向走。

小金毛昂着小脑袋看他，它大概是在想：这个男生可真奇怪，一会儿背包一会儿放下，一会儿关上一会儿打开，一个人在这里瞎折腾什么呢？

于真意正和薛理科站在一起等张恩仪出来，她低头踩着石子。

一旁不断有女生在低呼："这小狗好可爱。"

薛理科问："那个抱着狗的是不是四班的学霸？"

于真意也回头，看见朝自己走来的陈觉非，他怀里抱着一只小金毛，面含期待地走到于真意面前。

于真意的确被这只小金毛吸引了注意力，她刚要抬手去摸它的脑袋，又想起自己正和陈觉非进行的那一场冷战，硬生生把手放下。

她扭身看向另一个地方，陈觉非的身子也跟随着她的视线而动，他明明没有尾巴，可是这一刻，于真意仿佛看见了他身后那和怀中小狗摇动频率一样的尾巴。

张恩仪就是在这个时候出来的，她看见这小金毛，第一反应就是连连尖叫，然后飞奔过来："天哪天哪！太可爱了吧！"

她又敬佩地看着陈觉非——这人居然真买了只狗。天时地利，就差人和了。

张恩仪看着于真意那想抱狗又强装矜持的模样，最后识相地拉着薛理科就要赶紧撤离这个地方。

薛理科实在笨得令人窒息，他大剌剌地问："你不带真真吗？"

张恩仪翻了个白眼，努力绽放出一个笑容，温柔地回："您不带脑子吗？"

薛理科几乎是一瞬间顿悟："哦，我懂了我懂了！那我们快走！"

校园门口的林荫道上，学生来来往往不做片刻停留，驻足在这里的就只剩下他们两人。

夕阳橙红色的霞光染红了层层叠叠的如棉花糖一般的云朵，透过树梢的光斑跃动在陈觉非的短发间，可能是刚刚跑过来的缘故，头顶有几根呆毛翘了起来，又蠢又可爱。

明明才几天没说话，却生疏得像是多年没见的朋友，除了尴尬就是尴尬。尴尬致使，两人皆是一阵沉默，于真意看他也不准备开口，心里努力摒弃那些对小金毛的喜欢，抬步往前面走。

陈觉非抱着狗，跟在她后面。于真意不说话，他也不说话。

是陈觉非最先憋不住了，他大步走向前，挡住于真意的路。

于真意："你干吗？"

陈觉非抬了抬小金毛："送你。"

于真意："送我？为什么送我？"

陈觉非："你朋友说你想养一只狗。"

于真意挑眉，她想起那天和张恩仪的对话。不过，这两人都曲解了她的意思。

于真意觉得有些好笑，甚至觉得眼前这个男生有些可爱，可是她沉默的这一会儿工夫更像是在给陈觉非凌迟。

陈觉非盯着她的眼睛，终于忍不住开口，连一点要隐藏自己心思的想法都没有："那个男生，他没我好。"

于真意一下子没反应过来："什么？"

陈觉非重复："那个男生没我好，哪里都没我好，你要不要选一个比他更优秀的人呢？"他的声音突然低下去，"比如我……"

于真意："你是不是有毛病？"

陈觉非点点头，又立刻摇摇头："这不是我说的。"

他晃了晃怀里的狗："这是它说的，它也觉得我比你那个朋友好。"

怎么会有这样幼稚的人？

于真意哭笑不得地看着他的行为，又看看他怀里的小金毛，终于没忍住，伸手去摸它的耳朵："咦，是你说的啊？"

陈觉非的忌妒对象在这一刻突然换了。

她对怀里这只小金毛说话的时候声线又软和又温柔，潋滟如水的瞳眸里还带着俏皮的笑。更重要的是，她居然还会摸它的耳朵，像逗它开心一样。

陈觉非改口："不是它说的，是我说的。"

他不能把罪责推给这只小金毛。一切都是他说的，心思狭隘的是他，善妒的也是他。所以，快来摸摸他的耳朵，也这么温柔地对他说话吧。可以吗，于真意？

于真意看他，笑容收敛："哦？是吗？那你说这话的目的是什么呢？"

心沉了一瞬。陈觉非想，她对自己可真严苛。

陈觉非把小金毛放进太空舱，背上之后走回于真意身边："我想给你道歉。"

"道什么歉？"

"我知道我那天做得很过分，不该让你下不来台，都是我的错，我真的错了。"走着走着，他觉得看不清她的神情会使自己心里没有底，所以又走到了她的面前，"我真的错了，真真。"

于真意对陈觉非叫自己这个名字没有任何抵抗力。

"你可以原谅我吗？"他紧张得如同即将奔赴一场最后的晚餐。

"你真奇怪，当初拒绝了我，现在又上赶着过来？你在戏弄我吗？"说完，她直直掠过他，可是心却不似面色沉静，那颗心马上就要倒戈在他温柔的话语中了。

夜晚和沉默齐齐成了冲动的催化剂。

陈觉非突然走上前，抓住她的手臂："我真的喜欢你。"

她的两只手腕都被他一只手轻而易举地捏着，反身抓到了背后，他低头看她。

她整个人几乎都被裹藏在了他的怀中，这样的姿势之下，她手中的主动权微乎其微。束起的长发没办法成为遮掩她脸红的面纱，被他抓住的双手也没办法再捂住脸颊，她被迫地将写满了所有想法的五官一览无余地暴露在他眼前。

"我很早就喜欢你了，从那节体育课你叫住我的名字之前。你替你们班高数课代表交作业那天，是我故意把自己的作业叠到你们班作业上的，你来还我作业的时候我太紧张了，紧张到不敢看你。我当时没有在发呆，只是在想会不会交完作业之后我们就会像以前一样没有交集了，我不想我们的关系到这儿就停步。我没有多爱喝牛奶，只是想给你送巧克力奶，但是我没有办法光明正大地送出去。"他的声线变得颤抖，于真意感受到他捏着自己手腕的手也在微微发抖。

他并没有用多大的力，其实于真意一下子就可以挣脱开，但她没有。因为一旦挣脱开，她就应该捂住耳朵然后无理取闹又执拗地叫着"我不听我不听"，仿佛这样才是最适合自己人设的选择。所以她不能这样，私心支使她，一定要听完陈觉非这近乎豁出一切的坦白。

他言辞激烈地强调："我很喜欢你。可是我怕你只有一点点喜欢我，冲动之下做出的行为、说出的话，在以后回想起来的时候会不会后悔呢？我不会后悔，你和我说一句话，哪怕就简简单单的一个字，我都可以开心很久很久。可是我怕你后悔，也不想让你后悔。当然我知道，究其最根本，只是因为我胆小。那这次我不想胆小了。那天的事情都是我的错，你可以原谅我吗？你可以再给我一个机会吗？"

全是他在说话，于真意听到后面已经全然呆住。她有些茫然，脑子里也乱成了一团糨糊，把神经堵塞。思考成了一件万分困难的事情。

他说，他早就喜欢她了。原来，在她注意到他之前的那段漫长时光里，他早已经记住了她。怎么会变成这样奇怪的状况？

背在后头的手抓不到任何东西，可是抓不到东西就无法思考了。而陈觉非显然不想给她思考的时机，还未等她想出回应的话，他又问道："我可以亲你吗？现在？"

原来低低地说话时也会破音。他的眼睛有些红，可能是天色太昏暗给她的错觉，也可能不是。

他总不该是哭了吧？说这些近似表白的话，总不至于让一个一米八八的大男生流泪。可是于真意一点儿也没觉得丢人，相反，这样极端反差之下的陈觉非实在让人失去了思考的能力。

试问，当人在瓢泼雨夜里捡到一只无家可归，浑身被雨水浇湿的狼狈小狗，而小狗又用它通亮的眼眸委屈巴巴地望着自己时，谁能不产生那点怜爱情绪呢？

本就乱成一团的大脑终于在他摇尾乞怜的祈求之下全然报废。于真意有些眩晕，可能这就是喜悦到了极点致使心脏超负荷运作的糟糕后果。

于真意没有回答，她只是闭上了眼睛。

无需任何言语，这就是答案。

于真意下意识踮起脚，校服领口被她抓得皱巴巴的。

……

许久，他终于放开了她。这场持续很久的缺氧战，耗得两人皆精疲力竭，他的头抵在她颈窝处，口中热气氤氲得那一块的肌肤变红又发痒。

于真意看着远处躲藏在厚厚云朵里的星星，她一直以为今晚是没有星星的，过了这么久，它终于从云层里悄悄钻了出来。

"陈觉非。"她叫他的名字。

接吻算在一起了吗？算的吧，不然这不就是耍流氓吗？

他用尽长篇大论和自己表白，这算是在一起了吧？

可是于真意不敢问了，上一次的惨剧还隐隐在自己的心里发酵着。

陈觉非，快说呀。这次轮到你了。

像心有灵犀般。

"那我们……"陈觉非走在她身边。

那个停顿之后的话，会是自己想要的答案吗？

"你要和我在一起吗？"他终于说出了口。

于真意手背在后头，脚踩着地上凹凸不平的石砖，明明心里已然雀跃到炸烟花，却还是强装镇定。

陈觉非站到她面前，双手紧紧抓住她的肩膀："那你想和我在一起吗？"

一旁的道路上都是参天大树，遮住了本就稀薄的银白月光，他们离城市的灯火很近，又很远。

黑夜里，他的五官半明半暗，可是那认真的眼神是什么样的黑暗都无法遮挡的。他的语气真挚得像在念一场此生唯此一次的誓词。

是夜风太温柔，是月亮如水色，是一切的一切都给于真意下了蛊，所以她甘愿被引诱。

"想。"

几乎是在她说出口的瞬间，陈觉非再一次低头吻了下来。

番外
青梅害人实录

　　说起于真意和陈觉非做朋友的原因，那很简单——她觉得陈觉非是那一条巷子里长得最帅的小男孩，牵着他出去一定很拉风。

　　"牵？我是狗吗？"彼时陈觉非靠着床沿，盘腿坐在地上帮于真意拆快递。

　　拆开第一个，是一幅名为《冬灯》的拼图。拆开第二个，还是拼图。第三个，依然是拼图。也不知道她哪里来的爱好，突然喜欢上玩拼图，但没一幅是拼完的，兴趣值达百分之百，耐心值低至百分之零。最后还不是他拼完的。一幅接一幅，没完没了，眼睛都要瞎掉了。

　　想到这里，陈觉非没忍住"啧"了声。

　　于真意在一旁试张恩仪寄来的伴娘服："牵，怎么能算是狗？遛，那才算是狗。"

　　似乎很有道理的样子。

　　"那什么叫觉得我长得帅才想和我做朋友，我没有其他优点了吗？"陈觉非继续问。

　　于真意穿上伴娘服后对着镜子拍照，然后给张恩仪发过去，她忙着和小姐妹探讨，无心回答男朋友的问题，头也没抬地敷衍："嗯。"

　　"嗯什么嗯，做人这么肤浅？再说一个我听听。"

　　很显然，这个字准确无误地戳到他心窝了。他大刺刺支着腿，显然一副"你今天憋不出我第二个优点别想好过"的模样。

　　可惜，精心摆弄的造型在专心于试衣"事业"的于真意面前没有半点吸引力。

　　"这件后面的蝴蝶结怎么绑啊……"在姐妹 pass 掉第一件后，于真意立马拿起第二件。藕粉色的纱裙，背后以松紧带相连。于真意反手去系，结果以失败告终。

　　"哎，过来帮我系一下。"自己费劲儿捣腾半天，终于想起来房间里还有个会喘气的。

会喘气的那个一动没动。

于真意疑惑回头："你干吗？"

她的男朋友双手环胸，轻扬着下巴，一脸酷酷的模样，话语里多了几分理直气壮："我不会，除了一张帅脸，我什么都没有。"

于真意一手还背在身后，另一手叉腰，脑袋一歪，静静看他。

她想起上次四人聚会时，薛理科还在抱怨张恩仪会喜欢他是因为日久生情，而不是一见钟情。他那时异常激烈地表示自己这张帅到出血的脸就适合一见钟情。

怎么同样的情况到她男朋友身上就天差地别了？

男人，真是一种各有千秋的生物！

"那我有什么优点啊？"于真意眼睛一转，反问。

陈觉非接得很快："没有。"

陈觉非当然可以淋雨，但于真意不可以不撑伞。

她恼了，跨坐在他腿上，狠狠掐他脸："没有？"结果揉了两把，又觉得这手感软又滑，没忍住又捏了几下。

"再摸脸变形了啊，唯一一个优点也没了。"陈觉非左逃右逃都逃不过，索性任她搓圆捏瘪，只是脸被挤变形，冒出的字句都含糊。

于真意恶狠狠问他："现在有了吗？"

"有有有。"他如数家珍地念叨，滔滔不绝，如能写出一篇论文来。

于真意被他说得有些不好意思，脸蛋、耳朵都红红的。她搂着他脖子，脸蹭蹭他的脸，声音娇揉造作："我哪有这么多优点，你说的这还是我吗？"

陈觉非轻笑两声，讨打地接话："你也觉得不是，对吧？"

"陈觉非！"丁真意脸垮下来，拳头捏紧，捶在他胸口。背后的松紧带摆脱了于真意手的束缚，变得松垮，藕粉色的丝绸肩带也从肩膀滑落。

陈觉非眯了眯眼，没有预兆地抱起她，干脆利落地起身。陈觉非的声音轻落在她耳畔："优点很多，换个地方慢慢说。"

张恩仪正在城市另一头看着和于真意的聊天记录，奈何对面半天没有回复。

她的姐妹在干吗啦！真是怪让人焦灼的！

张恩仪的婚礼定在那一年的夏至。

申城的夏至已经步入盛夏的正轨。于真意第一次给人当伴娘，有点紧张，前一个星期的晚上都没睡好。她每天半夜眼睛睁得明亮，窝在陈觉非怀里追狗血偶像剧。

对此，陈觉非不是很懂他女朋友的脑回路。给闺密当伴娘和看偶像剧里的婚礼桥段，这两者之间有什么必然联系吗？答案显然是没有。

陈觉非对此类剧情一向没什么兴趣。他上下眼皮子打架，脑袋一歪，靠着于真意睡着了。半途，胸口被于真意用胳膊肘抵了抵。他以为她要吃消夜，额头蹭了蹭她肩膀，迷迷糊糊问："今天要吃什么？"

"不是，我在想一个问题。"

既然不是吃消夜，那他就没有起来的必要了。陈觉非眼睛都没睁开："嗯，说。"

于真意正好看到女主角在男主角和男二号间纠结的剧情，她心思翻涌，像发现新大陆一样，看向陈觉非的眼睛亮盈盈的："电视剧里那些男女主角结婚结到一半都会逃婚，可是一般不都是先领证再结婚的吗？那她们在婚礼上和老情人私奔，能奔到哪里去？"

"重婚判两年以下有期徒刑。"陈觉非一瞥屏幕，里头男女主眼泪一把鼻涕一把，深情相拥，感人肺腑的 BGM 作配。他撇撇嘴，打了个哈欠，困意朦胧，"什么都拆散不了真情侣，他们可以一起去牢里过。"

"……哦。"

陈觉非心想对话到此应该结束了。他眼睛刚闭上没多久，怀里那人幽幽出声："如果我在婚礼上逃婚了，你愿意成全我和我的男二号吗？"

"不对不对。"她立刻否定自己，"你不一定是我老公，我们两个会不会有婚礼都不一定呢。"

十五岁的陈觉非觉得，于真意就是他十五年人生里唯一且最酸涩的那颗青梅。

对于二十五岁的陈觉非来说，亦然。又酸又涩，卡在喉咙间，叫人憋屈得一口气堵在胸口，要上不上，要下不下。

他半个身子撑起："于真意，请问你睡不睡？"

感受到他意味不明的目光，于真意轧苗头水准一流。她一点一点地拉起被子，挡住脸，倏地一下转身，离他远远的："睡睡睡睡睡！而且我再也不醒了！"

陈觉非：……那倒也不必。

张恩仪婚礼当天，于真意凌晨四点钟就起床，忙里忙外。婚礼有专门的摄影和跟拍，但于真意还是拿了一个相机记录。

张恩仪办的是草坪婚礼。婚礼上除了自己与薛理科的父母，并没有请其他亲戚，请的都是从小学开始认识的同学。因为都是同龄人，整个婚礼的氛围惬意自然，于真意穿着高跟鞋还能像一只小猎犬，拿着相机在场地里跑来跑去。

没有才艺表演环节，没有司仪煽情话术，新郎新娘互诉衷肠环节里，薛理科嘴一撇，眼睛开始泛红。

被张恩仪直接打断："哎哎哎，说这么多就够了啊，请让你老婆保持稳定情绪完成这场婚礼。"

她看着薛理科颤抖地拿着戒指的手："快点嘛，想亲你了。"

没有不熟亲戚参与的婚礼好处就在此。新郎新娘说话肆无忌惮，台下观众也无须恪守太多规矩礼教，大家欢呼呐喊，气氛全然被调节起来。

到扔手捧花环节，于真意原本还在一边撑着陈觉非，偷偷转一转脚踝，听见"手扔捧花"这四个字，噌地一下站直了，雄赳赳、气昂昂往前走。

陈觉非：……女人挥洒精力的地方总是些许奇怪。

于真意站在女生里，在空隙处还扭头看江漪："你怎么不来？"

江漪摆手："Sorry 宝贝，有点恐婚。"

一群女孩子捂嘴咯咯笑。

粉白相间的捧花在空中被抛出一道弧线，于真意向前迈了一步，一伸手，捧花稳稳地落在她怀里。

"喊……"女生们装着遗憾的样子嘘声。

于真意梗着脖子，像一只得到嘉奖的小猫，姿态标准地做了个王子礼："不好意思，它就要往我手里跑呢。"

人群里有人大声喊："真真！这是王子礼啊！"

"是吗？"她故作惊讶地捂嘴，"那有人要做我的'公主'吗？没有的话，我就还回去咯。"

于是默契在这一刻空前绝后，在场所有人的目光齐齐落到陈觉非身上。

他从最后面走来，身着一身西装，笔挺端正，肩线平直。脸上的肉感随年龄增长而消去，脸形轮廓锋利有棱角，眉眼张扬，春风得意，属于男人的张力在此刻尽显无遗。他举起高脚杯，在空中晃了两下，笑着配合："欢迎大家下次来参加我和我们'王子'的婚礼。"

"好的非非'公主'。"薛理科捏着鼻子怪声怪气。

捧花环节时长短，大家起哄了一会儿就回到位子上。

于真意正要去找陈觉非，只见他和薛理科被高中时那帮班里最调皮的男生拉住，追着灌酒。陈觉非酒量不行，伴郎这么多，帮新郎挡酒这个活儿也不一定要他来干。所以他非常明智地站在薛理科身后。

薛理科岂能让他如意："他喝他喝，陈觉非这些年已经练出来了。"

陈觉非："我没有，我不会。"

薛理科："他会的，超能喝。"

陈觉非："不行，真不行。"

薛理科："行的，真的行。"

感受到陈觉非那苦苦哀求的眼神时，于真意笑得前仰后合，正要往那边走，被人叫住。

一回头，蒋英语不知何时拿了她的相机，镜头正对着她："这位抢到捧花的幸运观众，请问你想说点什么？"

于真意看看自己的捧花，又望向镜头，笑得灿烂："我想说的话，我们家'公主'已经说啦！欢迎大家下次来参加我的婚礼！"

她走了没几步，又转身凑到镜头前："这么多年过去了，陈觉非还是学不会喝酒，所以我现在要去解救他了！"

时间线是一条悠长而混乱的曲线。但好幸运好幸运，这坎坷崎岖的一路上，有人坚定不移地牵过她的手，陪她拔腿狂奔。

从未分开。